南滇秋興

—— 黃冠英散文選 ——

南溟出版基金

莊子《逍遙遊》
鵬之徙於南溟也，水擊三千里，摶扶搖而上者九萬里。

南溟出版基金之創立是為了紀念蕭宗謀先生。蕭先生任世界書局總經理多年，對臺灣出版界貢獻良多，曾因領導出版《永樂大典》流失於海外的珍貴佚文而獲金鼎獎，臨終得見《四庫薈要》面世，含笑九泉。

本基金以資助澳洲及新西蘭華文作家出版其作品為宗旨。凡在澳洲及新西蘭以華文寫作者，均可申請。

特此鳴謝南溟出版基金資助本書出版。

目次

山海寄意

序　好學深思之人，真情至性之文

盧元

　　黃君冠英，性情中人也。君與余同為悉尼詩詞協會成員，但初不相識。迨2014年初，余從何與懷博士主編之《澳洲新報・澳華新文苑》上得閱其〈初學古詩小議〉一文，雖云「初學」，其實頗有見地。此文於古詩之韻律、聲律、句律之見解，頗有與眾不同之處。余深表讚賞，恍如聞空谷足音跫然而喜矣。爰於後數月之古典詩詞論壇上，浼陳炳均會長介紹相識。視其人樸實謙和，而又不失赤子之心者也。以余癡長數歲，尊余為「前輩」，殊覺赧顏。與之談，深獲我心，於是傾蓋如故，遂結為忘年交。爾後不時有電郵來往，大抵為：（一）君於博覽古典書籍時，遇及某些生字僻語，或不解句讀處，專函向余詢問。（二）君擬於「論壇」上主講之講稿，有時亦發來讓我先睹為快，並請提淺見。從其所提問題及所寫文章中，余益信其好學之殷，讀書之博，求知之深，誠不愧為詩詞協會中俊彥之一也。

　　上月杪，黃君以其即將付梓之散文集《南溟秋興》中之十二篇代表作電郵與余，並丐余作序。電文中云：全書共六輯，六十篇，近二十八萬字，之所以選取其中十二篇，共六萬字送閱，是因為害怕老年人讀全書過於勞累，藉一斑可窺全豹。其用心可謂精細周到矣。余大病新愈，家人勸余少接觸電腦，少用心思，因而初意不敢接受作序之邀，詎料作者憑一支生花妙筆，吸引余愈看愈受感染，直到讀完所有篇章，竟從心底萌生非點贊一番不可之欲望，爰依次

評點數語以弁其端。

最先映入眼簾者為〈南北海岸遊〉（選自「山海寄情」輯）。作者以清新可讀之文筆，細緻描述悉尼眾多港灣奇偉瑰怪、美麗宜人之景色，亦生動描摹諸多弄潮兒徜徉沙灘、暢遊大海之千姿百態，令讀者恍如身臨其境。余來澳淹忽八年，因年老體弱，兒輩怕余遠遊出事故，故陪余遊覽著名之達令海峽及個別港灣外，均勸余莫隨旅行團出遊，文中所介紹諸多港灣，余大多未曾涉足，以是頗為遺憾。今讀此文，恍若行於山陰道上，應接不暇，庶幾亦可稍補遺憾矣。而文中「面對大的風險，死拼硬鬥是不行的。只能將自己變成一滴水，融入大海，化為整體，才會受到海的關心，浪的愛撫」數語，竊以為不僅是經驗之談，更可貴者乃深含哲理，頗能啟迪人生。

第二篇為〈消閒海上行──遊輪生活記趣〉（選自「遠足留歡」）。全文突出一個「趣」字，作者窮形盡相，充分描寫與老妻及二位老友突發奇想，遍歷遊輪各處（禁地除外）之樂趣，以及探險遊玩新喀裡多尼亞松木島之險趣。作者雖年齡遠超古稀，但仍不失其天真「頑童」（作者自稱「老頑童」）本色，且步履矯健，精神矍鑠，故能隨心所欲，行所當行，真令人羨煞！

第三篇至第八篇，均選自「文苑管窺」輯，此乃全書重中之重。其中《南溟海角中華情》一文，又分為三小篇，分別記述悉尼文壇三次盛會之動人場景，娓娓道來，引人入勝。從中充分體現中華傳統文化在澳洲此一多元文化國家中生根開花之景況，反映中華兒女雖僑居異國仍不忘傳播中華文化之深情。堪稱「文因盛會而抒寫，會亦因妙文而永存」矣。

最令余擊節讚賞，且有幸最先寓目者為〈試談巨擘應制詩〉、〈賞菊詩試窺芹溪精細〉及〈詩詞畫照意境談〉三篇。因此三題已

軼出一般隨筆遊記之範疇，而是牽涉到文化藝術方面之重大命題，從中充分體現出作者「好學深思」之特點，寫此類文章，非博覽群書，且又能「入乎書，出乎書」，有獨立見解者不辦。三文中引證古書數十處，其中有些為余所未讀，作者能運用自如，做到論據充足，論證有力；且不是人云亦云，有其獨立思考與卓越見地，所謂「讀書得間」信其然歟。〈意境談〉一文中，「詩詞」方面之例證甚夥，且有說服力；「畫照」方面之例證偏少，大概此非作者所擅長歟？三文作者均曾事先發給余過目，余除表示讚賞外，亦曾對其中個別說法，表示不同意見，對其中個別詞句，表示尚須推敲。此次重讀原作，發現有者已蒙採納者吸收，有者則維持原意，對此種擇善而從，不苟同之態度，正體現作為一位學者應有之品格，余甚佩焉。

　　九、十兩篇，一為〈柳府石情〉，一為〈相機帶出春意來〉，均選自「雜事隨想」。前篇主要寫作者與另外四位詩協會員應邀到柳複起教授家觀賞藏石之事，是一篇敘事、狀物、鎔詩、抒情融合無間，令讀者讀後既長知識，又對柳教授悠然而生敬意，亟盼前往一瞻之妙文。後篇記述一件既平凡又極不平凡之小事，顯示「人間自有真情在」，故事情節極其感人，而文末一段關於人性方面之闡述，更是入情入理，言簡意賅。如果說，全篇大部分文章，使人如飲甘露；則此段文字，令人如聞木鐸。恕余在此賣個「關子」，不介紹「相機」何以能「帶出春意」，讓讀者自行欣賞可也。

　　最後兩篇，一為〈難愛難恨的思念〉，一為〈心祭父母〉，均為真情至性之文。前篇懷念一位頗具天才，卻遭「造物主」之多番打擊，以致扭曲性格，在「文革」中隨大流幹壞事，終於身敗名裂，抑鬱而逝之中、小學同學，對此人之遭遇，寄予應有之同情；對害人至此之社會，給予無聲之責問，寫得有血有肉，令人讀後引

發許多思索。後篇抒發對英年早喪之父母寄予無限哀思，並從旁人之追述中，表彰其母之淑德懿行，令人敬仰。最後幸而天從人願，在垂暮之年，終於找到遠在印尼一無名小島上其母之墳塋，以及尚留在該島之鄉親，於是備禮品祭掃並重修；而對於葬身大海之父，則只能望海遙祭。讀完全文，真有「孝子孝媳之心，可格天地」之感。

　　孔子曰：「質勝文則野，文勝質則史，文質彬彬，然後君子。」黃君之《南溟秋興》可稱文質兼美之著作矣。質之讀者諸君，當不以為謬讚也。

原世界華人文化名人協會理事、

中國詩詞名家研究會副會長盧元　謹序

2016年10月序於悉尼四樂軒

序　隔洋記取樂篇章

安紅

編輯《南洲沙龍》的過程，亦是結交同道的過程，真正有幸，得以認識黃冠英先生。

一直以為在詩詞協會舉辦之講座上的得識才是我與黃先生兩人的初會，不甚頻繁的魚雁往來中，他曾精心盡力地替我修改過《南洲沙龍》裡的語法錯別字乃至標點符號，作為一個人編刊的編者，感佩之情油然而生。兩年前我於病裡，也曾收到黃先生來函問候，彼時正在煉獄般的煎熬之中，雖然問候僅寥寥數語，卻讓飽嘗人情世故的我，得了雪中送炭般的暖。直到讀了他這一本大作，才驚喜地發現我們最早的相逢竟然是在2012年——於我剛剛登陸澳洲時只是遠遠地瞭了一眼的悉尼市中心內的中國國民黨黨總部，為紀念辛亥革命百年，澳洲華人團體邀請到了著名作家陳若曦女士作報告。同一個屋簷下，同呼吸共命運；同一片藍天下，棄帝秦避南洲。不知這是否可以算作上天的眷顧？抑或此生的緣分！

阿爾伯特・加繆說過：「這個世界充斥著謊言和奴性，孤獨的荒草到處瘋長。無論我們每個人有怎樣的弱點，作家職業的高貴永遠根植在兩種艱難的介入之中：拒絕謊言；反抗逼迫。」——在我的字典裡，只有這樣的作家，才算得上真正的作家。因此，對那些遠離政治，非關民生，開口風花閉口雪月的純文本研磨者，多半敬而遠之。

只因事先拜讀過黃先生的另一本大作《紅太陽沒有照到我的身

上》，因此堅信直感，在沒有通讀書稿之前就答應寫一些文字，為黃先生拋磚引玉，鳴鑼開道。

黃先生開篇即言明要意，他寫書時：「心情是愉快的」，「小冊子裡全是些平淡生活中俗菜豆瓜的閒章，風花雪月，無關宏旨」，「詩意不敢說，樂趣卻是有」——展卷初讀，竟有了些悔意，悔不該貿然答應，提起的筆，暫時擱置一旁。皆因我天生反骨，數十年接受洗腦的教育，卻依舊沒有被洗脫冥頑不化的個性、拍案而起的脾氣以及打破沙鍋豐到底的習慣；唯一不曾改變的是，最善於聽話聽音，察言觀色，於字裡行間尋出「蛛絲馬跡」，以求從黃先生的文章裡找出從小便被強行灌輸的「階級鬥爭要年年講月月講天天講」——時時處處文學不離政治的潛臺詞。

舉一杯茶，踱周正步，再次坐回到書桌旁；拋開雜想，靜心定氣，複讀他乙未迎春時試填的《浪淘沙‧移居澳洲習古詩》——他直言「吃老學吹簫」，未曾想過伏櫪後「竟到詩詞協會當個老學生，興致勃勃地學起古典詩詞，雖僅得皮毛，倒也彌補年輕時在故國因遵照指令，忙於「階級鬥爭」而荒疏的一些遺憾」——

　　南渡適天涯，竟放心花。天藍地綠海邊沙。初觸詩騷從始學，蠢笨山家。
　　弄圃趁明霞，俗菜當葩。豆瓜垂架趣情佳。雙語兒孫縈膝笑，勝似中華。

反覆吟詠之後便覺先前的悔意慢慢地隨著茶香升仙而去……

在遠足留歡山海寄意中，體味著他寶刀未老的壯志雄心，一眾遊伴，準備周致，意性高遠，不亞青年。澳洲多海，景致壯觀，無論乘船自駕，所到之風景名勝，野浪白帆，無不在他筆下活靈活

現。看他游泳潛海，樂在流連，讓水性不佳不曾嘗試過潛水的我，竟大有蠢蠢欲動的出遊打算。入鄉隨俗，來之安之，拋卻人生愁煩，黃先生在澄澈的大自然裡感喟人生苦短，盡享喜樂兒孫繞膝的秋華之年。母國沒有供給他的，卻悉數在遠隔萬里的大洋彼岸找到，何緣何故？想我不必多說，讀者觀後答案自現。

　　在文苑管窺雜事隨想裡，欽佩他老而彌堅百尺竿頭的刻苦鑽研精神，汲取他執著求索孜孜不倦學習的成果與知識。他文章裡有關莫言於2012年10月21日夜寫給香港《明報月刊‧莫言專號》的一段親筆字：「多年前，劉再複先生希望我做文學海洋的鯨魚。這形象化的比喻給我留下了深刻印象。我覆信給他：『在我周圍的文學海洋裡，沒看到一條鯨魚，但卻遊弋著成群的鯊魚。我做不了鯨魚，但會力避自己成為鯊魚。鯊魚體態優雅，牙齒鋒利，善於進攻；鯨魚軀體笨重，和平安詳，按照自己的方向緩慢地前進，即便被鯊魚咬掉一塊肉也不停止前進，也不糾纏打鬥，雖然我永遠做不成鯨魚，但會牢記著鯨魚的精神。』」藉由黃先生得知「莫言不做鯊魚」的出處──「原來就在這裡。幾十年來，國內貫徹極左路線，嚴酷的『階級鬥爭』確實叫人不寒而慄，即便是大作家莫言，也是餘悸未消。何時國民大眾才能依法而不必『突出政治』，無憂無慮，不嚇不驚，安寧愉快地生活呢？」──詰問得真正好！

　　細想起那一年正好得緣，參加由高洪波莫言商震等一行代表團來悉尼參加澳中文學雙語論壇。壇中莫言真如其名，默默無語……我是從其聲名鵲起的《透明的紅蘿蔔》開始，一直如影隨形地讀到《豐乳肥臀》。記得讀罷曾經與母親探討過，斷言比起《九九青殺口》、《紅高粱系列》系列文章，《豐乳肥臀》應算是鼎峰之作。後來再讀《檀香刑》與《蛙》，便更覺得年輕時的直覺斷語不虛。好不容易有如此近距離接觸大家的機會，我卻沒有上前攪擾，讓默

言默語的大家得遂心願，在一眾滔滔不絕聲裡始終如一地禪坐……

　　時光荏苒，忽聞莫言三個月前突然一改秉性，「讀到會心處想拍案而起」──開口直言當今聖上「是一個了不起的人，一個博覽群書的人，一個具有很高的藝術鑒賞力的人，是一個內行。」而且繼續言道：「是我們的讀者，也是我們的朋友，當然也是我們思想的指引者。」──我彷彿有穿越時空回到了在大院幼兒園坐馬桶時驚聞手舞紅書永遠健康的林副統帥跌死在溫都爾汗般一鳴驚人之沖天動感！

　　在天倫情真故園回望裡，讀到黃先生偕夫人到印度尼西亞返鄉祭祖，不辭辛勞，重修墳塋。黃先生在印度尼西亞降生，母親早亡，父親罹難……他夢裡每每憶及母親，母親卻「總是容顏模糊，未見清晰」。近想這一份母子心連的血肉之情，僅僅存在了不到百日，頓覺生命無常；遙思當年華人避禍求生投奔南洋艱苦異常，不由潸然淚下。忘記是誰說過：「文化的傳承在哪裡，哪裡就是祖國！」回看那陰霾籠罩的母國，舉目這天晴海碧的他鄉，《南溟秋興》中所有思念感喟求索探究都融入在字裡行間，令人浮想聯翩……

　　結尾取文章分錄小節之名，湊得一首，聊表寸心：

　　　　留歡遠足町
　　　　寄意海山溟
　　　　故國凝眸遠
　　　　秋閒雜事寧
　　　　天倫盈眾樂
　　　　藝苑匯真經
　　　　一曲孤高和

大千世界聽

　　　　二〇一六年十二月二十八日於悉尼橘絳軒
贈本序者為：澳大利亞新州華文作家協會副會長暨該會會刊總編

序　冠英印象，印象冠英

丘雲庵

　　約莫在2010年前後，悉尼詩詞協會來了一位新會員，名叫黃冠英。他操福建口音，身體健碩，雙眼炯炯有神。一個年屆古稀之人，看上去只約50來歲。有人稱他「老兵頭」，有人稱他「縣太爺」，有人稱他「筆桿子」……我覺得都靠譜，可能都沒錯。

　　在詩詞協會，冠英君朝氣蓬勃，幹勁十足。作為銀髮弟子，他悶頭悶腦地參與會務工作，抬台搬凳，斟茶送水，勤快主動。詩協遇有重大活動，他奉命也欣然撰寫通訊報道，而且文筆生動、細緻、有趣。他參加古典詩詞入門班學習，幾無缺課，認真聽講，動腦多問，鑽研積極。原本未諳古詩古詞的他，不多久就把平平仄仄，粘粘對對，用韻規則等等一套基本弄通了，於是，能中規中矩地習作起來。到後來，甚至能登上「古典文學論壇」的講座，「補台」開講！

　　冠英君在詩詞協會表現可嘉，在悉尼市華人文體界的各種社會活動中，也經常見到他的身影：報章雜誌上，不時可見他的文章；遊山玩水，尋幽探勝，處處留有他的足跡；特別是，他雖年過古稀，在研究古典文學方面仍然鍥而不捨，做到「檢書燒燭短，看劍引杯長」，常有新的斬獲。他對紅樓夢「菊花詩」的解讀，對唐朝「應制詩」品評，都有獨到見解。每每令人羨慕，引人妒忌不逮！

　　本人年屆耄耋，近年已較少參加詩詞協會的活動，與冠英君其實也接觸不多，但其詩文還是經常拜讀不誤的。因此對他有一種獨

特的印象。姑且寫出，以表心意，就叫「印象冠英」或「冠英印象」吧。

第一印象：活力冠英。

七十多歲的「小夥子」，朝氣蓬勃，活力四射，文武兼修，體腦並用，似乎從不知疲倦。他熱愛遊覽，經常參加本地華人老人走步組四處尋訪，也隨子女到近郊遠地調節生活，或「樹頂行走，挑戰極限」；或「浪裡浮沉，隨潮飄移」……《南溟秋興》書中均有記載。許多玩藝，大概是這把年紀的人未必敢試的。這且不去細說。我們看他坐郵輪的遊記《消閒海上行》吧，說是「消閒」，卻一點兒都「閒」不住。在船上，他與兩位老友，不是安安隱隱地休息，仔仔細細地觀賞，或悄悄輕輕地交談，靜靜默默地沉思，而是船上船下、倉裡倉外到處亂竄，簡直有用不完的體力！即使清晨露冷，船行風大，他要麼登上頂台去耍太極拳，要麼跑到船尾，在小池裡試嘗水力按摩，如此這般，真乃《水滸傳》中的拚命三郎也！

第二印象：幽默冠英。

冠英君性格開朗，幽默風趣，平日閒談，輒語連珠，滿堂捧腹。其詩，喜以詼諧語詠嚴肅事，給人印象深刻。如自序中的《浪淘沙‧移居澳洲習古詩》：「南渡適天涯，竟放心花。天藍地綠海邊沙。初觸詩騷從始學，蠢笨山家。弄圃趁明霞，俗菜當葩。豆瓜垂架趣情佳。雙語兒孫縈膝笑，勝似中華。」「蠢笨山家」、「俗菜當葩」，均為俚語俗句，而「雙語兒孫縈膝笑，勝似中華」，則既寫現實，又表達了「地球村民」的歡慰情懷。他很讚賞聶紺弩的「雜文詩」，或許有意仿之吧，令我聯想到東方朔、張打油的風格。記得冠英君首場「論壇」開講，甫一上臺，即聲明自己水平很

差，是「初習之士」，今天提供的是粗糙的「習士論文」，只能「堤外損失堤內補，學術不足笑話添」。他說，由於沒念過大學，撈不到博士、碩士、學士等的桂冠，只好權以「習士」自慰。其風趣自嘲，立即活躍了會場。素有「鎮會之寶」之稱的詩協常年主講汪學善老師，於是順勢別解，當場賦詩曰：「大人之徒稱習士，河漢炎炎從此始。多少紅樓興廢理，都在秋菊聯吟裡！」「大人」者，「習大大」之謂也。戲語調侃，師生同樂，融融然不亦說乎？

第三印象：精細冠英。

　　冠英君做學問以精細著稱。記得他講紅樓菊詩，就特別講到曹雪芹的精細，其實是他研究的精細。例如，《紅樓夢》中怡紅公子賈寶玉的《訪菊》有句：「黃花若解憐詩客，休負今朝掛杖頭」。「掛杖頭」，近現代很多文章都誤作「掛枝頭」，冠英君查閱資料，用《世說新語‧任誕》阮宣子「百錢掛杖頭」顛往酒店的典故，力糾其誤。再如對《訪菊》與《問菊》，他不但指出「訪」與「問」的差別，解說「訪」是拜訪探談，範疇較大，而「問」在求答、省候，內容相對狹些，未可全混，且注意到了還有動作形式上的差異，即：「訪」須由此及彼，有個要走過去的過程，而「問」卻同時就在現場。因此曹雪芹讓寶玉寫的詩，便先一句「閒趁霜晴試一遊」，是「一遊」之後才「訪菊」的。而林黛玉的「負手叩東籬」，是已經站在籬笆邊上，背著雙手在「叩問」（明說是「負手」，故不可寫作「扣問」）……曹雪芹的精細，確實被他精細地解釋出來了。說到枕霞舊友史湘雲的《菊影》，他指出兩點：一是正經、正面地寫，不同於蘇東坡「幾度呼童掃不開」的「裝傻」；二是影由光生，此詩從光源的日光、燈光與月光之照射寫來，全方位地描摹。他講唐朝的「應制詩」時，居然能從資料縫隙間濾出量

化統計，得出「票數」，從而排下「同台競賽」者——王、岑、賈、杜四大詩人的名次來，如此追究不是相當仔細且有趣嗎？而談起詩詞的意境時，他則把幾何學的「點」「線」「面」「體」，拿來做形象的比喻，也是別出心裁，聞所未聞的。

第四印象：無畏冠英。

　　韓愈《師說》云：「……弟子不必不如師，師不必賢於弟子，得道有先後，術業有專攻。」學問切磋自是難免爭論的。冠英君求知心切，遇有問題隨時提問，也敢於爭辯。求知若渴，卻不盲從。每有見解即坦然直說，虛心商榷，又擇善而從。就我所知就有兩次爭論：一次是關於詩協會刊的作品排列問題。他覺得每一期都按作者的姓氏筆劃排列，面孔呆板，老氣橫秋，不甚親切，建議依照大多數刊物的做法——以作品主題的輕重為序，分組排列，每期都新，有助於增強會刊的吸引力。此議頃刻引發了不同意見。爭論結果，他的建議未被採納，因為會刊是會員自己編輯的，短缺專業技術。每次重排怕太費事了。冠英君聞知便取消異議；另一次是對宋代高僧僧惠洪的七律《秋千》與詞《西江月‧十指嫩抽春筍》的討論。有人說，惠洪喜用綺詞，是個出名的「花和尚」、「浪子和尚」，前詩寫少女，後詞寫道姑，眼睛都盯住女性，所用全是香豔之詞，宋時人已多指斥其犯了「綺語戒」。尤其是《西江月》：「十指嫩抽春筍，纖纖玉軟紅柔。人前欲展強嬌羞，微露雲衣霓袖。最好洞天春晚，黃庭卷罷清幽。凡心無計奈閒愁，試拈花枝頻嗅」，不堪入目。冠英君則認為，寫《秋千》時，詩人才十四歲，是彭少年而非惠洪和尚，斥其「豔淫」未免牽強。《西江月》倒真有點肉麻，可是會不會是托物言志，別有深意呢？時適逢本人在場，詩友們徵求看法，我於是說，此詞存在兩種解法：其一是往

邪處想，當作淫詞看，不無道理，但確實不像話，正如毛澤東題江
青拍攝廬山仙人洞照片的詩，不是也有人大曲其解嗎？其二是從正
面理解，則是歌詠女道士：上半闋寫其「修身」，下半闋道其「養
性」，過程含蓄美妙，應該是贊詞。冠英君聽罷即極表贊同，說這
正像魯迅評《紅樓夢》所說的，不同的人，會看見不同的東西，當
屬好詩！遇上意見分歧時，冠英君並不盲從，會保留己見，但不強
加於人，還注意把握分寸，如他曾寫過一首祝壽詩，老師誤解其
中的一句是把壽星名字拆開了，於是批評這是「斬去心胸，留頭
足」，是「詩家很忌諱、很厭惡」的寫法。古往今來無人這樣做！
冠英君心裡知道王勃名篇《滕王閣序》裡，也有「楊意不逢，撫凌
雲而自惜；鍾期既遇，奏流水以何慚？」正是把楊得意與鍾子期
給「斬去心胸留頭足」了的。他也不贊成這樣做，同意老師的主要
觀點，但對枝節上的小出入不加澄清，其對老師的敬重與愛戴由此
可知。

第五印象：親情冠英。

冠英君退休移居悉尼後，「老來學吹簫」，以學詩做學問為愛
好，傾情於自傳、家史等回憶錄的撰寫，有心記下當年底層社會的
風貌。他為流寓臺灣的九十五歲高齡的姑姑寫了長篇傳記，傾注了
姑姪的骨肉親情，及時在台出版，讓姑媽親眼看到了。凡是讀過該
書的人，大概都會流下一掬同情之淚。

冠英君是個孤兒，出生剛滿三個月，二十多歲的母親便去世，
六歲時父親又航海罹難失蹤了。他沒有享受到父母的親切愛撫可想
而知。然而其母子親情，始終縈懷，直至年過古稀依然眷眷。〈心
祭父母〉所寫的，便是他不辭辛苦，飛天渡海，前往印尼為母掃
墓的事。其敬孝真情，令人動容。此文有詩數首，其一云：「古稀

遲祭青春母，默默哀思淚水長。料已成灰難覓骨，墳前跪點返魂
香。」是發自肺腑之聲！

　　冠英君乃性情中人，思念親人固為其親情，而對同學、朋友、
故鄉，對從不相識的好人以至滿世界的山川草木，也無不寄託著愛
的深情。這一集短章裡，涉筆所到之處，皆能體現這種大愛的境
界。他愛世界，愛人生，雖然歷盡不幸坎坷，但仍然豁達樂觀，晚
年一如頑童，力爭「詩意地棲居」，也願將大愛與真善美的詩意，
奉獻世間。

　　俗話說：文如其人。活力、幽默、精細、無畏、親情……《南
溟秋興》的清純、厚實與真切，能讓我的種種印象，再次得以證明。

2017年1月

贈本序者為：澳大利亞中華文化之友創會主席、

悉尼詩詞協會原秘書長現顧問、

澳大利亞南瀛出版基金「古典詩詞評審委員會」主任

序　南溟秋興，競放心花，志趣盎然

何與懷

一

　　冠英兄準備出版一部厚厚的《南溟秋興》。縱覽全書，看得出，就如書名所示，冠英兄對澳大利亞這個他以遲暮之年移民到來並大有可能在此終老一生的國度，滿懷熱愛，滿懷感激之情。

　　你看他何等迷戀於悉尼的海灣！一百多年前，馬克・吐溫曾帶領其妻子兒女作過「赤道環球演說旅行」，當他經斐濟來到澳洲時，即感嘆道：「悉尼的情懷，世界的仙境！」冠英兄記得這個典故，並加以說明，作為悉尼標誌性建築的海港大橋與歌劇院，那時連藍圖也未曾繪製，層疊巍峨的瀕海高樓大廈怕也不多，因此，使馬克・吐溫如此讚嘆的，應該是海灣的天然美景。而且，冠英兄還進一步指出，馬克・吐溫行色匆匆，看到的大概只是悉尼港吧。其實除此之外，悉尼迷人的海灣與沙灘多的是，如幫黛、曼尼、棕櫚、堤外、艾維夫寧，等等，等等。冠英兄撰寫此文時，移居悉尼不過三年多，他或跟隨華人老者步行團，或作家庭自駕遊，對上列諸處海灣沙灘，都已經一一拜會了，所以很有資格向這位大文豪「發難」。

　　他問道，馬克・吐溫曾經當過海員，自然到過許多海灣，可是像悉尼的艾維夫寧海灘不知見過沒有？冠英兄於是稍作幾筆但很讓人如臨其境的描寫：

這個寬約七八百米的大海灘，被插入深海的左右兩大懸崖所包
抄，形成一彎新月。它的一大特點是沙灘的大傾斜度，使其恰似半
個大鐵鍋。拍岸的浪濤，如在鍋裡晃動，彷彿大海正作大幅度的
整體搬移。氣勢磅礡，宏渾偉大。有不多的衝浪勇敢者，在深藍大
濤與雪白浪花之間時浮時沉，時隱時現，渺小如豆，幾乎化入了大
自然。

　　冠英兄又對馬克‧吐溫當年雖然見過但絕對不是如今風光的悉
尼港作出如下讚美：

> 悉尼港當然是迷人的。這個連接著帕拉瑪塔河口的大商港，
> 環抱在鱗次櫛比的高樓之間。藍色的海面上布滿大小遊艇與
> 船舶，往還穿梭，繁忙、熱鬧之至。那橫跨南北的雄偉大橋
> 與飄浮於碧波之上的歌劇院，又使其成為上乘的觀光點。我
> 記不清來過多少次了，但印象殊深的是所謂「船舶遊行」與
> 節日焰火……

　　冠英兄又敘述他到另外一些悉尼海灣的旅遊。說興盡歸來，他
拿著照片對朋友稱，所見過的悉尼海灘，最美當數恩權斯！但後
來，在一個國慶假日，他一家到悉尼南邊不遠的露芽兒國家森林公
園，發現一個比恩權斯更美的瓦特模拉海灘。冠英兄不由得高聲讚
嘆地說：殊不知天外還有天！
　　悉尼絕美的海灣沙灘，的確有的是。而悉尼的美好，絕不僅在
於海灣沙灘；再者，不管悉尼如何美好，也涵蓋不了整個澳大利亞
的人文風光。我和許多移民到澳洲的華人做過無數次深談，鮮有
不喜歡這片自由美麗的國土的。而冠英兄在書中，都給我們娓娓道
來了。

二

　　《南溟秋興》一書中，冠英兄特辟「文苑管窺」一輯，談論中國古典詩詞，談論文學。他不唯名，不唯書，善於提出問題，勇於表達見解，讀來讓人很受啟發。

　　在〈賞菊詩試窺芹溪精細〉一文中，冠英兄談到，《紅樓夢》是奇書，單看第38回的詠菊詩，即可領略深厚的文學底蘊。秋菊十二詠，題目一經排出，文學寫作的「賦、比、興」三字基本功全有了，而其最大特點，冠英兄說他以為是「切題合身」四個字。他進一步指出，「合身」並非是寫「作者自己的命運」，並非是「讖語」。為了說清這層意思，冠英兄使用「雙重立意」的概念。所謂「雙重立意」，是說這些詩作一方面從人物個性出發，體現詩人即書中人物的性格特點、精神風貌與修養志向，就是上述的「合身」；另一方面又蘊含與貫穿著書作者自己的創作意圖、心靈導向，便是以嚴密結構、巧妙暗示，充分表達全書的主題宗旨。兩者當然不能混為一談，人們閱讀、審美時理應分別，換句話說，是要瞭解和欣賞小說家曹雪芹作文的高明。當然，漢人董仲舒說過「詩無達詁」的話，晚清詞評家譚獻也說，「作者之用心未必然，而讀者之用心未必不然」，但冠英兄關注「雙重立意」的祕密，涉及到文學主體性問題，涉及到創作主體、對象主體和接受主體以及它們相互關係的問題，是很有意思的。

　　有一篇是〈試談巨擘應制詩〉。盛唐四大頂級詩人賈至、杜甫、王維、岑參的一次同題唱和詩，被宋人謝枋得彙編一起，放在《千家詩》裡的「七律」之首。也是宋人的方回，命之為「早朝詩」。名星會齊，真像是「豪華陣容打擂臺」。更有意思的，是

有人給四大詩人排出名次。冠英兄就他涉獵所及，做了「選票統計」，結果名次的順序結論應為王、岑、賈、杜。「詩聖」杜甫，竟被排在尾名。對此，冠英兄認為不無道理。他以盧梅坡兩首《雪梅》詩表達他的意思：「梅雪爭春未肯降，騷人擱筆費評章。梅須遜雪三分白，雪卻輸梅一段香」；「有梅無雪不精神，有雪無詩俗了人。日暮詩成天又雪，與梅並作十分春」。冠英兄這個「詩意」表達，竊以為是對的，也透露他不唯名的志氣。

　　冠英兄這種志氣，在他的〈詩詞畫照意境談〉中更有顯示。王國維有段話談到「境界」，並認為，滄浪所謂興趣，阮亭所謂神韻，猶不過道其面目，不若他拈出的「為探其本」的境界說。冠英兄覺得王國維先生所說的「境界」，便包含了我們現說的「意境」。王國維雖然非常自負，然而好像還沒說清楚「境界」、「意境」到底是什麼。於是，冠英兄想到佛家語早有的「境界」這個概念。「境」是環境，「界」是邊界。佛經《俱舍論・頌疏》說，「境界」是意識感知能力所接觸的世界，是「六根」接觸「六塵」後，意識活動所能達到的範圍。那麼「意境」就是作者「意識活動所能達到的範圍」。冠英兄還質疑王國維在《人間詞話》中關於「境界有大小，不以是而分優劣」的觀點，指出，境界大小都好，不等於高低一樣，作品的境界與對讀者的影響力自然不同。雖然這已屬道德與政治範疇，可以另當別論。冠英兄認為境界有高低之分無疑是正確的。

三

　　冠英兄已經涉及文學創作文學欣賞的大問題，其中是有爭議的。
　　關於「境界」。現在這一概念已成判斷藝術品優劣的首要標

準，被套進詩詞畫照音樂舞蹈戲劇小說甚至體育建築多種門類。不少學者把「境界」和「意境」混為一談，並認為王國維也有類似的混淆。而我傾向認為，這兩個概念雖然的確有相通之處，但也需要加以區分。

　　「意境」表達藝術作品所開闢的由主觀生發出的一個審美想像空間，由意象或意象的組合構成。此詞最早出現於唐代詩人王昌齡的《詩格》。王昌齡根據自己的創作實踐，將佛教術語「境」加以改造，從理論上歸納詩的三境：物境、情境、意境，並歸納意境創造過程中藝術靈感產生的三條途徑——三思：生思、感思、取思。王昌齡這些論述啟發了近代意境學說和境界學說之集大成者王國維。

　　「境界」作為連綿詞雖然最早被周秦人所使用，但也是在後來的佛學影響下，詞義才漸漸擴大，現在已成為一個有高度和深度的層級概念，表達文學作品所達到的審美層次。綜合各論者觀點簡述之，它可以和「意境」做以下的區分。從藝術範疇的界定上看，「境界」的本質是客觀的「景」和主觀的「情」兩個元質構成，而且這兩者都是「觀」即人的精神活動的結果；而「意境」強調「境生象外」（劉禹錫），「餘味曲包」（劉勰）。從藝術理想的追求上看，「境界」主「真」，且帶有濃厚的西方哲學中的「理念」色彩，實為「理念」的「真」；而「意境」主「美」，其基礎是「天人合一」的東方生命意識，是一種對於宇宙人生積極的生命態度和超脫精神。從思維方式上側重點上看，「境界」偏重於抽象到具體，是對理念的具體感性的呈現；「意境」則偏重於具體到抽象，是通過有限的具體的各種藝術要素來傳達一種無限的抽象的宇宙意識。作為美學範疇，「意境」或「境界」是一種情景交融而又虛實相生的藝術形象；作為哲學範疇，「境界」則進而透示人生境界，

其最高形態是一種詩意的存在方式。總而論之，作為藝術審美符號的「意象」、作為藝術審美判斷的「意境」，與作為生存價值判斷的「境界」，三者之間是各自獨立而又交叉融通的關係。

　　一般認為，王國維的〈《人間詞乙稿》序〉一文所體現的理論是「意境論」，主要流露出西方式的分析推理傾向。他的《人間詞話》一書的核心是「境界說」，這既是他文藝批評的出發點，又是其文藝思想的總歸宿。這部著作雖然繼承中國傳統詩話詞話著重直覺感悟和經驗描述的特色，但這是他接受西方美學思想洗禮後，以嶄新的眼光對中國古典文學所作的評論。從他這兩種著作分析看，他的「境界論」是在其「意境論」的基礎上發展而來，立足於中國傳統，融合了西方理論觀點，從而成為具有普適性的文學理論。

四

　　冠英兄在他的〈詩詞畫照意境談〉中還涉及人類思維問題。他反對「邏輯思維」與「形象思維」作為一對雙峰並舉的概念。他想表述為：理論文章以抽象闡述為主體，而文藝作品則側重形象表達。二者同樣都離不開邏輯思維。好作品都離不開豐富情感變化的邏輯思維。他這個表達式是可以的。作為「形象思維」的對應，為了避免誤會，我也覺得用「抽象思維」這個術語較好。抽象思維和形象思維這兩種思維形式既有區別又有聯繫，既不能互相代替又不能截然分開。中國的傳統學術中，就有所謂「孤陰不生，獨陽不長」以及「陰極陽生，陽極陰生」的概念。至於「邏輯」，通常有三個方面的含義：一、規律，事物的完成的序列。二、事物流動的順序規則。三、事物傳遞信息，並得到解釋的過程。邏輯就是思維的規律，規則。邏輯學就是關於思維規律的學說。形象思維的邏輯

形式和抽象思維的邏輯形式，有著緊密的聯繫，存在著某種對應的關係。

但還可以進一步探討。法國啟蒙思想家中著名的百科全書派思想家狄德羅在他的《論戲劇藝術》中說過：「詩人善於想像，哲學家長於推理，但在同一意義下，他們的作為都可能是合乎邏輯的或不合邏輯的。」狄德羅這個觀點基於人類歷來文學藝術的實踐，並不斷得到驗證，因而受到普遍認同。他這裡所說的邏輯也就是反映客觀事物規律的思維規律。不管哪種形式的思維都有其邏輯的形式和規律，其共同點都是客觀事物的形式和規律在人類思維中的反映。在文學藝術創作中，形象思維的運用是以邏輯思維為基礎的，但又可在暗含邏輯的同時超越現實邏輯，從而收到在意料之外又在情理之中的效果，使到作品更散發出誘人的魅力。就我個人而言，我認為「超越現實邏輯」在文學藝術的創作和研究中得到重視越充分越好。

當然，以上這些都是可以討論的，但足以說明冠英兄提出問題來探討非常有益。

行文至此，我還想到本書有篇議論性短文，〈初學古詩小議〉，最初發表在我主編的澳洲新報文學副刊《澳華新文苑》上，後來也收在我主編的《悉尼中國古典文學論壇文集》一書中。文章開頭，他介紹在《澳華新文苑》讀到的新詩，感覺如同撿到茵茵草地上的遺珠，晶瑩剔透，璀璨奪目，怡悅喜人；進而提出學古詩也得與時共進，第一注重與呵護的應是內容，是詩意；接著提出古詩規矩隨著時間的推移，「有的可堅持，有的須修改，有的應廢棄」。這篇文章，如標題所示，是他參加悉尼詩詞協會不久即初學古詩後所撰寫的，真可謂初生牛犢不怕虎。據說，他這一「小議」很引起協會裡一些議論。現在此事已過了好些年。日前，我讀到悉

尼詩詞協會顧問盧元老先生為冠英兄這部書寫的序，序中提到〈初
學古詩小議〉，說：「雖云『初學』，其實頗有見地。此文於古詩
之韻律、聲律、句律之見解，頗有與眾不同之處。余深表讚賞，恍
如聞空谷足音跫然而喜矣。……其好學之殷，讀書之博，求知之
深，誠不愧為詩詞協會中俊彥之一也。」盧老前輩古典文學造詣很
深，冠英兄得到他的稱讚，很值得高興。

五

　　冠英兄善於思索，很有想法。他的興趣並不僅僅局限於文學，
社會變遷、國際局勢、歷史追問，人類前途，種種問題常常引起他
的關注。

　　本書的〈難愛難恨的思念〉，寫他一位小學和中學同學，此君
本來頗具天分，可惜命運不濟，在「文革」中又做了壞事，最後落
得抑鬱而逝，讓人唏噓。冠英兄寫出一種難愛難恨的思念，滿含對
社會罪惡的長長的追責。他另一篇大作〈「主角」的體味〉（也
收在去年我主編的《文革五十年祭》中），則是敘述自己在文革中
忽而被批鬥被迫害忽而又獲平反的荒唐不堪的活報劇。冠英兄對文
革這個中華民族的大劫難做了一個生動的比喻，說毛澤東拿億萬人
民的生死做的試驗，這真像有個巨人，將大海當盆，把芸芸眾生芝
麻、綠豆似的傾倒進去。巨人左傾右斜、來回晃動，芸芸眾生便隨
潮漲落、沉浮，全被晃暈了頭，於是任憑戲弄、宰割！巨人遊戲，
謂之為「革命實踐」，其樂無窮，結果卻造出千萬人喪命的滔天罪
行。冠英兄喊出：對文革的任何輕描淡寫加以淡化、掩飾，無論如
何也抹不掉親身體驗的極左政治的虛偽與殘酷！能否真正徹底否定
文革，是我輩國人以及全世界華人必須邁過的坎，冠英兄交了一份

令人滿意的答卷。

　　我特別要感謝冠英兄的，是他不時和我交流意見，常常認同我一些講話或拙文的觀點，而且以一種讓我感動的無比激情。例如，我在悉尼詩詞協會兩次新書發佈會上的講話──一次就「古今中外」四個字發表見解，講文學的繼承與發展的問題；一次談「東西南北」，即是談「同一個世界同一個夢想」，希望我們澳華作家、詩人在自己的創作中充分體現人類的共同價值追求──冠英兄都很贊同。關於普世價值，他自己在〈相機帶出春意來〉一文中，因報載的一則相機離奇小故事，有感而發，說：經常聽到所謂的「東西文化衝突」的議論，但他在這故事裡卻看到了東西文化的高度融和，看到了共同人性的光輝閃耀。現在中華故國文明顯現衰落，而其主要的原因，他認為是由於長期貫徹一條極左的政治路線。荒謬的「階級鬥爭」學說，以鞏固政權為目的，以尋找並狠鬥「敵人」為手段，最終導致四面樹敵、舉國不寧、冤魂遍野的結局。人與人一旦失去真誠，在彼此心間築起一堵堵防備之牆，冷如嚴冬的社會，哪能容得下和煦、溫暖的春光?!真是一針見血的批判。

　　澳大利亞陽光普照，藍天白雲下，崇尚民主自由博愛，冠英兄在這裡享受充分的言論自由。他有一次在悉尼見到來訪的他的同鄉大作家劉再複先生，在文中引用了兩句話。一是劉再複說錢鐘書先生曾告誡過他：「我們的頭髮，一根都不能讓魔鬼抓住，一旦抓住，全身都會被拉過去……」二是劉再複說：「對於我的出走，錢鐘書起先是不以為然的，後來便說走得對啦。」誠哉斯言！

　　對我們這些生活在澳大利亞或其他國家的華人來說，愛國主義在我們身上就會體現出兩個內容來──既熱愛當下生活的國家，也關注自己的祖籍國，而同時實現這兩種愛國主義並讓它們融合、昇華的最佳途徑就是抱持世界主義，抱持普世價值。

六

　　冠英兄現在已經年過古稀。他退休前為福建省直機關公務員，為領導秘書，可謂「革命」了幾十年。2007年初移居悉尼，就像很多中國年老移民一樣，來澳邊頤養天年，邊當「專職保姆」。他的簡介還這樣打趣自稱：草民，玩世亦恭。學識低淺，卻跨足工農兵學商，然智商平平，年年勞碌，終一事無成。幼失雙親，成年碰壁。移居悉尼後，隨遇而安、知足常樂、視死如歸，故自號「安樂歸寮叟」，每於寮中讀書、碼字，以期延緩腦癡呆。

　　正是通過文字，通過他的「碼字」，我認識了冠英兄。他後來在一篇題為〈隱居洋山林〉的獲獎徵文中做了一段回憶。他說，來澳後自認為是隱居洋山林，可是，也許真是「人生識字憂患始」吧，過了段時間便覺略有所失了。有一天，兒女們帶回一份中文報紙《澳洲新報》。一大疊，好幾十頁，洋洋灑灑，讓他的雙眼頓時大忙起來。不多時興奮了，那種感覺就如跋涉在遮天蔽日的原始森林中，突然發現一座瞭望樓。登臨其上，放眼四方，眺望八極，真是心曠神怡！看多了心癢，積習難改，便也試寫「豆腐塊」了。於是給《澳華新文苑》電郵發去一篇旅澳雜記〈與鳥為鄰〉，竟蒙編輯垂青，刊登出來了，而且給配上兩幀生動適題的照片，使他那不起眼的小豆腐圖文並茂，生色不少。接著他又另投一篇，再次被刊用，自然喜不自勝。後來，是所謂「以文會友」之意吧，應編輯先生之邀，參加一些相關的聚會活動，更發現悉尼華裔文化人藏龍臥虎，人才濟濟……

　　冠英兄說的「編輯」，就是鄙人。而他在悉尼開始「碼字」，開始學習古典詩詞，十年來一發而不可收，看來其樂融融。

　　「嘆人生、不如意事，十常八九。」這是宋代詞人辛棄疾的話。同代稍後的方岳再展其意，詩云：「不如意事常八九，可與語人無二三。」冠英兄回憶自己的過去，確也多舛坎坷，頗合斯言，然近年反而覺得並不盡然了。他想到德國詩人荷爾德林說，人類應該「詩意地棲居」在地球之上。他有所感悟，覺得只要主動爭取，「詩意地棲居」是可以得到的。在這種心態之下，便躲在小草寮裡不斷敲打閒章。

　　所謂敲打閒章，這就是守住「漢字江山」啊。這可是生活在世界各地的華夏子孫不可等閒視之的一件大事！我讀了冠英兄〈心祭父母〉一文的結尾，很有感觸。冠英兄說他在印尼睨細拜祭父母回來後，收到那裡親戚電郵，內附最新墓地照片。墓碑上，他剛以油漆書寫的文字又換成新的了，但字型怪異，「三不像」──不像漢字，不像韓文，也不像日本的片假名，當然無人能識別。他知道，這是不懂中文的睨細的親人們，摸索著已被風雨剝蝕的石刻描上去的，雖不辯龍蛇，其真情依然可鑒！他因而也想，墓碑上縱是正宗的漢字，睨細島上又有誰認得出來呢？這確實很是令人悲哀的。

　　不過，值得慶幸的是，世界上還有許多像冠英兄的人，薪傳和弘揚中華文化是他們義不容辭的職責，也是一種宿命。世界各地華夏子孫與中國與中華文化是什麼關係呢？其實，中華文化中華意識就在自己身上──「我就是中華文化」。冠英兄就是以這種姿態不斷「敲打閒章」的。

七

　　冠英兄這部《南溟秋興》，全書分為六輯：「山海寄情」、「遠足留歡」、「文苑管窺」、「雜事隨想」、「故園回望」和

「天倫情真」，共六十篇，近三十萬字，有圖有文，圖文並茂。這是守住「漢字江山」的一個業績。

冠英兄將《南溟秋興》書稿傳來，希望鄙人能作一序。書稿前有一信，說：「其實在悉尼，對我最瞭解的好像是您了，是您介紹我參加新州作協，是您編發過一些拙作（審讀過的為數更多），您的批評絕對是最中肯的，我因此有特別的企盼！」其言極其懇切，但又讓我愧不敢當。冠英兄還說：說句心裡話，最近聞知多位友人相繼謝世，頓覺自己大限似乎也近了，緊迫感大增，因此想付印此書以留紀念。這一句文字，讀來有千斤之重，讓我不禁肅然起敬。這很有用生命來寫作的意思了。

冠英兄為這部書起名《南溟秋興》，因為他像也是閩南的前輩老鄉林語堂先生一樣，對人生之秋特別喜愛。林大師曾說他最愛秋天，在他七十多歲人生慢慢走向落幕的時候寫下〈年華漸老〉這一章著名的秋讚也是人生讚歌。他知道，秋葉泛黃，是帶著一點悲哀的色調，以及死亡的預感，但他並不因此感染傷悲消沉不能自拔，相反，他從秋葉醇美的氣度和富麗的色彩中感悟到人生的豐滿與美好。他這樣讚美道：「金黃的豔色不道出春天的無邪，不道出夏日的權威，卻道出了晚年的成熟和溫藹智慧。它知道生命的期限，心滿意足。由人生苦短的認識和豐足的經驗中產生一支色彩的交響樂，比一切樂曲更充實……」

也許是此心相通吧。南溟秋興，競放心花，志趣盎然。祝願冠英兄做世界人，落地生根，開花結果！

2017年1月27日於悉尼。

贈序者為：澳大利亞悉尼華文作家協會榮譽會長、澳華文化團體聯合會總召集人、悉尼中華詩詞協會顧問

序　黃冠英君《南溟秋興》文選

柳復起

黃君健筆耀文壇，悉港風雲紀萬端。
北望貞懷思故國，南溟秋興聚僑歡。
豪情進取江山麗，俚語消閒意境寬。
暗諷桃源牽論政，評排泰斗選詩觀。

2016.11月4日

贈詩者為：經濟學教授、悉尼中華詩詞協會副會長，

三位創會者之一

序　敬賀冠英兄《南溟秋興》付梓調寄踏莎行

袁丁

　　遠境留歡，近郊戲汎。侃談輪上童心奮，笑云潛水老來雄，生花之筆真情蘊。

　　好學勤思，獵奇索問。評書說事心誠信，雜言隨感意涵深，南溟秋興多佳韻。

二〇一七年歲次丁酉初春敬撰於悉尼詩詞協會
贈詞者為：悉尼中華詩詞協會副會長

序　讀《南溟秋興》，看閩南人的拼搏精神

陳玉明

　　冠英兄早早約我寫「序」，我寫一半，卻因電腦突然壞了，草稿、書稿都丟失了。請他再發書稿。他照辦，還將已收到的幾篇師友贈序一併發來。我看諸序洋洋灑灑，壯觀至極：有真知灼見的評述，有發自肺腑的讚揚，有詩，有詞……該有的都有了。於是想已經有這些好序，我怕是「錦上添不了花」，婉言推辭吧。可是又想，這未嘗不是一次很好的學習機會，可以多讀幾遍冠英兄的大作，可以仔細品味諸位文友的精妙文筆。所以硬著頭皮寫點學習體會，聊作對冠英兄厚愛的回報，但未敢妄稱是「序」。

　　我和冠英兄認識於2011年11月19日。那天，在悉尼中華文化中心舉辦的「紀念辛亥革命100周年書畫展」上，同鄉郁石兄說，我給您介紹一位剛來澳洲不久的老鄉：黃冠英先生。老鄉相見無比親熱。交談中知悉冠英兄已經年過古稀，原為國家公務員，退休後於2007年移居悉尼。就像很多中國老年人移民一樣，來澳洲頤養天年，邊為子孫當「專職保姆」。得知他有一部幾十萬字的描述文革的書稿，有待出版。別後他還將一篇〈隱居洋山林〉的短文發到我的郵箱。他自嘲為「草民」，打趣素描：「玩世亦恭，學識低淺，卻跨足工農兵學商，然智商平平，年年勞碌，終一事無成。幼失雙親，成年碰壁。移居悉尼後，隨遇而安、知足常樂、視死如歸，故自號『安樂歸寮叟』。每於寮中讀書、碼字，以期延緩腦癡呆」

——地道的閩南人的幽默，給我留下極深的印象。後來我又多次參加悉尼詩詞協會的活動，回回相見，印象自然更深。

今晚又拜讀《南溟秋興》與文友之序，印象或可刻骨銘心了。這部近30萬字的書籍，其中讓我喜歡的有：〈自序〉、〈消閒海上行——遊輪生活記趣〉、〈試談巨擘應制詩〉、〈柳府石情〉、〈難愛難恨的思念〉、〈心祭父母〉，等等。讀罷這些篇章，我清晰地感受到南安人的真性情，和人老不服老的拼搏精神，情不自禁地一邊哼著閩南歌《愛拼才會贏》，一邊塗抹一些感想。

福建多山，由於受地理環境和人文因素的影響和制約，閩人性格很難一言以蔽之，各地都不一樣：閩北人安貧樂道；閩東人求穩怕亂；閩西人重宗內聚，而閩南人則樂於「過番」、「出洋」，到外面闖世界。

我是閩東人，求穩怕亂。冠英兄是閩南人，其祖父、父母都曾經在海外闖蕩。冠英兄誕生於印尼眈細小島，幼喪雙親，隨年老的祖父回歸故里閩南。60多年後重訪故地時，他寫道：「安汶到眈細，沒有飛機了，只好搭上人貨混裝的舊輪船，向馬魯古海域駛去，日夜兼程，足足顛簸了25小時。這馬魯古海域我並不陌生，從船上下望，海水依然深得墨黑墨黑。63年前我與祖父乘小帆船回唐山過此時，如山巨浪，顛得我吐盡食物吐膽汁，疲憊之身幾天都沒恢復過來。現在我順理猜度，父親與同伴潘斯欽舅舅，應該也是沉沒於此的。在傾盆大雨中，望著閃電時而照現的海雲，我追悼父親，默吟《貨輪夜航》：『鳴笛辭安汶，啟錨向大洋。滂沱連夜雨，壘石築雲房。父舅亡軀處，思親欲斷腸。茫茫滄海闊，何似蒺藜床！』可知從小就經受莫大的磨煉。在「山海寄情」中，他也有一段描述：「我出生於海邊，年輕時喜弄潮，曾橫渡過流急浪高的廈鼓海峽，也在內河一氣長遊過幾十華里。那時每看到滿池的水或

漲潮的海，即會產生一股往下跳的衝動……後來也許是年老的緣故吧，興趣漸減，以至疏遠了水。不想今天這浩瀚無邊的大海，這一人多高的浪頭，竟使我返老還童，有了躍躍欲試的心情，毫不猶豫地換裝下海去！」

這不由讓我想起另一位閩南人王亞南（著名的馬克思主義經濟學家、《資本論》最早的中文翻譯者、原廈門大學校長）。1933年王亞南乘客輪去歐洲，途經紅海時突然巨浪滔天，船搖晃得人無法站穩。這時，戴著眼鏡的他，手上拿著一本書，到餐廳懇求服務員：「請你把我綁在這根柱子上吧！」服務員以為他是怕被浪頭卷到海裡去，遵照其話，將王亞南牢牢地固定在柱子上。只見綁好後的王亞南翻開書本，聚精會神地讀起來。船上的人無不投以驚異的目光，連聲讚嘆道：「啊！中國人，真了不起！」這就是放大了的閩南人的勇敢、勤奮與淡定！

回頭再看少年時的冠英：「有一次課間休息，我們拿小皮球當作籃球打，打到上課鈴響才滿頭大汗沖進教室。其時，幾何老師已在黑板上畫出一個圓，再作兩條切線，出一道題，請同學們舉手解答。我邊擦汗邊望黑板，看了半天，還不明白題目的意思，而前座一位其貌不揚，動作粗笨，被我們戲稱『土包子』的同學，卻走上去輕易地就解出來了。這對我震撼無比，產生了極大的危機感。自此決心『痛改前非，迎頭趕上』，並暗暗地以『考不倒』的黃洛水為標桿，刻苦努力，發誓將來非上北大、清華不可！一滴汗水一點收穫，我的學業成績很快直逼黃洛水，而且與他一樣，各科齊頭並進。每當公佈考試成績時，不是他第一，便是我。」

很可惜他選作榜樣趕超的這位黃洛水，懷才不遇，不幸早走了，而他依然硬朗朗地活著，且闖到澳洲「吃老學吹簫」，還到詩詞協會當個老學生，興致勃勃地學起古典詩詞。他從不懂什麼是平

仄、押韻、對仗到上臺演講詩詞的創作，甚至頗有見地的研究盛唐賈、杜、王、岑四大頂級詩人的一次同題唱和詩，也曾演講《紅樓夢》裡的詠菊詩與芹溪的精細藝術。

　　他說：出於好奇心，我將這四首應制詩，放到電腦上的「格律在線檢測」考察。可惜電腦設計的檢測項目不全，除「韻律」之外，聲律中只管每字的平仄關係，不問拗救，而對「句律」也只標對仗，不提粘對（可能認為平仄都對了，自然就粘起來）。我只好不嫌麻煩，拿表格來對照。這種作法，有點膠柱鼓瑟的意味，不過考察的結果，卻有點出乎意外！情況如下：

1、韻律，四詩全部合格；賈至用七陽，仄起入韻；杜甫用四豪，仄起不入韻；王維用十一尤，仄起入韻；岑參用十四寒，平起入韻。四位全部過關，沒一個脫韻的。

2、聲律，四詩參差不齊了：杜甫與岑參，還是全部合格；但王、賈出些風險：王維有8字平仄不對，須平而錯用仄聲者5個字：罷、五、色、到、翰；須仄而錯用平聲者3個字：裁、聲、池；賈至有9字平仄錯誤，即須平而用仄者為：玉、沐、鳳、朝、翰；須仄而用平的有墀、波、朝、君。他們是不是採取了「拗救」的方法補救呢？我認為不是（理由放在下面句律去說）。

3、句律，四首詩中，一半通過，一半有問題。杜甫、岑參沒有問題。老杜自詡「晚節漸於詩律細」，此時未老，但已頗考究圓熟了。岑參功夫也深。杜、岑兩位都是對仗工整，粘對合律的。而且同樣一詩用了三個對仗，超額完成指標。不過其中有幾字，須作非常規的理解，如杜甫的「珠玉」對「香煙」，不是名詞之對，所用詞匯是偏正結構，「珠」指形體之圓潤，「香」是氣味的芬芳，都是當

作形容詞的，這就對得工整了。而岑參以「皇州」對「紫陌」，是「皇」「黃」同音，假借讀音，是「借對」，於是「皇」解為「黃」。「黃」對「紫」是顏色對顏色，也算工整。

賈至、王維的對仗也全合律，但第6、第7、第8句都存在缺陷，同樣是6、7兩句失粘。如果以「拗救」看待，那麼且將王維第8句的「佩聲」（佩字可不論，聲字卻分明），視為對第7句仄聲「朝罷」的「拗救」，同樣地將賈至第8句的平聲「朝」視為對第7句仄聲「沐」之救，似乎都還說得過去，可是，這麼一來，卻造成了現在的第6、7兩句的失粘了，故言拗救，其「病」更重。我想作者是不會丟掉西瓜去撿芝麻的……

從以上足見，一位70古來稀的老人孜孜不倦的學習精神。他是那麼地投入鑽研，因而進步之快也超乎朋友們的想像。這就是「愛拼才會贏」的南安人黃冠英。

閩南歌曲中，有這樣歌唱自己的同胞：「閩南人，洛水河中，你是一條騰波躍浪蛟龍；黃河原上，你是一陣翻天覆地的旋風。你在歷史的煙雨中，飄逸著魏晉風骨，邁開盛唐的腳步，敞開大宋的胸襟，一路走來。這裡沒有逐鹿的戰火，遠山近水多麼親和寧靜，遷徙的征塵還掛在額頭。中原士子漫溢著紅寶石般的智慧，徹亮了這片混沌的天空……」

閩南人了不起，我為有冠英兄這樣的閩南朋友而感到自豪！從他的文章裡，我領略到他的重義重孝的本性，和別具特色的閩南文化。作為中華文化的重要組成部分，閩南文化有著獨特的內涵和重要的地位。自古以來，閩南人勤勞開拓，愛拼敢贏，弘揚、發展中原文化，形成上承中原、吳楚，下展港臺、海外的閩南文化。成千上萬敢於出洋拼搏的閩南人，將中華優秀的閩南文化發揚光大，傳

播到世界各地。在這支雄赳赳的千萬人大軍中，當然又有了冠英兄
的身影。

草於悉尼無聲齋2017年2月8日深夜

贈序者為：澳大利亞中國文化友誼聯合會會長，

澳大利亞書法家協會常務副主席

全球漢詩總會悉尼分會會長

自序　且從樂趣尋詩意

　　宋代詞人辛棄疾曾道：「嘆人生、不如意事，十常八九。」（《賀新郎・用前韻再賦》）同代稍後的方岳再展其意，詩云「不如意事常八九，可與語人無二三」。人的一生，倘若正裡八經地加以體察，與他們的嘆息大體相當，所以後人每每引而為文。回憶自己的過去，確也多舛坎坷，頗合斯言。然近年反而覺得並不儘然了。人生畢竟短暫，如若多數的人都是那樣地按「八九」比「二一」地活著，豈非太對不起自己，社會環境也未免太糟糕、太需慚愧了。難道時代都沒有進步？人的進取精神又體現在哪裡？德國詩人荷爾德林說，人類應該「詩意地棲居」在地球之上。吾鄉閩南的大學者劉再複說：「讀山川、讀大地、讀滄海、讀世界，永遠是人類爭取『詩意棲居』、爭取存在意義所必須的。」他連爭取的途徑也指將出來了。

　　所謂「詩意地棲居」，荷爾德林在同一首詩中也有點明，便是讓「良善和純真常與人心相伴」。就是說，只要主動爭取，「詩意地棲居」是可以得到的。假如總是「嘆人生、不如意事，十常八九」，悲悲慼慼，生活未免太累，不如換個心態，樂觀處世，遇事或許可以轉悲為喜，化苦成甘。

　　悉尼（中華）詩詞協會的喬尚明會長，對多為老人的會員們說：從退休之後，到癡呆、終結之前，是人生的「黃金時期」！理由是到此時，錢也存了點，經驗多了些，而負擔與責任卻少多了。因此大可享受人生，「愛幹嘛就幹嘛」，瀟瀟灑灑過日子！我頗有同感，以為調整好心態，達觀一些，粗茶淡飯，也可尋得快樂。於

是從「隨遇而安，知足常樂，視死如歸」三個成語中，各取尾字，自號「安樂歸寮叟」。這小冊子裡的文字，便是本叟移居悉尼後，在這種心態之下，躲在小草寮裡陸續敲打出來的閒章。悉尼的華人朋友借《莊子‧逍遙遊》的故事，喜稱地球村南邊的大島國澳大利亞為「南溟」，而筆者已過古稀，漸薄耄耋，樂觀些亦稱秋景吧，小冊子遂名之為《南溟秋興》。

　　「讀山川、讀大地、讀滄海、讀世界」，筆者怕無此能力與條件，但對秋的景慕與自信還是有一點兒的。也是閩南的前輩老鄉林語堂先生，對人生之秋特別讚美。他曾說：「我最愛秋天，因為秋葉泛黃，氣度醇美，色彩富麗，還帶著一點悲哀的色調，以及死亡的預感。它金黃的豔色不道出春天的無邪，不道出夏日的權威，卻道出了晚年的成熟和溫藹智慧。它知道生命的期限，心滿意足。由人生苦短的認識和豐足的經驗中產生一支色彩的交響樂，比一切樂曲更充實⋯⋯早秋精神正是寧靜，智慧和成熟的精神，早秋之歌能對憂愁微笑，讚美爽快，銳利清涼的空氣。」也許是此心相通吧，我在閒散鬆弛中，「吃老學吹簫」，竟到詩詞協會當個老學生，興致勃勃地學起古典詩詞，雖僅得皮毛，倒也彌補年輕時在故國因遵照指令，忙於「階級鬥爭」而荒疏的一些遺憾。乙未迎春時，無知無畏，也曾試填《浪淘沙‧移居澳洲習古詩》，略表欣慰心境：

　　　　南渡適天涯，竟放心花。天藍地綠海邊沙。初觸詩騷從始學，蠢笨山家。
　　　　弄圃趁明霞，俗菜當葩。豆瓜垂架趣情佳。雙語兒孫縈膝笑，勝似中華。

　　心情是愉快的，我雖也努力尋求「詩意」，但這小冊子裡，全

是些平淡生活中俗菜豆瓜的閒章，風花雪月，無關宏旨。因此「詩意」不敢說，樂趣卻是有的。受了陶淵明「縱浪大化中，不喜亦不懼。應盡便須盡，無複獨多慮」之鼓勵，再借點阿Q的膽氣，不憚醜陋付梓面世，倘能得到讀者一絲笑意，便當感謝！

2017.2.16

山海寄意

泛舟悉尼灣

　　悉尼灣的海岸，突出海面的「岬」角很多，用「犬牙交錯」形容甚切。岬角多，小海灣就多，整個兒就像個鱷魚嘴，其狹處為咽喉，是帕拉瑪塔河口。寬處獠牙大張，含著塔斯曼海面，往外連著南太平洋。在這個又長又大的鱷魚嘴裡，還散布些咀嚼剩餘的魚骨渣渣，便是海灣中若干翡翠般的島嶼了。獨特的地理形態，使悉尼港成為「世界三大最美麗港埠」之一。美國小說家馬克・吐溫稱之為「悉尼的情懷，世界的仙境。」

　　聖誕節臨近了，大女兒的單位利用週末組織一次「艇遊派對」。我身為家屬，於是得以繳費參與。黃昏時節，達令（情人）港細浪搖舟，輕風徐來。碼頭上遊人信步悠閒。一派祥和、溫馨的氛圍。瀕海有一列兩層三層酒吧，塞滿了高舉酒杯的各色人種，熙熙攘攘，人聲鼎沸。女兒說：「澳洲人的夜生活開始啦，他們喝酒、唱歌、跳迪斯科，非鬧到下半夜不回家！」

　　女兒的單位通知在第二碼頭集合登船。同事們三五成群，準時而至。女兒忽然有個新發現：這些平時正裡八經穿制服的上班族女同事，不約而同，居然個個換上了晚禮服，便是半老徐娘、老媽子，也穿出光背半露胸的連衣裙來。我不禁產生了新奇感。

　　這艘遊艇不小，艙裡坐下一百多人，還留有頗大的活動空間。不過大家似乎更樂於在甲板上逗留。侍者及時送上飲料：筒形杯的是香檳，高腳杯的是葡萄酒、橙汁與蘇打水，白瓷杯的是咖啡，而啤酒，乾脆就讓酒瓶對嘴巴了。在歡聲笑語中，遊艇向薄薄的暮色徐徐駛去。

　　我不諳悉尼灣的地貌地名，也不知道遊艇走的是怎樣的航線，但知道只在灣內巡航，沒有越出外海。在近四個小時的巡航中，連續三次從海港大橋下穿過：第一次穿過時，幾乎所有的人都很激動，因為這裡並存琴形的海港大橋與貝殼狀的歌劇院，是「譽滿全球」的悉尼標誌性景點。歌劇院建在貝隆岬的尖頂上，隔個環堤小灣，處於大橋的東側，在後甲板上留影，正好成為壯觀的背景，確實是個難得的機會。悉尼與北京時差兩小時，加上夏時制再前推一小時，等於早了三點鐘。因此現在時針已指在下午的八點鐘，而夕陽依然高掛西天。偌大的海灣風平浪靜，船如滑行鏡上。從艇上眺望兩岸上，一邊抹上金色，燦爛輝煌；一邊籠罩陰影，灰蒙如黛。高樓大廈只矗立於CITY即市中心區，其他高坡多為樹林中的平屋。天際線大都呈現山體的蔓延；第二次通過大橋的時間，正當人們在艙中戲鬧。船過之後我才發現，自然趕緊出來欣賞。這時夜色已重，華燈齊上了。海岸上燈盞能顯示建築物外形的，只有CITY一處，別的地方便剩山形剪影裡的星星點點。說實話，悉尼的夜景不及香港的璀璨。遊艇在某處近岸停泊良久，我問女兒怎回事？她向窗外張望，說：「呵，那有一行亮燈的大樓就是我們的公司。」此遊艇是她們公司包租的，在此稍泊，算是照顧的意思。那大樓旁邊是一大車道，車道終點即碼頭，能在這樣的環境上班可真不錯；第三次橋下過已是深夜，玲瓏剔透的水中島嶼，變成了渾混的黑團團，幾艘晚歸的私人小艇燈光恍惚，如幽靈在波光中閃動。這時，海港橋上空卻出現罕見的奇觀：強光如柱，透過弧形拱頂射向蒼穹，無數白點在天幕前滑行劃線，那是翻飛翱翔的禽鳥。不知它們是純粹的海鷗群，還是強光使別類也一律變了白？畫面極其生動，使在甲板的人，都無不如癡如夢，久久凝望。

　　這次派對的內容包括遊覽、聚餐與抽彩。我上邊用了「戲鬧」

二字，是指後兩種。晚餐內容可未敢恭維。當人們剛登上船時，侍者在送飲料的同時，即不忘穿插端來點心，有雞肉串與類似中國的燒麥、鍋貼等洋食，最多的是生蠔。天，這牡蠣大如巨棗，白生生、軟綿綿地躺在半個蠔殼裡。一大盤只配半粒檸檬，其他左料全無。在女兒的鼓勵下我試嚐一口，才入口就翻胃！後來的正餐東西也不多，無非是些麵包、沙拉、炒麵、咖喱飯與炸成條狀的三文魚、土豆等等。那盤醃熏的豬腿肉倒很好看，逗人胃口，卻鹹到難以下嚥！蔬菜、水果少得可憐⋯⋯這「盛餐」似乎還不如福州的20多元自助餐。不過話說回來，這趟遊，家屬費用是每人30澳元，相當於人民幣180元。貨少酒不限，就算它20元吧，那麼160元坐著舒適大遊艇逛一個晚上的大海灣，還是很划算的。記得十年前，坐過小快艇繞鼓浪嶼一圈，約半小時，費用每人100元；

　　船內舞會倒挺有趣。酒過數巡樂聲驟起，這些白人棕人，個個亂動，男女老少爭相下舞池。跳的據說是迪斯科，其實動作隨意，無非是跺腳、揮手、擺腰、扭屁股，押上搖滾樂的節拍就行，非常盡興。那過了芳年、肉團也似的肥佬，似乎故作醜態，儘量逗人發笑；年輕的洋妞們則成團對擺，各展姿容。一對韓籍夫婦是衛生工，也是邀了這個邀那個，挑的還是大小的上司。坐我身旁的一位女港胞說：「他們酒灌多了，就得發洩。」可是她堅持靜坐也沒多久，就隨意大利籍的總經理秘書下池了。一位與我女兒相熟的白人老婆子，非常固執地非請我不可。盛情難卻，我於是迎風隨俗，也下池擦個邊兒⋯⋯

　　遊艇開來駛去，最後靠岸時已經十一點多鐘。而岸邊那一排酒吧裡，猶是「樓臺歌舞未曾休」。如此西人夜生活，要融入怕是不太容易的。

藍山的古樹、深溝與溶洞

「藍山」地處近郊，是悉尼的觀光品牌。若以地質年代比較，據說可當珠穆朗瑪峰的「祖父」。因時光太過久遠，藍山之頂峰已被「風吹雨打」了，嚴格地說，現在只剩「山根」，因此遊藍山多為「繞著山根看底溝」。

移居悉尼前後，我跟隨「華人逍遙同樂會」與「澳華公會」的朋友們多次走訪藍山。光今年便不下三五次，還在

山上看了場相關的電影，就如在廬山觀看《廬山戀》一樣，因此對藍山有了比較深入的認識。藍山是個占地百萬公頃的密集樹木的原始曠野，卻就在世界大都市悉尼的門旁，因而成為「世界獨一無二的美景」。這個被橫放的「U」形大峽谷，猶如巨大的火山口。不同的是此「火山口」內並非灰土死地，而是茂密蓊鬱，布滿難以計數的植物與動物。她之所以能夠成為悉尼「門檻」而不被損毀，得益於兩個方面：其一是三面為千仞懸崖，垂直上下，別說人類，便是猿猴也難以攀爬；二是精心保護。藍山雖早已闢為遊覽勝地，也有環行大巴、山頭纜車以及山間電梯與小火車，但只設置在山之頂部，最多到腰間，所以遊客無法直抵谷底。自然的屏障與人為的呵護，使藍山得以「居鬧市而獨幽」了。

藍山地域之廣，占了城市鐵路交通線西部十幾個停靠站之多，所以我們每趟上藍山，都在不同的車站下的車，然後就近觀玩，

或再搭BUS赴更遠些的地方去。不過旅遊圖上所標的藍山三十多個景點，卻大多集中在小鎮卡通吧（Katoomba）周圍，這或許就是藍山的最高處。臨街的卡通吧「車站旅社」，是座並不顯眼的二層小樓，卻成為藍山的「第一個景點」，其理由，只因它是一座「百年老屋」。環行的BUS就是以此為始點與終點的。

出於保護的原則，三十多個觀景點，全設在倒放「U」形峽谷的東岸，而且全部都是自上往下看的。不管你是駐足觀景台，或者乘座纜車、搭上電梯、小火車，展現眼前的都是鳥瞰圖：最為搶眼的，當數那一片片垂直的絕壁。峽谷好比是個從山頂突然塌陷下去的大山溝。齊刷刷地削下去的是懸崖；從絕壁分離出來的孤立岩石即為奇異山體，如三姐妹峰、鷹嘴岩等；卡通吧大瀑布，有如一條雪白的哈達飄飛而下，途中一折再折，卻望不見底部的深潭。遊覽，實實在在是「繞著山根看底溝」。看溝邊懸崖的險峻，山體的離奇，看谷底森林的茂密。運氣不錯的話，還可以看白浪翻滾的雲海……但這充其量都只屬外部觀望，無法瞭解其蘊蓄的豐厚內涵，領略其博大與精深。如果能夠深入腹地（即谷底），親近密林與泉流，觀感必定大異其趣。可是這是很危險的，因為沒有人為地架設雲梯或開鑿小徑以供上下，只有極少數訓練有素的年輕人，靠「索滑」運動才得滑下去。據說，「每年都有人在峽谷死亡。有些跌死，有些溺斃，有些迷途，死於嚴厲的氣候與飢餓」。

如此億萬萬年的原始古峽谷，植被與飛禽走獸自然十分豐富，但很遺憾，無法從細觀察。從樹冠上望去的莽莽林海，直伸展到很遠很遠的天邊。我以為全是澳大利亞的「國樹」——各種桉。其實這裡既屬熱帶雨林，所蓄當然十分豐盈。從紀錄影片《邊緣》中得知，1994年10月，一名探險者深入山中，發現一種奇特樹木，為「恐龍樹」。所謂「恐龍樹」，應為與恐龍同期之物種吧。恐龍時

代亦稱爬行動物時代，在中生代之三疊紀、侏羅紀與白堊紀。據科學家測定，恐龍大約出現於2億3千萬年前左右三疊紀中期至6500萬年前白堊紀末期，頭尾經歷將近1億7千萬年的生活史。這「恐龍樹」，從影片的特寫鏡頭看，主幹筆直粗大，高達40米，葉形對生、羽狀，像紅豆杉，長有棒槌形果實，似屬杉科大喬木。此前，世人皆以為其已「絕種超過6000萬年」了，不料卻在藍山發現「40多棵」正茁壯生長，聚而成林，豈不驚天動地?!由於這些「古樹」的珍貴的程度，達到「任何生物都無可比擬」，因此其生長的確切位置，已被完全保密。連拍攝紀錄片的影視工作者，都得蒙著雙眼乘坐直升飛機，方可前往。但願它們能在沒有人類的干擾中，無憂無慮繁育後代，繼續茁壯成長！

筆者移居悉尼已經4年，總共走了3趟藍山的谷底溝。兩次徒步攀爬。一次乘電纜，先空中橫渡，繼而鑽山腹下沉，最後傍山回到頂部。

徒步攀爬，是跟隨此間的華人老年「走步團」。「走步團」有三四個，如社團組織的澳華公會、逍遙同樂會等，也有自發組織的。但敢於冒點險帶往深谷的，恐怕只威廉自發組織的這個團了。我兩次探谷，都跟的是他。威廉來自上海，確實是個好嚮導。他相

對年輕些，花甲掛零，體魄強健，還當過軍醫，又精通英語，環境也比較熟悉，尤其令人放心的是非常細緻、認真、負責！他剛拿出行走計畫即通告：凡報名參加者，必須先行鍛鍊，特別要多多地上下樓梯，練足腳力。出發時務必穿球鞋、背雙肩袋，要帶足水與食物以及醫療卡……他帶到山徑路口，先讓大家站好隊伍，排定順序，要求每個人都認記前後的同行者，相距不得超過10米，每到分路口或轉彎之處，一定要互相等候，待點足全隊人數之後再前進。凡到懸崖絕壁處，至少要空出一隻手，以備不時之需……交代完畢才領頭先走，可剛走幾步，又停下叮囑：走路時，腳要踩在平地處，不要踏那會活動石了與泥水濕地，特別是切莫踩到斜壁或青苔上。如果不慎有東西滑落，如帽子、相機等等，千萬千萬不要去搶救！半路上，會停下來讓大家吃點心、喝水，因為不能太餓，但也別吃得太飽……威廉講得婆婆媽媽，卻神乎其神，大家頓覺緊張兮兮的。

行走路線當然也是威廉選定的，反正跟著走就是，因此記不清從哪到哪。第一次下谷比較平緩，無奇可記。第二次相對要險些，可是一走，連威廉也甚感意外：許多路段是新修過的。在濕漉漉的低窪處，有的甚至立上大磚似的石樁，一步踩一塊，相距正合適。橫跨山澗的小橋，不管木質的或金屬的，都顯得嶄嶄新。這樣走起來沒多少刺激性。還好不少地段是鑿山角而成一半露空的通道，像「隧道」，遊客需扶著鐵欄杆，貓腰或側身穿過。有幾處關卡還設有門洞，掛著鎖頭，不過門板依然是洞開的。威廉說，這是山體有變，出現險情時，為禁止遊客通行才鎖上的。我注意到了，這深谷裡造橋、築路的全部用料，都是直升機從別處吊運進來的。本地木石一概未動，植被保護因之十分完整。遊人穿行在密林之間，路旁多為高大的莎蘿林與密密的蕨類植物，耳旁的流水聲，時而叮咚，

時而嘩啦，偶爾還有空山鳥語，不時叫喊：「急救！急救——急急救！」十分悅耳。同行有人說，「這鳥兒也精通漢語！」山外烈日當空，谷底涼風習習。谷深林老徑細，相遇的行者並不多，有一隊大約七八個，是韓國人。而3人成組，甚至單人獨馬的，是鬼佬，膽子真夠大的。

我問威廉：「我們要下到多深的谷底？」「現在我不說！」威廉賣了個關子，「你們先走一走，然後憑自己的感受猜測有多深？」半途中，貼著石壁又是開出的一段半露空的隧道，在鍍鋅的欄杆之外，有一處釘掛著3條嶄新的鐵鍊，下方是一個直徑兩米多的深洞。這鐵鍊，是讓玩「索滑」、「溪降」者掛鉤繩索，以便下去探險之用的。所謂「溪降」，就是專挑傍水的無路山崖，靠用繩索，順著溪流逐步下降的冒險遊戲。記得我們前一次行步時就碰見過。那是在一處山石的轉角處，在潺潺泉水聲中，忽然傳來「嘭

嘭」的幾聲巨響，我疑為山石塌陷或枯樹倒下了。探頭往澗水洞裡張望，只見萋萋的草叢之下，冒出3個穿著緊身膠服的青年男女來。原來，他們就是專玩「溪降」的角色！

威廉指著那兩米多直徑的黑森森洞口說，他來探路時，正遇幾個年輕人在這裡，身上背著一大綑繩索。他問他們此洞有多深？答曰：「50米！」我表示懷疑，因為其上下附近的澗溝，與行道高差大約僅十幾二十來米，此洞難道會特別深陷下去？威廉說：「非親非故，毫不相識，他們何必騙人？洞下說不定還有暗流呢……」他是深信不疑的。

我們終於走到預定目的地的溝底，就地休息、「充電」之後，才改為攀登，繼續前進。我們向下走時，路較平緩，長些，用了兩個小時，向上攀路短但陡峭，也用一個半小時。走完全程三個半小時後，威廉才問大家：「你們覺得谷底的垂直距離有多深？」有人說500米，有人說300米，我說250米。威廉的謎底，則是垂直深度360多米！我猜得少了，看來腳力還可以。

谷底走到了，可幾乎是無險的「探險」，我有些失望。玩「溪降」當然最有刺激性，可是危險性也最人。藍山年年都有派直升飛機救人的事，年年都有人受傷、走失甚至死亡的事故發生，因此如「溪降」之類的遊戲，絕非老人如我者所能玩得起的。然而，想再到峽谷底下看看的願望依然不滅，因為我從資料上得知，澳大利亞所在的「岡瓦納古陸」，形成於42億年前，幾近地球的年齡。而藍山已發現的最古岩石也有4.7億年，因此充當只有幾百萬年的歷史的歐亞美幾大洲的阿爾卑斯山、喜瑪拉雅山、安第斯山等的「老祖父」，綽綽有餘！藍山在年輕時候，也許並不比喜瑪拉雅山低矮，只因數億、數十億年的風雨剝蝕，才變成如今的老態龍鍾。現在的藍山的確「老」了，「矮」了，平均海拔只剩600~900米，頂部多

為平緩、寬闊，恍若高地平原。這些「平原」，實際是大山峰頂被削去之後剩下來的「根」，以前看的「山頂」，其實是「山根」。而我很想再看看「山根」底下的「根」到底怎麼樣，感受峭壁懸崖的落差氣勢，觀賞澗谷密林的生長景象。走步是「失敗」了，乘坐電梯也許是更便捷，於是鼓動全家人，作一次乘電纜的藍山之遊。

在卡通巴小鎮附近的大峽谷，頂端開闢一個寬大的觀景台。觀景台左側是著名的三姐妹峰，右側便是電纜、電梯的始發處。全程乘坐，成人每位28元（家庭票價略優），即可乘坐3種電纜，走3條線路：一條是峽谷頂部兩端的水平橫渡。東西往返，只有一節纜車來回擺渡。不過車廂很大，似巴士，一次可乘60人左右。車廂兩壁與底部全是透明玻璃板，向外觀景清晰無比。當纜車慢慢蕩開時，即可見懸崖如航空母艦的船舷向外展開，岩層石紋排列有序。一注白練似的瀑布，飛珠濺玉，往百丈深淵奔瀉，中途遇石，折成

三疊泉。落在底部匯成小溪,流進密密麻麻的綠色樹冠之中。綠冠遮蓋不住之處,偶爾可看到遊客,細小如螞蟻。隨著纜車前移,腳下出現一座孤峰,像一堆大積木,從綠林之中堆起。綠色樹冠狀如波濤,孤峰巨石便成了孤島,只有飛鳥才能抵達。我讓女兒問乘務員纜車有多高,得到的回答是「海拔400多米,垂直240米。」這麼說,如此險峻的地方,還沒有我們那次步行走到的深;第二條坐的是幾乎垂直下降的電梯。其實這也是纜車,我稱之為「梯」理由有二:一是運行方向為上下,而且斜度幾近垂直;二是座位每排4個,一共20來排,做成層層的階梯狀。人的臀部一陷進去,兩腿即自然翹高,而頭頂上矮矮地又以鐵絲網罩住,感覺就如進了鐵籠子。但這是必要的,因為不加蓋的話,一不小心乘客就可能被拋出去,跌入深淵。坐得滿滿的纜車,如同一條大蜈蚣,一經啟動,嘩啦一聲鑽進了黑咕隆咚的洞穴裡。這是直插山體之中了。過了好幾分鐘才從底下的光亮處鑽出來。但只到達半山,我們棄車步行,首先看到的是煤礦的舊址遺跡。原來藍山還是座煤山,早期曾經是個礦區,礦巷子裡的輕鐵軌道與礦車依然陣列展覽,煤層分布情況,也以實地標示出來。我想幸而開挖不多,否則風景區就遭破壞了。我們接著走的,是古樹密林中的木板棧道。棧道當然全出自人工,寬寬平平的,兩旁有護欄,每隔不遠,又設有椅桌、亭台,最低處甚至建個有數排座位可供開會、表演的八角大亭。平緩微坡,如履平地。在此行走太舒服了,簡直是休閒!除了幾小段是階梯外,大部分路途可推童車。坐著輪椅的殘疾人也能通行。此間最可人之處,是參天古木得到精心的保護,棧道彎彎,所經之處凡遇有樹木,統統刀下留情,無不在棧道上開出孔洞,維護它的生長。樹木的品種自然繁多,有的還掛有名牌,可惜不懂英文,無法辨識。熱帶雨林的三大特點——板根、藤蘿、莖花莖果,在這裡有所體現,

而最顯眼的當是藤蘿，垂垂掛掛，長蛇一般，盤根錯節，到處都是，粗者可比喬木，細者小若繡花針。欄杆邊上有種10號鐵絲粗細的綠藤條，我不小心一碰，居然還有刺，細看原來是能開白花，其根可釀酒的金剛刺。為了爭取一絲絲陽光，它拉得長長，抬得高高的，乃生存環境之使然。也許因為林木太過古老的緣故，樹冠之下離地10米上下的地方，已成通透空間，無花無果，也少有雜草了。只有近水之濕地，莎蘿與蕨草生長旺盛，茂密蔥蘢。那成林的莎蘿，高達十餘米，棵棵婷婷如陽傘。行人過處，滿富熱帶風情。

　　我們循著棧道走了一大圈，先是朝下走，到了八角形的最大風雨亭，繼續前進就轉成上坡了。約略走過3公里的路程，來到另一種纜車站。有許多遊客在排隊候車。是繼續往前去乘電梯呢，還是在這裡再換一種？我們正猶豫著，有位弄雜耍的藝人主動來逗我家的小朋友，用極其滑稽的動作充飽長形氣球棒，並極熟練地絞成寶劍與小熊，分贈叮咚兄妹倆。還有一位小提琴手，正拉著歡快的曲子。他看到有黃種人到來，立即改拉《梁祝》與康定民歌《跑馬蹓蹓的山上》，博得華人們鼓掌歡呼，紛紛讓孩子們投下些零錢，以表感謝。這兩位當為「街頭行乞者」，但很聰明，選在這種地方表演，效益自然比行人匆匆趕路的街頭好得多。

　　天忽然下起瓢潑大雨，我們慶幸自己有福，正好躲到有篷的候車走廊裡。這回乘坐的纜車小些，但也可乘20多人。纜車在雨幕中，沿著山邊冉冉升起。懸崖峭壁與那座孤峰看得更清楚了。堆成孤峰的岩石成方成塊，如刀切的豆腐或糕點，真是大自然的神功。相對於深邃的峽谷而言，這「山根」又成百丈懸崖，無比險峻。不由使人想起湘西的武陵源那一帶由石英砂岩層組成的神奇地貌，以為也是因經久的塌陷、散解、風化與縫中樹木的根裂形成的。後來看到一份資料，始知這裡地理形態，有其獨特的形成機理。因為藍

山系由水平分布的砂岩、葉岩與煤層所構成，在地質力之作用下出現許多垂直裂隙即「節理」。經風雨不斷地衝擊剝蝕，相對鬆軟的葉岩與煤層被風化，被掏空，只保留堅硬的砂岩，可是它們又漸漸失去支撐，於是沿節理崩塌，陡崖就這樣出現了。在億萬年風與水反覆作用之下，崖壁不斷後退，便形成峽谷。而落差出現之後，更助河流切割之功，風化、水蝕又使峽谷繼續擴展與延伸……所以「山根」既是河流的源頭，也是峽谷的起始點。我曾在「山根」頂上轉過無數次，直到現在才體驗既是水之源頭又是峽谷起點的氣勢。纜車幾分鐘便掠將過去，未能空中且停，讓遊客慢慢地品嘗，真是可惜、遺憾！

上到頂點，不久雨歇了，看看還有時間，我們於是又另找一個地方去近看瀑布。暴雨初歇，山澗水聲嘩嘩，我們跟著山水往下走，一路看到幾處較寬的水景，也算是「瀑布」，但沒有水簾，是薄薄的一層水，在傾斜的石壁上互相追逐，歡快而下，直趕到山口開寬處才彙集一塊，攜手跌下懸崖而去……可是我們在這裡不得不止步了。這瀑布，我們只見其頭，不見其身。「飛流直下三千尺，疑是銀河落九天」的景觀，只在想像中……

玩了一整天，總算領略了藍山的基本風貌，甚是滿意。當晚我想記點遊覽的印象，打開放在口袋裡的導遊小圖細察，才發現我們走過棧橋，所到的八角亭，遠未抵達谷底。難怪在橫渡纜車俯瞰所見的小蟻人影、溪流與細橋，都沒有看到。花了不少錢卻偏漏了好景觀，不能不深感惋惜！不過若真的去尋找，又必然會遭雨淋……

一得複一失，魚掌難兼得。人生境遇，大體都是如此吧。這樣一想，藍山此遊，便覺差強人意了！

藍山最著名的溶洞，在悉尼市西大約200公里處。我們是舉家

自駕往遊的。記得有份資料介紹，藍山有許多喀斯特岩洞，「色澤璀璨，多彩如玉雕」，還列入「聯合國世界遺產名錄」，其中最大的叫珍娜蓮岩洞（JENOLAN CAVES）。

資料上說，珍娜蓮「洞中有洞，形如圓屋頂的宮殿，人稱巴荷神殿。洞中景觀全以神話物事命名……」我在國內到過永安的玉華洞、肇慶的七星岩、九江的獅子洞、桐廬的瑤琳洞，等等，都是石灰岩被含二氧化碳的流水所溶解而形成的洞穴。所到之處，幾乎全以《西遊記》人物附和講解。牽強附會的故事聽多了，便覺味淡……莫非這珍娜蓮洞也是一樣的嗎？也許西洋神話新鮮些，可是以英語解說，兒女們能譯出多少呢？怕是聽也白搭吧。所以我並不以為然，覺得跑了一兩百公里參觀，不一定值得。

不過，既是「藍山第一洞」，看看也是可以的。在售票處展廳裡，看到一個摹擬的塑像，是一座被鏤空的山體的剖削面。山腹間有5條波浪形隧道，好比煤礦的礦井巷道，自上而下平行排列。每條隧道兩旁，各有若干小開闊地，就像藤條上結了瓜。這5條隧道，就是億萬年水流沖刷形成的。

我們的小車，從一個狀如大屋頂的山腹穿過，拐到較遠的小山坡上停泊。人再徒步從小徑返回「大屋頂」，開始參觀。原來這「大屋頂」，就是被打開並做了汽車通途與遊客聚散地的大溶洞！由於整座山都是溶洞，因此左右開闢出若干參觀路線。看大洞需一個半小時，小洞一小時，由導遊帶領參觀。

我們錯過了最佳時間，只好走小洞的一線。一個多小時的觀賞中，我發現這樣幾個特點：

其一是控制有序。參觀者剛邁進山腹，便被一個窄窄的單扇門給擋住。導遊一一點人、查票、放行。真的是「一夫當關，萬人莫過」。成人一票28元，老小17元，逐一驗明正身！在有序的控制

中，還有可稱之為「電氣化管理」的，即參觀路線上的燈光，不是一下子全線開啟，而是一段一段地開與關。你順著燈光前進，走到摸黑處即停下。導遊哇啦哇啦講完之後，再開前方的路燈，關掉後邊的。你又可繼續前行但無法後退了。這樣既可控制人流的動向，又便於集中講解。導遊不必攜帶擴音器，省事省力，妙不可言！

其二是現實主義講法。資料不是說「洞中景觀全以神話物事命名」嗎？我以為必定大講西洋神話，其實不然。我們的導遊是位大胖子中年人，不知是性格使然呢，還是原來就有這樣的規定，他極少如國內導遊的風趣與浪漫，從不從「巴荷神殿」去瞎扯，而是指物論景，實話實說。比如一個張開的嘴形小洞，他說「這是沙魚喉」；照亮一處如綏線下垂的結晶石，他說「這是女王的披巾」；走過一片綴滿石英，閃閃發亮的石壁，他說「這是水晶石」……這樣講解不會費勁。參觀者也只好任憑自己的想像去「舉一反三」。看到上下已連未連的鐘乳石，你可以聯想成山間的竹筍、岩壁上的懸冰、廟裡的燭臺、教堂的羅馬柱，等等。有一種我在國內未曾見過的薄薄片狀物，輕如蟬翼，又似風吹飄動的絲綢，也像遊動中大海鰻寬寬的尾鰭，不用導遊來說，大家都想到窗簾與魚翅……

其三是燈光造景很簡單，效果卻不賴。導遊說，這個洞，使用燈光照明與成像，是「全世界最早」的！這當然只可「姑妄聽之」，就像國內許多地方都有「第一山」「第一泉」「第一……」一樣，誰能判斷其真假呢？燈光設計其實挺簡樸單調，並不像資料上所說的「璀璨輝煌」。它實實在在，倒是少了些虛幻的感覺，比如走過一段後，燈光全暗下，回望剛過的路段，在一塊烏黑的三角形尖石頂上，出現一抹紅色與一團黑糊糊的燈光背景。導遊說，那是「爆發的火山」。到一個較大的洞中，導遊讓大家站好，關閘停電，剎時漆黑一片。他擦亮打火機高舉於頭頂，恍如燭光一支，令

人遐想無限。繼而又滅之，恢復黑暗，複以強烈的燈柱聚焦在一塊
人形的條石上，雪白雪白的，猶如人在拱手作揖或捧書閱讀。那
「人」有部大鬍子，看去頗像戴手銬的耶穌，或者朗讀詩書的馬克
思。導遊「麥當麥當」地不知說些什麼，我忙問女兒薇。她說沒聽
清楚。我覺得這很重要，讓她再問一下導遊。薇照辦了，說：「你
看的沒錯，導遊說是復活的耶穌。」接著嘆道，「一邊看，一邊
聽，還得全翻譯出來，非十分專注不可，挺難的呀，爸！」她四年
大學英語專業，加上8年在國際公司打工，語言障礙尚且如此，我
靠每週一次的教堂聽課而想「融入社會」，怕是難上加難嘍！

　　我們在曦微的燈光中魚貫而行，走走停停，有時往上，有時向
下，全不知身處山腹哪個位置。據導遊說，這座大山的岩洞，上
下5層，總高達48米。溶洞的出入口處，與「大屋頂」下的廣場持
平，大約在第二或第三層吧。

　　難得一個偌大的萬年山中寶庫！

迷人的悉尼海灣

著名的美國作家馬克‧吐溫曾帶領其妻子兒女做過「赤道環球演說旅行」。當他經斐濟來到澳大利亞時，嘆道：「悉尼的情懷，世界的仙境！」

這是1895至1896年之間的事，一百多年了。那時，作為悉尼標誌性建築的海港大橋與歌劇院，連藍圖也未曾繪製，層疊巍峨的瀕海高樓大廈怕也不多，因此我想，使這位人文豪如此感動的，應該是海灣的天然美景。

不過，馬克‧吐溫行色匆匆，他看到的大概只是悉尼港吧。其實除此之外，悉尼迷人的海灣與沙灘多的是，如幫黛、曼尼、棕櫚、堤外、艾維夫寧，等等，等等。筆者留居悉尼已經三年多，或跟隨華人老者走步團，或作家庭自駕遊，對上列諸處有幸已經一一拜會了。

悉尼港當然是迷人的。這個連接著帕拉瑪塔河口的大商港，環抱在鱗次櫛比的高樓之間。藍色的海面上布滿大小遊艇與船舶，往還穿梭，繁忙、熱鬧之至。那橫跨南北的雄偉大橋與飄浮於碧波之上的歌劇院，又使其成為上乘的觀光點。我記不清來過多少次了，但印象殊深的是所謂「船舶遊行」與節日焰火。

我曾在別的地方幾處見過桅帆林立，船隻擠擁，氣象繁榮的港灣，但有組織的「船舶遊行」只在悉尼港看到。不知那天是個什麼節日，居然有許多大船小船集結佈陣，列隊航行。萬國旗飄揚的巨艦、鼓滿風帆的木船，以及造型秀美、色彩鮮豔的中輪小艇，與滑翔翻飛的鷗群做伴，響著氣笛，徐徐前進。港內海空的熱烈，如同

群龍搶珠、百鳳朝陽。遊行隊伍中還有一艘專門噴水的大船，其射出之水如簾似幕，在頂上開花，向四面落下，遠眺就像個透明的巨大玻璃花瓶；每逢重大節慶，悉尼港晚間的焰火，大概也屬世界級的。遠望是火樹銀花，流螢亂竄，菊放夜空。近看大橋上的「流動燈河」，與水面起落有致的音樂噴泉相照應，歌劇院貝殼形尖翼與林立大廈的大面積牆壁上，彩色燈光圖像變幻莫測。搖滾樂強烈節湊震耳欲聾，激光的彩色光交叉閃射……置身其間直如捲進了狂歡的篝火大晚會。這種萬頭攢動，群情激奮的場景。不知馬克・吐溫是否做過憑空的想像？

馬克・吐溫曾經當過海員，自然到過許多海灣，可是像悉尼的艾維夫寧海灘不知見過沒有？這個寬約七八百米的大海灘，被插入深海的左右兩大懸崖所包抄，形成一彎新月。它的一大特點是沙灘的大傾斜度，使其恰似半個大鐵鍋。拍岸的浪濤，如在鍋裡晃動，彷彿大海正作大幅度的整體搬移。氣勢磅礡，雄渾偉大。有不多的衝浪勇敢者，在深藍大濤與雪白浪花之間時浮時沉，時隱時現，渺小如豆，幾乎化入了大自然。

幫黛海灘與曼尼海灘距市中心不遠，據說都是外來遊客必到的

景點。兩處景色大體相似，都是個月牙形的沙灘。幫黛約寬達兩公里，曼尼還更長些。月牙的兩端都有兩座山體的餘麓，已被海浪沖刷成懸崖。月牙水面以外即為深藍色的大海，不見島嶼。海水未受絲毫污染，清澈透亮，顏色深淺變化著，近岸由藍而綠，由綠而白，淨如山間清泉。浪花拍岸，時高時低，逗得男女老幼的泳者格格歡笑。幫黛還有一節通向塔瑪羅瑪海灘（Tamarama Beath）的海邊步道，長約兩三公里。每年這裡都舉行一次「雕塑展覽」，免費供遊人觀賞。由於背景優美，展品出眾，據說是「世界最受歡迎的戶外雕塑展覽」，每年都吸引50萬以上遊人光臨。漫步在瀕海崎嶇懸崖路上，一邊萬頃碧波，白浪拍岸；一邊雕塑參差，目不暇接，應該說是極佳的消閒享受！

　　每逢暑期的節假日，幫黛海灘與曼尼海灘便布滿泳者。在清如山泉的淺灘玩沙戲浪的大人小孩，多得像下鍋煮沸的餃子；沙灘上曬太陽的人，也如同麇集的海獅海象，成群成簇，橫七豎八。女士們的泳裝大多是三點式的比基尼，有些乾脆光著上身半臥行走，「巧笑倩兮，美目盼兮」，泰然自若。這裡的熱鬧與歡愉，縱使小巧玲瓏的女士灣「天體泳場」，也是無法相比的。

離市區較遠的恩權斯海灘，美的內容更豐富些。這裡有每天定時餵食野生塘鵝即鵜鶘的老例，所以是個著名的「看餵鳥的地方」，但我覺得，最美的是自然景觀。簡單地概括，可謂「三重藍水，三重黃沙」。地名 Entrance（恩權斯），直譯為「出口」，說明外海在前。深藍色的大海浩瀚無邊，遠遠地可望幾艘巨輪。內海則波平浪靜，穿著色彩鮮豔泳衣的男女老少點綴其間。在內海與外海之間，有一道「沙堤」，其中段這時沒於水下，大潮退後或許全線露出。有此沙堤相隔，於是外海巨浪滔天，白雪如堆，內海仍波細如綢，水清似池。此其一；其二，內海又有兩個如島的沙洲橫互其中，將內海一分為二，一邊水深可航汽艇，一邊水淺可察見沙底。那兩岸的沙灘與水中沙洲，全是極好的嬉水處。泳場寬廣、開闊，安全、舒適，老少咸宜。縱來一萬遊者也不會顯得擁擠。還有一座長橋，橫跨兩個沙洲，將兩旁的繁華街道連成了一體……

恩權斯歸來，我拿著照片對朋友稱，所見過的悉尼海灘，最美當數恩權斯！

殊不知天外還有天！今年的國慶假日，我家到悉尼南邊不遠的露芽兒國家森林公園（Royal National Park），發現一個比恩權斯更美的瓦特模拉海灘（Wattamolla Beach）。這也是一個連著內河的海灣，與恩權斯一樣，一條「沙堤將外海與內湖隔開」，不同的是內湖、外海都是好泳場。內湖也是咸水，沿山根走向而成一道窄窄彎彎的深水帶（這使我猜想，這條不長的河，雨季時節一定洶湧澎湃，否則不會將山根沖出如此的奇妙深溝）。岸邊山體密布樹林、岩石與懸崖，姿態萬千，一一倒映深水中，構成幽雅、寧靜的自然景觀。有幾處懸崖，底下潭水深不可測，於是成了天然的多級的跳水台。深溝的另一側則是開闊、廣大的淺水區，全部黃沙鋪底。沙灘也很廣闊，直伸到木蘇黃的樹林之中。來這裡不必自備帳篷，只

需在樹下紮營，即可避開烈日的暴曬。想在沙灘上踢球、遊戲，或下內湖戲水，或越過沙堤，直抵外海泳場撲浪，都十分方便。外海的水自然更加清澈了，我親自下水，沿岩岸漫遊，水下成群的小魚、飄拂的海草以及附著於石堆上的鮑魚、牡蠣……均清晰無比，歷歷可數。

露芽兒國家森林公園另一個叫卡累的海灘（Garie Beach），有艾維夫寧的風格，但氣勢較為平緩些。它同樣面臨大洋，巨浪翻滾，卻是個弄潮的好地方。水邊的沙灘上還可釣魚。有十幾位穿防水連鞋褲的人，站成一排，持漁竿甩釣鉤。每根釣繩上都系上至少3只大釣鉤，可見他們想釣的是大魚。我沒有時間等看他們的成績，倒是海裡一波一波拍岸的巨浪，勾起了親近大海的意興。我出生於海邊，年輕時喜弄潮，曾橫渡過流急浪高的廈鼓海峽，也在內河一氣長游過幾十華里。那時每看到滿池的水或漲潮的海，即會產生一股往下跳的衝動……後來也許是年老的緣故吧，興趣漸減，以至疏遠了水。不想今天這浩瀚無邊的大海，這一人多高的浪頭，竟使我返老還童，有了躍躍欲試的心情，毫不猶豫地換裝下海去！

然而畢竟年過古稀，體能有限，剛走到沒胸的深處，一個大浪

兜頭撲下，我即雙腳離地，被卷起並狠狠地甩向岸邊，旋又卷著拽著拖回海裡——剎時完全「滅頂」了。我屏住呼吸，雙手劃動，隨浪進退，並儘快鑽出水面，換了口氣，向更深的水區遊去，然後放鬆身體，上下浮沉，任憑大海推搡。我有這樣的經驗：面對大的風浪，死拚硬鬥是不行的，只有將自己變成一滴水珠，融入大海，化為整體，才會受到海的關照，浪的愛撫……悠哉悠哉如蕩秋千。大約享受20多分鐘的輕搖慢擺，才被千呼萬喚的女兒招回岸來。如此露芽兒之行，甚覺愜意，而更令人欣喜的是，女兒還拍下「記錄全程」的三張《老爸逗浪》照，留作紀念，彌足珍貴！

　　悉尼市瀕臨塔斯曼海，南北海岸線猶如巨鷗展開的雙翅，迎風飛向南太平洋。無論是城市本身還是其南北兩向，均有岬多灣多的海岸線，弄不清有多少各具特色的海灣、海灘。所以我要說，悉尼迷人的海灣說不完，可惜馬克・吐溫未曾實地一一領略，否則，不知又會發出怎樣的讚嘆呢！

2010.1.28

洞穴海灘

　　悉尼北面100多公里處，有個好大好大的麥覺裡湖（lake Macquarie），湖面隔條狹狹如堤的陸地，便是波濤滾滾的外海塔斯曼與太平洋。這條細長東海岸的中部，還有一圈圓圓的水域，稱天鵝海（Swansea）。毗鄰天鵝海的南邊，便是個奇妙無比的洞穴海灘（Caves Beach）。

　　大海灘呈月牙形，有黃沙帶兩三公里長。我們大概是從中段插入的，只見外海停泊著7艘大貨輪，每艘相隔幾十個船身，靜靜地「趴」在深藍色的海面上。海港城紐卡索離此不太遠，這些貨輪，想來是排隊等候卸貨的吧。站在沙灘上極目眺望，沙灘盡頭，兩邊都有被海浪切割過的山崖。長長的黃沙帶上，泳者不多，散漫踱步，遊客則更少，真是枉費天然的妙境。女兒薇嘆道：「這個泳場放在中國就好了，可容幾萬人！」

　　這裡何以叫「洞穴海灘」？問過穿比基尼閒步的泳者，得知南邊山崖處有「洞穴」。我們於是伴著拍岸的浪花，時跑時停，邊玩邊向南邊移動。慢慢地出現不少男女老少的戲水者。這才看到一角有專人值班救生的游泳場。過游泳場再走幾步，是被切斷的山崖。只見山崖根部有許多拱型洞穴，大小不一。洞洞之間，有的還以不規則的「隧道」相連，就像影片《地道戰》裡的場景。尤為可愛的是洞穴也好，隧道也好，一律白沙墊底，晶瑩如碎玉。我們禁不住都趴下身來，作「匍匐前進」。這些洞穴全是海浪「咬」成的。太平洋的巨浪，藉著慣性與風力，使命地衝擊，億萬年下來便沖出這些洞穴與隧道。當水漲潮滿時，它們全掩在海水之下，退了潮複露

出來。一天一沖洗，因之乾淨得特別誘人親近。接著山崖，外邊還有怪石林立，都是巋然不動的中流砥柱。它們大小相間，高低錯落，半浸水中，半探藍天。雄踞水中的岩石群，如禽獸，似島礁，整個看去，不無透露著某種神祕感，不知是哪位神仙布下的九宮迷魂陣。石石之間已經沖成的小「海溝」，如水巷。遊人都踏著細沙，從這裡通過。浪頭打來時，海水先從巷溝裡湧進，然後四處滿溢，迅速抬高了水平面。這時人的雙腳，便水淹過膝了。浪頭降下，海水跟著退，也還是從海溝裡急流。腳下便有被拉扯的感覺，稍不留心，就有被拖倒的可能。其實這些水中之岩，都是殘存的山的骨架，穩如泰山，爬上去照張像，底下浪來潮往，卻又恍如搖動似的，縱不知愛因斯坦的相對論，也會感到乘桴浮於海……

我們依依不捨離開洞穴海灘後，開車至天鵝海的弧形南岸。這裡也是一片岩石灘，但與洞穴海灘的奇石怪岩不同，是些已被海浪沖成的相當平坦的石埕，幾與海面取平。漲潮時當然全沒於水下，現在全露著，因之可以跳著、跨著在上邊觀玩，直逼湛藍的海邊。由於石板縫間的各種藻類植物下，生長著無數的小螺、鮑魚，還有海潮退去時被耽誤留在坑窪處的小魚、小蟹，多姿多彩的海上生物，確堪玩弄而流連忘返了。

悉尼有3條河流穿過市中，河口又是港多岬雜，好的海灣、海灘真是無數！看了邦黛、曼尼等知名海灘之後，再看到恩權斯海灘

（TheEntrance）時，我曾對人稱嘆此乃「悉尼最美的海灘」，後來又發現比恩權斯更美的是瓦特模拉海灘（Wattamolla Beach），現在看罷洞穴海灘，再也不敢胡稱哪裡是「最」哪裡是「更」的了，因為實在是各俱特色，難分伯仲，正如古詩所云：「梅若遜雪三分白，雪卻輸梅一段香」！

2011.1.15

遊古鎮，賞春花

　　2014年9月20日，隨愛平臺福教會組織的春遊活動，乘大巴往西南高地的貝勒瑪（Berrima）古鎮看文物，又到包洛爾（Bowral）新城觀花展。車費與門票每人35元自理，乾糧與飲料自備，團體共遊，玩了一整天。

　　參加基督教會組織的遠郊之遊，我還是第一次。台福教會工作頗為認真、嚴密：提前三個月印發通知與具體參觀路線，即開始報名。而後分組編排，每組十幾個人，指派小組長帶領。今天集合出發前，先逐一簽到，核實人頭，並發給早備的胸牌。不同組別不同顏色。紙牌上都印上各人姓名與所屬組長的手機號碼，以供互相認識和照顧。兩輛大巴，大幾十號人，行動自然就有序不亂了。大巴沿休姆公路向西南行駛，大約一兩個小時。牧師領頭作祈禱，並為新朋友簡要介紹教會情況，一路上還鼓動大家唱聖歌、猜謎語、做遊戲，加上司機彼德逗笑風趣的故事，使車廂始終充滿歡樂的氣氛。郊外春光明媚，大道兩旁芳草萋萋，當季國花金合歡燦燦怒放，卻也未能吸去大家太多的注目禮。

　　貝勒瑪（Berrimx）小鎮建立於1831年，系大英帝國前期殖民的總督派員深入內地勘查，發現這個淡水甚豐的小山谷，便驅逐、殺戮當地原住民，接著安營紮寨，關押犯人，並讓他們興建房舍，拓荒開發。漸漸地，這山村成了西南重鎮，是南來北往交通的重要休息站。1831~1860年是為興盛時期，據歷史記載，1841年間計建房屋37幢，常住居民249人，旅店竟達13家。後來修建鐵路時，有人說新移民們害怕喧鬧，堅決反對（未考，難說真是如此）。鐵路線

便繞道而行，改經附近的包洛爾（（Bowral）。結果是促進包洛爾
迅速發達，成為新城，而貝勒瑪自此逐漸沒落了。不過，正由於沒
落，過往旅客漸稀，建築原貌得以保存，於是成為澳大利亞大陸上
保留最完整的19世紀古鎮。

　　大巴抵達貝勒瑪，停靠在古木森森的綠蔭之下。下車的第一感
覺是花木扶疏，空氣清新。此地雖曰山谷，更像盆地。周遭的小
山，頂頭不尖，山坡平緩，猶如麵包饅頭。那些散布於緩坡上的古
建築，綠葉掩映，風光旖旎。街道沿山溝延伸，不長，也不熱鬧，
甚至沒有一處紅綠燈。

　　據臨時導遊介紹，我們的足下便是當時的商住區，而峽谷東側
曾為軍營。各個小組跟隨自己的組長，分頭遊覽，錯開參觀。走走
看看後的感覺，是古鎮麻雀雖小，五臟齊全。單是「國家一級保
護」的文物就達17處。商業生活區內，市政建設應有盡有，有「最
古老的」法院、監獄組成的行政中心，有教堂、學校，郵局，有
「第一家酒店」（酒館和旅社）與工人小屋，還有小橋收費站、驛
站與馬廄……全是那個時期用了當地的砂岩石與木材建造的。那法
院雄偉挺拔，正面的頂部是等腰三角形構圖，前庭4根高峻的羅馬

柱，據說是兼俱羅馬特色的改良古希臘建築；長老教會、警察長宿舍與總勘查員旅社等等，則多為強調對稱平衡的英國喬治式建築，其共同之處在於尖頂拱門、肋狀拱頂與飛拱。六嵌板的標準門上頭，都安個扇形窗。窗戶玻璃一律作六對六的標準分割。屋簷上有齒飾，廊簷下是長方形團排列，牆裙、牆面、簷壁，無不體現西歐的傳統三段式。我很欣賞那座拔地高牆圍繞而成的監獄，在古松蔭下的橢圓形的門樓特別突出，整個如同一枚巨型的金戒子，工藝卻精細不粗，顯得莊嚴優美，氣勢非凡。砂岩石特有的琥珀瑪瑙般的色彩，在燦爛的陽光下熠熠生輝。高牆的一面邊上，鑲嵌半個金屬牛頭，正對下方的石槽，據說這是監獄裡的溢水口，完全可以當作古樸的藝術品欣賞……這些19世紀的歐式傳統標誌物，說來不外160多年的歷史，在中國可能列不上「古跡」名單，這裡卻是寶貴的澳大利亞「一級國家保護文物」。

我們在公園的便桌椅上用午餐。公園內古木森然，每一棵樹都有兩三人合抱大小，也證明著其年歲的蒼老。有棵枝椏如章魚觸鬚伸展的老橡樹，據說是亨利‧帕克（Sir Henry parkes）親手所栽。這位英國佬曾連任紐省5屆省長，被譽為「紐省之父」，而且澳大

利亞聯邦（Commonwealth）的名稱，據說也是他提議決定的，其頭像還印上5元值的澳幣之上。這棵普通橡樹因名人而身分倍增，得到特別的保護，也成了導遊可以饒舌的重點景觀。

這時，只見幾位教友正七手八腳地從小車上搬下物品，原來是給每位同遊者再分送的包子、餡餅、柑桔、茶葉蛋與礦泉水。這些食品都是教友親手製作，無私奉獻的。這使我不由想起牧師在車上引唱的歌：《我們成為一家人》。他特別向首次參加教會活動的親屬朋友介紹：「在教會裡，我們都以兄弟姐妹相稱，不管是八九十歲的爺爺奶奶，還是六七歲的小孫輩，全是兄弟姐妹！」大概是平等、融和的意思吧。

此消彼長是事物共存共生，發展變化的一種現象，由於修建鐵路的關係，貝勒瑪與包洛爾即循著這一規律演化了。前者經濟衰退，外界干預少了，於是原版的古董得以保存；後者得益於交通，欣欣向榮，很快形成新城鎮。我們由古而新，繼而參觀包洛爾。司機彼德先生一路介紹沿途景觀時，多次提醒包洛爾是個「富裕的小鎮」。不少富豪老人，退休後都喜歡選住這個地方。為什麼呢？一是遠離市區，遠離喧嘩。一是風景優美，氣候宜人。地球表面的溫度隨地勢高低而變化，其規律據說是每升高100米，氣溫約下降0.26℃。南高地的海拔高度比悉尼市中心約高400~500米，平均氣溫因而也低4℃左右。涼爽舒適，寧靜安詳，更適合養老。所以當子女們長大獨立之後，有些富豪就願意賣掉原先的大豪宅，移居此地，住進小巧玲瓏的居室。

每年一次的鬱金香花展，包洛爾的規模僅次於堪培拉，但地盤大約只有一個足球場大小。我曾參觀過兩次了。每次花盆的排放設計與節目表演都不相同。據說這個集資建於1911年的公共花園，自1958起開始花展，同時作為期一周的嘉年華活動，有選美、花車遊

行和音樂戲劇表演等。從1961年起，包洛爾因專辦鬱金香花展而聞
名遐邇。我前次參觀時，記得有幾十位老年婦女，服飾統一：上穿
繡有三支鬱金香的藍色短衣，下著百疊白長裙，在銅樂隊的伴奏之
下蹁躚起舞，變換隊形，穿插於花間，怡然自得，令人歆羨。還有
兩位矮個、棕黑膚色的東南亞小夥子（似泰國、緬甸或印尼人）在
擺攤賣音樂光碟。其中一人專注地吹奏短笛或排簫等。樂曲優美動
人，細聽便知是《月亮代表我的心》、《小城故事多》、《步步
高》、《彩雲歸》等中國輕音樂，印象殊深。這次卻有「鬱金香花
節」的大遊行。這才知道，教會提早三個多月前選中這個日期，就
是盯住這個遊行的了。花節遊行在包洛爾街頭進行。張燈結綵，氛
圍非常。一兩公里的主街上，兩旁都站滿了人。這小鎮不會住這麼
多人，至少一半是外來遊客。

　　遊行開始時，由一輛警車開道，然後是各種方陣輪番上場。最
先是騎士方陣，武裝的現代軍人與古代武士，騎在高頭大馬上，成
四路縱隊雄赳赳前行。莊嚴的氣氛一下子提將上來。銅樂隊則變換
著隊形，且走且吹，震天動地，大小喇叭在陽光下閃亮。步行方陣
好幾個，穿不同服飾，持不同牌匾，且歌且舞，翩然徐行，可惜我

是英文盲，分不出不同的內涵。當然也有猜到幾分的，如有紅十字標誌的是醫療隊，跳躍前進甚至一路翻著筋斗的少年男女，是學生隊伍，白上衣格子短裙的是英式管風琴隊伍，而白帽白長裙紅披肩的女士們，大概是修女方陣……大卡車上載的一座巨大的蹲狗雕塑與一大群大小不一，膚色雜陣，汪汪亂叫的寵養狗隊伍，使我大感新奇，卻想不出其意義所在。一個多小時才走完的遊行隊伍中，最多的還是汽車，有小橋車、麵包車、大卡車、冷凍車、農用車、機械車、拖拉機……多不勝數。其中最顯眼的是幾十輛古式老爺車，其中單是不同式樣的吉普就有二十多輛。這些老爺車，有敞篷車，有箱式的，還有像馬車的，都是老年人掌握方向盤，載著盛裝的老翁老嫗，笑眯眯地晃過去。他們慢慢行駛，按響奇聲怪調的喇叭，煞是有趣。我想，這些古董老爺車，有的鋥亮如新，有的破舊不堪，但肯定都是價格不菲。它們除了每年遊行一兩次之外，還有其他用途嗎？彼德先生一再提醒說「包洛爾是個很富裕的小鎮」，確實其言不虛！

鬱金香的展區，只以半人高的木柵欄掩圍，可說是半開放式的，不買門票也大體可觀賞七八成。我們是集體團購，進出自由，只須在手腕處給蓋個紅或藍色的小印章即可。因此我們剛到時，先

進去草草瀏覽一遍便趕往街道等看遊行。遊行結束複又入園。我說：「5元錢的門票，進進出出，愛泡多久就多久，相片隨便照，真夠便宜啦。」組長說：「管委會收了這些門票錢，大多貢獻給當地的慈善機構。」年年花展並非為了營利，而是全出於愛心，因此雖是可在外圍觀賞，多數遊客仍都購票入園。

　　據說小小的包洛爾，可參觀之處尚多，如列入古跡的房屋，如童話色彩濃重的「歡樂人間」，如布萊德曼博物館等等。布萊德曼是誕生在這裡的著名板球手，譽稱「板神」。據說其擊球率高達99.94％，為世界之最。霍華德當總理時對他有過評價，說布萊德曼是當時「在世最偉大的澳洲人」。他逝世後，其住宅闢為布萊德曼博物館，展覽許多實物、照片與文字資料。一個打板球的運動員受到鄉親如此的尊敬，風尚甚佳。瞻仰的遊人甚多。可惜時間匆促，我們只好將之忽略了。不過相信後會尚有期。

2014.9.27

海風徐徐威威行

　　中國的秋季，正是澳大利亞的春天。悉尼郊區漫山遍野春花爭
豔，又恰逢學校放假，許多家庭於是傾巢而動，出門踏春，蔚為風
氣。各種群眾組織似乎也不例外。9月20日，我剛隨住地基督教會
的教友遊畢西南高地的舊鎮新城，24日又與伊殊慈濟會的蓮友北訪
水鄉威威（WoyWoy），可謂馬不停蹄踏春忙了。

　　我稱威威為「水鄉」，是因為那裡的海域寬闊，與陸地交相錯
置。以前曾多次乘火車經過，只從車廂裡極目外望，無緣下車仔細
觀賞。因此收到慈濟會曼妮師姐組織往旅通知時，自然勇躍參加。
負責本次導遊是鐘坤成兄，慈濟人皆稱之為「金牌導遊員」，因
為他是通過考試，取得政府頒發的合格證書的。我聽力有障礙，好
奇心又重，於是步步相隨緊跟其後。老鐘來自臺灣，我們還可以用
台語即閩南話溝通。他說威威有直快火車經過，交通方便，到悉尼
市區或紐卡索重鎮，都不外個把小時。這地方近海，房屋比市區便
宜，因此愛住海邊而無力置豪宅的打工族，以前都喜歡在這裡買
房。「不過現在也貴啦，沒有百萬以上下不來！」他又補充。我們
來的主要目的是觀賞海濱景色，對房價不甚關心。

　　天從人願遇上好天氣，陽光明媚，氣候溫暖。下車沒走幾步身
體開始發熱。老鐘讓大家在一個碼頭邊上停住，叫脫衣整裝、摸
仁梯（Morning Tea，早茶即小點心），鄭重其事地作了安民告示。
他說：「現在休息一下，馬上開始遊覽。上午先走海濱步道，到頂
頭處用午餐，返回後乘1：30的船航行，下午3點在這裡看喂塘鵝，
之後正好可坐3：30的火車返回市中心。」行程計畫交代得一清二

楚。私下他又以台語告訴我，「帶隊旅遊最要緊的是安排好呷甲
放，不然可能會亂套。」台語「呷甲放」就是「吃和拉」。這本是
平常事，但誰也離不了，旅遊中倒成大事了。我想起參加過多次旅
遊團，大凡用餐、休息，確實都會選在兼顧吃喝拉撒的地方。這對
正規的導遊員，也許算是訓練科目之一吧。

　　海濱步道的開頭處，有個簡樸的瀕海公園。園之中央豎立一支
箭形紀念碑。進門時迎面一塊約2米的長方形砂岩石，橫臥路邊，
上刻有一行英文大字。我問鐘導寫的是什麼？他說那是棺材型的大
石，象徵性的石棺。這個公園就是專門紀念為國為民犧牲生命的本
地烈士，三面牆上都刻有他們的名字，但這裡沒有埋骨灰。我展眼
望去，三面圍牆高約齊胸，向園的牆面嵌滿A4紙大小白瓷磚。烈
士芳名與其生卒年月全刻在上面。茵茵綠草、鮮花與紀念碑，顯得
肅穆、莊嚴，這是個挺不錯的舉措。凡到這裡休息、散心的人，都
能同時瞻仰和緬懷烈士，還可以追索曾經相熟的親人或朋友，想起
他們的音容笑貌。

　　走出紀念公園就是長約一兩公里的海濱步道。水泥鋪就，一馬
平川，蜿蜒向前。一邊微波拍岸，一邊綠樹婆娑。我們三五成群，
結伴而行，或相互嘲弄，或高談闊論，海風徐徐拂面。低頭散步，

抬頭望天，我忽然發現蔚藍天空雲影奇異。白雲堆得成條成卷，等距離地整齊排列，從眼前直鋪到天低處，乍看猶如拍岸的波濤浪花。不覺一聲感嘆：「白浪何時上藍天?!」汪學善老師聽了馬上說：「好啊，老黃出第一句了，平仄調整一下就是詩：『何時白浪上藍天』。我們接龍連句下去，誰來第二句？」大家沉默片刻，何爺灌川捷足先登，果然跟一句「漫漫長堤碧水邊」。我說，這裡只有平平的海岸線，哪有長堤呀？劉兄成鳳卻駁道：「寫詩講浪漫，未可太過質實。不錯的！」汪老師接著唸出第三句「三五鴛鴦沙渚戲」。劉成鳳續上最後一句：「塘鵝迎笑碼頭前」。起承轉合，威威海濱步道的連詩於是完成了：

> 何時白浪上青天，漫漫長堤碧水邊。
> 三五鴛鴦沙渚戲，塘鵝迎笑碼頭前。

當汪師指出我那聲感嘆可為「詩句」之後，我頗覺意外，但也生出詩興，又私自繼續往深處想，而且越想離開身邊的實境越遠，竟湊出另外一首：「何時白浪上青天？不斷清波擊岸邊。紫燕春辭還別去，癡心難忘舊山川。」但因不知道是否脫韻，平仄粘對也無

甚把握，不敢貿然獻醜。我只悄悄展示於林建國兄。因為他在一棵長得奇妙的海邊大樹下照了張像後，自比有悟，也題了一詩予我品味：

> 天涯一棵樹，結節杈椏多。
> 感嘆人生路，須防暗漩渦！

　　林兄遊畢返府，又從E-mail發來一首「波濤風起樹依樓，南國滄桑幾度秋。老木逢春花又豔，桃源漫步樂悠悠」的《春遊有感》七絕，這是後話。
　　正當我獨自沉浸於苦思冥想之時，「快手」劉兄成鳳已經另起爐灶，再吟第一句，而何爺灌川、才女王曼妮接下二三句，最後是汪學善老師結的尾。組合起來的第二首便是：

> 山在海中海在天，（劉成鳳）
> 和風細語伴君前，（何灌川）
> 平生洗盡煩憂事，（王曼妮）
> 喜見沙鷗戲水邊。（汪學善）

　　返回出發地不久，班輪靠岸了。我們於是登船買票，續作海上遊。威威海域靜如湖泊。湖中散布大小不同的若干島嶼與沙洲，上面長滿茂密的紅樹林，似乎均無人居住。我們在威威的碼頭（Train Station）登舟，彎來曲去航行，地形複雜，仿如人之耳輪耳廓。輪船中經4個停靠小碼頭，我們都沒下船，到陰皮瑞海灣（Empire Bay）才返回。花7.5元船票，1個多小時船上遊，有人可能覺得單調，我卻有了「重大發現」。自移居悉尼7年，從沒看到有什麼海上養殖，頗感奇怪，今天才知道，原來悉尼是有養殖業的，悉尼的養殖業原來都集中在這個得天獨厚的水鄉裡！有些興奮，禁不住打開相機狂拍一番。

　　不過便是這個好地方，養殖也不算多，對比敝家鄉福建省來，威威恐怕是「小巫見大巫」。福建的沿海，簡直是無處不養殖。海水澄清處，有「網箱養魚」，什麼黃魚、鯛魚、鰻魚、蝦蟹鱉⋯⋯應有盡有；濁浪咬岸地則為「灘塗養殖」，花蛤、海蠣、石竹蟶，都是人工「種植」的，而立柱牽繩，垂吊而養的，還有扇貝、紫菜、海帶，海帶的產量沒有卡車、火車是拉不完的。閩東的三都澳，是聞名世界的黃花魚回游產卵地，那裡的網箱養魚，浮海連片，一望無盡。海面上有住房，有商店，有娛樂中心。交易物品從

普通的柴米油鹽生活用品，到水面水下的養殖設施器具都有，於是又有「海上房地產」之稱。政府還特別配設「海上110」（巡警隊），專門負責維持這片飄浮世界的正常秩序。

若論適宜養殖的天然環境，威威當勝過三都澳數倍。此地碧海清波，水質優良，山抱內海，小島成群，尤其是一年四季總無颱風強襲，安全平靜，具有巨大發展潛力。現在這樣的「不發達」，猜想原因大體有三：一是人少物豐，生活水準已高了，無須竭澤而漁；二是為減少污染，保護環境，限制養殖；三是市面的充足水產品，多從國外組織供給。不知還有無其他「硬道理」？當然，能不強取資源，保持人與自然的和諧共處，是件大好事。如若政府真有這樣限制發展的政策，我的崇佛尊生，堅持素食的慈濟會師兄師姐們，不啻要連聲「阿彌陀佛」了。

有緣在這風水寶地安度晚年，倍感幸福，理當感恩！

2014.9.28

遠足留歡

穿越澳洲原野

澳洲幅員遼闊，面積約為中國的7／9。我初來時，飛機下半夜進入領空，自北而南，先在墨爾本著陸，再轉飛悉尼。走了不少的冤枉路，卻也樂意，因為從墨市起飛時，正迎著初升的太陽，機翼被照得金光閃閃。我貪婪地俯瞰這陌生的大地，只見草地連綿不斷，成方成矩，如拼合地板，黃的綠的，色彩奪目；山都不太高更不險峻，如大饅頭。有的山坡非常工整地整片傾斜，似經了人工的推造。林木則一式皆為褐色，「緊貼」山麓，狀如爬行。向遠眺望，在草原邊緣也有少許流沙出現……當時心想，可能的話，一定要拜訪這農業大國的原野、村莊。

機會終於來了，復活節孩子們放假4天，於是安排我們跟團一遊墨爾本。就為親近原野，我們選擇乘坐大巴。四天馳騁三千公里，蜻蜓點水，浮光掠影，倒也領略了異國東南沿海的旖旎風光。

自悉尼過坎培拉至墨爾本，要經過澳大利亞山脈，其中還有座2228米的科西阿斯科山，為澳洲最高峰。記得從飛機下望，呈深褐色的林區一撮一撮的，似乎不多。這回坐著大巴，道路猶如綠色長廊，兩旁林木接著林木，始知大森林也是很廣闊的。一路所見幾乎全是桉樹（難怪榮封為「國樹」）！每經一條河，近海的紅樹林與兩岸的桉樹林緊密相接，真像連手欲將河口鎖住似的；在兩山的夾谷間，桉樹更是生機勃發，都在爭先恐後地往上竄，那氣勢，大有填平溝壑的決心。全澳洲的桉樹，據說有600個品種之多。有一種枝幹挺拔，高立山巔，滿樹白花如雪一般成簇成片，層層鋪疊，其熱烈、執著、爛漫、盡情，與鳳凰木的葉底紅花有異曲同工之妙。

在國內看電視《人與自然・澳大利亞的野生動物》，得知那裡有珍稀的樹熊、袋鼠、鴕鳥、鴨嘴獸⋯⋯以為這回穿越森林時，可以一飽眼福了。路旁的確也豎有圖像碑牌，提示司機要留心動物橫跨馬路，可是在四天行車中，我看到的野獸，活的只一頭狐狸、一隻鴕鳥，袋鼠倒有四隻，可惜均為快車所撞而拋屍道旁了。

過了森林地帶，地面漸為草坪所佔領。澳大利亞盛產羊毛，出口量約占全世界的2／3，素有「騎在羊背上國家」的別稱。其實叫「浮在牛奶上的國度」也挺合適，因為澳洲牛奶也譽滿全球。這裡牧場的面積大大超過森林。平緩的山地，如人工堆積的土包。草坪直鋪上了山頂。現在是深秋，牧草大多收割了。如果春天，碧草茵茵，夏季，芳草萋萋，那麼蓬勃的景象可想而知。不過現在秋高氣爽，也別有一番風情：在廣袤的草地上，漸稀的林木，疏朗有致，拖條陰影靜靜地站立著，構成車窗中的圖像，使人不由想起名畫《三棵樹》。不時還有三株五棵枯木一閃而過。也許因缺乏人力未及掇拾，也許是特意保留下來。這些脫盡綠葉與樹皮的枯木又組成一列亮麗的「雕塑長廊」：立者如珊瑚、太湖石，臥者似巨蟒、大鱷，而多數更俱人神的形象。瞧，那是「屈子問天」，那是「蘇武牧羊」，那是「哥德巴赫猜想」，那是「亞基米德沉思」，有些像千手觀音，有些儼然長指甲的泰國舞女，有些簡直就是拉開架勢的中國太極拳⋯⋯大自然的藝術之手，使這些行將腐爛的枯木朽株，復活新的生命光輝。

自採金場向十二門徒與自十二門徒返回墨爾本的一段路上，行車數小時，盡是無垠的金色草原。那開闊的感覺，可與列車通過華北平原相媲美。生活在這樣遼闊的土地上，人的胸懷一定分外開闊。我們的大巴左轉右轉，無論轉到什麼地方，都是四顧茫茫，無邊無際。按理這裡該屬農村了，可是「農村不農」，幾乎看不到耕

作的農田，連裸露的土地都沒有。牛群馬群羊群依次閃現，卻見不到一個人影。相隔很遠很遠，才偶爾出現一幢或幾座房子，都像城裡的「浩斯」一樣漂亮。司機兼導遊的小周說，這裡缺乏人手，放羊全靠牧羊狗。主人只需下達指令，狗們就會將羊群驅趕到位。真想瞭解本地人的生存狀態，可惜小周知道的並不多。只好從某些物象加以猜度了。比如山坡上、草場上散布不少汽油筒似的東西，看來看去才知是成綑的牧草。於是感到來遲了些，否則趕上收割，轟隆隆地是收割機、打綑機聯合運作，活兒幹得又快又整齊，該是多麼氣派！又如黃昏時節，成群的黑白雜染的奶牛，居然自覺主動地排起長隊，等候走進擠奶房接受機器擠奶。這又是如何「教育」出來的呢……

　　行車途中出現一次意外的奇遇，便是見到大群小生靈的遷徙。大巴以110碼的時速行駛，當時烈日當空，萬里無雲。前方忽然飄浮一陣「煙霧」，接著下冰雹一般劈裡啪啦響個不停。透明的窗玻璃剎那間也模糊不清，一如印花絲綢了。定睛細瞧，原來是從路左飛向路右的成群的蝗蟲，那不幸者，在車頭撞個粉身碎骨。驚心動魄的慘烈情況，使人聯想起二戰時期搏擊美國航空母艦的日本神風敢死隊機群。連昏昏欲睡的旅客全都清醒起來。小周說，有一次他奉命到某地運載櫻桃，所遇情景尤甚於此。他用了「鋪天蓋地，令人恐怖」八字形容。據說澳洲對蝗蟲災最是頭疼，感到束手無策。為了避免對牲畜與人類造成污染，輕意是不使用農藥的。那怎麼辦？難道就這樣聽天由命？小周沒有回答。

　　長途行車，小周主動間歇停車，讓旅客稍事方便。在返回悉尼時，大巴在某居民點停了二十分鐘，一來加油，二來讓我們「體驗」此間的淳樸民風。這居民點正處曠野中，但與中國農村概念相去甚遠。幾座帶有前庭後院的住房，鮮花簇擁，格調與城裡的「浩

斯」無二。也有公園、網球場、商店與現代化加油站。有些人氣，
是大巴扔下的旅客帶起的。小周說的「民風」，原來是一輛「無人
售貨車」，就停在一棵大樹蔭下。車上擺著紅的、紫的、紅綠相間
的各種蘋果與大李子似的油奈，一袋袋、一盒盒地都包裝好了。旁
邊的紙皮牌子上書：每袋6元，自動付款。買者只需向一圓筒內投
幣，即可選取，完全無人看管。每袋大約十來公斤，量足，貨鮮，
不少過客紛紛光顧。小周嘆道：「這種買賣方式，現在已經不多
見了，可是這裡一直都是堅持如此，實在難得！」其言外之意，由
於虧本，願做這樣生意的人越來越少了。良好民風逐漸式微，人
稱「世外桃源」的澳大利亞，怕也是世風日下了，說得大家惘然
淒然！

小精靈的故鄉
——企鵝島

　　企鵝島是俗稱，地圖標注的乃與英國總督同名——菲利普，是個在墨爾本市東南124公里處的小島。這裡盛產一種個頭為世界最小的企鵝，高僅30公分左右，與南極的黃胸的帝王企鵝相比儼如侏儒，但它們有獨特習性：天未明即出海，日落後歸巢，列隊有序通過沙灘如閱兵儀式，蔚為奇觀，因之聞名於世。

　　下午，我們在墨爾本登上瑞歐妥大樓55層的觀景台環望全市，又到皇冠大賭場參觀，爾後於4點鐘準時開赴企鵝島。在一橋相連的海港漁村用畢晚餐，然後過橋，挺進菲利普島。

　　此島有個C形海灘，沙灘前築造多級水泥階梯的看臺，共3組，面向大海成扇形展開。看臺前兩邊各豎一杆燈柱，燈光晦暗。看臺上已經坐滿了人，大約3000名，靜靜地等待檢閱那尊貴的隊伍。

　　初進保護區時，從售票房的一塊掛牌上得知，昨夜8:10企鵝開始上岸，9點多結束，前後總共254只。今晚如果大體相似，那麼觀賞企鵝的人數，平均大約是每30餘人看一隻，夠稀貴的。

　　此地靠近南極，夜晚海風又大，雖當盛夏，人人都穿上早已準備的寒衣。有的索性拉高衣領，捂住雙耳，冷瑟瑟地靜候表演。看臺上忽然一陣騷動，有人發現第一批企鵝上岸了。我瞄一下手錶：8:20。果如導遊所說，企鵝登岸後並不急於進巢，而是先集合一堆，探頭探腦，好久了，才由領頭的探路，後邊緊跟，一隻隻排成縱隊，搖擺前進。不慌不忙，走走停停，從看臺兩邊慢慢鑽進草叢……

　　這樣一群一群地陸續上岸，恰如方陣。我們看了四五個方陣。第一方陣12隻，接著8隻7隻6隻不等。各方陣的表演大體相似。大約過了20分鐘，我們便原路後撤。通途是曲曲折折的木板棧橋，搭建在距離沙地草叢1米左右的上空。棧橋下邊也是企鵝歸巢的必經之地，因此這時橋欄邊上人更擠了。雖有不准拍照的規定，可是依然白光閃爍。我儘量往前擠，看到了第一方陣的那12隻，竟然還在腳下方小憩。朝下照射的燈光曦微，卻讓人能夠看個清楚。它們相近相挨，蹣跚地走，好似剛剛破殼的烏番鴨雛兒，又像穿燕尾服的紳士，傲視世界，神氣十足，確實可愛之至！從遠一些的樹下、草間，也傳來陣陣咕咕聲，那是餓了一天的小企鵝，在巢裡呼喚自己的父母快些送食。

　　周導說過，10多年前他曾來此看過，當時上岸企鵝多達1500餘隻，現在只剩200~300隻，再過幾年怕是看不到囉！原因是天敵多：老鷹、狐狸、鯊魚都是。企鵝捕食小沙丁魚，通常是當日出海當日歸，在食物不足時，也會拖到三五日。有的則葬身鯊魚腹，永無歸期了。展覽廳裡有一個巢穴的標本模型，是兩隻狐狸各咬住一隻大企鵝，鮮血直流，旁邊一隻小企鵝在驚慌地悲鳴，那情景委實恐怖。現在聽到小企鵝的呼喚，心想其父母倘若真出了意外，這些小傢伙豈不命在旦夕？企鵝如大雁，也是「一夫一妻制」的。走過寬廣的沙灘後，便成雙成對，熟門熟路地步入各自的巢穴。我看到一隻孤獨者，淒然立於巢口，躊躇不進，煞是可憐，便忍不住違規偷按一下快門，而它根本一點沒反應。也是呀，它們每天回巢，都有這麼黑壓壓的一片人盯著，習慣了，大概以為這些披巾掛布的兩腳動物，與呆岩一樣不會危害它們，幾道微弱的閃光又算得什麼！

　　回程車上，小周慨然提倡大家學習「企鵝精神」。他說，那精神一是勇猛拼搏，為了生存與養育後代，它們天天出海捕食，風雨

不誤，平均日遊50多公里，還時時冒著生命危險；二是注重感情，堅持一夫一妻制，不像咱們人類，有人還養什麼二奶、二爺呢！（2005.4.3）

以上為6年前所記，這次隨大女兒一家重訪企鵝島，發現景觀上又有改善了。如硬設施觀賞台，以前只有一個，邊上也沒蓋這個有大玻璃牆的工作小屋，現在右邊又新增一個架空式的木質觀賞台，因為其底座下邊隔空，留有企鵝回巢之道，更便於觀賞。可我憑藉著老皇曆老經驗，帶領全家仍奔向舊觀賞台。不過舊台仍然座無虛席，而且人們的頭頂上空多了許多許多的新客——覓食的海鷗群。它們不斷低空翱翔、作態、尋覓，親近著觀眾！

前次是隨旅遊團來的，導遊說什麼信什麼。這一回長驅自駕遊。大女兒在網上預訂門票時，還沒忘特別為英語盲的老爸，訂租了一個火柴盒大小的「導遊錄音器」（這似乎也是後來添加的新項目，不知以前有沒有），我連聽3遍，始知前次司機兼導遊小周的介紹，有時是信口開河的，並不句句都真。比如所謂企鵝像大雁一樣，都遵守一夫一妻的「終身制」。「導遊錄音器」裡卻介紹說，這些海鳥們的「離婚率」「再婚率」，高達20~50％。這是有道理的，大概與其所處的危機四伏的險惡環境有關。試想，這些身高不到半米的小精靈，一旦下海，等著它們的有天上的海鷹、太平洋鷗與海中的防不勝防的鯊魚。這些小精靈遊回岸來，則有狐狸、野貓、野狗以及所有陸上肉食者虎視眈眈，等待捕食。海陸空均不安全。據說一隻狐狸，一晚上就能捕殺30多隻企鵝。它們之所以會日出之前3小時即出海，日落天黑之後才上岸回巢，上岸時其為首者探頭探腦，跟從者猶豫不決，正是為觀察與防備隨時可能出現的險情。死亡率一高，婚配自然便較隨便，正如當年聯合國軍攻打的朝鮮半島，或戰火頻臨的越南以及其他國家，由於青壯年男子們多戰

死沙場了，不得不在特殊時期實行一夫多妻制一樣，是環境之所迫。幸而這些小精靈們軀體雖小，泳技卻是一流的，每天遊15~50公里是常事，最多能達100多公里。一次潛水可維持5分鐘，深達9~73米，每只每次需捕獲約500克的沙丁魚或魷魚，以便回巢後供子女膳食。它們還會浮睡於水面，或者在水上一呆幾天。不過為了繁殖與換毛，返回陸地還是必須的。

這些定居在巴斯海岸線上小企鵝，俗稱「仙女企鵝」，是澳洲特有的產物。據說約有6萬多隻，其中10％集中在這片地段。起先是3個同名的英國人發現，後來逐漸發展成為遐邇聞名的觀光項目，現在來自全世界的觀光者，每年多達50餘萬人。因此旅遊設施也逐步完善。據說目前最令人操心的事，是如何滅殺草叢間的天敵，尤其是狐狸。這已列為重點的科研課題。

2011.10.6補充

凱恩斯「四絕」

澳洲北部的凱恩斯，是座著名的旅遊城市，因有那聲名遠播的大堡礁而令人想往。經過孩子們緊鑼密鼓的策劃，我們作了一次短期的家庭自助遊——自訂家居式旅社、自乘飛機、又在當地租用七座位的小車來採購、遊覽，加上隨當地旅行社的組團作遠郊之旅……既悠閒自在，又緊湊繁忙，雖為蜻蜓點水，卻也相當愜意！

扣去坐飛機往還的時間，在凱恩斯其實只呆兩天多。還好這座繁花開在樹梢梢的熱帶城市，椰影蕉風，乾淨、整齊，可圈可點之處甚多。現在回想，印象最深者有「四絕」。不過限於閱歷，我說的「絕」，未敢貿指「絕無僅有」，而是「絕對好看，絕對好玩」的意思。

首絕自然是珊瑚礁。號稱「世界七大自然奇跡」之一的大堡礁，由無數珊瑚礁群所組成，或近或遠，散布在澳大利亞東海岸淺海處，自北而南綿延2000多公里。弱水三千隻取一瓢飲，我們選中了位於礁群帶中段的凱恩斯。

　　凱恩斯的地理位置在約克角半島的「根部」。如將半島比作高舉的手臂，凱恩斯就躲在腋窩處。海港彎藏，可能因風浪不大，海岸線上就只有灘塗，沒有黃沙。而珊瑚蟲的生長卻要求好的水質，因此想看珊瑚礁，還得再乘遊艇出海。此間一家較大旅遊公司，開闢一處據說離岸最遠的最佳的觀賞地——「摩爾」礁群，還建了個浮動平臺。我們去的就是此地。記得乍到那時，飛機緩緩降落，自機窗外望，藍色海面上出現幾團淡染的石青色「國畫」，如傘如扇如梳，似島亦非島，不知是啥東西。現在我們乘的「太陽戀人號」雙身大遊輪，經過一個多小時航程，停靠在浮動平臺旁。向萬頃碧波上搜尋，竟不見海島，惟近處水面之下，有片片不相連接的淺色「地塊」，這就是珊瑚礁了，也就是從飛機上看到的翠玉似的「國畫」！這些礁群，也許是漲潮暫時被浸沒，也許本來就未曾露出過水面。大家爭先恐後換上泳裝，穿上救生衣，套上鴨蹼鞋，眼戴潛水鏡，嘴含透氣管，撲通撲通下海去。一邊埋頭觀賞水底珊瑚，一邊與身旁的魚群共舞……

　　據資料介紹，珊瑚礁是珊瑚蟲所「建造」的。珊瑚蟲為腔腸動物，直徑只有幾毫米。它們群體生活，以浮游生物為食，能分泌出石灰質骨骼。老一代珊瑚蟲死後，新一代「踏在前人的肩膀上」，繼續在遺骸上繁衍，像樹木拔節抽枝一樣。日積月累，珊瑚蟲分泌的石灰質骨骼，與藻類、貝殼等海洋生物殘骸膠結一起，堆積成一個個珊瑚礁體。這樣的建造的進度自然十分緩慢，最快每年只增4釐米。所以說，這些珊瑚礁屬「老資格」，大有來歷——大堡礁形成於中新世時期，距今已有2500萬年的歷史。

　　摩爾礁區海域，水質確實不錯，海水清澈，能見度高，可看到幾米之外。老伴與剛滿三周歲的外孫女都是旱鴨子，但也要「瀟灑走一回」，穿上浮力十足的救生衣，還是被牽引著去浮游觀賞。陽

光將海水變得更加透明，我們於是看到了彩色斑斕、形狀奇特的小魚，看到形態多樣的活珊瑚。礁狀多半像鳳尾菇、靈芝草、仙人掌、霸王鞭，也有如半球，如鹿角，如枯木、如莕草與花朵。只是顏色稍嫌不夠豐富。普遍呈灰白，有少許靛藍與絳紅點綴其間，不及《海洋世界》影視上的絢麗鮮豔，五彩繽紛。可能是生態環境使之退化的緣故吧。最近有澳洲的海洋學家著文告誡：由於海水表面溫度和海洋酸化的綜合作用，削弱了海洋機體形成骨骼與保護自己的能力，珊瑚逐漸減少。大堡礁的最強悍的珊瑚從1990年開始，已經放慢生長速度14％，可能在2050年完全停止生長。如果不能大幅降低二氧化碳的排放，全世界所有熱帶珊瑚礁將在不久的將來遭受「毀滅」命運……但願不要出現這樣的結局！

大家遊累了，便換乘船底船壁為玻璃的小艇，隔水觀賞珊瑚礁。自助午餐就在平臺或輪艙裡享用，吃完又下水，足足玩夠4個小時後才回航。

此時太陽還有一竿子高，我們不急著回旅社，下到碼頭，再沿著海岸線慢慢地散步。

上文說過，吝嗇的上帝沒給「躲在腋窩裡」的凱恩斯以黃沙海灘，只有布滿粘泥螺殼的灘塗與混濁的海水。這不能不說是個大遺憾！然而聰明的凱恩斯人，卻在灘塗上方架起木質棧橋，將碼頭與林蔭道連接起來，於是沿岸便出現一條長長寬寬的休閒步道。步道一邊有花樹掩映的星級酒樓、卡西諾賭場、酒巴以及燒烤公園、兒童遊樂場，另一邊是遊艇擁擠的港口，極目遠眺是靜靜的海灣。值此微風輕拂的黃昏，居民與遠客被紛紛吸引過來，納涼散心，享受濱海的安詳與舒適，造出一道奇特的風景線。我心中的第二「絕」，是這風景線上的一個人造游泳場。

上帝不肯給白沙泳場嗎？好，凱恩斯人自己造一個！這是個巨

大的泳池，大到全無「池」的感覺，所以稱「場」更合適。游泳場
像個大喇叭，從行人不斷的馬路旁向海邊張開，與瀚海相接，不是
天然勝似天然。泳場由幾個梯形、三角形、半圓形交疊而成，總體
外形象一片巨大的熱帶樹葉。晶亮細沙從岸邊直鋪到池底，水域由
淺入深，由白變藍。池水當然是淡的。靠馬路一頭的最淺處，有股
清泉自地下汩汩湧出，不斷地注入。泳場的裝飾獨具匠心，設施也
很完備。瀕海處有噴泉，凌空噴成漏斗狀水幕，數隻不銹鋼「白鯧
魚」，高低錯落，「游」於空中。魚翅尖端不斷地射出串串水珠。
這與天然泳場上的翻滾浪花，有異曲同工之妙。岸邊遍立水深標示
柱、溫度提示牌與泳場管理規則的圖表。寮棚裡還坐鎮兩位「武
裝」齊備的女救生員，隨時注視著泳場上的動靜……我們漫步至
此，太陽業已西沉，華燈初上了，而泳場裡還有不少男女老幼仍在
游泳、嬉戲。我家的兩位小朋友，看了猴急，迫不及待地要下水。
我們便幫助他們換成泳裝，從沙灘推向淺水，儘管剛剛還在珊瑚海
浸泡過兩三個小時！這樣的游泳場，絕吧？

　　凱恩斯西北面16公里處，有個「熱帶雨林村莊」庫蘭達，已列
入「世界遺產目錄」，並冠名為「昆士蘭濕熱帶世界遺產區」。我

們是乘大巴前往的。一天的活動項目甚多：可看「鳥的世界」、
「蝴蝶保護區」、「考拉熊花園」、土著人的粗獷舞蹈與梭鏢、曲
尺飛鏢的實用演示，甚至動用多種交通工具觀賞原始熱帶雨林……
這一天，我又發現兩「絕」──蝴蝶園與熱帶雨林。

　　參觀蝴蝶園須另購門票，每人16元，差不多等於百餘元的人民
幣。「太貴啦，標本沒啥看頭的，不去！」我與老伴同聲表態。女
兒卻說，既然花錢坐飛機而來，還摳這點小錢？硬將大家往裡趕。不
成想進去一看，居然是片新天地！這是個半封閉的養殖場，有山石
泉流，曲橋斜欄，類似蘇州園林，場地上空罩以深色的塑料網膜，一
為遮陽，二防鳥侵，再是防止粉蝶飛離。場裡整個立體綠化了，上
上下下，遍植蕨芋葵棠之類喜蔭好濕熱帶植物。那綠油油的葉兒，
或寬大肥厚，或抽條捲曲，或像鋸齒、鵝掌、蛇舌、海星。高高挑
起的，是毛茸茸的小莖托著花朵……滿園光線柔和，氣息溫潤。黃
綠紅橙藍黑白，各色彩蝶漫天飛舞，委身其中倍覺新奇與親切！

　　難得的是，展示眼前全系實物。千種百樣的活蝴蝶，當然是人
工孵化培育出來的。它們彷彿都有感情了，總跟隨採集新卵的白衣
姑娘，圍繞著她與身旁的小樹停停飛飛。活潑頑皮的，更將遊客糾
纏不放，似乎特別鍾情於白人女士，會吻遍她們的臉頸臂腕與胸
腰，可能被高級香水給騙了。不過它們也不搞「種族歧視」。只要
高舉的手，不管何種膚色，都會請來彩蝶輕輕駕臨。凱恩斯鳥翼蝴
蝶是號稱「澳大利亞最大型」的一種，我看不准是哪一種，但已覺
得大飽眼福了。我想，進園參觀的人，大都會流連忘返。

　　在雅致生動的蝴蝶園內，還有一間實驗室，是蝶園管理人員的
工作場所。室內標本是少不了的，但更多的仍是正在孵化中的實
物，從蟲卵到蛹到化蝶，各階段都有。若對照牆上精美的彩色掛
圖，縱使聽不懂英語講解，也大體可知小精靈們的生長奧秘。所以

當我走出蝴蝶園後，不禁對同行的朋友們讚嘆：「沒看就後悔！」

澳洲幾乎到處有雨林，何以聯合國獨垂青於凱恩斯的庫蘭達？我猜一是它乃雨林的老祖宗，據說生在1.2億年前，是世界上最古老並存續至今的熱帶雨林。林中有2800多種維管植物品種。僅稀少瀕危的即380多個種屬，有700多種在別的國度未曾發現。雨林當然也養育著多種動物，其中的澳洲大動物與小昆蟲，也是絕無僅有的。所以人稱之為「活生生的動植物保護博物館」。

「昆士蘭濕熱帶世界遺產區」占地90萬公頃，地形自然複雜。我們先是乘坐早期的火車，在山腰上作「之」字形巡行。左邊，上看山林懸崖瀑布；右邊，下望低矮別墅民居。接著再乘古怪的水陸兩用交通器。女兒說其名英文直譯叫「軍隊鴨子」，即二戰時期澳西軍團用過的戰爭裝備。這東西像個船形的汽車，或者汽車改成的船隻，實際上就是同時裝上輪胎、螺旋槳及其動力源馬達的大鐵盆。司機兼導遊是位年輕人，邊開邊講解，頗有風趣，常常逗得大家哈哈大笑。比如，行駛在林間泥道上，轉彎時突然會問：「有人掉下車嗎？腦殼手臂被樹枝刮破沒有？」開到湖邊岔路口，則極其誠懇地向小朋友請教：「該往哪邊開呀，上路還是下水？」凡遇見奇特的東西，如野生的咖啡、掛滿藤蘿的高樹、路邊的蜥蜴、樹上

的蛇與鳥巢蟻窩、池塘水面枯木上的龜鱉……均一一講解。可惜人
多，女兒不便逐句翻譯，多少巧言妙語被我漏聽了。

　　翻越庫蘭達原始大雨林，是乘坐纜車。這條電纜長近萬米，不
知是否為世界之最？為了避免林區受損，整條電纜線及其藉以支撐
的33根塔柱，全部以直升飛機吊裝。最大的第6號塔柱，高達40.5
米！整條纜道分上下兩組，順我們走的方向說，以紅峰頂為界，上
坡短，下坡長。上下行走，均須在紅峰頂換坐纜車。中間還設有
若干停靠站，遊客可以隨意下車小憩，或深入古林探秘。坐纜車滑
行在雨林之上，猶如直升飛機低空飛行。四顧茫茫蒼蒼，相當悅目
怡神。

　　雨林博大精深，內涵極豐，可是外行人很難看出名堂。幸而旅
行社提供一張《旅遊指南》，按圖索驥，即可以粗略辨識些許。原
來植物也有結黨營私、排斥異己的「派性」。在高低、幹濕、方
向、環境不同的地方，聚集生長著不同群落，形成獨特的族群。
《指南》據此作了扼要的介紹。例如：在塔3至塔5一段，桉樹林下
生長著原始的菌狀蘇鐵類植物。該地段曾因遭受火災，變得肥沃，
草木繁衍茂盛；塔5至塔8，多為藤蓋雨林。葡萄樹茂密繁多，果實
成熟時期會招引無數星椋鳥來高樹上築巢；塔8至紅峰頂，稱潮濕
雨林，可看寄生於喬木樹幹上的鹿松、石鬆、鳥巢蕨等附生植物，
而高入雲天的巨木有考裡松、大榕樹和亞裡山德拉棕櫚；塔15至塔
18為綜合雨林，這是司格特薑與班克斯香蕉的領地，還有長滿籃子
蕨的特大榕樹；塔18至塔25，纜車幾乎貼著樹梢滑行，腳下花團錦
簇，有纏繞狂長的金色律師藤，有鶴立雞群的硬木紅賓達。幸運的
話，還能際會亮藍色的尤西裡斯蝴蝶；塔25至塔27，肯寧南洋杉、
庫珀樹蕨與拜倫峽谷中的瀑布相繼露臉，再下去，便漸漸告別原始
森林，來到由古代原住民刀耕火種栽培而成的高大桉樹林，最後由

彎曲寧靜的河流、色彩豔麗的現代滑水練習場、花木環繞的別墅群等等先後鋪陳，自28號塔經29至33號，直到終點站。我們在途中下過兩次纜車，穿走在遮天蔽日的木板小道上，領略藤蘿、板根、莖花、莖果的熱帶雨林獨有的特色，時而圍抱粗大的古木考裡松，時而仰望工藝品似的附生藤蕨，還到懸崖邊上的觀景台，與山巒林濤合個影⋯⋯這趟纜車觀賞，花時近兩個鐘頭。

在澳洲這塊古老的大地上，熱帶雨林比較多，僅悉尼的「國家森林公園」，我就造訪過幾個。可一律步輦，都是邁開雙腿跋涉的。凱恩斯庫蘭達之行，則是火車、汽車、纜車、水陸車船全用上，即便如此，也僅可看個大概。不過「外行看熱鬧」，這一走，我心滿足了！

凱恩斯兩日遊，一天「玩水」，突出了珊瑚礁與游泳場；一天「遊山」，又側重蝴蝶園與大雨林，合共四景。所見所聞所感，複陳如上。我讚之為「四絕」，未知讀者朋友以為然否？

2009.11.24 補記

消閒海上行
——遊輪生活記趣

　　積有經驗的朋友都說，乘遊輪旅行是不錯的選擇。颱風季節有促銷價，又逢小學放假，我於是鼓動全家也去航行，開開洋葷。我們的目標，定在悉尼與斐濟之間的法屬新喀裡多尼亞島國。半子與女兒為這次出航作了認真的準備，為每人購置一副浮潛裝置，還特別買了台水下相機，加上原有的長焦距、多功能手機以及我專用的傻瓜機，竟達5台了。可謂「全副武裝，傾巢出動」。八晝七夜竟拍下照片逾千幀。

　　我們所乘遊輪，人稱「四星設備，五星服務」，大體相當吧。途中我亂湊的一首80句順口溜，首節便是：「乘上P&O，體驗新生活。海上消雜念，珍珠號尋樂」。剛在碼頭上辦完登輪手續後步入艙房時，行李竟先人而入了，可知服務之周到。兩人一間的艙房頗為寬暢，裝修講究，設計精緻，那個抽水馬桶用後一摁，嘩地一大聲，沖得乾乾淨淨，與飛機上用的負壓抽排無二，比陸地賓館高出一籌。據說這遊輪載客1870位、船員600多。這得多少個房間？

　　我這次還特別約請蔡、李兩位「肝膽」老哥，與我家同行。我們如進大觀園的劉姥姥一樣，新鮮又好奇。仁老童心未滅，都極想探究這即將留居一周的「大庭院」情況。第二天，便把女兒「船大有人曾走失，別隨便走動」的警告忘了，仁老在船頭、船中、船尾三架升降機間上上下下，亂竄一通。除最底艙的機房找不到門，與最頂層的駕駛室不讓進之外，我們幾乎跑遍鑽夠。經實地步量，遊輪約長300來米、高14~15層。像座大樓！

　　艙內地板全用花色軟毯鋪就，跑跳其間也悄無聲息。走廊掛滿各式畫作，儼如長長的藝術展廳；船頭船尾與船中，多層設有大廳堂，那是集會、講座、遊園、演出、放電影、閱圖書、購物、跳舞甚至賭博的地方；船尾幾層的餐廳，竟分成自助、燒烤、點菜、民族、中餐等5種，食譜不同，開放錯落，幾成全天候的供應，大概也是「民以食為天」的意思吧；底艙的健身房與醫療、理療、理髮各室，也有人在享受使用了；尾部月牙形的平臺，最上層是幼童的玩耍戲水處，其下方是多層的日光浴場，還配有溫水按摩浸泡池。對啦，11層的「兒童俱樂部」不知玩什麼花樣，非常吸引兒童。早中晚餐之後的三段時間，都可交托，服務總計不下10來小時。孩子們興高采烈，大人也心安理得。這舉措無異於把爹娘爺奶們全部「解放」了。

　　最可人之處當推船頂的甲板，那裡有個相當於200米橢圓形的體育場。塑膠跑道寬2米多，道外當然有落地玻璃圍欄。每天清晨，這裡都不絕有人迎著朝陽，或慢跑，或散步，或打太極，或攝影、眺望。不過跑道圈內是高低錯落的設計，有兩個大小不等，形狀各異的木板平臺，排放沙灘床，可以半躺著觀看綴於長靴狀煙囪

上的大螢幕的露天電影。平臺前後各有一方游泳池，是男女老少爭下「水餃」的大「鍋」。池水隨船身搖盪，「水餃」們嘻嘻哈哈地翻滾。

總之，遊輪上設施齊全，吃喝玩樂樣樣有。船長等一班負責人又有密集的妥善安排，實實在在形成一個大團體、小社會。我所持的是中國護照，未辦法國簽證擔心上不了島陸，因此帶了王蒙的《莊子的享受》、陳佐洱的《交接香港》與錢文忠的《解讀「三字經」》三本厚書，準備在孩子們登島遊玩時，自己好閱讀消閒。實則哪有時間？最終只斷斷續續看幾頁陳佐洱，因為早年在福州有過接觸，想知道點他當了大官後的情況。

也由於簽證問題，我們四位老人與女兒女婿小家四口並未「綑綁」遊玩，而是採取分分合合的方式活動。這又解決了代溝難同步的問題。兒孫們睡懶覺，老人醒得早。分開活動就自由了。比如每日天未明，我即上甲板跑步、打太極，待李蔡二老完成「疾走」之後，正好一道迎著初升的朝陽拍拍照。然後一起在自助餐廳挑肥揀瘦，選些愛吃的葷素食品與飲料，端到船尾享用，一邊品嘗每日不同的食物，一邊放眼藍天瀚海，讓無數廢話與笑聲隨波逝去。每當此時，老李頭就會不禁唱嘆：「享受生活啊，這是難得享受！」

李老哥湖北人，是位走南闖北的老手，年過80之後，還獨闖新疆、西藏，拒絕隨團旅行。據說他的祖宗的祖宗就是唐朝的李商隱、李淵，我們因之戲稱他為「皇帝」。為了參與撰寫那望族家史，他也曾不遠萬里，一人鑽進幾個大城市甚至清華、北大的圖書館去尋找資料。集體撰記的九冊煌煌大著已經面世了，我看到果然有他的筆墨。我的閩籍同鄉老蔡為人篤實，思維縝密，考慮周全。他還是個多面手，大球小球，唱歌跳舞，樣樣都行，性格活潑又天真，無論什麼活動項目，總建議「不妨一試」並帶頭實踐。臭味相

投，我與老李當然積極響應。拙荊似古婦脾性，矜持靦腆，正好配當我們頑童三老的「後勤部長」，幫助攝攝影，管管衣物。為過一次「溫水泡浸」之癮，我們提前半小時到船尾月牙台「排隊」（其實太早，來人寥寥無幾），當看到三位比基尼圍著溫池轉時，我們也趕緊占住一池。正是老蔡不管水溫如何帶頭「捷足先下」。池內水溫是要人工調控的，可這時服務員還未到位。雖近熱帶，早晨溫低水冷，加上疾駛的船帶來的風強，我們差點變成凍水餃。老李頭卻童心大發，非讓三人並足伸出水面不可，說這是蓮花盛開，是水上芭蕾！水太冷些，待在旁看笑話的「後勤部長」為我們搶拍「英雄群像」之後，我喊著「行啦，點到為止！」立即撤退，出水披上浴巾。

　　安排的遊藝節目很多，可因不通英語，我們觀賞便大打折扣。魔術雜技當然會看，語言類的唱演則不感興趣。唯一次在甲板上進行的所謂「海島之夜」的狂歡，我也跟隨老蔡下池踩步揮手扭屁股。然而我們更多的時間，是半躺在沙灘床上望天、觀海、瞎聊。這是李老哥最愛的「享受生活！」同觀幾次日出時，我觸景生情，胡謅兩首詩：其一是「金烏海底浸通宵，初躍無芒嫩且嬌。寄望明

君威漸露，曝盡人間鬼與妖」；其二為「朝曦出海染高霞，迎面雲遮萬幕紗。只待金光穿透射，溫馨普照暖千家」。一位幫我們拍照，佩著「長槍短炮」的江蘇籍攝影師問我：「您懷念祖國啦，這寫的是習近平嗎？」我不置可否，卻道：「詩無定詁，任由猜度！」

因為是英語盲，所以也得依賴孩子們。比如每天的晚餐上的西餐館，每當熱情無比的服務員送來點菜單，我們「看烏烏，摸平平」，只能推給女兒，點什麼菜全由她壟斷。天天換新樣，次次老規矩——先嚐「開胃菜」，「主道」再吃大魚大肉，最後來盤裝在大碟中心的小不拉子「甜點」。中吃的，我們狼吞虎嚥，不合胃口則放下。我們轉身走進自助餐廳，水果沙拉挾一堆。這時的自我感覺是：「老人像孩子，一天會吃好幾餐！」

遊輪上有預定的額外加費遊小島的項目，女兒半子踴躍參與，問我們怎麼辦？節儉成習的老伴堅決不去。我說老人沒有簽證，萬一卡住不讓登島，豈不白花了冤枉錢？遂先定下他們小家4人的票，我們則伺機再說。船到松木島，上島根本不須驗證，但能與海龜同樂之遊已經滿額。我們老人只能分開自己玩了。還好，女兒找到會講英語且年輕體壯的一對王蕭夫婦與我們作伴，才放心離去。這對夫婦是剛退休的「老澳洲」，又熱心又負責，不但帶領我們，臨時又收攏10位全部不懂英語的華人老者。經過砍價，帶我們坐上大巴作全島環遊。我們覽盡熱帶風光，在五六處主要景點逗留、拍照。其中有一座窄門高牆，開有射擊小窗的廢城堡，據說是當年法國關押犯人的監牢，現在已成未加保護，內外荒草齊腰的「文明史跡」。這使我產生個大疑惑。這島國的地名，是1774年英國人庫克在探險船上眺望時，覺得很像其家鄉的喀裡多尼亞山形，便在前面加個「新」字命之，從此作為「發現」被載入史冊，就像哥倫布發現美洲大陸一樣。接著還有別的英商來過這裡，但到了法國搶佔並

送進成批的犯人之後，才成為「法屬領地」。這就是說，法國當局是將「社會垃圾」傾倒到這裡的，可後來正是這些「人渣」把它「文明化」。我於是想：在庫克、哥倫布們「發現」之前的島嶼與大陸，難道當地人就沒有「文明」嗎？人類社會發展史是不是「強權顯靈」，拳頭大的當哥哥的記錄？這種「發現」與佔領算不算「侵略」？「尊重人權」又從何體現？到底，是「文明戰勝野蠻」，還是「野蠻創造文明」？……啊呀我越想越糊塗！

在大巴上，我一直從車窗向道旁的大樹上張望，希望能夠看到「新喀鴉」即新喀裡多尼亞島（New Caledonia）的本地烏鴉。記得曾看到報道，說這種烏鴉是唯一懂得在野外製作工具的非靈長類動物。它們會折斷、修剪樹枝，會摘取帶刺葉子當作鐮刀挖昆蟲，還會弄彎鐵絲，勾取吃不到的食物。幾隻被新西蘭科學家弄到實驗室訓練之後，不但會撿石頭，還會解決伊索寓言式的難題，研究的結論是，它們對物理的認知程度，大約相當於5至7歲的孩童。可惜芳蹤難覓，一隻也沒看到。

我們回到原點時已經中午，意外地發現有土著婦人免費供食的攤點，送上以蕉葉包制的當地食物。我們毫不客氣地接過大吃起

來。蕭氏夫人笑著說：「這是遊輪雇請當地人為那些購票上無名小島的遊客準備的。我們沾了人家的光！」我往帳棚頂上一看，果然有「P&O」的標誌，心安理得答道：「我家也有4人買了票，不算全白食！」

這時與野生海龜親熱接觸的孩子們也回來了。我們於是謝別王蕭夫婦，8人另雇中巴再上號稱「自然水族館」的景點去。「水族館」只是借義，其實是小溪口一片天然的「海湖」，有缺口與大海相通，卻被山林圍護成內湖。水清徹底，淺處沙白透亮，深處碧綠如玉。水底珊瑚奇特游魚豔麗。我家帶來的潛浮裝置與水底相機大派上了用場。足足遊玩了兩個多小時，盡興而歸時，卻遇大雨傾盆。正當潮漲，急雨助洪，小溪的咸淡混合水忽然節節升高。還好我們老幼頂著大雨搶渡，都安全過來了。而那位收了車費未給收據的黑人司機，仍守信按時在雨中等候，還將車移近，幫助濕漉漉的我們安排坐次。沒人抱怨，我甚至覺得不期逢雨，也是難得的「豔遇」。車往回開，天公作美居然放晴啦！我們於是又在原點附近的泳場再度下水。這個泳場美得令人心醉：水中有座四周被海浪淘洗沖蝕的孤島，周圍水下布滿珊瑚礁與游魚，我命之為「蘑菇島水族園」。我們又是浮潛觀賞，又是攝影留念，玩到登上遊輪的接送小艇時，幾近尾班。

松木島在新喀裡多尼亞長島的東南，我以為很近，實則又得航行整夜，始達其首都努美阿。上岸仍然方便，是在輪上核對登船卡就可以，完全無須簽證。努美阿地處南緯22度16分，已在南回歸線（23度26分）以北，每年受太陽兩次直射，屬熱帶區域。未來之前我曾猜想：這偏遠的島國小城，地狹人稀，多半怕是荒涼的自然生態吧。未料她雄踞深水港之旁，高樓林立，車水馬龍，繁華熱鬧。一下遊輪就聽人說，二戰期間，努美阿還曾是美國南太平洋海軍的

指揮中心呢！我們登上公交大巴，先到若干景點巡視一周，回到原點又折回，登快艇往沒有正式居民的鴨子島。這時風吹彩旗獵獵作響，海面浪頭起伏不安，拙荊不知是為節儉還是怕暈船，堅決不去了，而老蔡猶豫之後也決定不去。因他不久前「耳石遊動」，頭暈嘔吐，我未敢相強。老李頭這角色不用問，表面看他默不作聲，腦子裡必定是「赴湯蹈火也心甘」的。我們6人於是在浪尖上風馳電掣，幾分鐘便抵鴨子島。

我們環島一周，發現鴨子島一面風強浪高，另一面卻平緩溫婉，湛藍的海面上已有男女老少浮沉其間。太陽當頭，烈焰炙人，我們租借太陽傘下的沙灘床，換裝下海。在一望無邊的真正大「自然水族館」邊緣浮潛觀賞，宛如觀看《海底世界》的影片，而彩魚奇珊就在身邊，出手可觸。我將浮潛裝置遞與老李頭，強迫他到深些地方看看，他稍試片刻，連聲稱好，卻更喜上岸，躺到沙灘床上「享受生活」。我上岸稍息時，看到小快艇來回穿梭挺方便的，便說兩個多小時了，我先回去，免得「留守」彼岸的兩老人孤寂苦悶。小孫女恩雅卻道：「我不想讓姥爺先回去！」老李頭立即自告奮勇：「我先回去！」提起小包就走。

　　我們又玩一陣子後，我催回程。可是淘氣的男孫叮咚不肯上岸。我讓半子去叫，他說：「越叫他越往外遊！」說完自顧自換衣服去了。直到我們都要上快艇時候，才將叮咚強撈起來，「拎」著水淋淋地塞進小快艇。

　　艇到岸邊，老蔡神色慌慌似的急迎上來。我問老李呢？他說：「不知道，沒看見呀！」開什麼玩笑，可別嚇唬人！看我愕然，故作慌神的老蔡才鄭重其事地責怪：「人家八十多歲啦，你還放心讓他獨闖風浪⋯⋯」我說：「老傢伙一個人都敢闖新疆大沙漠，爬西藏大雪山呢，幾分鐘的快艇顛簸，小菜一碟！」他則說：「不能這樣看呵，不怕一萬，只怕萬一。萬一出了事，我們如何向他子女交代？不是我批評你，以後可千萬小心！」老蔡畢竟心細，想得確實周到。他與老李同一艙房，有一晚上，老李頭半夜起床，想到船頂甲板上「享受生活」。老蔡卻擋住說：「不行，如果非去不可，那我也不睡，陪你上去好啦。」李老哥不好意思才忍痛割捨。

　　回到遊輪，倆老問我對努美阿感想如何？我說：「市區貼近深水良港，樓房建築獨特斑斕，熱帶花木扶疏，沿海岸的椰樹更是風情萬種，一次巡迴，便把廈門、大連、青島、基隆⋯⋯全比下去了！」想想又說，「地球這個大村莊，任是邊遠小角落也有好地方呀，我要是重返青春，可能會選擇在這裡當一回法國人。偷渡不是太方便了嗎？」老夥計們不但沒罵我「背叛祖國」，反而附和：「可不，新喀好像沒設海關似的，一下遊輪就可以大聲歌唱：『沒人問我—從—哪裡來——／我的新家—在這裡⋯⋯』」

　　一段臺灣歌曲《橄欖樹》的悠揚旋律，咻咻咻地從三條老嗓子裡爭相擠出⋯⋯

2014.1.22

新西蘭獵奇

　　除了南美洲的智利、阿根廷的小尾巴之外，整體上最近南極的國家，大概當算新西蘭了。此國情況如何？去過的朋友給的回答竟是兩極：「美如天堂」與「一片荒涼」。莫衷一是，未免使準備去遊覽的人猶豫起來。

　　大女兒的公婆來澳作數月探親，孩子們於是安排我夫妻倆作陪往遊。我欣然同意。這不但是陪親家理所應當，對我來說也是賞心樂事。「天涯何處無芳草」，我的經驗，只要留心總有「新大陸」可發現。然而我的「新大陸」，只是異地的風物風情與聞所未聞的點滴知識，那都會引起我的新奇且興奮。

　　我們從悉尼搭乘阿聯酋的大飛機到澳克蘭，加入新西蘭日月光旅行社組團，遊覽了北島與南島。九日間，確實碰觸了有趣的事，茲選若干，記之以饗友好。

兩個「艾克勒斯」

　　新西蘭地廣人稀，人力資源匱乏。旅行社的汽車司機又兼職成導遊，得一邊開車，一邊介紹，還要一邊電話聯絡，安排食宿。我們遇上的兩位華人，卻有同樣的洋名字——艾勒克斯。北島之「艾」，原號陳世潤；南島的「艾」叫魯男，均系知識豐富，為人熱情的盛年男子。性格稍有不同：小陳開朗樂觀，幽默坦蕩；小魯細緻沉穩，不拘言笑。幾日相處，都給人以隨和關切之感。鑒於他們同屬「日月光」旅行社，我問南「艾」認不認識北「艾」？他說

不認識。原來是湊巧。

剛上中巴，個頭不大的小陳便自報家門，並說：「如果記不住艾勒克斯，叫亞力山大也行！」挺隨便的呢。他說自己出生於安徽，在北京長大，到過東北、雲南⋯⋯，有大學文憑。到新西蘭後，先是從事藥理研究，但在單位裡整天對著熟面孔，覺得太單調。人不能為著生活總在苦悶地幹活吧。工作嘛，也得符合自己的愛好與心願。於是跳槽，幾番折騰之後，終於愛上導遊這一行。因為「當導遊，經常接觸新朋友，大家一起雲遊，說說笑笑，開心過日子，輕鬆又愉快！」

老朽我耳背，選坐在小陳近傍，以便多聽他的講解，也便於發問。而他總是有問必答，還不忘添油加醋，發揮一通。記得第二天傍晚，當中巴跑進「綠絲毯上放馬牛」的景象中，他即向大家布置三道「家庭作業」：一、草原上牛羊的喝水問題，是如何解決的？二、奶牛中，母牛與公牛哪種牛出奶量多？三、今晚進住酒店後，摸一摸床墊與被蓋，看看與你們家的有何差別？他賣了關子，留下噱頭，後再借機會一一作答。

在澳克蘭機場告別小陳，飛到基督城會了小魯。相對於活潑調皮的小陳，壯實的小魯顯得嚴肅謹慎些。他開的是大巴，剛彙集而成的團員漲了一倍，變二三十人的隊伍了。來自大陸、臺灣、香港、加拿大、美國、澳大利亞⋯⋯都有，仍然全是華人。在機場接站時，他對照名單一一點數，總少兩人，於是抱歉地請我們稍候，自己跑進跑出，來回尋找，最後才在走廊上湊齊。上車後，立即按不同來路與群體，將大家分成6個「家庭」（後因還有半途上車或改變遊覽走向而下車的，也及時調整）。這樣，停車起動前點名，住房以及三餐席位的調配，都變得輕易了，把臨時組合的一車人，管得整整有條。

北「艾」小陳導遊時，是一手握方向盤，一手拿麥克風，在行進中不斷地講話。南「艾」小魯則嘴邊安個掛式麥克風，方向盤始終雙手緊握。介紹情況也是斷續有節制的，通常在城區慢行時，大篇演說，一進高速，即請大家休息。為拍攝前頭風景，我有段時間坐到副駕駛座上，想到什麼問什麼，他基本上不支聲，只以點頭搖頭作答。我有些反感，以為太傲慢。但停車期間問他的事，則不厭其煩，講得清清楚楚。我於是理解他了，一是專注於開車，不想多說；二麥克風總掛在嘴邊，回答我的提問，等於干擾全車。小魯幹此行久了，駕駛技術熟練、高超，在我們從西海岸越過阿爾卑斯山，奔下東海岸時，過了高山隧道，公路如蛇，曲折彎繞，兩邊林木交叉，一閃而過。這時我正好坐在副駕座上，大巴飛快旋轉而下，身體晃動，左右傾斜。我的感覺就如在玩遊戲機！不由想起孩子們不久前曾到此「自駕遊」，竟為他們產生「後怕」！我想，當導遊其實也是在冒險，並非如小陳說的「輕鬆愉快」。大家理解，因此每天6元的小費，都早自準備好了，不待兩位「艾勒克斯」提出，都心甘情願地主動奉送。

三言口訣與三道「家庭作業」

中巴行進中，眼前出現一座漂亮的紅樓，小陳請大家猜猜是什麼單位？有的說是辦公樓，有的說是俱樂部，有的說像企業，像學校……小陳說：「都不對，那是座監牢！」還說這是私人辦的，政府驗收認可。接著介紹了此地的罪犯如何享受優待，做工有工錢，三餐伙食可點菜，還為隔在監牢內外的夫妻，每週安排一次的相聚……。不知是玩笑還是真實，有人不禁嘆道：「我都想在新西蘭犯個小罪啦！」

　　離開市區駛上遼闊的草原，小陳又說：「新西蘭沒有農業，只有畜牧業，其特點可用5句話概括。」接著唸出「牛排隊、馬穿衣，羊無尾，駝無峰，機趕鹿」的三言口訣。這15個字看似平常，但經他一說，確有我未曾得識的祕密！

　　「牛排隊」曾在別處也看到過，我以為不奇，其實還內存微妙。據說奶牛一天擠兩次奶，因牛群中有一頭「領頭牛」。主人在它耳朵上裝有電子器件，時間到了才招呼。領頭牛收到信息「通知」，就會立即走向擠奶房，其他的牛便一一跟隨，排成隊伍了；「馬穿衣」更常見到，無非是怕受涼。只是新西蘭之馬非常馬。人們養的通常有兩種：一種寵馬，不值錢；另一種是比賽專用的「冠軍馬」。這種馬，剛出生的小駒就值5~6萬元，成年的升為18萬元左右，能參賽的就達50~60萬元，而最高的，據說一匹冠軍馬曾賣了260萬美元；「羊無尾」？有這樣的品種嗎？沒有，原來是人為的。為了便於剪羊毛，牧羊人把剛出生小羊羔的尾巴，用羊腸線紮緊，使之失血，後來慢慢委縮，最後自己掉下。得知這辦法時，我頓生異常的感覺，造孽呀，人類！「駝無峰」，說的是駝羊。南島的魯導說，駝羊屬駱駝科，應該叫羊駝才對，可是人們錯叫習慣了，就如我國的熊貓，其實應該是貓熊。駝羊不同於駱駝宗族之處，就是沒有駝峰；新西蘭是從澳洲大陸分裂出來的，本來也是沒有虎豹犲狼等大型哺乳動物。早期殖民的歐洲中產階級貴族，為了找樂打獵，特地從歐洲帶來了白臀鹿。鹿們非常適應新西蘭環境，很快繁衍成群。鹿在山上跑得快，而人少管理難，如今有了可以遙控的無人飛機，於是便有「機趕鹿」的現代型放牧。

　　這樣說來，「三字經」確也把全國的畜牧業說全了。第一道「家庭作業」的答案，導遊這樣說，牛飲的水，就是草原中一圈一圈水泥水槽裡的水。每個槽下面都埋著供水管道，由電腦自動控

剛剪過毛的駝羊

制。而羊是不需專門供水的，那草尖上的露珠，就足夠啦。我噢了一聲也開個玩笑：「由於羊的腸胃火大乾燥，所以拉的糞便如珠，總是一粒一粒的！」小陳笑了說：「可以這樣理解！」「理解」似乎是他喜用的習慣語，後來他吐露，過幾天李克強訪問新西蘭時，他將擔任導遊。我說，那麼我們現在豈非享受了總理待遇？他就說：「您能這樣理解，我深感榮幸！」理解萬歲。

我們行車到處，常常看到一望無際的大草原，平整柔順，美如畫圖，那現代化噴灌系統，一拱一拱地互相連接，長達200米以上，其噴出的水珠，細如紗網，呈弧形灑落，看去十分悅目，且輝煌氣派。但草地中，總被不高的鐵絲柵欄，分割成若干小片。有的片裡有水泥圈的水槽，有的沒有，大概就是牛與羊各自的「食堂」吧。據說，草原的主人，一般都將自己的草地分成21塊，然後種上富含蛋白質的優良草種，如三葉草、黑麥草、紫花苜蓿等等，牛或羊們輪流啃吃，一天吃一片，吃完全部共21天。這時，第一片的草又萋萋長得茂盛了。所以牛羊吃的總是最細最嫩的美食。正是精心經營，使新西蘭的畜牧業非常發達，具有世界一流牛奶冷加工技術的奶製品加工工業，如衡天然，已握有乳品世界的定價權。畜牧業

在新西蘭的國民經濟中的地位，相當於軍事工業之於美利堅。

　　小陳的第二道「家庭作業」題，其實是開玩笑。「奶牛場裡沒公牛，公牛也不會下奶！」他說。至於第三道題，我覺得他是為推銷駝絨產品而做的廣告。後來帶大家參觀一座毛製品加工廠時，聽罷廠方中國姑娘的介紹才知道，原來駝毛中空，沒有油脂，其膨脹功能比羊毛多四倍，非常珍貴，做鋪蓋、衣著，保暖又舒適。可以光著身子躺進駝毛被褥裡，十分愜意。清潔起來也簡單，不必用水，電吹風吹吹就可以了……大家聽得心動，打聽價格：一床四千多新元，折合人民幣約近兩萬元。親家問我想不想買一床享受？我說：「這樣享受怕會折壽。」同行有人錯愕，何以出此凶言？我說：「物質生活當量入為出，沒有那樣的消費水平，勉強硬撐，徒添憂愁，憂愁傷身，豈不折壽？」

「螢火蟲」並非螢火蟲

　　新西蘭南北兩島都有奇異的「螢火蟲洞」。為節約時間與費用，日月光旅遊社只安排我們參觀處於北島懷德摩地區的加德納加

特洞穴。「懷德摩」，毛利語是「有流水通過的洞穴」。在這一地區據說共有石灰石溶洞300多個。加德納加特洞穴最長，達十多公里。「螢火蟲洞」隱於地下100米深的有水的洞底，享有世界第七奇跡之譽。導遊在前半個鐘乳石洞中，講解幾個依形狀而編成的神話傳說之後，暗了燈光，頗為神祕地交代：不准拍照，不准喧嘩，靜觀，手不動，抬頭，口莫張……然後讓我們魚貫相隨，摸黑前進。此洞其實也不小，洞底有水卻聽不到流動的水聲，水面停靠一艘敞頂的鐵皮船，有6排24個座位。曚曚曨曨中，毛利人以微弱的電筒光指引我們逐一坐上，然後雙手輪替地拉著固定於岩壁上的繩索，讓船徐徐移動。我們於是可以仰首慢慢地觀賞。

洞裡總體是黑暗的，伸手不見五指。無風無雨，無聲無息。洞穴如隧道，略顯狹迫，但因有螢火蟲的布置，便生出蒼穹的深邃感覺來，以「別有洞天」形之甚切。天幕上布滿星星，疏密有致，有心的話，似可從中找到「銀河」、「北斗」、「牛郎織女」，以及各色各樣的「星座」來，望之確也心神怡然！但奇怪的是，這些「螢火蟲」始終固定地亮著光點，也不閃爍，沒有一隻在飛翔。到底怎麼回事呢？我很想知道，可是在幽暗的洞中，雖然撐船者偶亦以微弱的電光作局部的照射，卻只見垂絲條條，長短相近，凝然不動，別的什麼也看不到。後來，倒是南島的魯導在車上放一碟光盤，方知它根本就不是螢火蟲兒，而是一種無翅的蠕蟲，如蛹。垂絲是其「釣鉤」，如海葵的觸鬚，尾端發亮，以吸引趨光性的微生物或更小的昆蟲，誘捕之而為食。這種蠕蟲叫啥忘了。我疑心它們是億萬年前海中生物演化而來的，現在只生長於幽暗、潮濕、無風的洞壁上，因為有風一吹，那垂絲會乾燥，還會飄動而糾纏起來，互相傷害。太明亮處，它們就得餓肚皮了。

鐘乳石與螢火蟲景點，是1887年進行大面積洞穴勘探時，舉著

蠟燭發現的，是別的國家難有的奇觀。現在由當地的毛利人經營。魯導說，南北螢火蟲大同小異，為節省時間與費用，南島的就不看了。他只指導一兩位半途加入我們隊伍的新成員，自購門票，隨別的人群前往觀賞。

紅杉林與山毛櫸

我曾多次乘車行駛過悉尼近郊的原始森林國家公園，林蔭砸地，空氣清新，心情十分愉快。而新西蘭北島羅托魯亞的紅杉林國家公園，給的卻是震撼的印象。也許因為在《指環王》電影拍攝場地耽擱久了，疲乏，近黃昏，忽然見到如此壯麗景致，真的激動起來。

據導遊小陳說，這個紅杉林區是人造的，並非原始自然。但面積不少，達80公頃即8平方公里。自然是機播形成的。樹種來自美國的加利福尼亞州，是種可活2000年以上的，世上最古老，最高大的「活化石」。我於是想起尼克松訪華時也曾贈送中國這種珍貴的樹種，而習近平2013年訪美時，還與奧巴馬在有紅杉林的莊園裡散步。奧巴馬時贈習近平一張加利福尼亞州紅杉木製作的長椅。

小陳只給大家20分鐘時間在紅杉林公園拍照，叮囑大家千萬別往裡鑽，否則會迷路出不來。中巴在四周全是高高的樹木包圍的小廣場上停下，我隨大家一走下車門，立即覺得人真渺小！這些樹，高大、挺拔、筆直，整齊一致地往上長。雖然密集，卻毫不相互排斥。高大的伸展枝葉，但絕不獨佔空間。陽光依然能夠從葉間篩漏而下，給小樹以哺育。那局面是老少和諧，互相支持，攜手共進。

兩天后，我們在南島，在大巴從東海岸翻過阿爾卑斯山向西海岸行駛中，兩邊的陡峭山坡上，樹木交相疊壓，鬱鬱蔥蔥，團團滾

滾，猶如綠色的濃雲。我問導遊小魯那是什麼樹？他說：「山毛櫸，全是國家保護的山林，一棵都不准砍伐！」我雙眼緊盯著窗外的樹林，想看看這山毛櫸的葉子是何形狀，可是車速太快，看不清楚。只覺得這種樹枝椏很多，且彎來曲去，顯得有些雜亂。整體地看固然養眼，單個地瞧可能就不太可以恭維了。

然而我錯啦，後來我們在丹尼丁或別的忘了名的城市，有個堪稱一流的美麗植物園（一點不比悉尼、墨爾本的植物園差），有人指給我看幾棵頗有特色的大山毛櫸。一棵是塔式人字型，如聖誕節常用的禮物樹。最底的枝葉壓到了地面。我們從小縫隙進去，見底層的支幹如巨大的鱘魚八腳，彎彎曲曲向四面伸展，占了大約兩個排球場大的地面，曲枝如椅如床，可坐可依，許多人爭相擺出姿勢在那留影。在多種樹木雜生的隊伍中，也就有幾棵山毛櫸，高大粗壯，足有三四十米以上。樹冠弧圓，枝條開展，亮綠濃密，婀娜多姿，體態優美，如典型的觀賞樹種，與紅杉相比，別有風韻。

紅杉筆直、偉岸，木質優良，自是棟梁之材。山毛櫸枝椏拉查，渾身是節，我以為不堪重用。但小魯告訴我，山毛櫸木質堅硬，也是做家具的好材料！見了這園中的山毛櫸，知道他說的確實不錯。原來，「人不可貌相」的原則，同樣適用於林木！

水火公園（地質公園）之遊

巡遊新西蘭南北兩島之後，回想起來，這小國似乎整體就是一個「地質公園」。其地形地貌的成因，北島以火山岩為主，屬火；南島是冰河切割更多，為水。一國兩島，水火相映，不亦堪稱一奇？

北島的蒂卡普鎮有個「毛利人文化村」，整村就在一座小小活火山範圍之內。遠望煙霧翻滾，近覺熱氣烘人。一日二十四小時，

終年不間斷。煙霧中有個突出的小高地，該是火山頭吧，還在連續
地噴射岩漿。不過用「噴射」似乎過重些，說「沖出」比較合適。
是的，岩漿帶水滴，隨蒸騰的霧氣沖出，高舉幾米，再灑落而下，
在地面上造出一圈套一圈的層層火山泥地面，宛如又粘又濃的柏
油，一桶桶從高處傾倒流趕出來的模樣。毛利人文化村裡霧氣氤
氳，恍如仙境。大家怡情漫步，倘佯其間。我老伴與幾位同遊，坐
在道中發熱的石板上享受，賴著遲遲不聽從導遊的招喚。

　　其實便是蒂卡普鎮，可能也屬火山的地盤，到處在冒煙，到處
有溫泉。陳導說，這裡的溫泉很有名氣，還有酸性與鹼性之分。早
期來此的殖民者，懂得享受，蓋起了華麗的宮殿與澡堂。現在不少
遊客，自帶泳衣，特地遠道來此作溫泉浴。他告誡大家：如果也想
到溫泉池裡去泡一泡，穿自己的泳衣固然可以，但完全沒有必要，
因為這裡有出租，消毒可靠，而你的泳衣一泡，可能就會變色、變
形了。我曾長住在也有好溫泉的福州，聯想起來便說，溫泉如此
豐富，酒店裡的洗澡用水，大概也是溫泉吧，何必到專門泉池去
泡？然而同遊中仍有三五人，甘願步行，去領略一番此地溫泉浴的
風情。

　　阿爾卑斯山以南北走向伏臥，將南島分成東西兩面海岸。6天的行程，魯導開著大巴從基督城出發，由東而西，走西線，又從西到東，走東線。兩次翻越阿爾卑斯山，在東海岸時，還有一次拐進山裡走中線，是從瓦娜卡湖與哈雅湖兩大湖泊之間穿過，兩旁車窗不時輪流映現遼闊的水面。大巴時而傍山，時而瀕水，沿著高原湖畔前進相當的久；曾經穿過完全由人工開鑿的高海拔隧道，在陡峭山坡上作左旋右轉蛇行，但大多時間都在高原平坦的茵茵綠草上取直疾馳。因之對南島的地形地貌也就有了大體的認識，確實都與冰川關係密切。

　　小魯說，地貌形狀可分七種，即風化、河蝕、雜匯（沒聽清，大概指堆積型）、海蝕、冰河、火山岩與石灰岩即喀斯特等等。南島是冰河切割形成的，屬冰河地貌。關於地貌分類有更科學的辦法，如以「外營力」與「內營力」為依據的，但地貌形成因素確實很複雜，所以小魯這樣分未嘗不可。他說，雪積20米厚，底層便成冰。在冰川時期（指因氣候變冷，地球表面大規模覆蓋冰川的地質時期，最近一次是開始於250萬年前的第四紀冰期），整個南島都被冰川佔領了，後來氣候變暖，冰川漸漸消蝕，高處山石裸露，低處積水成湖。北島的湖泊，多為火山口湖或火山岩流造成的堰塞湖，比較淺，呈圓形或橢圓形；南島的湖泊則呈長條形，相對較深，且更多、更大，都是高山積雪溶化積成，水色淺藍帶白。據說是冰川水將岩石沖成粉末漂流而下，在湖水中懸浮，經陽光照射，會拆出藍光，故當地人稱之為「乳藍湖」。可惜天陰無日，見不到如此風采，連阿爾卑斯山的最高庫克峰，也隱於雲牆之後了。大巴駛過好幾個記不住名字的湖泊，也曾停下車來，觀賞拍照。其中最大的冰川移動形成的溝渠——瓦卡蒂普湖，長達84公里，深399米，浩蕩似海，眺望彼岸，心曠神怡！湖畔有座建於1935年的牧羊

人小教堂，不甚起眼，還有尊牧羊犬塑雕，座下刻有碑文：「沒有牧羊犬，人們就不可能在此高山地區放牧」。兩座建築物，表達了牧羊人對上帝的虔誠與對牧羊犬的感恩，也流露出當時牧羊生活的浪漫與艱辛。在停車前，嚴肅的魯導卻開了個幽默的玩笑。他告誡說，夫妻倆可別與牧羊犬雕塑合影，當心成了「狗男女」！滿車哄然嘩笑。

北島的溪流狹窄，多水；南島的較寬，少水。越近海口，越發寬廣，狀如大喇叭。由於水量不大，河床上盡是卵石灘，可以想像那是當年的冰川留的空地。東海岸的米爾福特，有個奇妙如桂林山水的峽灣，據說也是冰河溶化，冰川消失後，海水倒灌形成的。現在世上除米爾福德之外，這樣的美妙的峽灣，只有挪威與智利才有。

南島有冰川140個，處於雨林地區低海拔的只有福斯冰川與費朗茲‧約瑟夫冰川，據說是現在世界少有的「活冰河」。看福斯冰川須乘直升機，可以踏進真正的冰河。但索價不菲，還有風險，只兩三位去。多數人是看近處的費朗茲‧約瑟夫冰川。這是個奧地利皇帝兼匈牙利國王的名字，不知為什麼用上它。毛利人稱它為「海因胡卡蒂樂的眼淚」。「海因胡卡蒂樂」是位姑娘，她因同登雪山

身後是雪山

的愛人不幸死亡而傷痛，淚流成河，遂變這條冰川。為看這浪漫的冰川，我們走了幾十分鐘已成石灘路的冰川舊河道，再爬一段不短的山坡，氣喘吁吁，汗流浹背，卻仍然看不到冰河真容，不過高山上的積雪和冰河溶水造就的瀑布，確也近在咫尺，陳列眼前，故此行不虛矣。魯導說，要在海拔高僅300米的地方看冰川，只新西蘭才有。真是這麼低的嗎？倘真，當然是得自南極寒氣的蔭佑了。

毛利人那些事兒

在摩拉基的海邊，有十幾二十來個半圓形的石頭，疏密有致地臥在沙灘上，或半浸水中。整幅看去，宛如上帝的大手刻意排放的藝術品，也像龜群作匍匐移動。大的直徑一米多，小的半米左右。魯導說，這是「毛利人圓石」，是南島之遊必到的景點。

我迫近細察，未見人工痕跡。心想應該也是海蝕現象，是風浪這位偉大的雕刻家的手筆吧，就如澳大利亞南海岸上的「十二門徒」。然而後者是陸地被長年累月沖刷的結果，可以理解，而「打磨」成一個個圓球卻就費解了。莫非核心有塊磁鐵，等距離地緊吸

著含鐵的泥沙，所以風浪才一層一層地「剝皮」製成的？小魯說也算「世界之謎」。然而為何會冠上此名？徒然又增添了毛利人的神祕感。

悉尼也有毛利人。不過我只在街頭表演看到過他們，或在展廳裡觀其手工作品。聽人說他們是「土著民族」。這回新西蘭之行，始知不對，他們也是外來的移民，是在13世紀乘著獨木舟，從太平洋「哈瓦基」之地來的東波利尼西亞人。毛利人對紐西蘭有自己的名稱，叫奧特瓦羅亞，即「長白雲之鄉」。這是個更早的「發現」，比荷蘭亞伯・塔斯曼與英國詹姆斯・庫克等，早了四五百年。可是這片海啊山呀的命名，現在卻沒有他們的份，全被歐洲「探險者」們占去了。若論「輩分」，他們是「父親」，可不得不「認子作父」。你說冤不冤枉？不過新西蘭政府現在對毛利人已優待有加，出臺不少優惠政策，如劃地墾荒勞作，規定只能有毛利人血統者才許可。

我們參觀北島毛利人文化村時，除了驚訝於暗紅岩漿吐溢旋又變黑成泥、結塊之外，也得知些許毛利人的生活情趣。比如木雕：有個直徑約十多米的圓形地，被十來根斜插向天的粗木柱拱

成露天場地。每一根柱的上端，都
各刻成人頭。導遊說這是毛利人的
諸位保護神；還有幾尊立式雕像，
一律張嘴吐舌，表示祖先是吃人族
（？），雙手插腰，大拇指在後，
腹前交叉的只有三根手指，表示人
一生中的「生、活、死」三大階
段。少數民族頭插羽毛是常見的

親家同遊新西蘭

事，毛利人也一樣。我本以為那插的是捕捉的禽雀之毛，象徵成
功、英偉，這回方知錯了，毛利人插的是蕨葉。魯導說，蕨類植
物有40多種，南島有一種葉背會發藍光，叫銀蕨。毛利人視之為吉
祥，特別喜愛。現在，那如羽毛般的銀蕨葉圖案，被多種行業當作
質量認證的標誌，與奇異鳥、國家地圖，構成新西蘭的三大圖標。

　　奇異鳥是稀奇，但非本名。據說因其叫聲「KiWi」，而諧音毛
利語意如「寶貝」。他們就這樣叫了，翻譯為漢語則諧音而成「奇
異」。奇異鳥屬駝鳥科，是桔駝，但體小如雞，似乎無翅，形似獼
猴桃。喙長，像獼猴桃前插根管。我們是在暗室裡隔著玻璃牆，斂
聲屏息，悄悄地看的，因為此鳥膽怯，生性喜暗。但導遊講了個傳
說，說早先這裡有種大鳥，高達3米以上，膽子卻特小，一聲大喊，
就能把它嚇死，於是成為毛利人蛋白質來源之一，後來絕跡了。大
概大鳥就是奇異鳥的同類。我覺得這傳說有點玄乎。在3米高的大
鳥跟前，人豈不成了蠕蟲？它不把你啄食就好了，還怕大聲恐嚇？
不過，為奇異鳥編個奇異故事，能娛悅遊客，倒也情有可原。

2017.4.6

文苑管窺

隱居洋山林

　　準備出國定居那陣子，我對朋友說，此去是「隱居洋山林」了！這當然是戲說，不過還是有個「出典」的。中國「文化大革命」結束不久，下農村「插隊落戶」的知識青年紛紛返城。有門路，有辦法的人，更是爭先恐後出國留學，形成潮流，時稱「洋插隊」。我略加引申，便成「隱居洋山林」。

　　不過若從生活的內容與形式看，說隱居山林其實也差不離：一來澳洲確實樹林茂密，人煙稀少，環境清幽，真有山林的氣息。二來到此人地生疏，舊時的親友不見了，社會關係驟減，加上自己是十足的英語盲，成「瞎子、聾子、啞巴」，想出門，卻感寸步難行，只好整天留守在家，伴著小孫輩們嬉戲。結廬在清境，且無車馬喧，生活頗為清靜。氣候溫和，空氣清新，於世無求，與世無爭，豈不很像隱居？以為大可全心全意地安度晚年啦！

　　可是，也許真是「人生識字憂患始」吧，過了段時間便覺略有所失了。一雙眼睛，一顆心，不知該往哪裡放。有一天，兒女們帶回一份中文報紙──《澳洲新報》。一大疊，好幾版，洋洋灑灑，讓我的雙眼頓時大忙起來。不多時興奮了，那種感覺呀，就如跋涉在遮天蔽日的原始森林中，突然發現一座塔樓──一個瞭望哨。登臨其上，即能放眼四方，眺望八極，真是心曠神怡！此後我便成為《澳洲新報》的熱心讀者。

　　是的，一份《澳洲新報》，以親切的母語字符印刷，且信息豐富：頂天大事、柴米油鹽、保健醫療、求職指南……應有盡有。「秀才不出門，便知天下事」，我於是知道了本地社會新聞，環球

政治風浪，瞭解了剛辭別不久的祖國的大事變遷。汶川地震、北京奧運、台海風雲、港澳新事、巴以衝突、朝鮮核試、金融海嘯、美國總統選舉、墨爾本山林火災……林林總總，無所不包。報紙使我開啟眼界，拓寬胸懷。一疊輕輕的中文字紙，可比一件厚重的珍貴禮品，是一份沉沉的養心的敬意。我要感謝辦報人的辛勤努力，無私奉獻！

早在國內，工餘我喜讀一點文學作品，藉以怡情悅性。《澳洲新報》裡的「澳華新文苑」與副刊「大公園」、「雜文廊」、「新園地」以及隨報贈閱的週刊等等，自然成了興趣的重點。在這些園苑廊地裡面，我得以熟悉並神交此間不少文壇老將與新人，如梁羽生、趙大鈍、劉湛秋、何與懷、何孔周、安立志、陳安、徐城北、劉銳紹、林燕妮、陳耀南、阿倫……，不論是早已聞名海內外的作家，還是初見其名的陌生者，他們的作品，都成了我精美、有益的精神食糧，陶冶性情的雅致藝品。當然，也是吾心維繫祖居地與世界各角落世態人情的紐帶。

看多了心癢，積習難改，便也試寫「豆腐塊」了。於是給「澳華新文苑」投去一篇旅澳雜記──〈與鳥為鄰〉，竟蒙編輯垂青，刊登出來了，而且給配上兩幀生動適題的照片，使我那不起眼的小豆腐圖文並茂，生色不少。接著我又另投一篇，再次被刊用，自然喜不自勝。後來，是所謂「以文會友」之意吧，應編輯先生之邀，我參加一些相關的聚會活動，如對高占祥的新著──《文化力》的研討會等等，更發現圍繞在報社周圍的悉尼文化人，藏龍臥虎，人才濟濟。我驚喜地看到，報刊文論或研討會的爭辯，都能開誠佈公，暢所欲言。種種觀點，各自坦陳，即便是針鋒對麥芒的極端看法，也都得到允分的表達。這種寬鬆自由的議論，於人並無強制或勉強。是非正誤，深淺輕重，任憑判斷，擇善而從。這對讀者、

聽眾無疑會有最自然、最愉快的吸收。作為讀者與聽眾，我得益匪淺，每每能夠感動在心，喜形於色。我不想說《澳洲新報》是一面號召華人向善向前的旗幟，但說她是個團結和引導華文讀者的好媒體，好團體，大底是切實的。

　　《澳洲新報》猶如良師益友。我已與之結下不解之緣，那恍若隔絕人寰的「隱居」式的寂寞，也得以消解了。

2009.3.5

「桃花源」何處尋？
——聆聽作家陳若曦女士報告隨想

為紀念辛亥革命100周年，澳洲若干華人團體聯合邀請著名作家陳若曦女士到墨爾本、悉尼作兩場報告。在悉尼的一場，我也榮幸參加了。會場設在中國國民黨總部的三樓，布置簡樸。兩副醒目的舊楹聯——「養天地正氣，法古今完人」、「發揚中山先生民主博愛精神，維護廣大華僑合法權益」——倒與報告會內容頗相稱。

主持人張奧列先生作一番風趣幽默的前奏介紹後，賣了個關子：「今天報告的題目是《尋找桃花源》。陳若曦女士的『桃花源』在哪裡？我也不知道，讓我們一道恭聽她的分解吧！」會剛啟動，會場已經活躍起來。

一個多小時的報告，陳若曦女士沒講什麼大道理，只將幾十年來自己離奇曲折的經歷娓娓道來。她凡所舉事例，無不新鮮生動，令人捧腹。陳女士生長於臺灣，在台大讀書時即受基督教洗禮，後赴美留學，從自由閱讀中，得悉並深信中國共產黨的偉大宣言與成功的革命實踐，以為大陸已經消滅剝削，實現公平，國泰民安，於是欣然接受無神論，崇拜毛澤東，學成之後立即偕夫轉經西歐投身大陸。然而正趕上「文化大革命」，目睹7年亂象，深感實況與想像相差太大，遂生逃逸之心，後經周恩來總理的特批，獲准離境，小住香港，再移往加拿大，又旅居美國達20年。後來發現臺灣佛教新風昌盛，她由仰慕而決心返台定居……幾十年來，用陳女士行走路線：臺灣→美國→大陸→香港→加拿大→美國→臺灣，進進出出，往而複歸，可以白描畫成一朵馬蹄蓮。聽過一半報告時，我以

為她的「桃花源」，該是釋迦牟尼的「西天極樂世界」了，可是往下再聽，非也。她在敘述個人經歷時，極少扯上政治。不過，人畢竟是「政治動物」。孫中山先生說「政治就是大眾的事」。陳女士哪能不涉及？何況她在海峽兩岸，都同樣經受過驚嚇與恐怖。她說旅居美國後初訪臺灣，刻意低調入境。不料降落桃源機場時，猛然聽到「敬請旅客稍安，讓陳若曦女士先行」的廣播，嚇了一跳，顫顫驚驚地走出艙，見是父母來接才安心。然而父母身後，竟站個人高馬大的「便衣」，使她惶惑起來，忙主動伸手，小聲問候：「先生您好！您是……」那「便衣」卻道：「我是你親弟啊！」；她在北京任教英語課程，講解單詞「Natilnal Day」（國慶日）時，習慣使然竟失口說成「雙十節」，一時魂飛魄散，連忙改口：「十月一號，是十月一號！」……凡此種種，足見使其神經緊張，在兩岸皆然。不過如今的陳女士，已葉落歸根，長住臺北，而大陸對於她，也可來去自由，往返已不下五六次了。究竟哪是「桃花源」呢？陳女士表露的民族精神極其深厚，想來不可能是加拿大、美利堅或別的什麼外國，但如果說是大陸或者臺灣，證據也都不足。她的報告沒給出明確的答案。

　　報告結束後，只留15分鐘與聽眾交流。提問者相當踴躍。有人問：中國共產黨缺乏民主，你覺得他們能長期執政下去嗎？她的回答是，大陸人太多，情況很複雜，如果實行臺灣那樣的民主，可能會大亂。她舉自己遇見為例：有段隧道在維修，旁邊開闢臨時通道。附近的村民發現有生財之道，於是砍倒路樹，橫欄設卡收費：小車3元，大車5元，一時車堵成串……「所以他們的問題，還是由他們去設法解決好些。」她說。但她也不隱瞞對三權分立與兩黨制的欣賞，認為「哪個黨執政，由大眾的選票決定」最好；有人問：臺灣美麗島事件後，你曾代表海外27位旅美名人晉見蔣經國總統，

救下一批參事名士之命，其中就有現在的民進黨領袖、台獨分子，你當時知不知道他們的背景？陳女士說，當時台獨分子並不明確，但存在本土化的意識傾向是知道的，「可是多元文化，應是容許各種意識並存的。」提起「去中國化」的話題，她即舉個很搞笑的小例：為了淡化「中國情結」，臺灣當時推行四種「官方用語」。她一踏進電梯，便聽到台語即閩南話、客家話、國語即普通話與英語等，輪番播送同一個意思，簡直莫名其妙……

在這樣有趣的交流中，我也兩次舉手，可惜主持人都沒發現。我想問的是，龍應台寫的《大江大海——1949年》，頗受好評，還曾列入「亞洲華文十大暢銷書」名榜。可是相反意見也有，如「狂人」李傲，就說龍應台「只說後果，不問前因；只寫現象，不揭本質。」說她1949年還沒有出生，不懂戰事，未受戰亂之苦，她只知道「小溪小溝」，哪知「大江大海」？所以她的書「欺騙」了讀者。不知陳若曦女士的看法如何？

這問題不算「題外」，與「桃花源」應有深層的聯繫。聽不到陳女士的聲音，只好自己胡猜了。

《大江大海》面世不久，見到好評如潮，我即請表侄在台購寄，以一睹為快。初讀的印象是，此書堪比高行健的諾獎佳作《靈山》，而且更煽情些。當讀到聞所未聞的「長春圍城」紀事時，我就不禁作了「怵目驚心」四字眉批。可從網絡上讀罷李傲「大江大海騙了你」的評說，又覺大道理也是講得通的，只是略嫌偏激而已。龍李兩派，一個挺國，一個護共，針鋒對麥芒，「你死我活」，可是實際上是誰也無法「全殲」對方的。聽了陳若曦女士的報告，感覺她是不管姓國姓共，一視同仁，有成就照讚，是缺陷照批，實事求是，不偏不倚，各打五十大板。她很超脫，其政治立場與觀點，大體介於龍、李之間而超乎其上。龍李皆名士，且都是她

的鄉親，估計她是不會輕意置評的。

那麼，《尋找桃花源》既是報告題目，陳若曦女士何以不揭底明點何處「桃花源」？我想，是因為還存留於心中，是她的理想、信念，是至今尚未顯現的臻於完美的「夢想世界」。猜度她的「桃花源」，應是「民主博愛，多元相容」的社會，是文化昌明、宗教自由、科學發達、經濟繁榮、物質富足，公民之間關係和諧、精神舒暢，是政通人和的安詳、太平的大格局。當然，她極盼這「桃花源」就生在華夏神州，不論臺灣，還是大陸。她喜見海峽兩岸齊頭並進，攜手共榮，一如忘卻了秦楚漢魏的「桃花源」中人！

當然，實現「桃花源」絕非一蹴可就，需付出艱辛，待以時日。我想最基本，最重要的前提，是要建立「民主博愛，多元相容」的制度社會。惟有如此，才可望共生、共榮，可望最大限度吸取、繼承與發揚人類文明成果，快捷抵達「桃花源」佳境。香港鳳凰電視臺有位口語表達跟不上活躍思維，期期艾艾，常常話說半句即跳開的評論員，卻有一句精彩廣告辭：「評論不是結論，而是提供給你多一個看問題的角度和方式！」與「我不同意你的觀點，但會捍衛你的發言權」的名言意思相近，換一句來說，也是「我之見解僅供參考，正確結論尚待共商」。話很簡單，但很誠懇，體現一種可貴的氣度。倘若海峽兩岸執政的當權者們，都抱有這樣多元共存的胸懷，實事求是的態度，大大小小的好主意必定會應運而生，源源不絕，提供選用，那麼「桃花源」的顯現就不是遙遠的夢了。

陳若曦女士是世界級大作家，足跡遍天下。她當然能夠見證「萬川歸海」的大規律。不管是密西西比河、長江，還是多瑙河、尼羅河、亞瑪遜河、蘇格拉底河……無不統統注入同一片蔚藍汪洋。我想人類社會的文明進展也同理，民主博愛，師法聖賢，養育正氣，驅惡從善，應是共通的人性需求。所以不管是瑪利亞、基

督、穆罕默德的「天堂」，釋迦牟尼的「極樂西天」，還是馬克思的「共產主義」、孫中山的「大同世界」，各方誘導的終極目標，其實也都是勝境「桃花源」！

2011.4.23

「莫言不做鯊魚」
——劉再複如是說

　　兼任南安同鄉會與廈大校友會兩個會長的楊立平，突然來電話，說某某人今天將自凱恩斯抵達悉尼。他想請些鄉親、校友歡迎、座談，問我能否參加？還說許老許德政先生也會參加。我有聽力障礙沒聽清，問誰呀？我不認識……他說：「劉再複，南安人，您不認識？不會吧？」我聽清了：「噢，是劉再複呀，好，我去！我沒見過他，不過看過他一些作品，可是在哪見面？怎麼去？」他說時間地點還沒定，可以讓他內兄吳煥羽載我去。

　　原來劉再複伉儷攜小女兒跟團旅遊，今天下午將到悉尼，明天晚上即返香港。在緊張匆促之中，願撥出個把小時會會大家。傍晚楊立平又發短訊通知：會面時間是晚飯以後7：30，地點在其下榻處——奧林匹克公園NOVOTIL酒店。我與老吳一道去，因地方不熟悉，兩人又都不懂英語，沒處問，轉了好久，找到時已經8點多鐘。許德政、楊立平、南安同鄉會理事長戴彬群，還有不認識的十多人，已經圍坐在劉再複伉儷前後喝茶聊天。

　　劉再複身體壯實，鴨嘴帽，夾克衫，穿戴平常，為人和藹，談吐敏健。他時而普通話，時而閩南語，天南地北與大家聊得很開心。他說現在退休了，儘量少參與團體性的文化活動。夫人陳菲亞女士插說：「走到哪裡，都是爭相請他去講演、作報告，應付不過來。你答應這個，拒絕那個，總不太好。」難怪他們這次選擇隨團旅遊，沒去驚動太多的本地朋友。楊立平消息靈通振住了機會，但也沒特意安排什麼儀式。大家相聚都率性隨意。

　　座談的主講者自然是劉再複，但無主題，無中心，因為大家提問，興趣什麼問什麼。他則有問必答。大家談鄉情，談學校，談鄉梓祖國談世界，文化、經濟、政治、哲學，扯到哪說到哪。而談得最多的是北京舊事，因為劉再複與許德政不但是廈門大學校友，還曾與眾多社會科學的頂尖人物在中國社會科學院共過事，文革中還一同下放河南五七幹校，自京都而羅山而息縣而明港，記住不少掌故與笑話。比如談到時任中科院宗教所長，後為北京圖書館長的一位老教授時，老許說因老教授體弱不勝勞作，幹校照顧他專門去撿豬糞。他便編出一首順口溜，拿到學習毛選講用會上唸，大約是：「昔聞糞便臭，今覺糞便香，不是鼻子有毛病，而是思想變了樣！」坐在老許身旁的一同事聽罷輕聲揶揄：「糞便香？不知有沒嚐一口。」說得大家齊笑起來。提到錢鐘書時，劉再複說錢先生曾告誡過他：「我們的頭髮，一根都不能讓魔鬼抓住，一旦抓住，全身都會被拉過去……」「對對對，我也聽到過。」許德政插斷說，「時當階級鬥爭年年講月月講天天講，錢鐘書愛護年輕人，提醒要小心，別被抓了把柄。」劉再複接下又說：「對於我的出走，錢鐘書起先是不以為然的，後來便說走得對啦。」這時，我不由想起劉再複曾為文表露的一種心情與觀念：每個熱愛祖國的華夏子孫，只要帶著中華的傳統文化，無論飄泊到哪裡，心中都會愛國，祖國也好似在身旁。

　　劉再複是位心儀已久的名人老鄉，我今方第一次見到，但知道何與懷博士與之交往甚深，便說：「何博士正好去中國了，不然今晚也會來的。」他則說：「他在香港剛來看過我。」我早先讀過劉再複的幾本書，如《性格組合論》、《放逐諸神》、《告別革命》、《飄流手記》等，感覺他對社會問題思考比較深沉，因而說：「最近看到一種說法：因驚恐於蘇東事變與六四事件，中國高

層領導人強調維穩，警惕風吹草動，於是形成一種膠著的政局。這種膠著狀態，不利於湧現大刀闊斧的卓越精英，只容平庸之輩，同時又出現有心改革而無能為力的『二把手』，還有拚命左轉如薄氏的極左派。這些全非偶然，而是必然。這也說明膠著政局已經到了臨界狀態，因此離真正有效的政治變改已經不遠。您覺得此論如何？」劉再複笑了笑表示，讀書人都有各自的見解。不過從歷史角度觀看，若論綜合國力，應該說目前的中國是自鴉片戰爭以來最好的時期。他說：「我離開了幾年回到北京，有人問感覺如何？我說除了天安門廣場周圍不變之外，北京全都變了！硬體建設，經濟發展是有目共睹的，只要經濟能繼續這樣發展下去，中國是不會亂的。」我又問：「以您之見，中國當前還存在哪些問題？」他說：「主要有三個：生態失衡、道德滑坡──」不待他講完話，大家便七嘴八舌地大「補充」起來，什麼信仰危機、信用危機、權力失控、分配不均，權貴撈錢、言論受制……不知有無劉再複想說的第三個，他只靜靜地聽，沒再去強調自己未完的話，後來索性順著大家的話語，說問題確實不少，但社會物資豐盈，人民生活水平明顯提高，「奇怪的是青年人的罵聲聽得也真多，我往往變成得替政府解釋了。」

　　當聊到莫言獲獎一事時，自然連接到其他的中國人諾獎獲得者。劉再複說高行健得到正、副兩枚獎章，將那枚副的贈了他。莫言的作品他早有評論，莫言不做鯊魚。說著就取出準備好的兩張圖文紙分送大家。一張便是諾貝爾獎章的彩印件，另一張字太小，我沒帶眼鏡，當場就沒細看。只詫異他何以冒出一句「莫言不做鯊魚」？

　　許德政再三對他提醒：「你已寫下了一千多萬字的作品，夠了，現在最重要的任務是顧好身體，文章可以不寫啦。」我以為不

然，覺得身體固然要顧好，但腦子也得動動，否則會加速腦癡呆的，因此說寫些遊記之類，愉快輕鬆，還是要的。考慮到劉再複伉儷旅途疲勞需好好休息，老許幾次喊散會。老劉卻再三聲明不要緊，這樣隨便聊聊很好。結果直聊到近11點才依依惜別。

回到家，我戴上老花鏡細瞧，原來劉再複送的另一張紙上，有莫言寫給香港《明報月刊‧莫言專號》的一段親筆字：「多年前，劉再複先生希望我做文學海洋的鯨魚。這形象化的比喻給我留下了深刻印象。我覆信給他：『在我周圍的文學海洋裡，沒看到一條鯨魚，但卻遊弋著成群的鯊魚。我做不了鯨魚，但會力避自己成為鯊魚。鯊魚體態優雅，牙齒鋒利，善於進攻；鯨魚軀體笨重，和平安詳，按照自己的方向緩慢地前進，即便被鯊魚咬掉一塊肉也不停止前進，也不糾纏打鬥，雖然我永遠做不成鯨魚，但會牢記著鯨魚的精神。」此文寫於「2012年10月21日夜」。

「莫言不做鯊魚」的出處，原來就在這裡。幾十年來，國內貫徹極左路線，嚴酷的「階級鬥爭」確實叫人不寒而慄，即便是大作家莫言，也是餘悸未消。何時國民大眾才能依法而不必「突出政治」，無憂無慮，不惶不恐，安寧愉快地生活呢？

2012.12.1於悉尼

南溟海角中華情
——悉尼中華詩詞協會活動三題

　　悉尼的華人，來自世界各地：有中國大陸和台港澳的，有新馬泰越緬柬老孟以至歐美非各國的。他們的經濟基礎、政治背景、宗教信仰與生活經歷均差異甚大，然抵達崇尚多元文化共存的澳大利亞之後，卻能找到共同語言，和諧相處。這共同語言，就是楚辭漢賦唐詩宋詞，就是琴棋書畫八卦太極，就是國粹……一句話，因為大家有同樣的文化DNA，或者說，有一條共同的中華傳統文化血脈。有智者云：凡受過中華文明薰陶過的炎黃子孫，走到哪裡，都會將中華傳統帶到哪裡，更何況人間已進入網絡時代。因此過去那種背井離鄉，四處飄零的情緒也便不太濃烈了。誠哉斯言！下面的短文，是悉尼華人一角的文化活動實錄，即記述悉尼中華詩詞協會的三次集體活動，庶幾可以印證。悉尼詩協成立已歷10周年，擁有會員百多人，經年常聚，其樂也融融。他們重溫國粹，傳承薪火，弘揚華夏文明，雖置身他鄉，卻宛若桑梓。

別開生面的生日派對

　　2014年8月1日，悉尼（中華）詩詞協會為出生於八、九月期間的會員們舉行慶生的集體聚會，共有壽星22位。

　　今天的會場布置，除了紅燈籠、長彩帶之外，更多是會員們的詩詞字畫，清辭麗句，龍飛鳳舞，滿壁生輝。當幾位詩友將一組紅紙字幅移貼到廳堂前壁的中央時，濃濃壽慶氛圍更加突出了！瞧，

中間那個粗獷如畫的巨字，是福建知名書法家曾光明的獨創手筆，是個「福壽」組合的連體字。上壽通天，下福達地，故稱《福壽雙全》。一個巨字，乍看如猴王偷仙桃，最後那長長的虛筆，宛若彎卷下垂的猴尾巴。當然，看成福田裡流出的玉泉清溪也無不可。巨字左右聯語是「福如東海水，壽比南山松」，那是會員書法家張草先生的新作。筆劃細柔流暢，輕飄如紗，圍繞在巨字左右。兩位書法家的不同風格，各自揮毫的佳作，粗細搭配，輕重錯落，珠聯璧合，緊扣祝壽的主題。滿壁的詩詞書法習作，其實只是會員祝詞的「冰山一角」。那匆匆徵稿，臨時編印，人手一冊分發的《賀詩專輯》中，就有31人的詩、詞、聯作品計74件，其中名列二甲者為孔偉貞（9首）、喬尚明（7首）、劉成鳳（6首）。「鎮會之寶」汪學善老師索性自創新詞牌，度寫一曲《調寄「莫愁詞」》。喬會長

嘆道：「這都是逼出來的……」好嘛，詩協畢竟是詩之王國，有呼即應，轉眼間能逼出這累累的碩果，真是喜出望外！

本次派對的壽星有男有女，老壯青共聚一堂。最老者盧元先生，米壽88。最年輕鄭靜靜女士，芳齡保密。其餘的50幾、60幾、70幾都有，而恰巧「逢十大壽」的，還有自稱「只算中年」的喬尚明會長與何偉基理事。

詩協將同月不同日誕生的會員集合慶祝並且「常態化」，說來屬小舉措，但意義頗為重大。詩協成立已曆9年，會員也早過百了，然而互相認識的恐未達半，熟悉瞭解的就更少些。詩協領導換屆選舉之後，於是想出這一溝通會員、促進瞭解的新主意。正如一首順口溜所道：「慶生集合新鮮事，年歲參差意義同。詩協略施微舉措，靈犀越發八方通」。照中國的老例，過生日據說只可提前，不宜推後，但四屆理事會作了「改革」，土洋結合，別出心裁，以詩會友，其樂融融。

本來儀式設想有壽星逐一作簡要的自我介紹，然後再讓會員吟誦賀詩祝詞。可是由於精彩的《澳洲華人史》講座占去過多時間，結果省略了，只請壽星們上臺領取賀卡與「孫子兵法研究會」會會長丁兆德先生贈送的袖珍紀念品。還好他們先是逐一亮相，後再集體合影，於是也能給與會者留下較深的印象。

生日宴會也是別出心裁的新舉措——採取「半個AA制」的自助午餐形式。每位與會者交5元基本飲食費。壽星則每人再貢獻一份美味佳餚或酒水。既勤儉簡便，又豐盛富足。有雪白蓬鬆的大肉包子，有造型奇妙的生日蛋糕，有各式各樣的小巧糕餅，有焦黃香脆的燒雞鹵鴨，還有茶葉蛋、甜豆湯以及橙桔葡萄等時新水果，而白酒、葡萄酒、青梅酒、香檳酒，全是瓶裝正品。與會者托著食盤，舉起酒杯，走來踱去，相互祝賀，一邊品嘗美味，一邊欣賞詩

書，沉浸在喜慶的氣氛之中……

2014.8.2

「百味」聚歡——記悉尼中華詩詞協會、澳大利亞中華藝術研究院羊年迎春聯歡會

「年年歲歲花相似，歲歲年年人不同。」老話不無道理。草木一秋，每年逢春必抽穎吐蕊，嬌豔如常，倘無人工干預，基因變異大體不會發生。人則不同，身體要長要壯也要衰老，心思更是經常波動。群體的生活方式與思維觀念，總會隨時空之變而變。這不，今年這裡的迎春聯歡與以往不盡相同，或可曰新鮮生動。

逢年過節，張燈結綵、詩詞唱酬，文藝匯演，酒席聚餐……似乎年年如此。悉尼詩詞協會與中華藝術研究院聯合舉辦的羊年迎春會，形式與內容，均有不少新氣象。首先是參與人數多了。一個僅五六十平米的廳堂，來了近百人，擠得滿滿當當。不但座無虛席，連貼滿詩詞書畫的牆邊、垂掛大紅燈籠的門廊都是摩肩接踵，笑語喧嘩。再是形式新穎，讀百家詩，賞百樣藝，品百家宴，堪稱「百味聚歡」。

穿白底紅花上衣，戴瑪瑙琥珀項鍊的張慧蓓，笑意盈盈，顧盼神飛，以普通話與粵語主持聯歡會。聯辦單位的兩位領導先後致辭，熱烈歡迎嘉賓與會員的到來。詩詞協會的喬尚明會長，簡要介紹了本詩協的發展概況。他說，今年恰好是詩協成立十周年。10年前，為承傳中華文化，白手起家成立之時，僅有會員15名，如今則已達149人（還不包括已過世詩友）。協會隊伍之所以會不斷壯大，當然是得自眾會員的愛護與支持。經常進行長期或短期的教學

活動，正是其生命力的體現。我們有一支新舊老師組成的講師團，在本市多處城鎮開班辦學，不辭辛勞，解惑傳道，義務進行中華古典詩詞教學。協會每月還舉辦多種專題講座，特邀本市名家來做學術報告，吸引會員與眾多愛好者參加。協會裡幾位有名望的老詩人，先後出版了《聽雨樓詩草》、《疊翠山堂詩集》、《千葉樓遙岑集》、《霜葉詩稿》、《飄萍吟草》、《袁丁詩選》等個人專集。眾會員的習作則在會刊上定期發表，其中優秀作品也已彙集出版三本《詩薈合編》，其影響已逸出澳洲，直抵故國乃至華人鄰居的世界其他國家。喬會長說，現在仍有多人願意入會，有老年夫婦，也有相對年輕人。國內有位詩歌愛好者聞知悉尼有個詩詞協會時，移民手續未辦全，人還在中國，即迫不及待地申請入會，並且非要在國內立即預交會費不可！

中華藝術研究院的譚文華院長也介紹了該院簡況。她說詩詞書畫本一家，藝術相通，均為國粹，傳承中華文明的目標也是一致的。有句戲語說，中國人「窩在國內是條蟲，一旦出國就變一條龍」。悉尼就是藏龍臥虎之地，在座各位，人人都是「龍」。她繼而逐一介紹到會的藝研院人士，並逐一點名亮相，如：得過悉尼大

獎的畫家陳秀英,擅長人物畫的土子建,兼備國畫、電影文學創作的才女徐希眉,還有上海滬劇團的原團長唐是麟,以及多位筆者沒聽清或記不住的文藝高人……

　　文藝節目從詩歌開始。詩詞協會畢竟是棵詩歌之樹,每到關鍵時刻必定結出碩果累累。日前新編的《乙未2015──新年快樂》小集子,正是會眾為迎春趕寫的詩詞。今天人手一冊,發與每位與會者。我漫翻稍計,發現共有詩詞曲聯凡104首(副),當然全數嚴守格律,腳押古韻,內容充實,豐富多彩,可道是「百首詩,百種意」:有逍遙自樂之歌詠,「宜居雪市少搬家,僑鄉安度餘年」,或「臥向白雲心自暇,放任韶華」;有願「隨緣守份世無爭」,或「立足世間求出世,共證蓮華」;也有詩友相互祝賀「抱孫傳訊,兒結良緣」,「白髮為君賦,長歌摯友篇」;或好「苔岑結社,琴棋書畫,臨池潑墨,揮翰塗鴉」,更喜「共吟歌賦承傳,漁樵濁酒水雲邊」;有人不忘「馬島爭端起」,「甲午烽煙尚未銷」、「蠻夷賊性瘋狂,馬航機失人亡」、「白日劫持人質」,喟嘆「世局迷離憂恐襲」,只望「弭災橫人禍,撫慰心靈」;也有「身居雪市,心繫中華」,「憑欄企盼家山,清平國泰民安」,喜看「倡廉反腐相連」,為香江「平地起波濤」而擔憂,但願「日照三江明秀嶽,天佑中華」;身在悉尼,自然齊贊本地「文化多元倡導」,「文化多元容廣播」,會意「異教同存宜互敬,寬容息恨啟仁心」;更有放眼全球,關心「何時世界得安詳,保佑生靈無恙」,「共祝新年寰宇泰」,「平安企盼,福澤滿人間」,「祈求世界和平,家家幸福康寧」……

　　詩友們的共同的願望是「共吟歌賦」,「齊心國粹承傳,詩詞歌賦耀南邊」。首首詩詞,本來理應請作者本人上臺朗誦,無奈詩豐人多,時間有限,於是便請「鎮會之寶」的汪學善主教官代為吟

誦。只見他隨手從剛發下的小集子裡漫挑若干，即以其獨特的粵語港腔強弱高低，抑揚頓挫，牽聲拔調地吟詠起來。非粵港人士雖未必聽得清這異類鄉音，但有本本在手可以對照，又看其閉目運神，搖頭晃腦，沉醉無比之氣勢，便也領略了詩詞的美妙了。女主持張慧蓓還抓住時機，及時請出相應作者起立亮相，更增添了相互交流詩緣與樂趣。

　　藝研院的才女徐希眉朗誦一首白話長詩──《將軍，不能這樣做！》這是葉文福早在所謂「朦朧詩崛起」時期的1979年寫的自由詩。一首沉睡了30多年的現代政治抒情詩，經過徐女士準確的語音，聲情並茂的朗讀之後，聽者無不被深深地打動。葉文福，原是位工程兵戰士，以其坦白、明瞭、直露的詩句，竟與當年著名「朦朧詩人」比肩同列。這首詩，是在他得知一位曾經受人尊敬的將軍──他的上司的上司的上司──摧毀幼兒園，改建豪華別墅時，不禁祖露胸懷寫下的，一時攪動了全國神經。全詩長達138句，徐女士大概朗誦9分鐘。大家聚精會神，認真聆聽。嘈雜的會場變得鴉雀無聲，有的人甚至淚花閃動。是什麼感動了大家？原來，是直擊弊端的箭簇飛鳴，是為民請命的勇敢精神！此詩從「抱著機關槍向舊世界猛烈掃射」，英勇戰鬥終成令人尊敬的將軍寫起，中經他變成「為了一家人無止無休的康樂」，「什麼都要」，唯獨不要「入黨的誓言」，再勸導他「穿上當年的紅纓草鞋」，莫把法律當「紙牌」或「晚風」，「肆無忌憚地揮霍」「勞動者辛勤的汗水」，最後告誡將軍應防止讓「捧著你的骨灰盒」的「不肖子女」，「永遠捧著人民對你的指責」，誠懇呼籲：「將軍，不能這樣做！」據說，這詩發表後「感動中國」，也成了有爭議的作品，後因有個位高權重者說了句「不能這樣寫」的話，葉文福的軍裝被脫下了，他的詩作與名氣從此銷聲匿跡。「到底是這詩不能這樣寫呢，還是將

軍不能這樣做？」徐女士朗誦完畢，留下這句意味深長的問語。她博得熱烈經久的掌聲。

　　這詩，這情景，不由使人聯想到當今祖國如火如荼的反腐鬥爭。30多年前，貪污腐化之風起於青萍之末，葉文福銳利的眼光即捕捉到問題的關鍵。他發出的這類聲音，無疑會成為極好的強效預防針。然而遺憾的是，這一針戳痛了那最高掌權者的坐骨神經。大人物一聲「不能這樣寫」的呵斥，使葉文福沒了做戰士的資格，也打啞了他以及其他相同的呼聲。徐才厚、谷峻山這樣的「腐敗集團」及其保護傘（「特權階層」？）於是逐漸形成了。倘若當時不諱疾忌醫，而是為正義呼喊廣開門路，徐、谷一類「將軍」哪會有這麼大的胃口與膽量？現在的反腐工程也許沒有必要大張其鼓地進行了。

　　澳大利亞是多元文化國度，悉尼的華人，來自於大陸港臺澳東南亞以及世界各地，人人有不同的觀念與立場是自然的事。詩協因而向來提倡求同存異，和諧團結，不作過多的政治辯論。葉詩有明顯的政治傾向，他鞭笞「將軍」，抨擊中國共產黨的異化現象，根本目的其實還是維護這個黨的初始宗旨與生命力。徐女士的激情朗誦會感動了大家，說明詩之主旨也得到大家的認可與共鳴。

　　關於這詩的話題過於沉重。詩協林廣海的手風琴演奏，又喚回歡樂的節日氣氛。《靜夜思》曲調悠揚舒緩，很快把大家引入李白的思鄉意境裡去。這歌曲傳誦多年，耳熟能詳，台下許多人不由隨曲輕和，美妙旋律隨即彌漫廳堂。第二首拉的是粵語歌曲《萬水千山總是情》，婉轉迂回，明朗開闊，在張慧蓓甜美嗓音帶領之下，陳會長、何偉基、林觀賢等幾位廣東籍朋友也站出來合唱。他們用純熟的家鄉話，演繹了無限山川情。藝研院請來年輕二胡好手曹玉林，演奏《沂蒙小調》等兩首山東、江蘇的民歌，使大家異地重溫民族器樂的親切。上海滬劇團原團長唐是麟請來一位京劇老手，清

唱楊子榮的《打虎上山》，字正腔圓，音色嘹亮，極富穿透力，一拖幾十秒不換氣的滾動尾聲，更使聽者如癡如醉，把手都拍紅了。「再來一曲！」「再來一曲！」，他於是又擬「花臉」，換了《沙家浜》裡胡司令的唱段。唱做唸白，樣樣認真，都達到相當的專業水準。隨後還有唐團長的滬劇《蕭何追韓信》、詩協柳複起教授的京劇老生《趙氏孤兒》……想不到我們小小的聯歡會，竟也出現多彩的「戲劇連唱」。

　　過大節，抽彩活動自然是「題中應有之義」。不過這次抽彩與通常的有所不同。不是先亮獎品後抽號碼，而是先直接抽出姓名，然後依次分發獎品。名單很全，凡與會者人人皆上；獎品多為嘉賓所贈，但已分裝在耀眼的油光彩色紙袋裡。書本最多，有各種詩書文賦專集，有刊物合訂本，有畫冊畫框，此外還有罐裝的糕餅、糖果、茶葉等以及滿壁的書畫作品。總之精神、物質兼備，可謂「百物百樣」，確保人手一份。主持人一邊點叫姓名，得獎者應聲立即領受，人來人往，穿梭活躍，熱鬧非凡，「分田分地真忙」！

　　自助聚餐本是最平常的形式，可是取名「百家宴」就別有意味了。原來，詩協理事會事前決定：本次會餐不上餐館，就地解決。要求每位會員各帶來一份家常食品，然後擺放在一起，大家自由品嘗。份量只要求「足夠自己果腹」就行。現實卻是山珍海味，各色珍品都有。油條麵包，瓜果糕點，美味佳餚擺滿兩張十米的大長台，光是各色美酒就有許多瓶。簡直是中外食譜，南北風味，應有盡有。這樣的「百家宴」，其實是「家鄉口味交流宴」。酒酣飯飽之後，長臺上還有雞鴨魚肉燒烤成堆，喬會長只好宣布：「剩下的東西，是誰帶來的自己再帶回去，務必處理清楚！」他還說，這也全在意料之中，雖然規定只帶夠自己食用即可，但眾會員知道有來賓不知規定，可能沒有準備，因此多數人都帶了雙倍甚至更多的食物。如

此毫不費勁即可嘗遍天南地北的「百家宴」，不也意趣橫生？

　　鑒於詩協與藝研院的成員均以老者居多，餐後小結時，喬會長不忘開導：人有三種年齡——檔案年齡、生理年齡和心理年齡。前者屬自然時序，不能改變也無法預計。中者為體能狀態，可以保養鍛鍊，強壯體魄。後者則是心態，雖是純屬精神，卻最為要重。廖沫沙詩云：八十不稱老，九十年尚少，人生到百年，正是風光好！在座最逼近「風光好」的是黃慶輝老先生，已經94啦，他的心理年齡只好60歲！上海人張大千也有首順口溜：八十不稀奇，九十多來嘻，百歲笑眯眯，七十是小弟弟，六十還在搖籃裡。喬會長順便對自稱「老太婆」的紅衣女主持張慧蒞說：「你可是還在搖籃裡！」歡笑聲中，會長鼓勵大家向黃老看齊，保持年輕心態，勇攀「風光好」的高峰！

　　前任會長陳炳均詩思敏捷，即興寫下《聯歡會答謝詩》，並當場朗誦：

> 感謝摯友，踐約捧場。更贈字畫，張貼滿堂。
> 紅燈高掛，彩帶生光。詩詞吟誦，韻律鏗鏘。
> 胡音婉轉，京腔高昂。掌聲笑語，喜氣洋洋。
> 除夕將至，辭馬迎羊。祈盼昇平，普世和祥。
> 祝君壯健，闔家安康。

　　以四言歌行體詩歌總結，也是這次華人小聚的一項特色吧。百人聚會，欣賞百詩百藝，抽百樣獎品，嘗百家宴，筆者謂之為「百味歡聚」，不知可合其趣否？

2015.2.16.

雙重接軌的盛會——南瀛出版基金會與悉尼詩協新書發佈會小記

　　南瀛出版基金會與悉尼中華詩詞協會2015年 3 月7日在艾士菲教會禮堂舉行新書發佈會。主辦單位向52位優秀嘉賓與各種協會、學會、聯合會的領導人發出邀請書，名單幾乎囊括了悉尼中國文學、琴棋書畫、音樂舞蹈等文化團體與傳媒的代表。除少數因臨時有事衝突缺席外，大多應邀者均參加了，還有不少聞訊自動與會的朋友，可謂名家俊彥濟濟一堂，高朋勝友，座無虛席，是悉尼華族人文社科界的一次大會聚，其氣氛之熱烈，恰如節日歡慶。

　　今日發佈的出版新書有3本，即由南瀛基金會贊助的詩詞協會會員的集體創作《南瀛詩薈選集（第二卷）》與張曉燕女士個人詩集《愛的河流》。彭永滔先生他創作並自費出版的是其第三本詩作——《疊翠山堂詩續》。三種新書油墨飄香，擺在場邊展示。

　　發佈會儀式程序簡要：由張慧蓓、曹婧女士主持。喬尚明先生（詩協會長兼基金會主任委員）致歡迎辭。南瀛基金會創辦人與古詩、新詩的評委主任與詩集作者、主編致辭。幾位嘉賓發言之後，最後由丁繼開先生（詩協副會長兼基金會副主任）作答謝詞。

　　喬會長先對重視和支持這次發佈會，在百忙之中撥冗親臨的朋友們，表示熱烈的歡迎！他指出，「南瀛出版基金」是悉尼繼由蕭虹女士創辦的「南溟出版基金」之後成立的，同樣以在澳洲傳承和弘揚中華文化為目的，贊助出版華文書籍，希望新書發布會今後源源不斷，並能常態化。

　　南瀛基金會創辦者鄭靜靜女士稱讚在海外傳承和弘揚中華文化的朋友們，都是精神貴族。她說，有了你們的加持與關懷，使我們

倍增勇氣，有決心生生不息地走下去，願與同仁們共修一座「海外的中華文化靈山」！古體詩評審委員會主任邱運安先生風趣地將三本新詩集比作美酒。他說兩本古體詩是「舊瓶裝新酒」，即符合唐詩宋詞元曲格律的詩協會員集體創作的《南瀛詩薈選集（第二卷）》，是舊瓶裝的「五糧液」，濃香、甘美、醇厚；詩翁彭永滔先生的《疊翠山堂詩續》，則是古瓶新裝的廣東米酒，甘醇馥鬱，酒海一絕，南國精品！而張曉燕女士的白話自由詩《愛的河流》便是時髦的香檳酒了。美酒，可以活絡舒經，也真醉人！新詩評審委員會主任冰夫先生先盛讚本次發佈會為悉尼「空前壯舉，弘揚中華文化的盛事，必將載入海外華人史冊」！繼而將《愛的河流》比作「聖泉」，認為作者「人禮存心」，「愛而不恨，哀而不傷，疼痛卻不頹廢」，所以方能流露出愛的溫馨與美好。他祝願張曉燕女士再寫一本精美的散文集以饗讀者。

　　新書作者彭永滔先生、詩薈主編陳炳均先生與張曉燕女士相繼致詞。他們感謝南瀛出版基金的文化善舉，感謝悉尼詩詞協會的積極籌辦宣傳，也向熱心支持的與會朋友致謝！致敬！

　　嘉賓黃向墨先生（澳大利亞中國和平統一促進會會長）、周光明先生（澳大利亞中國和平統一促進會榮譽會長、潮州同鄉會創會會長）都發表了熱情洋溢的肺腑之言，讚揚悉尼詩詞協會同仁在澳洲弘揚中華文化的努力和貢獻，高度評價這次新書發布會，對三部詩集的作者們表示祝賀，並向全體與會者恭祝新春愉快！澳大利亞文化團體聯合會召集人、悉尼華人作家協會榮譽會長何與懷博士是詩協的顧問，與詩協聯繫密切，參與活動也多。他說，前一次的新書發佈會上，他曾以「古今中外」四個字發表見解，講了古為今用、洋為中用的話題。今天則談「東西南北」，也是四個字。所謂「東西南北」即地球上民族國家的「東西」關係和「南北」關係。

鄧小平先生說過，這是關乎世界和平與發展這兩個當今世界最大的問題。政治家對此當然是日夜思考，而我們作為文化人，對人類共同的切身利益及其美好追求也應於予關心。何博士舉例說，中共十八大提出中國社會主義核心價值觀有二十四字：富強、民主、文明、和諧、自由、平等、公正、法治、愛國、敬業、誠信、友善；而澳大利亞的核心價值也有六個字：民主、自由、博愛。兩者字數不等，意思卻是相通的，均同樣分別體現在國家、社會與公民三個層面上。習近平提出「中國夢」後也說過，中國夢與追求民主自由的美國夢是相通的，我們是「同一個世界同一個夢想」。因此，我們澳洲華文作家、詩人，應該加深作品思想內容，體現人類的共同價值追求，在其創作中力爭「更上一層樓」！

悉尼詩詞協會副會長、南瀛出本基金管委會副主任丁繼開先生最後致答謝詞。他向到會的眾多嘉賓、文友表示感謝！對三十多位為會議做義工的悉尼詩詞協會會員表示感謝！正是大家的辛勤勞動、無私奉獻，共同努力，才使這次新書發布會能夠圓滿成功。

會議結束之前，喬尚明會長又向大家報告一個好消息：和統會黃向墨會長希望詩詞協會今後多舉辦論壇、講座、賽詩會等活動，

他願意贊助活動經費。喬會長代表詩會全體詩友向黃向墨會長表示衷心感謝！

發佈會結束後，賓主合影留念，並品嘗豐富、精美糕點。許多人紛紛向新書出售處踴躍購書。

為了維護傳統，繼承中華文化精粹，悉尼詩協規定凡會員寫詩，必須嚴格遵守格律與古韻。然而自從南瀛基金會介入出版之後，新詩舊詩同贊助，使新舊接軌起來了；遠在地球南端的悉尼，今天能在基督教的大禮堂裡，開成這樣的盛大的華文詩集發佈會，是得益於澳大利亞的多元文化國策，「中澳接軌」於是也實現了。所以我們不妨稱本次成功的發佈會，是個雙重接軌的文化盛會！

2015.3.8.

初學古詩小議

　　偶爾在澳洲新報《澳華新文苑》上讀到《詩情畫意》，感覺如同撿到茵茵草地上的遺珠。它晶瑩剔透，璀璨奪目，怡悅喜人！《詩情畫意》是由姜長庚的攝影與張曉燕的配詩所組合。畫之取景佳，詩的意味長，婉約清新，沁人心肺。且看2011年5月28日刊登的《愛鳥》，畫面攝影是兩隻鸚鵡，身子緊靠，並立於半圓上弦月下的枯枝之上。配詩是：「沒有文字／沒有誓言／沒有離棄／沒有背叛／／有的只是比翼雙飛／有的只是並肩依偎／有的只是長相廝守／有的只是夫唱婦隨」。一共只2節8句，我大約僅用兩三分鐘即讀畢，然而留下的印象將相當久長。詩畫的主體，當然是寫鳥的。上一節虛寫，寫靜。描繪兩隻小鳥默然相擁的癡情之狀，然而連續4個「沒有」，不但寫出相愛的神態，也烘托出夜之寧靜、神祕與溫馨；下一節實寫，寫動。深入開掘，又連續以4個「有的是」，將無限忠貞的行為與情愫表達到了極致。上下兩節動靜結合，由淺入深，自表及裡地刻畫了鳥之優美可人，與畫互映，共同構成情思切切的幽深、開闊的意境。題目「愛鳥」也可作二解：一是鳥自相愛；二為人亦愛鳥。讀者從如鐮月下卿卿我我，纏纏綿綿的鸚鵡，自會聯想起情深意篤的小戀人。因此畫與詩寫鳥也是寫人，表達了人與自然的和諧與統一。

　　再舉個近例，是同欄前一期刊出的《寂靜的山莊》。姜長庚拍攝的好像是徽州的民舍。那是在一池靜水的彼岸，寂立的幾幢古民居，白壁、黑瓦、馬頭牆。張曉燕配寫的也是2節小詩：「馱著歷史的榮辱悲傷／停泊在寂靜的湖面上／靜看生命的起落興衰／不曾

染指飄過的塵埃／／歲月蒼老了你青春的面龐／你依舊靜成夢一樣的殿堂／在雲飛霧繞的水波間／你展示著歷史的滄桑」。詩人藉助濃淡得宜的朦朧畫面，以擬人的手法，道出這獨特古建築群的存在意義，給人以足夠的歷史滄桑感與深邃的哲理遐思。我不想多作其他解讀，只指出比之前一首，這詩的句式不盡相同，字數多了，句之長短相差更大。換一句話說，除了這白話詩自由的特色之外，似無太多的共同規律，但一樣都詩意盎然，給人以真善美的享受。

　　於是聯想到我學古詩的苦楚。楚辭漢賦唐詩宋詞元曲，固為中華文化之瑰寶。可在我還當學生時期，毛主席說，古詩格律太嚴，束縛思想，「不宜在青年中提倡」。他一言九鼎，全國照辦。老師不敢教，學子自稱快。而我的腦子裡卻因之空空如也。退休以後，老年人中似乎大有復古之風，爭相上老年大學學古詩。我仍忙於生計，未能隨潮跟進，及至移居悉尼，方發現海外華人更重發揚「中華傳統文化」，且造詣精深者眾。得知有個每週開課傳授古詩的詩詞協會，欣然報名往當學生。聽了一年的課，視野開闊，得到不少未曾聞知的知識。古詩詞的規矩確實複雜，且不說詞與曲，光是「近體詩」（專指唐及其後之律詩），老師就指出講究「三檢查」：一查「韻律」即韻腳，不許出韻與旁韻，力避潛韻；二查「句律」即平仄，是否規範，有無孤平或三平腳？三查「章律」即對仗工整，粘對合格。據說，古代科舉取仕時寫的律詩，先查韻律，凡走了韻的，二話不說立馬淘汰，因為那是「死症」，內容如何考官看也不看了。我的閱讀習慣正相反，無論古詩、新詩，必定是先看內容的。門外漢時候只觀內容，不顧形式，如今腳尖踩在門檻上，對內容欠佳者仍然放棄，感覺好的才細讀，而且是先品詩味，再核三律。自己也試著練習寫作近體，發現《平水韻》裡面某些「不同韻」的字，現在卻是相押的。如用普通話同讀為dong的，

它分成三種韻，即平聲的「一東」、「二冬」與上聲的「一董」。同是去聲的song，也分「一送」與「二宋」……如是種種。寫詩先得對本本，不可混用。我食而不化又欠耐心，三查五核找韻腳，七拼八湊試章句，直如戴枷而舞。越寫越走樣，越學越膽小。下過工夫的，形式倒是順眼些了，可原先「起興」時的那點點「意思」，卻蕩然無存了。得耶失乎？惘然無所知。議與同窗，竟有同感者。

古人寫詩，似乎不全絕對遵守規則。那縝密複雜的格律，多為後來人總結、概括出來的。在流傳下來的名詩中，「亂律」現象也常見。如有「古今第一律詩」之譽的《黃鶴樓》，多數人完全激賞，卻也有人指出其有違格律，甚至乾脆說那不是「七律」。我覺得作者崔顥題上牆壁時，並沒標明律不律，我們又何苦去爭論計較呢？偉大詩人李白不但讚許之，還長嘆「眼前有景道不得，崔顥題詩在上頭」！他看中的首先是內容，是意境，愛屋及烏，後來連那「不合格」的形式也跟著摹仿起來。

有位同學說，我們學古詩也得「與時俱進」。此話有理，時代變了，環境變了，習俗變了，語言變了，形式也可以而且應該跟著變化。比如關於韻腳問題，就值得探討、斟酌。當聽到電視裡有人朗誦：「白日依山盡，黃河入海流。欲窮千里目，更上一層樓！」用的是標準的普通話，「流」與「樓」，聽來不太切韻，只是習慣了，不覺彆扭。若想一定要押韻，除非將「樓」唸成「溜」、「遊」，或者將「流」讀為「羅」、「河」。王之渙寫上這兩字時，似無《佩文韻》可先查。我於是猜度，那時的「流」與「樓」也許都唸成「勞」（Lao）吧。作此想的勉強「旁證」是：據說「保存許多古音」的家鄉閩南話，這兩個字正是都同唸為「勞」。粵語好像也是。

現在寫古詩在報上發表，如果窺避或少用些舊韻書上雖「同

韻」而時下已不是的如「樓」與「流」、「州」和「修」等韻以及生僻的古字，儘量選擇現代語，可以減少讀者的欣賞阻礙。死抱舊書不放，追尋早已流變的隔世音韻，則有點刻舟求劍的意味。詩畢竟是寫給現代人看的，在形式上亦步亦趨，不如在意境上探索創新，如上舉詩畫配裡的白話詩。聽說中國大陸已推出新編詩韻，如果是遵照標準的普通話，極有利於推廣，其起於青萍，也勢將席捲大地。因為文學藝術走出象牙之塔，靠攏並掌握大眾，原是人類社會歷史進展的指向。

老師說詩貴三美：意境、形式、音樂。太對啦！其中講究格律的占了三分之二，可見是有道理的，應該認真探討、學習。然而「意境」即內容畢竟為先。不是說「內容決定形式」嗎？我以為，學詩第一注重與呵護的應是內容，是詩意。倘若淡漠了這個重項，形式再美也非上品。作詩而無詩意，難稱「詩人」，只能算個「辭匠」。

規矩是人制訂的，自然不無道理在，但隨著時間的推移，有的可堅持，有的須修改，有的應廢棄，也是自然的事。而突破規矩，有時更有意想不到的好結果。《唐詩紀事》記載，祖詠參加朝廷的舉子考試，試題為「終南山餘雪」，要求所用官韻，至少得有4次即8句（一說6韻12句長律）。他只寫4句便交了卷。大概也是內容決定形式吧，他認為題意已盡，再寫則成多餘，可惜名落孫山。然而時間老人最公正，那些中規中矩的答卷已「黃鶴不知何處去」，唯獨他的不入法眼的「終南陰嶺秀，積雪浮雲端。林表明霽色，城中增暮寒」傳頌至今。當然，這詩也有板有眼，合格合律，不排除也是能夠流傳的因素之一。

2011.6.18

雅俗共賞是好詩

　　在中國的古詩中，我最愛李白的《靜夜思》。這除了那四句二十字話語明白、意思淺近、形象清新之外，還關連著我一絲獨特的「戀母情結」。母親生下我僅3個月零1天，即辭世而去了，我自然留不下任何印象。然而家中床前掛著的一片白紗帳簾上，繡幾朵「毋忘我」小藍花，襯起四句黑色的大字：床前明月光，疑是地上霜。舉頭望明月，低頭思故鄉。姑姑說，那是我生母親手勾繡的。在姑姑的教導之下，我自小便背熟了它。姑姑對小詩略作講解，同時講了些她所崇敬的兄嫂的不少往事。自那以後，我每讀起這詩時，必思念先母。這是我接觸到的第一首，也是最喜愛的古詩，雖然詩的題目《靜夜思》是大後才知道的。

　　繡字的白帳簾，掛在床前蚊帳的頂眉上。姑說詩中的「床」，就是睡覺鋪位。我於是一直這樣認為，也以為別人都同樣。然而有人做了考證，說這個「床」是胡床，就是馬紮，即可以自由開合的軟凳。據說「馬紮」是「逐水草而居」的胡人所發明，而李白乃胡人之後，以胡語入詩當在常理。還說唐朝的門都是木板做的，窗戶沒用玻璃，糊著綾子，因此屋裡不可能有月光，云云；也有人說「床」還是睡覺用的鋪，不過是那種帆布做的，可以隨意折疊的行軍床。那詩寫的是沙場戰士的思鄉之情；又有人說「床」非床，其實是水井，「床前」即「井邊」。古人為生計奔波，背井離鄉，坐在井邊思念故里，是很自然的事……種種解說莫衷一是，還都有古籍為證呢，那麼都權當一家之言吧。然而這樣追究的「學問」太深奧，我閱後反覺詩味被大大地沖淡了，真不如姑姑通俗平常的解釋

來得親切。我寧願相信那「床」，就是母親掛繡字帳簾的地方。就因這樣，這詩令我終生不忘毫無印象的慈母，也因這樣理解，我從這首詩開始鍾情中國古詩詞，直至年過古稀的今天！

最近得一好友發來名家婚姻資料，其中有胡適先生寫給夫人江冬秀的三首《白話「如夢令」》，滿有情趣，照錄如下：

其一：她把門兒深掩，不肯出來相見。難道不關情？怕是因情生怨。休怨！休怨！他日憑君發遣。

其二：幾次曾看小像，幾次傳書來往。見見又何妨！休做女孩兒相。凝想，凝想，想是這般模樣！

其三：天上風吹雲破，口照我們兩個。問你去年時，為何閉門深躲？「誰躲？誰躲？那是去年的我！」

三首《如夢令》，真實描摹自己婚戀的三步曲。我特別注意「如夢令」前頭的「白話」兩個字。「白話如夢令」，一看便倍感新鮮、親切，讀罷正文，更如小溪清泉，明白曉順。幾句平常的白話，便使初戀少女的歡欣羞澀與新婚燕爾小夫妻的綿綿情意躍然紙上了。胡適是公認國學大師，他詩中有無用典？我不知道，不過不須費神查核，那詩中滿溢的意趣，已如香檳在手，夠人心醉了。

幾十年前，我偶然見到一本詩集，其兩位作者，均非眼熟。集中有首小詩題為「在渡船上」或者「送桔子」記不清了，兩段八行的詩句，卻似猶未忘：

　　　　我送一粒桔子給撐船的小弟弟，／他笑著扔進船艙，／又笑著撿起來，／剝了皮吃啦。
　　　　我再送一粒桔子給搖櫓的老媽媽，／她雙手接過去，／

　　　　鄭重地說：／「謝謝！」

　　這也是詩嗎？就像平常人說話呀，然它竟如刀刻一般留在我的腦裡。少年的本真，老人的滄桑，只用兩個對比的小鏡頭，不但顯現美麗的河灘生活小景，更開拓了莫大的想像空間，透露出豐富的世態人情。我覺得頗有功力。這小詩，就如一幅準確、靈動的白描中國畫！

　　有位相熟的友人大概受了有考據癖的古籍注疏所影響，認為好詩須做到「無一句一詞無出處」，如詩聖杜甫之作，於是也十分注重用詞遣字的「出處」，寫詩務必用典，造句偏愛僻字，刻意追求高深，又怕別人不懂，便在詩後添加串串的注。有時注比詩還要長。讀其詩實在很吃力。我想，在那以詩文取仕的朝代，詩人如老杜自幼勤學苦讀，自然積累滿腹的經典，運用裕如是有可能的，但不見得都是先想那句典出何處，這詞藏在哪本書裡，多半是想到最能表達自己意思的話就用上的。過濫的注疏，反而誤導了讀者。說句可能過頭的話，如果不嫌麻煩，別說詩聖杜甫，任何人寫的詩或文章，都可以說是「無一字無出處」的，因為所用的中國文字，都是歷代傳承而下的。你不是造字的倉頡，哪能「無出處」？當然，寫下去時自己是不一定知道其源的。

　　陽春白雪，曲高和寡。能雅俗共賞方為精品。不過詩無達詁，各人可有各人的理解，大可不必強求一致。文革中，在擬送化漿的文件堆裡，看到一本《未定文稿》內刊，上登大詩人郭沫若解讀毛澤東詩詞的文章，說「洞庭波湧連天雪，長島人歌動地詩」中的「長島」，與「扶桑」一樣，是指日本列島，於是聯想到世界大局。陳毅元帥見了大為不滿，說「長島」是長沙的桔子洲，笑罵郭老「狗屁不通」。我當時就想，毛澤東暢遊長江歇息過的桔子洲，

或許真是「長島」吧,但作為藝術品欣賞,不一定非與作者所指一
致不可。讀者調動自己的經驗,融進自己的感受,還會進一步充
實、豐富詩的內涵,而且欣賞時更能觸動自己的心靈。親近毛澤東
的陳老總,所言也許極是,但解詩略嫌過於質實、狹隘,實不如郭
老的浪漫與開闊。不過竊以為,如果是寫給眾人看的,詩還是明白
曉順,力避歧義為好。國學根深的人,順手拈來,用上典故而不留
痕跡,才高者很欣賞,低識的也能領悟,那才是上乘之作。這好比
吃水果,桃李杏奈,平常佳果,百姓大眾單食果肉而棄其核,無
妨;商家小眾以果仁入藥、入膳,其價倍增;奇人發現核殼燒成灰
粉,猶可用於敷傷止血……這水果深度開發,渾身都成了寶貝!李
商隱的「無題」詩,常常大量堆砌古人故事,詞章又典雅華麗,深
入研討或引為教材授課是最為合適的,然而若論普及推廣,還是
廣大民眾喜聞樂見的通俗佳作容易些。許多大師其實也有這樣的追
求。白居易每有新詩,先唸給老婦們聽,徵求意見,反覆修改。
「離離原上草,一歲一枯榮。野火燒不盡,春風吹又生……」也許
就是這樣出現的。孟郊的「慈母手中線,遊子身上衣,臨行密密
縫,意恐遲遲歸……」以及李白的《靜夜思》,我都疑心也是有意
用當時的白話寫的,因為現在讀來,仍像是當今的大白話。至於胡
適的《如夢令》,則自己索性就標上「白話」二字。因此說句「雅
俗共賞方為上上品」,不知可妥?

2012.1.28

試談巨擘應制詩

　　盛唐四大頂級詩人賈至、杜甫、王維、岑參的一次同題唱和詩，被宋人謝枋得彙編一起，放在《千家詩》裡的「七律」之首。也是宋人的方回，命之為「早朝詩」。名星會齊，真像是「豪華陣容打擂臺」。《千家詩》將四首詩先後編排如下：

　　先是賈至的《早朝大明宮》：

> 銀燭朝天紫陌長，禁城春色曉蒼蒼。千條弱柳垂青瑣，百囀流鶯繞建章。劍珮聲隨玉墀步，衣冠身惹禦爐香。共沐恩波鳳池上，朝朝染翰侍君王。

　　和詩按杜王岑排列：

> 杜詩：五夜漏聲催曉箭，九重春色醉仙桃。旌旗日暖龍蛇動，宮殿風微燕雀高朝罷香煙攜滿袖，詩成珠玉任揮毫。欲知世掌絲綸美，池上於今有鳳毛。
>
> 王詩：絳幘雞人報曉籌，尚衣方進翠雲裘。九天閶闔開宮殿，萬國衣冠拜冕旒日色才臨仙掌動，香煙欲傍袞龍浮。朝罷須裁五色詔，珮聲歸到鳳池頭。
>
> 岑詩：雞鳴紫陌曙光寒，鶯囀皇州春色闌。金闕曉鐘開萬戶，玉階仙仗擁千官花迎劍珮星初落，柳拂旌旗露未乾。獨有鳳凰池上客，陽春一曲和皆難。

下面拉拉扯扯，談點感想。

（一）古人的評比

四詩集合，便引起唐朝以降的諸多古人詩評家的評說。褒貶不一，開列出來頗為醒目。

有全部接受，連聲叫好的，如：

宋楊萬里說：七言褒頌功德，如少陵、賈至諸人倡和《早朝大明宮》，乃為典雅重大。（《誠齋詩話》）

元楊仲弘說：榮遇之詩，要富貴尊嚴，典雅溫厚。寫意要閒雅，美麗清細。如王維、賈至諸公《早朝》之作，氣格雄深，句意嚴整，如宮商迭奏，音韻鏗鏘，真麟遊靈沼，鳳鳴朝陽也，學者熟之，可以一洗寒陋。（《詩法家數》）

明桂天祥說：禁體氣象軒冕，無一字不佳。（《批點唐詩正聲》）

清黃家鼎說：《早朝》詩，帶不得山林氣。如此格律，真是錦明霞燦，電爍雷鳴。」

清何焯也說：意極深致而微婉不露，唐詩於此為盛。（《唐律偶評》），等等。

當然，雞講雞話，鴨說鴨語，也有不同見解的。如與唱和者同時代的白居易，便說：「內意欲盡其理，外意欲盡其象，內外涵蓄，方入詩格。若子美『旌旗日暖龍蛇動，宮殿風微鳥雀高』是也。此固上乘之論，殆非盛唐之法。且如賈至、王維、岑參諸聯，皆非內意，謂之不入詩格，可乎？然格高氣暢，自是盛唐家數。」（《金針詩格》）他說得委婉，既褒揚又質疑。

清朝的紀曉嵐全盤否定，他說：四公皆盛唐巨手，同時唱和，

世所豔稱。然此種題目無性情風旨之可言，仍是初唐應制之體，但色較鮮明，氣較生動，各能不失本質耳。（《瀛奎律髓》）他有批評，也留美言，是給個巴掌，再塞顆糖。

清末的許印芳針對紀說反批評：賈詩平平，誠如此評。杜、王、岑三詩實佳，曉嵐一概不取，好高之過也。他忍不住還罵人呢！

更有意思的，是有人給四大詩人排出名次。就我涉獵所及，看到以下六次：

一、明胡震亨《唐音戊籤》：「早朝四詩，名手匯此一題，覺右丞擅場，嘉州稱亞，獨老杜為滯鈍無色。寶貴題出語自關福相，於此可占諸人終身窮達，又不當以詩論者。」（王維第一、岑參第二，杜甫最後，賈至沒提，權排第三）

二、明末唐汝詢《唐詩解》：「岑王矯矯不相下，舍人則雁行，少陵當退舍。蓋尺有所短，寸有所長，不當以一詩議優劣也。」（岑參、王維並列第一，賈至「雁行」，是齊名並重，姑算第二或第三，杜甫第四）

三、清沈德潛《唐詩別裁》：「早朝唱和右丞正大，嘉州明秀，有魯衛之目。賈作平平。杜作無朝之正位，不存可也。」（王維第一、岑參第二、沒提賈至算第三，老杜跑題不及格）

四、清施補華《峴傭說詩》：「和賈至舍人早朝詩究以岑參為第一，『花迎劍珮、柳拂旌旗』，何等華貴自然。摩詰『九天閶闔』一聯失之廓落。少陵『九重春色醉仙桃』更不妥矣。詩有一日之長，雖大手筆不免也。」（岑參第一、王維「嫌空泛」，第二，賈至沒提仍第三，杜甫是大手筆失手，壓尾）

五、明凌宏憲編的《唐詩廣選》：顧華玉曰：此篇（指杜詩）

只是好結，音律雄渾。中聯參差，不及王、岑遠甚。（王維、岑參並列第一，賈至沒提當第三，杜甫第四）

六、無名氏：（賈至詩）嘗早朝，轉出正陽門馳道，煙月籠城樓，車燈銜接，謂首二句豁然。五、六句有神。四詩予定原唱為冠。（賈至第一，其他棄權）

可見是豆腐青菜各有所愛。我做「選票統計」，結果是：王維第一的票4張、第二的票1張；岑參第一的票3張、第二的票2張；杜甫只有第四名的票，共5張；賈至除1張第一的票之外，其他沒提，但有杜甫壓尾，姑算第三，得票4張。這樣，**名次的順序結論應為王、岑、賈、杜**。冤枉啊，我們的「詩聖」杜甫，竟被排在尾名，然而不無道理。

有友問我的意見如何？我說四詩均兼有思想性與藝術性，參差不齊，盧梅坡的兩首《雪梅》詩的意思，似乎比較客觀：「梅雪爭春未肯降，騷人擱筆費評章。梅須遜雪三分白，雪卻輸梅一段香」，「有梅無雪不精神，有雪無詩俗了人。日暮詩成天又雪，與梅並作十分春」。

（二）四詩異同處

還是具體分析四詩的異同處，庶幾更可得些裨補與心得。試從三個方面剖釋。

首先四詩有兩個共同點：一是同素材。早朝，時間、地點、事件都是一樣的，甚至所用文字與詞匯也驚人地相同或相近，就如同價同式樣的築屋磚瓦木石。四首中，用上4次的字有5個：春、曉、鳳、池、朝；用3次的字7個：色、珮、聲、衣、香、上、仙；用2次的字竟達28個：天紫陌柳囀鶯劍冠戶旌旗動宮殿煙掌萬欲龍罷五

雞闕鐘玉階拂花。重複詞匯也有紫陌、春色、宮殿、旌旗、百囀、劍珮、衣冠、鳳池等8個。

語好極端的作家王朔，說過一句「我是流氓我怕誰」（好像是書名），竟成一時的流行語。他也謙虛到說自己的神聖寫作是「碼字」，即如幼童玩堆積木架屋。從上述四詩的用字用詞看，說他們也在「碼字」似乎更像！

再是同技法。無非是三字「賦比興」和四字「起承轉合」。賦是鋪陳，將耳聞目染的景物，或者心想的什麼主意，直接說出來。比是比方，有明喻暗喻，有單獨比與群體比。興是聯想，從東聯到西，自地接上天，從今天，想到昨天、明天、遠古、未來。思想如小鳥，自由飛翔。賦比興可以單獨使用，也可以綜合運用。

「起承轉合」是指以每句詩之間的連接關係，形成完整、統一的語言環境。這花樣繁多，因詩而異，取決於個人的氣質、經歷與能力。拿謀篇佈局來說，按時間順序設計的話，可以是從早到晚，從過去到現在，也可以倒轉過來；如若按事件進程，可以從頭到尾，或者只取切斷面與反向寫來；再如按心思情感變化，可以由淺入深，由表到裡，由近抵遠，由現象到本質，或先寫突然、偶然，再補必然也是可以的⋯⋯由於詩歌用的是跳蕩式的語言形式，大多缺乏「主謂賓」的完整架構，加上連接詞、補語、定語等等的省略，「起承轉合」便更顯複雜多樣，變化萬端。但是，好詩總離不開點面結合、承上啟下、有起有落、有始有終的內在邏輯關係。安排得越巧越好，倘能道出「人人心中所有，人人口中所無」者最妙。具體手法如「草蛇灰線、空谷傳聲、一擊兩鳴、明修棧道、暗度陳倉、雲龍霧雨、兩山對峙、烘雲托月、背面敷粉、千皴萬染、伏脈千里，還有春秋字法、橫雲斷嶺法、雲罩峰尖法、拆字法、三五聚散法、偷渡金針法、不寫之寫、未揚先抑法、倒捲簾等等」

（引自脂硯齋論《紅樓夢》寫作技巧，我想詩文之理是相通的），實在難以作簡單的全面概括。

總之，沒有邏輯就形不成整體，沒有邏輯會渙散無序，讀來一頭霧水。

茲選四詩中若干小例試解之。

先說「賦比興」。四首詩的開頭可說都是「賦」，直陳眼前場景，交代早朝的時間、地點、景物。接下來則多為「賦比興」的綜合運用。例如：

賈之「千條弱柳垂青瑣，百囀流鶯繞建章」。這不是單純的場景敘述，句中有「賦」，也有「比」與「興」。青瑣、皇宮是指聖皇的明比。弱柳、流鶯則有千官的暗喻（表達眾官都依傍、擁護著聖皇的意思），而誇張的「千條」「百囀」、以前漢建章宮指代今朝大明宮，無疑是聯想之「興」。

杜之「禁城春色醉仙桃」。一樣是賦，但句中有比喻，有擬人，將春色感之如酒，錦桃變仙物，花開紅豔，就如人一樣醉酒臉紅。

王之「九天閶闔開宮殿，萬國衣冠拜冕旒」。「九天」、「萬國」，從地到天，東西南北都想到了，聯想不可謂不廣闊、深遠，衣冠冕旒的指代，化虛為實，突顯形象，更有助於顯現莊嚴、隆重的氛圍。有人說王維這兩句詩，似乎最能表現大唐盛世無比昌盛、正大的氣象。再如「尚衣」，乃管皇帝衣著的女官，她們幹的事，王詩看不到，更是想像的。

岑之「金闕曉鐘開萬戶，玉階仙仗擁千官」。大明宮的鐘聲，能催開長安全城百姓的門戶，大理石白色的臺階上，如仙的儀仗隊恭迎著國內外高官貴賓。「萬戶」的老百姓不是軍人，不會那麼整齊，而有神仙似的儀仗隊與數不清的官員相擁而聚的「千官」，當

然並非詩人一戶一官地清點過的數目，而是他對「無數」「眾多」的形象化、聯想與誇飾。因此兩句之中，同樣「賦比興」全有了。

不過說到「起承轉合」，我覺得這四首應制詩結構平凡，無甚特色。全部都是以事件進程與時間循序安排的，先寫清晨的周圍環境，再寫儀式的進行大場面，最後歸結到局部，是個人的感想、感慨。用公式表示是：「開初一→過程一→結束」，四首是一律的「早中晚三段式」，似過於呆板與機械。當然，作為應制詩大概很難免，正如白居易欲抑反揚的批評：「此固上乘之論，殆非盛唐之法」。他只說「殆非」，即大概、似乎、恐怕不是。杜甫對初唐「王楊盧駱當時體」是十分喜愛的，因而罵人「爾曹身與名俱滅，不廢江河萬古流」，矯枉過正了些。

四詩的不同點也比較明顯，首先是立意不相同。立意就是確定主題思想。四首應制詩，雖然題材一樣，但各表自己的獨特心思，每首主題有別。若以每首選一個細節品味，即可意會：賈至的「侍君王」一→是得意、自豪；杜甫的「有鳳毛」一→是敬佩、羨慕；王維的「拜冕旒」一→是從容、氣派；岑參的「和皆難」一→是謙虛、恭維；

其次是意象捕捉有差別。意象是由立意所決定的。因立意不同，視覺自然不同，看重的景物必然不一樣，或者景物雖同，因感興趣的側面也不同，各取所需，細節運用就異彩紛呈了。四首詩除了都有早朝盛事共同性的描述之外，各詩自有所重：賈至主要寫自己。他是專為皇上起草詔書的中書舍人，很得意、自豪，選取意象是親身體驗的環境：劍珮、玉階、鳳池，染翰，都是經常觸摸的熟悉物事，這是一首歌功頌德的表忠詩，可能是想進呈皇上悅目的。

杜甫著眼處較小，選擇的意象不甚符合早朝的氣氛。「燕雀」是什麼呢？三國時公孫度曾這樣評價俊才邴原：「所謂雲中白鶴，

非燕雀之網所能羅也」，就是說燕雀太比不上白鶴了，即所謂「燕雀焉知鴻鵠之志哉」。杜甫拿低等飛禽而不是白鶴、鴻鵠、鳳凰等高雅貴物來寫早朝，難怪遭人病詬多多。清沈德潛乾脆說此詩「不存可也」。明朝的胡震亨則說：「於此可占諸人終身窮達，又不當以詩論者。」當作寺廟籤詩，看透詩人的窘困未來。不過老胡是事後諸葛亮。其實杜甫所寫，重筆在吹捧「鳳毛」即中書舍人賈至（後四句全寫賈至），是否存有「請拉兄弟一把」的宿願呢？因這時期奸臣李林甫當權弄假，排斥人才，使杜甫第二次在長安應試不第。他懷才不遇，不是弄到「朝扣富兒門，暮隨肥馬塵」嗎？從早到晚拉關係走後門，還是摸不到門路。其詩是處境之使然，現在難得有個唱和的機會，又正是己之所長，於是捧捧舍人或許有門。

王維自小受教於佛教徒的母親，自己也與高僧交往十多年，早有佛心，這時期正在中央機關做官，皇上還送他一個「給事中」的銜頭（等於特殊通行證，可自由出入宮庭，常侍皇帝，直接面聖，彈劾百官），所以相當欣賞開元盛世，寫來明朗、開闊、大氣，對帶頭雁之賈舍人，也只順便輕聲一贊。他於官沒有杜甫的迫切與在意。人稱「詩佛」，實與其信仰和人生態度有關。

岑參的曾祖父、伯祖父、伯父三代為宰相，父親也曾兩任州之刺史。這個顯赫的官後代對政治熱情並不太高，毫無追官求蔭的動機（他後來甚至棄官從戎，二度逗留西北多年而成「邊塞詩人」）。岑參很超脫，其詩基本上搬用了賈詩的意思，連築屋的磚瓦木石（取字用詞），也多從賈至那邊搬來的。看得出只是應酬而已。他特別突出一下帶頭吟唱的「池上客」，那是謙虛與禮貌性的恭維。

由上可知，立意有別，境界參差，再加上細節安排不同，成詩便有意境深淺、廣窄之分。而立意的高低，又取決於個人的境遇、

修養與才情。杜甫這時雖然排名掉尾，仕途的坎坷，卻使之對時弊多有抨擊，下層生活，也會常常關心民瘼。他的技巧本來就好，加上「晚節漸於詩律細」，其語言的藝術駕馭，確實「蓋帽啦」。如一首《登高》56個字，居然裝進四對三粘四對仗，珠聯璧合，剔透玲瓏，自然通順，毫無造作勉強之感，被明人胡應麟捧為「古今七言律第一」，後世尊杜為「詩聖」，名聲大大超越了其他三人。只是自己不知道了。

（三）內容與形式

據說唐詩最講究「三律」，不妨稍加考察。有人說「三律」是七言律詩「合格」、「正規」的標誌，想學好寫好唐詩，必須守此規矩。三律是韻律、聲律與句律，要求挺苛刻的，其所規定內容大概是：韻律，要求押韻必須符合《平水韻》的同部，倘若「脫韻」，便成「大病」，據說當時科舉考官一看脫韻，下面寫得再好也都不看了（此當存疑：《平水韻》是宋末平水人劉淵刊行，在宋後才使用的詩韻系統，故此說可能不確）；聲律，指平仄聲調。「一三五不論，二四六分明」。「分明」就是不可違反；但碰到專有名詞，或其他無法規避的字時，還可以「拗救」，即以別個字的違反通例，來補救這個先違的字，等於平仄位置互換。這個救人的字，須安放在適當的地方，如本句裡，或者在對句的相應位置上；句律，是規定律詩的八句四聯之中，中間兩聯必須是「對仗」，全詩各句必須本聯相對（平仄相反），鄰聯相粘（平仄一樣），即按「對粘對粘對粘對」順序排列。

出於好奇心，我將這四首應制詩，放到電腦上的「格律在線檢測」考察。可惜電腦設計的檢測項目不全，除「韻律」之外，聲律

中只管每字的平仄關係，不問拗救，而對「句律」也只標對仗，不提粘對（可能認為平仄都對了，自然就粘起來）。我只好不嫌麻煩，拿表格來對照。這種作法，有點膠柱鼓瑟的意味，不過考察的結果，卻有點出乎意外！情況如下：

1、韻律，四詩全部合格；賈至用七陽，仄起入韻；杜甫用四豪，仄起不入韻；王維用十一尤，仄起入韻；岑參用十四寒，平起入韻。四位全部過關，沒一個脫韻的。

2、聲律，四詩參差不齊了：杜甫與岑參，還是全部合格；但王賈出些風險：王維有8字平仄不對，須平而錯用仄聲者5個字：罷、五、色、到、翰；須仄而錯用平聲者3個字：裁、聲、池；賈至有9字平仄錯誤，即須平而用仄者為：玉、沐、鳳、朝、翰；須仄而用平的有墀、波、朝、君。他們是不是採取了「拗救」的方法補救呢？我認為不是（理由放在下面句律去說）。

3、句律，四首詩中，一半通過，一半有問題。杜甫、岑參沒有問題。老杜自詡「晚節漸於詩律細」，寫此此時人尚未老，但已頗考究圓熟了。岑參功大也深。杜岑兩位都是對仗工整，粘對合律的。而且同樣一詩用了三個對仗，超額完成指標。不過其中有幾字，須作非常規的理解，如杜甫的「珠玉」對「香煙」，不是名詞之對，所用詞匯是偏正結構，「珠」指形體之圓潤，「香」是氣味的芬芳，都是當作形容詞的，這就對得工整了。而岑參以「皇州」對「紫陌」，是「皇」「黃」同音，假借讀音，是「借對」，於是「皇」解為「黃」。「黃」對「紫」是顏色對顏色，也算工整。

　　賈至、王維的對仗也全合律，但第6、第7、第8句都存在缺

陷，同樣是6、7兩句失粘。如果以「拗救」看待，那麼且將王維第8句的「佩聲」（佩字可不論，聲字卻分明），視為對第7句仄聲「朝罷」的「拗救」，同樣地將賈至第8句的平聲「朝」視為對第7句仄聲「沐」之救，似乎都還說得過去，可是，這麼一來，卻造成了現在的第6、7兩句的失粘了，故言拗救，其「病」更重。我想作者是不會丟掉西瓜去撿芝麻的。

以上就是拿「三律」的框框，套出名詩的「問題」來。這種結果，我看罷有種感觸，好像是拿35號鞋讓40號腳的兩大詩人來穿，實在套不進去。然而大詩人王維、賈至寧願去穿40號鞋，而眾多歷代詩評家也都看得順眼。現代人欣賞時候好像沒去留意。

由此提出一個形式與內容，也是藝術性與思想性的配合問題來。我想王維、賈至與崔顥、李白一樣，是重內容輕形式的。由於內容決定形式，崔顥既然「眼前有景」，便顧不上什麼律不律，逮住「黃鶴白雲」「漢陽樹」與「鸚鵡洲」，將登樓之感題上壁去，李白則嘆為觀止，竟一時「道不得」和詩來（後來還亦步亦趨，照樣式寫了兩首）。然而正是這首自己沒有標出體例的詩，倒成了「唐詩第一七律」！因此我以為，「三律」乃後人摸索、研究前人作品的總結，遵守之，音調鏗鏘，雋永動聽，固然更好。然而倘捆住手腳，因律害意，卻得不償失。報刊上經常刊載滿有詩意的「破格詩」，其作者大概不全是「門外漢」。我覺得不必在體例上說三道四。

2015.7.26

賞菊詩，試窺芹溪精細

在悉尼中華古典文學論壇的發言稿

　　《紅樓夢》是奇書，知識豐贍，世象萬端，簡直想要什麼有什麼。隨便翻到哪一頁，均可接讀而下。單看第38回的詠菊詩，即可領略深厚的文學底蘊。秋菊十二詠，題目一經排出，文學寫作的「三字」基本功——「賦、比、興」全有了。詩人們以「號」署名也別有風味，有特徵、有根據、有學問，書卷氣十足。而其最大特點，筆者以為是「切題合身」四個字。

（一）切題

　　「切題」之「切」，是指貼切、切入，即緊貼中心，圍繞主題。又表達得乖巧、婉轉、美妙。且看蘅蕪君薛寶釵兩首：

《憶菊》：

　　　　悵望西風抱悶思，蓼紅葦白斷腸時。空籬舊圃秋無跡，瘦月清霜夢有知。

　　　　念念心隨歸雁遠，寥寥坐聽晚砧癡。誰憐為我黃花病，慰語重陽會有期。

　　「憶」即回想，是虛的，怎樣寫呢？必須讓實的形象體現。因此她先從眼前景物入手，「悶思」是低頭地想。「西風」乃秋之景

象，秋心上下合而為「愁」，是相思之苦。繼由現場之無，回溯、過渡到想像；再正面描摹憶的情態——癡與呆，最後寫因憶之無而心痛，只好以「重陽之期」的未來之有，作自我安慰。四個層次逐漸推進，分明、清晰地描繪情感變化、情緒波動的脈絡，將虛之憶，予以實化活化了。全詩沒有一個「憶」字，全詩卻寫盡了「憶」意。

《畫菊》：
　　詩餘戲筆不知狂，豈是丹青費較量。聚葉潑成千點墨，攢花染出幾痕霜。
　　淡濃神會風前影，跳脫秋生腕底香。莫認東籬閒采掇，粘屏聊以慰重陽。

　　一樣不著「畫」字，卻圍繞一個「畫」字，將「畫」的過程、形象與意義和盤托出。「詩餘戲筆」「千點墨」「幾痕霜」「粘屏」等不用說是畫了，精品玉鐲的「跳脫」，二字更將菊花香、處女香、複合香從畫者的「腕底」飄逸而出，似可聞嗅！

怡紅公子賈寶玉的《訪菊》：
　　閒趁霜晴試一遊，酒杯藥盞莫淹留。霜前月下誰家種，檻外籬邊何處秋。
　　蠟屐遠來情得得，冷吟不盡興悠悠。黃花若解憐詩客，休負今朝掛杖頭。

　　詩中兩處疑義：一是的「得得」，有人作兩種解：一說是唐時方言，意為「特別」。二為形聲詞，是蠟屐踏出傳情的得得之

聲。但《世說新語・賞譽》第148節云：「王子敬語謝公：『公故蕭灑。』謝曰：身不蕭灑。君道身最得，身正自調暢。」「最得」即最是得意。據此，將「得得」解為得意狀當更確切，正好與「悠悠」上下互文，同描精神狀態，對得更加工整；二是「杖頭」。多人寫作「枝頭」，還說是「另一版本」，其實錯了。不可為「枝」之理有二：首先菊花應「長」在枝頭上，用「掛」不妥，且「掛花」同「掛彩」，有受傷的歧義；其次若說枝頭之花，則「休負」變成菊花的訴求，與寶玉請菊花「憐詩客」不符。其實「杖頭」有典，出自《世說新語・任誕》第18節：「阮宣子常步行，以百錢掛杖頭，至酒店，便獨酣暢。雖當世貴盛，不肯詣也。」少年寶玉自比阮修，有悠閒、獨鐘、瀟灑、狂放的心情，準確表露出「訪」的意態。

《種菊》：

　　攜鋤秋圃自移來，籬畔庭前處處栽。昨夜不期經雨活，今朝猶喜帶霜開。

　　冷吟秋色詩千首，醉酹寒香酒一杯。泉溉泥封勤護惜，好知井徑絕塵埃。

　　「攜鋤」「移」苗，「栽」，突顯「種菊人」形象。「經雨活」「帶霜開」「泉溉泥封」「勤護持」等等，也是句句不離一個「種」字！

　　枕霞舊友史湘雲的《對菊》在室外：

　　別圃移來貴比金，一叢淺淡一叢深。蕭疏籬畔科頭坐，清冷香中抱膝吟。

> 數去更無君傲世，看來惟有我知音。秋光荏苒休辜負，
> 相對原宜惜寸陰。

忍霜受冷，抛頭露面，「對」得專注、真心、傾情！

《供菊》是供在室內：
> 彈琴酌酒喜堪儔，几案婷婷點綴幽。隔座香分三徑露，
> 抛書人對一枝秋。
> 霜清紙帳來新夢，圃冷斜陽憶舊遊。傲世也因同氣味，
> 春風桃李未淹留。

「三徑」的典故，指漢時蔣詡辭官，歸隱杜陵，舍中竹下三徑，只有最親密的朋友來走踏；作者心純情切，把菊之清幽、高潔，引為知已，故供得虔誠、真摯、篤實。

《菊影》：
> 秋光疊疊複重重，潛度偷移三徑中。窗隔疏燈描遠近，
> 籬篩破月鎖玲瓏。
> 寒芳留照魂應駐，霜印傳神夢也空。珍重暗香休踏碎，
> 憑誰醉眼認朦朧。

蘇軾寫的《花影》是自己裝傻：「重重疊疊上上瑤台，幾度呼童掃不開」。史湘去另闢蹊徑，從光源入手。因為影由光生，菊之影須靠光照方能顯現。詩中於是寫了三種光源：一秋光即日光，較強，照出了重重疊疊的菊影，而且，隨著太陽的緩緩西沉，菊影也跟著慢慢移位（「偷移」妙，緩緩，不知不覺，隨日而動）；二是

夜裡的室燈,透過窗戶,映現窗外菊影,遠近深淺不盡相同;三是月光,雲遮月破,光線柔弱,再經籬柵的篩漏,印出的菊影更為迷離、玲瓏。影既現,魂猶存,固然傳神卻空如夢幻。但即便如此,浮動於暗香中的菊影仍須珍重保護,憑誰見罷均可享受醉眼朦朧的詩意。愛菊而及影,影不可捉摸,香能夠辨聞,虛實結合,全面徹底!

> 瀟湘妃子林黛玉的《詠菊》:
>
> 　　無賴詩魔昏曉侵,繞籬欹石自沉音。毫端蘊秀臨霜寫,口角噙香對月吟。
>
> 　　滿紙自憐題素怨,片言誰解訴秋心。一從陶令平章後,千古高見說到今。
>
> 《問菊》:
>
> 　　欲訊秋光眾莫知,喃喃負手叩東籬。孤標傲世偕誰隱,一樣花開為底遲。
>
> 　　圃露庭霜何寂寞,鴻歸蛩病可相思?休言舉世無談者,解語何妨話片時。

　　欲讀順此兩首,首先應明白「詠」者「問」者是詩人,對象是菊,否則容易混亂;其次要辨清兩個看似平常的詞字:一是《詠菊》中的「平章」,二是《問菊》中的「叩」。「平章」之平,與評、辨通假,解為評品、評斷,或辨明、辨實;章即彰,是彰明、彰顯。「一從陶令平章後」的意思是「自從陶淵明將菊評斷彰顯之後」。《詠菊》是間接描寫,通過自己的生活及前人的吟詠,表達對菊的讚賞、獨愛,並以菊暗示自己的高潔品質。所以寫的是自己

的狀態或者想像：如「詩魔」纏身，繞籬靠石索句，舉筆望月，書寫吟誦乃至猶恐無人理解的素怨與憂愁，等等。詩人愛菊，便以也是菊迷的陶公自比，極度欣賞高風亮節……這樣一講，好像《詠菊》的詩「脫題」了，實則是詩人與菊花已經物我兩忘，高度相融。可理解為黛玉自比菊花，或反過來，視菊花如同自己，於是將全部情感注入花中；《問菊》裡的「叩」，有人寫作「扣」。「叩」「扣」有時通用，但在此處不行。扣是提手旁，要以手指敲擊；叩不用手，是舊時一種敬仰的禮節，如叩拜、叩見、叩謁、叩首、叩頭等。「負手」是將手置於身後，所以「負手叩東籬」本身就給出了分別。《問菊》的首聯還是寫自己，想向菊問什麼，眾姐妹先不必知道，然後自己問開：你「孤標傲世」跟誰一起隱居？為啥到秋天才開花？「圃露庭霜」何等「寂寞」，你可想念南歸之雁與開始冬眠的蟋蟀紡織娘？關心備至，最後告訴菊花：處境雖如此孤單，但「休言舉世無談者」，你的心情我理解，不妨就對我訴說一會兒吧。詩人完全放平身分，問得非常細心、懇切，友情滿滿！

《菊夢》：

籬畔秋酣一覺清，和雲伴月不分明。登仙非慕莊生蝶，憶舊還尋陶令盟。

睡去依依隨雁斷，驚回故故惱蛩鳴。醒時幽怨同誰訴，衰草寒煙無限情。

點擊電腦我發現，解釋此詩的文章，大概從題目出發吧，幾乎都說這首詩所寫的全是菊的夢境，因而寫得「撲朔迷離」。可是又把「一覺清」說成「夢中的清幽景色」，相互矛盾了。又有人說，《菊夢》帶有明顯的「讖語意味」。據其說：「和雲伴月」，表

示「不祥」。那麼，「不祥」與「清景」又打起架來。如此二論，孰是孰非，還真「撲朔迷離」呢！為什麼會這樣呢？因為都沒有將「一覺清」弄明白。

筆者認為此在詩中，詩人與菊同時出現。首聯是詩人所見的現場景觀，此時菊與詩人都是清醒的。「一覺清」並不「撲朔迷離」。「一覺清」之「清」，不是清幽，而是清醒，睡一覺之後的清醒。頷聯才是寫夢。頸聯還有從睡夢到醒來的過程，尾聯又回到全醒。我這樣說有個旁證：黛玉非常欣賞史湘雲的「圃冷斜陽憶舊遊，拋書人對一枝秋」。她說，前一句是「背面傅粉」，妙絕，是「供菊說完，沒處再說，故翻回來想到未折未供之先，意思深遠！」所謂「背面傅粉」，就是「背面敷粉」。「背面」即非正面，可為反面，也可側面，起烘托的作用，所以「背面傅粉」其實就是鋪墊或襯托。《菊夢》首聯也是「背面傅粉」，從睡後的清醒，回顧剛剛過去的夢景。全詩以前後的清醒對中間迷離之夢，做出有條理的回顧以及對現實的悵惘。細觀黛玉的三首菊詩，全是以賦開篇，先寫自己的心思行為與觀察體認，而非直接進入「詠、問、夢」的題旨。這種預示、鋪墊、襯托，都可以視為「背面傅粉」。

蕉下客賈探春的《簪菊》：

　　瓶供籬栽日日忙，折來休認鏡中妝。長安公子因花癖，彭澤先生是酒狂。

　　短鬢冷沾三徑露，葛巾香染九秋霜。高情不入時人眼，拍手憑他笑路旁。

以菊花插頭的所謂「簪菊」，乃古時重陽節的風俗。平時可能沒有或者較少，故易惹人譏笑。此詩寫的就是聚集重陽之慶。「鏡

中妝」是對鏡打扮的用物，即仕女專用的梳妝首飾，如釵簪珠玉之類。平時忙於栽種護持供賞的秋菊，今天折來當飾物，其狀可與金銀珠寶首飾相媲美。而簪菊的意義，重在釋放豪情，幾乎非有酒不可。因而連用兩聯把兩位典型歷史人物抬出來。長安公子是花癡杜牧，寫過「塵世難逢開口笑，菊花須插滿頭歸。但將酩酊酬佳節，不用登臨嘆落暉」；陶淵明更是菊友兼酒狂，不但會「出宅邊菊叢中坐，久之滿手把菊」，當江州刺史王弘送酒來時，「即便就酌，醉而歸」，還有「彈無弦琴」、「葛巾漉酒」等的軼事奇聞（《陶淵明傳》）。杜、陶兩公均具特別的豪放情態與脫俗的高尚情操，自然不將俗人的譏笑當回事。此詩把簪菊小事，提升為人品的欣賞。

《殘菊》：

　　露凝霜重漸傾欹，宴賞才過小雪時。蒂有餘香金淡泊，枝無全葉翠離披。

　　半床落月蛩聲切，萬里寒雲雁陣遲。明歲秋風知再會，暫時分手莫相思。

　　這寫的是時過境遷，美夢猶存。小雪是二十四節氣之一，時在立冬之後，「露凝霜重」早過了菊花盛開的季節，於是顯現一片「殘」相：體態傾欹、色香淡泊、翠葉離披……都是寫實。作者何以又扯上落月蛩聲、寒雲遲雁？這是蕭瑟氣象的渲染，是為「殘」所作的進一步烘托，也是林黛玉說的「背面傅粉」。不過「殘」而未滅，「明歲秋風知再會」，結聯以對來年的寄望，添了回暖的氣色。

　　清人袁枚云：「夕陽芳草尋常物，解用都為絕妙詩。」菊花也是最尋常不過的事物，而詩人們寫得異彩紛呈，說明她們觀察仔細，視

覺新奇，描述準確，聯想豐富、情感飽滿，尤其是命題不同，表述各異，各抒其情，卻首首不離主旨，好似百步穿楊，箭不虛發。

（二）合身

「合身」，指詩的立意、用語與技巧等，大體上能夠符合詩作者的身世、心理與場境情勢。從共性上看，身世就是出生的家庭與成長環境的階級性或階層性。五位詩人都是「鐘鳴鼎食，詩禮簪纓之族」的小姐公子，封建社會雖有「女子無才便是德」之說，但望族畢竟不同，家學淵源，她們自小受到薰陶，文理深厚，個個靈性十足，所以玩得來詩詞吟唱。她們乘興結社，吟詠海棠詩、梅花詩、螃蟹詩、菊花詩，都是可能可信的。

然而從個性上看，家境不同，成長際遇也不盡相同：

林黛玉母親早死，幼失母愛，遠離父親，寄居賈家。她雖心中有愛卻無法坐實，難免患得患失，身體又不好，特別多愁善感。「滿紙自憐題素怨，片言誰解訴秋心」便成心聲自然流露；

薛寶釵賢淑端莊，性格內斂，從小被培養的目標是進京備選「才人、贊善」（修撰、編修、檢討典簿）之職，雖落選未成，卻也沉穩冷靜，保持「好風憑藉力，送我上青雲」的定心，但「秋無跡」「夢有知」，也反映出她的無奈與安份；

史湘雲是賈府最高權威賈母的姪孫，性格開朗、爽直，不管走到哪裡，總是大大咧咧，所以會有「科頭坐」「抱膝吟」的憨態，「傲世同氣味」的感喟，「春風未淹留」的灑脫，也有「醉眼認朦朧」的糊塗狀；

探春是賈政的親生女，才情不凡卻憾為庶出，所以既高傲又自卑。身為女子，偏就崇尚癲狂名士，甚至表現「女漢子」的形象，

不禁「以男人自況」而取材「短鬢」、「葛巾」。然她豁達大度，理智甚佳，視菊之衰殘與來年有望為合情合理，並未表現過多的淒慘情狀。

賈寶玉養尊處優，遊手好閒，盡在女子堆裡攪混，但他心地善良，毫無淫思邪念。讀者看了「訪菊」的閒情逸致，隨處開心，到「種菊」的笨手笨腳、靠天吃飯，尤其是鄙視權貴祿蠹而欣賞和想往清高「掛杖」，大體上不會認錯作者其人……

正因為如此「合身」，便使有些人產生錯覺，認為詩人們寫的是「作者自己的命運」，是「讖語」。比如有人就說：薛寶釵的《憶菊》，就一味地是寡婦腔；賈寶玉的《種菊》就歸結為絕塵離世；史湘雲的命運，雖有一度「來新夢」，終究「夢也空」；黛玉寫《菊夢》，帶有明顯的讖語的意味。「和雲伴月」是不祥；「登仙」是「死亡」的代詞。「登仙非慕莊生蝶」，是說死去登仙絕不是我所希望的；「憶舊還尋陶令盟」，等於說自己真正的意願是重結絳珠仙子和神瑛侍者的「木石前盟」；探春寫《殘菊》，是知道自己「運偏消」，如菊之「傾欹」「離披」。「萬里寒雲」，「分手」而去，「莫相思」，則是她遠嫁不歸的象徵……

這種說法乍看有理，細品則屬邏輯混亂，似是而非。人的生命是個無法探明的神祕現象，世上從來不存在對自己命運全知全覺之人，除非是「上帝」！為了說清這層意思，我杜撰一個新概念：「雙重立意」。

（三）雙重立意

所謂「雙重立意」，我是說詩作一方面從人物個性出發，體現詩人即書中人物的性格特點、精神風貌與修養志向，就是上述的

「合身」；另一方面又蘊含與貫穿著書作者自己的創作意圖、心靈導向，便是以嚴密結構，巧妙暗示，充分表達全書的主題宗旨。《紅樓夢》第28回在馮紫英家飲酒行令一節，體現「雙重立意」就是個好例。

酒宴一開始，賈寶玉出個以「悲、愁、喜、樂」四字為中心的行令怪題，要求每字前須連帶「女兒」，再注明其「原故」。說完喝「門杯」，唱一句新曲，最後還得以席上物品，道句詩詞或成語。題目一出，薛蟠即叫苦，認為是專為難他的，卻被他帶來的妓女雲兒搶白：「怕什麼……難道連我也不如？」於是依次飲酒行令。下面摘列各具特點的句子為例（太長曲詞與酒底詩從略）：

> 寶玉：「女兒愁，悔教夫婿覓封侯。」（這哥兒最討厭仕途
> 　　　經濟，鄙視權貴祿蠹）
> 紫英：「女兒樂，私向花園掏蟋蟀。」（神武將軍家養丫頭
> 　　　多，其後官二代甚懂玩樂）
> 雲兒：「女兒悲，將來終身指靠誰？」（錦香院妓女自然最
> 　　　掛心此事，而遊蕩子薛蟠立馬插話：「有你薛大爺
> 　　　在，你怕什麼）
> 薛蟠：「女兒悲，嫁了個男人是烏龜；女兒愁，繡房鑽出個
> 　　　大馬猴；女兒喜，洞房花燭朝慵起；兒女樂，一根
> 　　　××往裡戳。」

薛是滿口粗言野語，特別切合一個無賴、混蛋的心理定勢。不過第三句卻意外地斯文，說明曹雪芹並未將薛蟠簡單化、漫畫化，對他同樣也傾注憐憫之心。弗洛伊德將人的心理分解成「本我」「自我」與「超我」，換成通俗漢語，其實就是「獸性」「人性」

與「神性」。三性是任何人都有的，只是成分不同而已。薛蟠是獸性（食色之動物性）偏多，人性偏少，幾無神性，所以眼光總瞪住臍下三寸。但他也有點理智的人性，由於曾企圖調戲蔣玉菡而被蔣揍得半死，如今還會與蔣同座酒席，和好如初。因此行酒令時，除三句臭話之外，還有一句「女兒喜，洞房花燭朝慵起」的斯文話，其低下品位與複雜性格都從詩中展示了。

蔣玉菡：「女兒悲，丈夫一去不回歸。女兒愁，無錢去打桂花油。女兒喜，燈花並頭結雙蕊。女兒樂，夫唱婦隨真和合。」演戲唱曲是他的本行，於是又唱：「可喜你天生成百媚嬌，恰便似活神仙離碧霄……聽譙樓鼓敲，剔銀燈同入鴛幃悄。」最後拿起一枝桂花，唸出「酒底」是「花氣襲人知晝暖」。

這幾句令詞，就是曹雪芹既為蔣玉菡，也為自己的總體設計「量身定做」的，是「雙重立意」。令詞的詩曲都有暗示，尤其是「女兒悲，丈夫一去不回歸」與詞源「花氣襲人知晝暖」，正和小蔣後來與尤三姐、花襲人的婚姻結局非常一致！但是必須說明的是，作為書中人物，蔣玉菡這時是絕對不知也想不到後來自己是這樣實踐的。只有作家曹老夫子心中有數。

在秋菊十二詠中，也一樣多有對詩人命運的暗示，不過作為書中人物，不應也不可能自己先知先覺，所以「雙重立意」是小說家曹雪芹的高明，我們閱讀、審美時理應分別，不能混為一談。

（四）簡點得益

菊詩的「切題」與「合身」，給我的啟發是，寫詩首先要仔細觀察對象，儘量看全看透，看到易為人所疏忽的特點，如選題之多之細，取材之具典型性；其次宜多聯想，從特徵出發，想天想地，

想古想今，想自己想別人，想出最應該說的意思來。這便是追求「立意」之新，如於菊的「夢」「供」「對」之恍惚癡迷，似真如幻，亦如典故運用之聯翩廣泛；再下來斟酌的表現方法即技巧，不妨作點「反常規」的安排。杜牧的「折戟沉沙鐵未銷，自將磨洗認前朝」，以小搏大，是從武器碎片點說赤壁大戰，一首七絕帶出半部《三國》。相傳的祝壽歌：「這個婆娘不是人，九天仙女下凡塵。生的兒子都成賊，偷得蟠桃敬母親」，以咒祝壽，大違常規，忽轉奇頌，意趣橫生。這是欲擒故縱，或曰腦筋急轉彎；最後選詞造句煉字，杜甫說「不薄今人愛古人，清詞麗句常作鄰」，多讀古詩，積累佳句沒錯，不過我想更須偏重現代氣息，「不薄古人愛今人」，如何？其實平常的字用活也會有新意，如菊詩中的「偷」「叩」「粘」等等。

說到「煉字」，我有個感覺，讀詩看到奇怪用字，很可能是作者的特意「冶煉」，別有涵意，未可輕意排斥與否定。比如宋祁「紅杏枝頭春意鬧」的「鬧」。「鬧」是戲謔玩笑，調皮搗蛋，胡攪蠻纏。杏花、春意又不是小孩，按常理怎能「鬧」？不是小孩，詩人偏要看它為小孩，一經擬人比化，那種花朵的擠挨簇擁，不由令人聯想到聚集一起戲鬧的天真兒童來，所以王國維會說「著一鬧字而境界全出」。王安石「春風又綠江南岸」裡的「綠」，膾炙人口，傳頌不衰，其實發明權不是他的。唐朝的丘為早有「東風何時至，已綠湖上山」，李白也有「東風已綠瀛洲草」。同樣形容詞動詞化，為什麼丘、李不顯，獨王瘋傳呢？原因無非兩條：一是王安石煞費苦心，有「煉字」的示範作用。傳說他曾試過23個字，最後才選定這個綠；二是他這一句氣魄宏大，勢態更猛些——他綠化的是整個「江南岸」，而丘、李不過是「湖上山」與「瀛洲草」。然而再好的字，用濫了也討嫌，王安石之「綠」，後又多次出現，如

「北山輸綠漲橫陂」「除卻春風沙岸綠」，於是便有錢鐘書的「五問一笑」：問王安石是忘了唐詩？標新立異？偶然暗合？有意沿用？還是對比之下認輸了？笑他是「得意話再說一遍」。在伊珠慈濟堂聽汪老師講南懷瑾的《金剛經偈詩》時，午餐前大家都要唱兩首佛歌，其中一首是「誠心祈求天下無災，／人皆平安遠離苦難，／願持善念膚大地，／世界充滿著愛和關懷！」歌中那個「膚」字，我初感彆扭。而汪老師說「膚」字用得最妙！妙在何處？原來，「膚」本為名詞，是皮膚的簡稱，但因皮膚的功能是包起、保護骨肉。此地活用名詞，「膚」被動詞化，意即願每個人都有「善念」，能像皮膚一樣覆蓋整個「大地」，也就是祈求世界充滿愛。「膚」，正是作者特別「煉」來出的。

秋菊十二詠是《紅樓夢》書中人物的吟唱，縱使唱辭中多有暗合自己命運之處，也非他們自己所能知道的。可是竟使部分讀者產生所謂「寫自己命運」的想法，那是因為有曹雪芹這位《紅樓夢》的「上帝」在撐控。書中全部人物的命運都是由他安排的，他甚至讓跛足道人，警幻仙子、茫茫大士與渺渺真人等神仙以及秦可卿死後的靈魂，也隱約知道一些未來的事，並參和到故事中去，因而增添更多浪漫與神祕的色彩。

（五）精細編排

《紅樓夢》文涉人、神、鬼三界。作為「紅樓世界」的「上帝」曹雪芹，筆墨非常精細，這從十二首詠菊詩的設計也可以看出來。我從四個方面考察：

首先是定題的精細。清朝的康親王愛新覺羅・永恩的《誠正堂稿》中，有篇《和崧山弟・菊花八詠》。所說的「八詠」詩題

是《訪菊》、《對菊》、《種菊》、《簪菊》、《問菊》、《夢菊》、《供菊》、《殘菊》。崧山是敦誠、敦敏弟兄的好友永恚，而敦氏兄弟與曹雪芹很熟。崧山大概與曹雪芹也走得近。由此可知《紅樓夢》的這一情節取材於現實生活，不過曹雪芹比崧山觀察得更細緻更全面，才能將八題添成十二題，增加了百分之五十。

其次題目排序也很講究。十二道題目當然全是曹雪芹擬定的，書中卻讓湘雲與寶釵出面來做，而且起初並不按菊花的生長時序照列，而是顛來倒去地折騰。通過兩位姑娘的討論，巧妙刻畫了她們可愛的不同性格。在議擬題目期間，寶釵曾說過這樣一句話：「末卷使以《殘菊》總收前提之盛」。有人於是認為這是曹雪芹的有意安排，等於宣告前邊「盛」事，將以後來的「殘」作結。有些道理，但我覺得偶然的巧合可能性更大些，因為詠菊詩十二首，大觀園的金釵也十二位，而菊詩的作者卻只有五人，還插個男孩子，作為判詞看待，似乎勉強了些。

再次派題時顯示了個性喜好傾向。史湘雲將題目綰上牆後，就由諸位詩人各自點挑，自然也是曹雪芹一手操縱的，因為接下去寫的內容，必須暗示上邊提到過的性格特點與命運走向，也即讓每位詩人所出的言詞，所詠事物的「品格」，暗合各自的身世情懷與未來的結局。說探春的《殘菊》，「全詩托殘菊寓賈府、探春自己。傷時傷己命運隱在其中。」若指曹雪芹「寓賈府」也詩作者，很對，應有此意，但說是詩人寓「賈府」與「自己」，等於說賈探春已知這個大家庭與自己的未來禿勢，恐怕就欠妥了。

最後是題意也暗存細微差別。比如「問菊」與「訪菊」，二者有何差別？「訪問訪問」嘛，「訪」不就是「問」嗎？細品之後，果不儘然。單作「諮詢」「詢問」時，問訪兩字通用，也可連用。但在這兩首菊詩裡是有差別的。《訪菊》之「訪」是拜訪探談，範

疇較大；《問菊》之「問」在於求答、省候，內容相對狹些。《說文解字》云：「訪」從言從方，言是「面談」，方是「城邦國家」（後來延伸，「方」的領域已擴為村落、家庭甚至個人等主體之外的客體事物了），言方合成「訪」，便有拜訪、探望、尋求、探尋、查訪、商議等等含義。而「問」，如果依貓畫虎也可說成從門從口，在門內張口提問題。大概有問候、饋贈、音訊、審問、查究等義。因此從動作的形式上看，「訪」與「問」，就存在一個距離的差別。「訪」須由此及彼，要走過去，而「問」是對話雙方同時已在現場。這不，「閒趁霜晴試一遊」，曹老頭子是先讓寶玉「一遊」之後，才「訪菊」，而黛玉則立馬站臨東籬，自言自語地「負手」而叩，恭敬聆聽，向菊提出她感興趣的種種問題。「訪」與「問」的差別由是顯示出來，其精細程度可謂微妙之極。

　　從詠菊十二首的詩，已可以多少觸摸到曹雪芹心靈導向的脈搏。他喜歡、讚美和同情這些人物，他讓他們按照不同的性格特點，循著各自的邏輯，草蛇灰線，伏脈千里，盡情展示，自由揮灑，個個栩栩如生，但同時也預示他們難逃封建社會制度的桎梏。結社吟詠當然是件富貴風流的雅事，曹雪芹卻細針密縫，絕不疏漏，在繁華的織錦中，隱約透出淒涼慘澹的氣息，預示一場熱火烹油的喜劇，最終不可避免地將走向悲劇的結尾。所以有人說詩題「殘菊」，就是榮寧兩府的「殘局」，似乎也講得通。權威紅學家周汝昌也說《紅樓夢》裡，「千紅一窟，萬豔同杯」，諧音便是千紅一哭，萬豔同悲，是「一哭同悲」！

2015.9.25

從「花間」到「花外」

在悉尼詩詞協會試講詞的演進

寫上這個題目，是想說說詞的發展脈絡。晚唐的溫庭筠等人寫了《花間集》，宋末元初的王沂孫的《碧山樂府》又名《花外集》。所以借用一下。對這一課題發生興趣，是從質疑「詩餘」開始的。唐詩宋詞是中國的文化瑰寶，詞，怎麼卻又名「詩餘」？我於是逐末追本，從溫庭筠至王沂孫，選讀比較一些詞，在古詞之海上作了一次「浮潛」。

浮潛是種運動，要藉助於救生衣、潛水鏡與呼吸器，方能從容欣賞海底珊瑚魚蝦。浮潛詞海，也需要相應的設備。在詩協聽課，得了「救生衣」。讀書、上網，採集古今名家評說如揀到了「潛水鏡」，而自己動點腦筋，思考、咀嚼，好比「呼吸器」。有了這三樣器具，淺浮於詞的海面，潛望水下景觀，對詞的演進脈絡，似乎可以看個大概。現在分饗大家。

愛因斯坦說過：想像力比知識還重要。遺憾的是，本人知識太少，想像力更缺。因而粗略掃描模糊不清，還請諒解，錯謬之處更希望指正！

一、「詩餘」胡猜

詞是「曲子詞」的簡稱，原稱應該是「樂府曲子詞」。後來卻又稱作「詩餘」。

明明是國之瑰寶，何以稱「餘」？有點憋扭，於是對「餘」字琢磨起來。

望文生義，我覺得「詩餘」之「餘」，當有「乘餘」與「之外」兩義。剩餘的東西是附屬品、等外品，夠不上檔次，含有鄙薄、輕視的意味；之外的東西，數量可能相對少些，但質量不差，至少與「之內品」平等，有時可能更優。

「詩餘」，是詞對詩相較而產生的名詞，於是應存在這樣三種可能：

第一種可能是當作「等外品」。因為古有「文載道，詩言志」之說。道，是道理、道德；志，是志氣、志向。就是說，作文吟詩應有莊重、健康、向上的思想內容，要講人倫，說政治，有道德的教化與正確的導向，播放主旋律，激發正能量。可是最早的曲子詞，是荒腔野調裡的詞語，發源於鄉野，流行在市井里弄，或青樓歌宴之間，唱的都是男女調情，打情罵俏，格調低俗，少了詩的莊重、典雅與純正。因而說成吟詩之後的「餘興之作」，不入大雅之堂，所以指為「詩餘」；

其二可能是視詞、詩為同等貨，有主次之分而無高低之別。說「詩餘」，是出書過程中，在編輯安排格律詩作時，另外附上一些有別於格律詩的作品。如宋人廖行之的《省齋詩餘》，吳潛的《履齋詩餘》，清代王錫的《嘯竹堂詩餘》……由於不是專指的固定名稱，所以還有別的叫法，如將附錄稱為「樂府」或「長短句」；

其三可能是明確為新文體，應為獨立的文學形式。李清照指為「別是一家」。雖然編排在詩之後，但作者仍一樣珍惜，並無「狗尾續貂」之意。不過真正將詞「又名」為「詩餘」的，則始於明朝——張綖（yán）編定一本詞的曲譜，把書名題作《詩餘圖譜》。至清初，葉燮（xiè）才有明確的定義。他說：「詞者，詩之餘

也。」「詩餘」於是變成詞的另一符號「又名」了。

二、詞也是詩

什麼是詩？「詩」有寬狹兩種定義：狹義指相對於散文的文學體裁即韻文；廣義則不受文體之限，乃泛指各種文辭優美、絢麗，能顯示人文精神的文藝作品，如有的小說也說成「史詩」。著名詩人徐志摩寫的白話詩《再別康橋》，有句「悄悄的我走了，/正如我悄悄的來吧，/我揮一揮衣袖，/不帶走一片雲彩」。竟如讖語，他就死於飛機的失事。蔡元培為他作這樣的56字挽聯：「談話是詩，舉動是詩，畢生行徑都是詩，詩的意味滲透了，隨遇自有樂土；乘船可死，驅車可死，斗室坐臥也可死，死於飛機偶然者，不必視為畏途。」挽聯內「詩」的定義更寬了，談話、行為、經歷都成「詩」了。

所以從廣義上看，「詞」不用說，當然就是「詩」。

文學的發展從形式到內容，都有其內在的規律，是在作者與讀者的參與之卜發生的，因而必定伴隨作者與讀者藝術審美情趣的轉換、演繹而變化。審美趣味不斷普及、提高，文學形式也就不斷成長、繁盛，正如苗木長成大樹一樣，從根頭與主幹，會分出許多枝椏，組成繁榮茂盛，亭亭如蓋的大樹。

魯迅談文學起源說得有趣，他把最早形成的文學流派稱為「杭育杭育派」（《門外文談》），說是人類先祖們在共同的勞動中產生的。如抬木頭，吃力喘氣。起初只是「杭育」「杭育」地呼喊回應，後來靈敏者插入言詞，便漸成快板、歌謠、詩歌等等。……後世的高級文藝，無不都從「杭育杭育派」那裡發展過來。

文體形式即體裁的演化的一般規律，是從「動態」到「成

型」。中國早先的文體，只有「文」「筆」「言」之分。南朝的
《南史‧顏延之傳》記載好酒怪誕的顏延之（南朝宋文學家，官至
金紫光祿大夫），一喝酒醉後，便裸身唱歌。宋文帝派人詔見，他
也要等到酒醒才應召。有一次文帝問他的四個兒子的才能如何，他
說：「竣得臣筆，測得臣文，㚟（chuò）得臣義，躍得臣酒。」何
尚之嘲諷插問：「誰得卿狂？」延之答道：「其狂不可及。」顏延
之說竣得的「筆」，是指無韻有文采的文章，測得的「文」，是有
韻又有文采。此外，另一種無韻又無文采的，就叫「言」，大概就
像現在的介紹信、證明書之類的「應用文」吧。

　　無韻有采的「筆」，後來變成「散文」。有韻有采的「文」，
是「韻文」，「詩」與「詞」以及有韻的「賦」包括在內。詩體的
演進公式大體是：《詩經》四言體→《離騷》騷體→《九歌》楚歌
體→西漢五言詩→魏晉南北朝格律化→唐近體詩……。當然在進化
中存在交錯現象，如《詩經》大多四言但不止於四言，而陳子昂的
《登幽州台歌》「前不見古人，後不見來者。念天地之悠悠，獨愴
然而涕下」，前兩句五言，後兩句騷體。王國維也有段說明：「四
言敝（bì 破）而有楚辭，楚辭敝而有五言，五言敝而有七言，古詩
敝而有律絕，律絕敝而有詞。」他還指出變化的原因：「蓋文體
通行既久，染指遂多，自成習套。豪傑之士，亦難於其中自出新
意，故遁而作他體，以自解脫。一切文體所以始盛終衰者，皆由於
此。」（《人間詞話》第五十四節）

　　不過王國維說「律絕敝而有詞」，並不正確，可能是受「詩
餘」說的影響。詞與詩有天然的關係，它們同時都始自樂府。後又
稱曲子詞、長短句、詩餘等等。作為歌曲內容的辭語（詞），叫
「樂府」也好，「長短句」也好，「詩餘」也好，兜了一圈又回到
原點──還是詞！

　　李清照說詞「別是一家」，不僅指體式，還指內容。她《詞論》裡的原話這樣說：「至晏元獻、歐陽永叔、蘇子瞻，學際天人，作為小歌詞，直如酌蠡（lí）水於大海，然皆句讀不葺（qì）之詩爾。又往往不協音律，何耶？蓋詩文分平側，而歌詞分五音，又分五聲，又分六律，又分清濁輕重。」又說「王介甫、曾子固文章似西漢，若作一小歌詞，則人必絕倒，不可讀也。乃知詞別是一家，知之者少。後晏叔原（幾道）、賀方回（鑄）、秦少遊、黃魯直（庭堅）出，始能知之。」她承認蘇與晏歐同為「天人」，不過他們「不協音律」。王安石、曾鞏寫文章有西漢好傳統，可是不適宜於入詞。一寫詞，「則人必絕倒，不可讀也」。

　　持同樣看法的還有人，如陳師道的《後山詩話》也說：「退之（韓愈）以文為詩，子瞻以詩為詞，如教坊雷大使之舞，雖極天下之工，要非本色。」將東坡與韓愈捆在一起否定了。說他們寫詞，如粗漢子跳舞（李逵、魯智深跳孔雀舞）。

　　當然也有針鋒相對的見解，如宋人王灼，偏偏以蘇詞似詩而備加讚賞。他的《碧雞漫志》云：「東坡先生以文章余事作詩，溢而作詞曲，高處出神入天，平處尚臨鏡笑春，不顧儕（chái 等）輩。或曰，長短句中詩也。」

三、詞曲關係

　　曲是旋律，現在叫歌譜，如五線譜、簡譜。張綖的《詩餘圖譜》，我懷疑也是宮商曲譜。歌唱的內容，用文字語言表達，叫歌詞。

　　旋律：「旋」是轉動，演化，迂回，指聲音的高低、長短變幻。古代五音是：宮、商、角、征（zhǐ）、羽＝（簡譜）1、2、

3、5、6（沒半音4與7）；「律」是規律、定則、約定形式，大概是指強弱、快慢。古時斷竹為筒，儲蘆灰以識節候。黃帝令伶倫斷竹為筒以候十二月之氣，配合音樂，故曰律。按奇數或偶數，將二十四節分為陽六律、陰六呂，分別命名。六律之首黃鐘，六呂之首為大呂。所以「黃鐘大呂」就有雄壯頌歌的意思。《紅燈記・智鬥》唱詞是首好詩。「主歌」的前五言詩：「壘起七星灶，銅壺煮三江。擺開八仙桌，招待十六方。來的都是客，全憑嘴一張。相逢開口笑，過後莫思量。」最具旋律意味的是最後六個字及其拖尾：「人一～走～，茶～就～涼、啊～～～～（有什麼周詳不周詳）」又旋又律，是典型旋律！

　　詞與曲的誕生情況無非兩種：先詞後曲還是先曲後詞，有點像兒「先有蛋還是先有雞」的模樣。比如「杭育杭育派」的「創作」，最初無內容，自然是先曲後詞，後來靈敏者插進內容，再變聲調，便成先詞後曲。因此詞的形成也應有兩種途徑：一是照曲填詞，如《東方紅》；二是詞成譜曲，如李劫夫譜寫的毛主席語錄歌、詞詩歌，不過寫的雖名《沁園春》、《滿江紅》、《蝶戀花》……但此曲已非原裝的古詞牌旋律。再如男低音楊洪基唱的《三國演義》電影主題歌：「長江滾滾東逝水，浪花淘盡英雄……」，旋律也不是原調或明朝正德狀元楊慎的《臨江仙》時的曲子。據說《東方紅》的緣起，有多種說法，中心人物原是位「三哥哥」：一說源自晉西北民歌《芝麻油》。原詞為：「芝麻油，白菜心，要吃豆角抽筋筋。三天不見想死個人，哼兒咳喲，哎呀，我的三哥哥」，是情歌小調。抗戰時，有人重新填詞，變成了《騎白馬》：「騎白馬，挎洋槍，三哥哥吃了八路軍的糧，有心回家看姑娘，呼兒黑喲，打日本就顧不上」；一說源自陝北民歌《你叫妹妹不放心》。原歌詞是「藍格茵茵的天，飄來一疙瘩雲，颱風下雨響

雷聲，三哥哥今要出遠門，呼兒嗨喲，你叫妹妹不放心」，有9段歌詞，《解放日報》把詞與曲發表出來，後來收進公木與何其芳編注的《陝北民歌選》，又有人再整理、刪修成為3段歌詞，歌唱的人物，則以毛澤東替換了三哥哥，並改名為《東方紅》，從陝北唱到全中國，再後讓人造衛星唱上外太空。

詞牌名稱五花八門，更有一曲多名的，已約定俗成大概有幾百個（光龍榆生編的《唐宋詞格律》所收就257個）。此外還可「自度」（審時度勢之度）。汪學善老師曾見報上一首寫莫愁湖的文言詩，加以規範化，新訂為一個高難度的新詞牌《尚焉軒‧莫愁詞》。其規定如下：

020⑥02　021⑥　41102　0216　0122↔　0216
02216　0216

譜例的符號表示：0--- 可平可仄，1--- 平聲，2--- 仄聲，4--- 領句字（宜用去聲），6--- 平韻，⑥--- 迭平韻，↔---表前後句相對仗，空一格為斷句之處。

格律要求便知相當複雜，填寫難度很大。茲舉汪師近作：

《莫愁詞‧丙申元旦祝願》

乙未羊祥主歲，竟爾凶祥。盼丙猴火運，日暖花香。

簫聲引鳳，琴曲求凰；萬象見禎（zhēn吉）祥，和氣呈祥。

一如詞譜，這《莫愁詞》有平仄、對仗、押韻‧領字等的要求，之外還難在共有6個韻字，其中4個要求同一個字，而且是首尾各嵌2個（「祥」），其中一個還在句中（另外兩韻是「香」與

「凰」）。詩協同窗中已有多位跟進，詞作紛呈。幾可編一本《莫愁詞專集》。我覺得這遊戲太難、太險，玩不來，不敢玩，怕過多的腦細胞壯烈犧牲。

四、詩詞同源

詞固有「詩餘」之稱，但也有「詞為詩源」之說。兩種看法正相反。詞與詩究竟有無「主從關係」？這得從「漢樂府」考起。

「樂府」，是秦代朝廷設立的專管音樂工作的行政機構。漢朝沿用秦時的名稱。漢武帝（第7位皇帝劉徹）給樂府規定的任務是：收集編撰各地的民間音樂——漢族民歌，然後整理、改編或再創作，作為訓練樂工，排練演出之用。後來，「樂府」的歌詞便成為詩體名稱，叫「樂府詩」。

樂府詩發源於《詩經》、《楚辭》，但更加活潑、自由，出現五言體、七言體及長短句等多種形式，流傳至今的還有五六十首。如《漢樂府‧上邪（yé）》：「上邪（天啊）！我欲與君相知（愛），長命（通令）無絕衰（cuī衰減）。山無陵，江水為竭，冬雷震震（聲勢），夏雨（yù）雪，天地合（閉合），乃（才）敢與君絕！」；《北朝樂府‧敕（chì）勒歌》：「敕勒川，陰山下。天似穹（qióng）廬，籠蓋四野。天蒼蒼，野茫茫。風吹草低見牛羊。」比較長的《孔雀東南飛》與《木蘭辭》，世稱「樂府雙璧」。

清人李調元在《雨村詞話》裡說：「詞非詩之餘，乃詩之源也。」他舉出兩項證據：

一從數量比例上看，「周之頌三十一篇，長短句屬十八；漢《郊祀歌》十九篇，長短句屬五；至《短簫鐃（náo又稱鉦，執鐘）歌》十八篇，都是長短句式過半。

二從流行情況看，「自唐開元盛日，王之渙、高適、王昌齡絕句流播旗亭，而李白菩薩蠻等詞亦被之管弦，實皆古樂府也。」他將三位詩人參賽的詩說成「實皆古樂府也」可能欠準確。據唐薛用弱《集異記》記載的「旗亭畫壁」典故，三人被歌女唱出的6首中，只有王昌齡的《長信秋詞》——「奉帚平明金殿開，強將團扇半徘徊。玉顏不及寒鴉色，猶帶昭陽日影來。」不講究平仄，屬樂府詩，其他都是七絕。不過這也證明：詩與詞確實同時流行了。

李調元於是推出定論：「詩先有樂府而後有古體，有古體而後有近體，樂府即長短句，長短句即古詞也。故曰：詞非詩之餘，乃詩之源也。」

李調元推論用的是這樣的邏輯等式：「樂府＝長短句＝古詞」。然而，照理在長短句之後除「古詞」之外，還應有「古詩」。李把「古詩」擠掉只留「古詞」，有「偷換概念」之嫌。不過他闡述詞的源流還是不錯的。

其實，律詩來自於無律之詩，而樂府、長短句也是無律詩。因此，說詞、詩（指律詩）同源應該更正確些，都是從《詩經》、《楚辭》以及《漢賦》演進而來的，最老的祖宗，甚至可算到「杭育杭育派」。詩與詞是同路走來的親姐妹，說誰是誰之「餘」或「源」，均欠妥當。但她們在格律化時分道揚鑣：以五言七言整齊如豆腐塊定型的是碩果累累的唐詩，而參差不齊的長短句便是繁花豔豔的宋詞。唐詩宋詞，都以各自的定規格律而成華夏雙碧。如果將賦（包括無韻賦）看作「文言散文詩」、樂府看作「文言自由詩」，那麼詞，尤其是自度詞，便是「格式化的文言自由詩」。

五、詞的演進途徑

　　詞的變化、演進、發展，我覺得可以從五個方面（或途徑）觀察，試解於下：

　　其一是內容從低俗到高雅，逐步過渡。線路公式是：民間調情（調節情緒）→士大夫、文人奉場做戲、臨時湊趣（為歌筵酒席歌女的歌曲找辭填字）→文人官員的認真宣洩（抒情寫懷、慷慨表志），即從一般的「自我調情」到「關心家國」的「主旋律」歌吟，也即從生活小事向「重大題材」演進。

　　其二是技巧繼承詩騷的賦比興，相互轉化，從表層向內質開拓：賦（平鋪直敘）→比（由內到外，由心及物）→興（自外入內，由物回心）。營造意境由淺入深，從簡到繁。修飾的技巧發展越來越多，如比喻、比擬、誇張、對偶、反語、雙關、互文、回環、複迭、映襯……其中僅比喻即又分為：明喻、暗喻、借喻、博喻、倒喻、反喻、互喻、較喻、譬喻、曲喻、飾喻、引喻等等，據說修辭手法一共有六十三大類，七十八小類。

　　其三是體式詩歌隨著語言節奏的變化，不斷出現新體裁。快板、歌謠、山歌、小調→樂府→詞（小令、引近、長調與「犯」）。「引近」是介於短曲小令與長調之間的曲名；「犯」是不同曲調相互組合。南宋張炎《詞源》記：「崇寧立大晟（shèng 光明）府，命周美成諸人討論古音，審定古調……又複增演慢曲引近，或移宮換羽為三犯四犯之曲……其曲遂繁。」前期的詞，也早有長調，如敦煌出土的歌曲中即存長篇之曲，但文人只寫小令，詩人大量書寫長調的始自柳永。

　　其四是感發　情感發動，從感應即興到迴環思構。即興感應指

臨場感觸，起興抒情。或景觀美感加上聯想，或直率表達感情衝動，或既有直接感染，又蔓延事件之外，暢抒情感；迴環思構是說反覆思量，安排結構，不受時空限制。這在很大程度上是取決於體量的增加，特別是長調與犯，需要更多的鋪排。比較突出的分界線是結北開南的周邦彥。

其五是風格越加多樣化。詩人的性格、地位、處境、見識、興趣、信仰、理想等等決定作品的不同風格。詩風如體味，因人而異，即使同一詩人，也因時而異。但有明顯的繼承關係，如馮延巳之於溫庭筠，二主歐晏易安之於馮延巳，蘇東坡之於柳永，姜夔、吳文英、王沂孫之於周邦彥……唐司空圖的《詩品》談詩24題是：雄渾、沖淡、纖穠、沉著、高古、典雅、洗煉、勁健、綺（qǐ）麗、自然、含蓄、豪放、精神、縝（zhěn）密、疏野、清奇、委曲、實境、悲慨、形容、超詣、飄逸、曠達、流動。可視為包括詞的詩歌24種風格。可是該如何定義，我說不清楚。正如「詩趣」，據說就有情趣、雅趣、稚趣、俚趣、諧趣、天趣、妙趣等等，似可意會，難以言傳。能舉出些例句，明確定義卻很難。

推動詞演進的關鍵人物有溫庭筠、韋莊；馮延巳、李璟、李煜；柳永、晏殊、歐陽修；周邦彥、李清照、蘇東坡等。他們在其生活的年代各自獨當一面，起了承上啟下的作用，到辛棄疾幾達完美……

六、介紹「拿來概念」

現在結合詩作，談些淺見。

在分析具體作品之前，先簡要介紹幾個詩詞評論的「拿來」概念：

1、語碼——這是瑞士索緒爾與俄國羅特曼兩位語言符號學家分別提出的。語碼就是能引起廣泛聯想的語言符號。比如說出「蛾眉」，會使人聯想到《離騷》「眾女嫉餘之蛾眉」或李商隱的「長眉已能畫」，進而想到美好的品德象徵。中國成語多為語碼。汪學善老師之謂「語典」，當屬此。

2、雙軸——即語序軸與聯想軸。索緒爾認為，作為表達語言的符號，存在兩條同時發揮作用的軸線——語序軸與聯想軸。前者橫走，後者豎直，我於是聯想正好可以構成笛卡爾的坐標圖。橫向語序軸，由詞彙排列次序，時間的進程，直接表達意思以至口氣。講究句子在哪裡停頓、怎樣標點，用什麼詩眼，以及如何結構文法等。「留客天天留我不留」是最簡單的例，斷句標點不同，會表達不同的語意。詩句「不薄今人愛古人」，可作二——五標法或四——三標法兩種，讀法不同，其意相異。晏殊「檻菊愁煙蘭泣露」，7字寫出景物、地點、季節、時間和人物情緒、感覺。此外杜甫的「鸚鵡粒」與吳文英的倒裝句等都是；「詩眼」則是語序軸上文法結合產生的特殊效果，如王安石「春風又綠江南岸」之綠；直向聯想軸，是提供空間聯想。因為作為語言符號，總是與自己的國家民族的歷史文化傳統關係密切，所以語言符號（語碼）能夠引發聯想，帶出衍生義，引申新意。如溫庭筠「懶起畫蛾眉」，會使人聯想到《詩經・衛風・碩人》的「手如柔荑（tí茅草的嫩芽，yí野草）……螓（qín蟬）首蛾眉……美目盼兮」的衛莊公夫人莊姜之美，想起《離騷》「眾女嫉餘之蛾眉」，從而知道其指向，是比喻它為美好品德與才智。在笛卡爾坐標圖上，最理想的應是45度的斜線，這位置兼顧內容與形式的協調統一。兩軸說其實是指時間的

進行與空間的聯想。

3、境界——「境」是環境,「界」是邊界。「境界」本為佛家
語,佛經《俱舍論・頌疏》說,「境界」是意識感知能力所
接觸的世界,是「六根」(眼耳鼻舌身意)接觸「六塵」
(色聲香味觸法——法指一切的事物,不論大小有形無形。
有形是色法;無形是心法)後,意識活動所能達到的範圍。
王國維《人間詞話》的頭條與第六條就專說境界。其中的
「喜怒哀樂亦人心中之一境界」我想便通常提的「意境」。
意境有深淺、遠近、高低、大小之分,能自然透露出作者的
心靈世界。

4、形象思維——通常指藝術創作的思想方法,並且與邏輯思維
相提並論,雙峰對舉,已經約定俗成了。可是此說排斥形
象思維對邏輯的需求,似欠科學,準確一點說,是「形象
表達」,因為真正的藝術創作是離不開邏輯思維的。錢鐘
書《談藝錄》說西方談藝術創作也分兩派:「師法自然」與
「功奪造化」,前者指以模寫自然為主,後者說潤飾自然為
重。他指的應是兩種不同的表現用法,即感官印象的直接描
述與思考理解後的綜合表達,前者是場景直描,「讓事實說
話」,後者是整理編排,曲折流露心意。王國維還有「客觀
詩人」與「主觀詩人」之說,意思大體相同。

5、指向——指語彙選擇的傾向性。擇字選辭造句要向中心靠
攏,如鐵粉、鐵釘為磁所吸,也如舞臺聚光燈的追逐照射,
都不是亂跑亂射的。詞匯「浩如煙海」,選用詞語全憑目的
之所需。如拉屎、放屁、蒼蠅、蟲豸(xiè zhì)等,許多人
以為是不堪進詩入詞的「臭字」「賍辭」。毛澤東有詩云:
「千村霹靂人遺矢」「幾個蒼蠅碰壁」,「不須放屁」……

世人於是說他卑俗不雅，可是聶紺弩也有「香臭稠稀一把瓢」「蒼蠅盛夏共彎腰」……，卻被放了一馬。可見是偏見。其實他們各有自己的指向：毛鄙視嫌惡老赫，聶則自嘲諷世。同樣都用「髒字」，同樣道出自己的想法，各有其理，無可厚非。

七、例舉試析

王國維的《人間詞話》第一條第一句說：「詞以境界為最上，有境界則自成高格，自有名句。」下面圍繞著這個「境界」，選幾位詞人略作比較：

（一）溫庭筠與韋莊（溫約812~886；韋836~910）

溫庭筠，字飛卿，唐初宰相溫彥博之後，出生於沒落貴族家庭，雖富有天才，卻因恃才不羈，又好譏刺權貴，多犯忌諱，取憎於時，故屢舉進士不第，終生不得志，行為放浪。曾任縣尉，官終國子監助教。

溫文思敏捷，入試詠韻，每每八叉手而成，故有「溫八叉」之稱，又精通音律、工詩，與李商隱齊名，時稱「溫李」。其詩詞，辭藻華麗，濃豔精緻，多寫閨情，詞作刻意求精，注重文采和聲情，為《花間集》第一作者，被尊為「花間詞派」鼻祖。溫於詞的貢獻，是使詞離開僅寫香豔舊歌詞，而進入有深意的新階段，是所謂「文人染指」第一人。流存詞作七十餘首。

溫庭筠《菩薩蠻》

小山重疊金明滅，鬢雲欲度香腮雪。懶起畫蛾眉，弄妝

梳洗遲。

照花前後鏡，花面交相映。新貼繡羅襦（rú），雙雙金
鷓鴣。

我初讀這詞，覺得是寫一位女子晨起時的表現，是場面的描
繪。弄清幾個關鍵的字詞，意思大體可知。如「小山」，有5種可
能：1.本義，山水之山；2.屏風，或者屏風上的畫。溫庭筠「枕上
屏山掩」是小的屏風；3.枕頭，顧敻（xiòng）「山枕上，幾滴淚
痕新」；4.眼眉，韋莊「雙愁黛遠山眉」；5.頭髮，隆起的髮髻。
我覺得第5.頭髮比較合理，因為下邊的「金」，是「額黃」，眉際
的裝飾物。雙鬢如雲，像要指拂掩有香味的白腮，起床慵懶，遲緩
梳妝。「蛾眉」二字有講究，也有三可能：如蠶倒臥；像蛾蝶的觸
鬚也叫蛾眉。另外還有一種「蛾翅眉」，是將眉毛處畫得濃密而寬
闊的樣式。「羅襦」是綾羅做的短襖，通常是穿在漢服（上衣下裳
連衣裙）的外邊。「新帖」也有兩解：可能是本義，指將刺繡的
「藍本」，粘帖上去；也可能指熨帖。王建有詩「熨帖朝衣脫戰
袍」。我的理解應為前者，是說晨起妝罷，又要開始一日女紅。最
後一句，可能表露對美好的期待，如找到好對象，得到幸福生活等
等。所以才選用性好成雙的「鷓鴣」，以金色絲線縫上。

可是清人張惠言另有發現，他的《詞選・序》說，由於「賢人
君子幽約怨悱（fěi）不能自言之情」，因而有所寄託，也就是風騷
比興之意。他是從「蛾眉」聯想到《離騷》，看出與屈原相近的
家國情懷。晚清陳廷焯也認同此說。然而《孟子・萬章》云：「誦
其詩，讀其書，不知其人可乎？」而《舊唐書》對溫庭筠其人的描
述卻多有微詞，說他「薄於行，無檢幅」，「能逐弦吹之音，為側
（不嚴肅）豔之詞」，因此同為清人的李冰若便指出溫庭筠「論人

論世全不相符」（《栩莊漫記》），斷定溫不可能有家國情懷。用
王國維的話，是「固哉，皋文之為詞也……皋文深文羅織。」（皋文
是張惠言的字）晚清的詞學大師譚獻不同意他們的看法，他說「作
者之用心未必然，而讀者之用心未必不然。」（《複堂詞錄》），
意思是作者不一定有那種意思，但讀者可以有自己的理解。

　　其實，我們可以將「蛾眉」視為語碼，由於受中國傳統文化的
教育與薰陶，不管有意無意，寫詞時用上這樣的語碼，都會發生必
然或偶然的巧合。屈原以美女、香草比喻良好理想與願望，溫庭筠
照樣仿效，也是有可能的，一用相同的語碼，即使不是仿效，也會
令讀者產生聯想。再退一步，正如譚獻而所說的，縱使詞人沒這層
意思，讀者從自己的知識積累，做出這樣的聯想也是允許的。王國
維不也以晏殊的「昨夜西風凋碧樹，獨上高樓，望盡天涯路」、柳
永的「衣帶漸寬終不悔，為伊消得人憔悴」與辛棄疾的「眾裡尋他
千百度，回頭驀見，那人正在燈火闌珊處」，比作「成大事業」的
「三境界」嗎？他所表達的意思，與詞之作者的本意根本是風馬牛
不相及，因之自己接著又說「然遽以此意解釋諸詞，恐晏、歐諸公
所不許也」。

　　韋莊，晚唐詞人，五代時前蜀宰相，望族之後（是文昌右相韋
待價七世孫、蘇州刺史韋應物四世孫）。早年屢試不第，59歲才考
中晚唐進士。韋莊入蜀為王建掌書記，後勸王建稱帝立蜀，韋莊當
開國宰相，制定制度，時已72歲。宋代張唐英評價：「不恃權，不
行私，惟至公是守。」

　　韋莊工詩擅詞，其詞多寫自身的生活體驗和上層社會之冶遊享
樂生活及離情別緒，善用白描手法，詞風清麗，與溫庭筠並稱「溫
韋」。所著長詩《秦婦吟》，與《孔雀東南飛》、《木蘭詩》並稱

「樂府三絕」。後人輯其詞作為《浣花詞》。

韋莊《女冠子》兩首：

其一：四月十七，正是去年今日，別君時。忍淚佯低面，含
　　　羞半斂眉。

　　　不知魂已斷，空有夢相隨。除卻天邊月，沒人知。

其二：昨夜夜半，枕上分明夢見。語多時。依舊桃花面，頻
　　　低柳葉眉。

　　　半羞還半喜，欲去又依依。覺來知是夢，不勝悲。

這是寫男女互相思念的詞組。其一是女思男，其二是男想女。
「佯」的本義是假裝（佯攻），這裡是掩飾；「不知」是故作糊
塗，其實太清楚了；「魂已斷」即魂銷。江淹《別賦》云：「黯然
銷魂者，唯別而已。」；「語」是對話；「勝」電腦注為盡，我覺
得是承受，勝任愉快之勝。無法承受的悲傷。

弄清這幾個字詞，不作解釋，詞意也已一覽無餘。但是這首詞
辭直意婉，貌淺衷深，語短情長，寓深遠意味於清淡之中。將戀人
兩想思念的濃情蜜意，寫得非常突出，感人至深。同樣是寫愛情，
溫庭筠假借女子口吻，以直覺的美感與語言符號引人聯想，含蓄
流露情懷感受，而韋莊既從男子又從女子的角度描述，直接表達感
情本質，感染讀者。溫寫的是場景直觀、生活片斷，韋則講述愛情
故事，以情節體現情感波瀾。明代楊慎的《升庵外集》評韋莊詞是
「明白如畫，蘊情深至」。王國維說是「骨秀也」。韋莊比溫庭筠
提高了一個新臺階。

王國維把詩人作「主觀詞人」與「客觀詩人」之分，有些勉強，
但如果從表現手法的角度說，將溫庭筠與韋莊套進去，似乎也行。

（二）馮延巳與中後主（馮903-960；璟916-961；煜937-978）

馮延巳為南唐宰相，與二主關係密切。他大中主13歲，大後主34歲，是中主之友，後主之師。在政治上，馮卻是「佞臣」，世稱「南唐五鬼」之首。不過馮詞甚佳，能織入家國關懷，抒發悲劇精神。

清陳廷焯《白雨齋詞話》：「馮正中詞極濃郁之致，窮頓挫之妙，纏綿忠厚，與溫韋相伯仲。」（「正中」乃馮之字，巳是十二地支第六字，巳時為9~11點，延推下去，是午時11~12點，所以字正中）

王國維說「馮正中詞與中主、後主詞皆在《花間》範圍之外」「馮正中詞雖不失五代風格而堂廡特大，開北宋一代風氣。」「五代風格」，指仍有纏綿悱惻、傷春悲秋、相思離別的小令；「堂廡特大」，是說有強大感發力。

馮延巳《鵲踏枝》

誰道閒情拋擲久？每到春來，惆悵還依舊。日日花前常病酒，不辭鏡裡朱顏瘦。河畔青蕪堤上柳，為問新愁，何事年年有？獨立小橋風滿袖，平林新月人歸後。

這詞寫的是春愁。語言平實，沒有生僻字眼，但詞語含蘊良多。比如「閒情」，並非閒情逸致，而是莫知其所自來的情緒。「惆悵」，是迷惘的情緒，內心略有所失，又恍如有所追尋。河畔句看似完全寫景，卻非專門寫景，而是襯托綿遠纖柔的情意。

首句七字在語序軸上內涵很豐富：中心是「閒愁」，然後分層遞進：首先是閒情被拋，其二是拋得久了，其三反問誰說是這樣的

呢?否定之否定,欲抛不得,千回百轉,盤旋鬱結,表現出掙扎的痛苦。還有:每→還→依舊、病酒→日日→不辭、新愁→年年有、獨立→人歸後……全是抗爭與掙扎。所謂「悲劇」,是美好事物遭受毀壞。而「悲劇精神」,則是明知會失敗偏要抗爭。一句反問詞「誰道閒情拋擲久?」即淋漓盡致表現出「悲劇精神」來。

溫庭筠的詞給的是美感與聯想,韋莊給的是直接感動與情節故事,但聯想少了些,而馮正中既有強烈感動又有豐富聯想。使詞作的發展又提高一步。

清詞評家馮煦(Xu,1824-1927)為馮延巳《陽春集》作序說:「翁俯仰身世,所懷萬端,繆(móu虛妄不實)悠其辭,或顯若晦。揆(kuí揣測)之六義(風雅頌賦比興),比興為多……其旨隱,其詞微,類勞人思婦、羈臣屏子、郁伊(憂憤鬱結)愴怳(chuàng huǎng失意狀)之所為。」他在《唐五代詞選》又序云:「吾家正中翁,鼓吹南唐,上翼二主,下啟晏歐,實正變之樞紐,短長之流別。」如何「下啟晏歐」?他具體說:「馮正中詞,晏同叔得其俊,歐陽永叔得其深。」(俊即俊美,不雕琢,情致飛揚,具才氣、秀逸之美;深是深沉,執著,不放棄,「直須看盡洛城花,始共春風容易別」)。其實何止晏歐,江西詞派的黃庭堅、陳師道等都承受到他的雨露。

李璟,南唐中主,烈祖李昇長子,繼帝位後胸有大志,廣拓疆域,卻身乏治才,重用佞臣——「南唐五鬼」。政治黑暗又好戰,敗於後周,即自貶為國主。但李氏父子是作詞的高手。

李璟《浣溪沙》
菡萏(hàn dàn)香銷翠葉殘,西風愁起碧波間。還與容

光共憔悴，不堪看。

　　細雨夢回雞塞遠，小樓吹徹玉笙寒。多少淚珠無限恨，
倚闌幹。

　　雞塞：即雞鹿塞，漢時邊塞名；徹：是名詞而非形容詞，是大曲中的最後一遍。這詞突出一個苦婦思夫的形象。語言既精雕細刻，典雅佳麗，又自然流暢，柔婉沉鬱。如首句，換成「敗落荷花綠葉殘」，平仄不變，意思相同，但難免粗俗。「菡萏」，是未開的花苞，《詩‧陳風‧澤陂》有「彼澤之陂，有蒲菡萏」。用它來指代荷花，再與「香銷」「翠葉」等美麗字眼組合成句，當然就脫俗不凡了。王安石極贊「細雨夢回雞塞遠，小樓吹徹玉笙寒」，是感於刻畫人生離恨的淒迷動人。王國維卻從「菡萏香銷翠葉殘，西風愁起綠波間」體會「大有眾芳蕪穢，美人遲暮之感」。其實整詞的結構安排也有特色。上片寫秋色凋零的悲傷，下片寫細雨夢回的牽掛。由近及遠，時空交錯，通過典型環境的典型人物，道出企望難圓的無限感慨，境界確實高遠。

　　與此詞有幾則相關的故事。南宋《苕溪漁隱叢話》記載：「荊公問山谷云：作小詞曾看李後主詞否？云：曾看。荊公云：何處最好？山谷以『一江春水向東流』為對。荊公曰：未若『細雨夢回雞塞遠，小樓吹徹玉笙寒』最好。」清人賀裳《皺水軒詞筌》也說：「南唐中主語馮延巳曰：『風乍起，吹皺一池春水』，何與卿事？」馮曰：「『未若細雨夢回雞塞遠，小樓吹徹玉笙寒』，不可使聞於鄰國。」為什麼呢？因為李璟侵犯周邊國家，滅過閩、楚，野心未亡，這擴展疆土的野心秘不可宣！

　　南唐後主李煜，樣同乃父，在他主政時候，一聽宋軍滅了南漢，立即自動稱臣，改稱江南國主。宋太祖趙匡胤令煜進汴京，李

託病。趙即發兵滅南唐,在金陵俘李煜,還戲封其為「違命侯」。
宋太祖暴死,其弟趙光義繼位(宋太宗),屢召李煜的愛妻小周後
行暴,又命煜的舊屬徐鉉探李。徐將李煜「悔殺潘佑、李平」之
嘆,與新作《虞美人》彙報,宋太宗便以牽機藥毒殺之(牽機藥破
壞中樞神經系統,全身抽搐,頭腳收縮而死)。小周後不久亦隨之
死去。

　　李煜的《虞美人・春花秋月何時了》大家熟悉,凡愛詞者都會
背,不用解釋。對這首詞,王國維作如是評說:「尼采謂:『一切
文學,餘愛以血書者。』後主之詞,真所謂以血書者也。宋道君皇
帝《燕山亭》詞亦略似之。然道君不過自道身世之戚,後主則儼有
釋迦、基督擔荷人類罪惡之意,其大小固不同矣。」

　　道君皇帝就是宋徽宗趙佶。他與兒子趙桓宋欽宗同時為金所虜
後,大宋南移,趙構當南宋第一個皇帝高宗(全宋第10個)。趙佶
在押解途中,寫下《燕山亭・北行見杏花》。我們看一下其與李煜
的《虞美人》的境界,如何「大小固不同」。

　　趙佶《燕山亭・北行見杏花》
　　　裁剪冰綃,輕疊數重,淡著胭脂勻注。新樣靚(jìng)
妝,豔溢香融,羞殺蕊珠宮女。易得凋零,更多少、無情風
雨。愁苦。問院落淒涼,幾番春暮。

　　　憑寄離恨重重,者雙燕,何曾會人言語。天遙地遠,萬
水千山,知他故宮何處。怎不思量,除夢裡、有時曾去。無
據,和夢也新來不做。

　　此詞的寫作背景,是父子被俘,同宗室臣僚三千餘人被驅北

行。上片寫杏花盛衰，下片寫重重離恨。總體表述自己對不幸被俘的哀嘆。

趙佶善畫工筆，寫詞也從細察下筆，先寫潔白如絲綢的花瓣，繁複重疊，勻染胭脂，美得天上仙宮裡的仙女都羞愧不如，可是風雨摧殘，盛而轉敗，造成多少暮春的淒涼！下片借飛燕苦訴故國離恨，日夜思量。「憑寄」是憑誰寄，托誰寄。想將重重離恨告知國人，可沒人可托，雖有飛燕在，但不通人語，想再見舊居，除非做夢，然而不知何故（無據），連（和）夢也不來了。

從一棵杏花樹之下，縱思萬水千山，訴說連夢也做不成的苦衷。如此之苦，並不下於亡國之君李煜。但王國維說這只是「自道身世之戚」，沒法與釋基相提並論。因為釋迦牟尼與基督耶穌是心懷世界的。釋迦說，我不入地獄，誰入地獄？我要把不幸和苦難都負擔起來，使眾生得以超脫解放；基督也說，他死在十字架上，是為救贖所有人類的罪惡。同樣寫個人之悲，道君囿於局部，只寫自身的處境、感受、期待與失意，後主則寫時序變化，寫江河奔流，寫「人生無常」，映照了全人類的悲哀。著筆於開闊境界，其感受思緒，即如大網，罩住了所有的人。這樣的精神實質，與釋基精神相通。故云「儼有釋迦、基督擔荷人類罪惡之意」。

詞之進展從溫韋到馮李走了三大步：第一步，溫庭筠用美感加聯想創造意境，給人以美感形象。第二步，韋莊以直率真摯的表達，給人以感情的衝擊，加強了詞的抒情作用。第三步，馮延巳既有直接感染，又不受事件局限，進一步創造出情感意境。作為亡國皇帝的後主李煜，因有更深切的感受，進一步營造宏大的情感境界。王國維《人間詞話》第十四條這樣評價：「溫飛卿之詞，句秀也。韋端己之詞，骨秀也。李重光之詞，神秀也。」李煜一目又瞳，故號重光。

（三）晏殊、歐陽修與柳永（北宋晏991-1055；柳992-1055？；
　　　歐陽1007-1072）

先說晏歐，再談柳永，因為馮煦（Xu原名馮熙，1842~1927）
有說，馮正中詞「上翼二主，下啟晏歐」，並具體指出「馮正中
詞，晏同叔得其俊，歐陽永叔得其深。」

晏殊14歲以神童入試，賜進士出身（等於榮譽進士），後官至
宰相，卻政績平平，不過有「務進賢才」好名聲，因為范仲淹、王
安石、歐陽修、宋祁等名流均出其門下。晏為人理性、誠實，詞風
含蓄婉麗。他比歐陽修大16歲，是歐應試時的考官。兩人享有「晏
歐」並舉的稱譽。其子晏幾道也出色，因得以「大晏」與「小晏」
分稱於史。晏雖為「太平宰相」，然晚年受挫。事因宋朝的第四位
皇帝仁宗趙禎的生母是宋真宗的妃子李辰，趙禎剛出生時，即被劉
后所奪。李辰也被劉后害死（閩劇《狸貓換太子》）。李辰妃死
時，宰相晏殊奉命撰寫墓誌銘，時劉后尚存，對李妃親生趙禎的事
當然「沒而不言」。蔡襄、李甫等即以此事彈劾，仁宗趙禎糊裡糊
塗，把晏殊貶謫穎州。晏殊此後便蔫（niān）啦。

晏殊《浣溪沙》
一曲新詞酒一杯，去年天氣舊亭台。夕陽西下幾時回？
無可奈何花落去，似曾相識燕歸來。小園香徑獨徘徊。

這詞給人的總體印象是圓轉流利，通俗曉暢，清麗自然。上片
時空交錯，引發思昔；下片借景抒情，重在傷今。晏是「太平宰
相」，乍看似寫自己的瀟灑安閒的意態，實則包藏著物似人非的懷
舊與傷今的感情。描寫的是常見景物，似乎無意，但涉筆宇宙永恆

與人生短促，寫出了哲理意味，能啟迪讀者作深廣的思索。

酒與歌，夕陽西下，隱含兩義：有瀟灑，也有長嘆。白居易《長安道》：「花枝缺處青樓開，豔歌一曲酒一杯」；曹孟德《短歌行》：「對酒當歌，人生幾何」。延伸開來，又似「春花秋月何時了」，均從即景感興，擴展到對自然、人生的思考。「無可奈何花落去，似曾相識燕歸來」是副名對，用虛字構成，對仗極工，表達自然規律的不可抗拒性，唱嘆傳神，宛如天成。最後一句「小園香徑獨徘徊」，是心情難平，情緒低沉，流露淡淡的哀愁，其傷春之情超過了惜春之意。

去年（2015），我在某地攤報上看到看到一則傳說，也提供大家參考吧。據說，晏殊寫下「無可奈何花落去」後，卻久久對不出滿意的下聯。他後來南巡過揚州，往大明寺觀賞題壁詩，發現其中一首頗有新意，問知作者為主簿小官王琪，於是召來見談，話到投機處，遂以「無可奈何花落去」詢對。王淇當即對下「似曾相識燕歸來」。晏殊非常滿意，欣賞其才能，後來還推薦王淇到集賢院任職。

歐陽修也是天縱之才，科舉場上「連中三元」（鄉試、會試、殿試第一名，分稱監元、解元、省元），卻因鋒芒太露受嫌，惜失狀元。歐陽歷仕仁宗、英宗、神宗三朝，官至副相（參知政事），但仕途並不通順。他積極參與范仲淹的「慶曆新政」改革，失敗後兩度被貶，因他敢言敢批，名聲反增。政敵力圖除他。宰相呂夷簡遂以「張甥案」（汙其與張甥亂倫）將之下獄，甚而欲判置死罪，還派個曾被歐陽修批評的宦官昭明去調查，幸而昭明有良心，不肯冤枉人，並傳言「官家（皇帝）憶念著歐陽修」的話，救了他一命。不過，他後還是以挪用外甥女嫁妝之罪，貶官滁州。歐陽修的

文學成就，與韓愈、柳宗元、蘇軾合稱「千古文章四大家」，而所謂「唐宋散文八大家」，就是這四大家之外再添上王安石、曾鞏與蘇洵、蘇轍（zhé）父子。歐陽修以琴一張、棋一局、酒一壺、書一萬卷、金石逸文一千卷、老翁一個，自號「六一居士」。他嗜酒成性，又號醉翁。為官時他識才愛才，蘇軾、蘇轍、曾鞏均由其選拔。他的《與梅聖俞書》中云：「讀軾書，不覺汗出，快哉快哉！老夫當避路，放他出一頭地也。」於是便有「出人頭地」的成語流傳。

歐陽修晚年隱居穎州，以那裡的西湖為對象，一氣10首，從輕舟短棹、春深雨過、畫船載酒、群芳過後、清明上巳、荷花開後、天容水色、殘霞夕照以及何人解賞、平生為愛等10方面寫盡了「西湖好」。（同一詞牌連寫多首詩詞，叫做**定格連章**，歐陽修除《採桑子》十首之外，還有《玉堂春》20多首，而《漁家傲》從正月寫到十二月。馮延巳的14首《鵲踏枝》也是定格連章）。

陳寅恪說：「歐陽修工於靜景，《採桑子》十首可謂其晚年一大力作」。而第四首《群芳過後西湖好》一詞，最為著力，「是《採桑子》十首的縮影」。現選兩首試解：

歐陽修《採桑子·之四》

群芳過後西湖好，狼籍殘紅，飛絮濛濛。垂柳闌幹盡日風。
笙歌散盡遊人去，始覺春空。垂下簾櫳，雙燕歸來細雨中。

此詞只用白描，不重修飾，疏淡輕快，清幽靜謐。「狼籍殘紅」是敗象。「闌幹」是橫斜交錯。「始覺」是頓悟，顯示惜春、戀春的複雜心境。「垂下簾櫳」是窗前景象，也有人物的動態。最後兩句，有一說為「寫室內，是兩句倒裝」，我覺是人在窗前的觀望，是人生自嘆。

陳寅恪說此詞「寫出了西湖的寧靜與暢適心態，心景相通」。我覺得還「好」在超常——面對衰殘景象，不是惋惜傷感，反而滋生安寧靜謐（mì），在敗景中仍然恬淡心安，表露了曠達胸懷。

近人劉永濟《詞論》云：小令尤以結語取重，必通首蓄意、蓄勢，於結句得之，自然有神韻。如永叔《採桑子》前結「垂柳闌幹盡日風」，後結「雙燕歸來細雨中」，神味至永，蓋芳歇紅殘，人去春空，皆喧極歸寂之語，而此二句則至寂之境，一路說來，便覺至寂之中，真味無窮，辭意高絕。

歐陽修《採桑子‧之十》

平生為愛西湖好，來擁朱輪。富貴浮雲，俯仰流年二十春。
歸來恰似遼東鶴，城郭人民，觸目皆新，誰識當年舊主人？

「朱輪」是紅色車輛，長官專用。「富貴浮雲」，是語典，出自杜甫《丹青引贈曹霸將軍》：「丹青不知老將至，富貴於我如浮雲」。「遼東鶴」是事典，出自《搜神後記》：「丁令威，本遼東人，學道於靈虛山。後化鶴歸遼，集城門華表柱。時有少年，舉弓欲射之。鶴乃飛，徘徊空中而言曰：『有鳥有鳥丁令威，去家千年今始歸。城郭如故人民非，何不學仙塚（zhǒng）壘壘。』遂高上沖天。」

弄明白語典事典之後，讀本詞便覺清新質樸、自然流暢，清疏雋（jùn）朗。上半片憶昔時逝，有大跨度的時空，喟嘆光陰如箭，往事依稀；下半片重逢思舊，寫故地重遊，物是人非，世事滄桑。傷感、悵惘與悲涼之情油然而生。從審美角度品味，境界高遠，意蘊深厚，言外之意就是：功名利祿都是過眼煙雲，只有回歸自然，才是美好的人生之道。

　　馮煦（Xu）的《蒿庵論詞》說：「歐陽文忠詞與晏元獻同出南唐，而深致則過之。疏雋開子瞻，深婉開少游。」突出歐陽修承上啟下的作用。馮煦又說「馮正中詞，晏同叔得其俊，歐陽永叔得其深。」可是讀了上舉兩人之例，能說晏不「深」，歐陽不「俊」嗎？我覺得實在難分伯仲。晏歐都是有感情有理智。晏對情感有所節制、反省與掌握，中庸不激，平和圓融；歐陽修則相對隨意發揮，盡興而歌，曠達飛揚。但他們的恬淡、寧靜，同樣都師承於馮延巳的長處，對人生的透徹感悟，則更進一步。

　　柳永，本名柳三變，也叫柳七、屯田⋯⋯出身其實是望族，祖父、父親、5個叔叔、2個哥哥都有科舉功名，都是宦官。唯他青少時沒有身分地位，可能是養尊處優，成了官二代的紈絝子弟。
　　柳性格浪漫，有音樂才能，喜歡歌舞，他在《戚氏》中道：「帝裡風光好，當年少日，暮宴朝歡。況有狂朋怪侶，遇當歌，對酒競留連」。遊手好閒者，自是仕途蹭蹬，他到47歲才中進士，官至屯田員外郎。以前考不上，似乎還曾走晏殊的後門，表示與晏一樣也擅詞。但晏說我哪有你「針線慵拈伴伊坐」這樣鄙俗的用語？柳只好告退，卻道「幸有意中人，堪尋訪」，「忍把浮名，換了淺斟低唱」。知道被仁宗皇帝嘲笑了，索性宣稱自己「奉旨填詞」。仕途慘澹，他於是從事流行歌曲的創作。塞翁失馬安知非福，他因此名聲廣傳，不但在宋國，連周邊的西夏，也是「凡有井水飲處，即能歌柳詞。」（葉夢得語）
　　古人對柳詞有批有贊，幾為兩極。
　　批者如：宋王灼《碧雞漫志》：「唯是淺近卑俗，自成一體，不知書者尤好之。予嘗以比都下富兒，雖脫村野，而聲態可憎。」劉熙載《藝概》：「⋯⋯好為俳體（詼諧、通俗），詞多媟黷。」

（xiè dú亦作「媟瀆」「媟嬻」：褻狎；輕慢）

贊者如：清宋翔鳳《樂府餘論》：「柳詞曲折委婉，而中具深淪之氣，雖多飛詞俚詞，而高處足冠恒流。」清鄭文焯《大鶴山人詞論》：「屯田，北宋名家，其高深處不減清真。長調尤能以沉雄之魄，清勁之氣，寫奇麗之情，作揮棹之聲。」宋趙令時《侯鯖（zhēng，qīng）錄》：「東坡云：世言柳耆卿曲俗，非也，如《八聲甘州》『漸霜風淒緊，關河冷落，殘照當樓』，此語於詩句不減唐人高處。」

事實上，柳詞無論在形式或者內容方面，都有新的貢獻。形式上，發揮鋪陳，多寫慢聲長調。這需要配合複雜的音樂變化，一般文人不肯為，也未必能為。柳永性格浪漫，也知音律，偏為之；內容方面，則轉換角度寫男女別情，將寫女子閨中離情，換作男子外遊別緒，把場景引向高遠物景，廣闊天地，且寫進了謀生的艱苦與發憤追尋的落空。使「春女愁怨」變為「秋士感喟」。境界提高了。

試賞蘇軾贊為「不減唐人高處」的一首。

柳永《八聲甘州》

對瀟瀟暮雨灑江天，一番洗清秋。漸霜風淒緊，關河冷落，殘照當樓。是處紅衰翠減，苒苒（rǎn）物華休。唯有長江水，無語東流。

不忍登高臨遠，望故鄉渺邈（miǎo miǎo），歸思難收。嘆年來蹤跡，何事苦淹留？想佳人，妝樓顒（yóng）望，誤幾回、天際識歸舟。爭知我，倚欄杆處，正恁（nèn同你一樣）凝愁！

　　這詞特點之一是領字多，計有7個：「對」「漸」「望」「嘆」「想」「誤」「爭」，讀時需略作停頓。「苒苒」形容草木茂盛。「殘照」是衰殘景象的映照，而非殘陽之照。「當」即「對」是門當戶對之當。「無語」是默默，引申又解為無情。選詞造句的指向十分明確、一致：「倚闌幹」與「對」、「當樓」、「登高臨遠」、「望」、「嘆」、「想」等等，都有密切的關聯，前後交相輝映，整體結構嚴謹。

　　讀罷可知，這詞以男人的角度，抒寫深秋羈旅之苦與相思之愁。上片寫景為主，也蘊含情致。鏡頭遊動：先自大處落筆，寫江天暮雨、淒緊霜風、冷落關河，後收回到樓前近景，最後視野又轉向遠景。「惟有長江水，無語東流」不但體現無限惆悵與悲傷，更能表達短暫與永恆、常變與不變關係的自然規律，寄託宇宙人生哲理思索。這也是古人詩詞中常用景象。下片主要言情，同時帶出景來。「不忍登高」的「不忍」，還交代出三重原因：一是遙望故鄉，會觸發「難收歸思」；二是羈旅萍蹤，深憾遠遊淹留；三是憐惜「佳人凝望」，相思太苦。深層還有言外之意，便是暗示科舉不第，落拓江湖，年華已老，生命空耗的悲哀。整首看，語言通俗，手法白描，分層鋪敘，婉轉曲折，情景交織，富含哲理，頗有李煜「恰似一江春水向東流」的意味。

　　王國維的《鵲橋仙》有句「人間事事不堪憑，但除卻無憑兩字」，意思相同，表現手法不同，王屬推理說明（邏輯思維），柳為形象表達（形象思維）。

　　鄭文焯《與人論詞遺箚》道：「柳詞本以柔婉見長，此詞卻以沉雄之魄，清勁之氣，寫奇麗之情。」就是說，他將志士悲慨與兒女柔情結合起來，體現剛柔相濟的藝術美。

　　以小詞表現開闊博大氣象，五代的後主僅暗露端倪，柳永才真

正高遠。蘇東坡也受到啟發，所以會說柳永的《八聲甘州》「此語於詩句不減唐人高處」。

（四）蘇軾與秦觀（蘇1037-1101；秦1049-1100）

蘇軾少柳永45歲，少歐陽修30歲。蘇少年時熟讀《後漢書・範滂傳》與《莊子》。范滂是東漢時官，因抑制豪強，受黨錮之禍而死，以範為楷模，使蘇軾立志修身養性，奮發圖強，後來遇事便有主見，對新黨舊黨都不盲從，因而生出「烏台詩案」，屢遭貶逐；《莊子》使他涵養操守，能自我保全。因此可以說，儒道二家最美好的教導，都讓他融入自身品格與修養，從而造就其曠達超遠又守定不移的操守。蘇詞繼承後主、柳永的抒發情感，但他逸懷浩氣，捨棄李煜之消沉苦痛與柳之纏綿悱惻，開創更加宏闊博大氣象，將詞由專寫兒女之情，詩化為「言志」的黃鐘大呂。

馮煦《蒿庵論詞》讚道：「歐陽文忠詞與晏元獻同出南唐，而深致則過之，疏雋開子瞻，深婉開少遊。」王灼《碧雞漫志》云：「東坡先生非心醉於音律者，偶爾作歌，指出向上一路，新天下耳目，弄筆者始知自振。」胡寅《酒邊詞・序》：「眉山蘇氏，一洗綺（qǐ）羅香澤之態，擺脫綢繆宛轉之度，使人登高望遠，舉首高歌，而逸懷浩氣，超然乎塵垢之外。於是《花間》為皂隸，而柳氏為輿台矣。」（皂隸與快班，是衙門差役，合稱皂快：古時人分十等，輿第六台第十，均為低級人員）

也有唱反調的，如陳師道《後山詩話》：「退之以文為詩，子瞻以詩為詞，如教坊雷大使之舞，雖極天下之工，要非本色。」李清照強調音樂要素，在《詞論》指出東坡詞「皆句讀不葺（qì修補）之詩爾，又往往不協音律。」

周濟有偏愛，在《介存齋論詞雜著》說：「人賞東坡粗豪，吾

賞東坡韶秀。韶（清麗）秀是東坡佳處，粗豪則病也。」近人夏敬觀與周濟同觀，《映（xuè、jué）庵手批東坡詞》道：「東坡詞如春花散空，不著跡象；使柳枝歌之，正如天風海浪之曲。眾多幽咽怨斷之音，此其上乘也！若夫激昂排宕（dàng）、不可一世之概……乃第二乘也。」

各說各的理，莫衷一是，還是具體欣賞看看吧。

蘇東坡《八聲甘州‧寄參寥子》

有情風萬里卷潮來，無情送潮歸。問錢塘江上，西興浦口，幾度斜暉？不用思量今古，俯仰昔人非。誰似東坡老，白首忘機。

記取西湖西畔，正春山好處，空翠煙霏。算詩人相得，如我與君稀。約他年、東還海道，願謝公雅志莫相違。西州路，不應回首，為我沾衣。

「西興」是地名，在錢塘江之南，現叫西陵。「俯仰」，低頭舉首。王羲之《蘭亭集序》有云：「向之所欣，俯仰之間，已為陳跡」，形容時間短促。「忘機」是忘卻了機詐、鑽營之心。《莊子‧天地篇》云：「有機械者必有機事，有機事者必有機心。」李白詩：「我醉君複樂，陶然共忘機」。「約他年」與「西州路」各三句同用一典。對重臣謝安，《晉書‧謝安傳》記曰：「安雖受朝寄，然東山之志，始末不渝。」（雖受朝廷的任命，但還想當隱士的願望始終不變。寄是寄望，任用；東山，非「再起」之東山）。「西州」是古建業城門之名。晉宋時，建業為揚州刺史州治所，因為治事在城西，故稱西州。謝安出鎮廣陵病危還京，經過西州門時，曾唱嘆夙願未償。而羊曇是「素為謝安所重」的外甥。謝安是

過西州門後病死的，羊曇因而「輟樂彌年，行不由西州路」，體現甥舅之間的深摯感情。

這詞寫贈參寥子。參是北宋錢塘精通佛典且工詩的詩僧道潛。陳師道稱他為「釋門之表，士林之秀，而詩苑之英也。」蘇軾贊他「詩句清絕，與林逋上下，而了通道義，令人見之蕭然。」把他與「梅妻鶴子」的林逋平齊。參寥小東坡7歲，但互為詩友，且交往特厚。蘇軾政治失意時，參寥每予真心的慰藉與支持。如蘇軾任徐州知州，參寥就專程從余杭前去拜訪。蘇軾被貶黃州，他又千里奔赴，追隨他數年。蘇軾做杭州太守時，也為參寥選擇寺廟，常相訪談賞遊。後來蘇軾貶謫嶺南惠州，參寥還想往訪。蘇軾的反對派甚至「摭（zhí 摘取）其詩語，謂有刺譏諷」，勒令參寥還俗。這首詞，就是蘇軾由杭州太守，應召回京為翰林學士時寫贈參寥的。

朋友是錢塘人，他們結交在杭州，因此選擇錢塘江與西湖，是抓准了典型環境，上片寫江口看潮連遐想，下片寫西湖舊遊抒友情，都是情景交融。錢塘江口的潮來潮歸，日升日沉乃自然現象，古今相同，但一添上風之有情與無情，聚散離合的人世滄桑之感便油然而出。以「白首忘機」作結，又可聯想到政壇上的顛簸與不願糾結的自豪與自慰；寫西湖的春山煙霏，是勾起同遊的往事，表露情誼的真摯與稀罕。引用謝安的典故十分得當，首先蘇大參7歲，以謝安、羊曇的關係作比，等級相當。再是事蹟動人，蘇的不重功名利祿與謝的嚮往出世相通，而羊對謝雖是甥舅之情，卻幾達「問世間情為何物，直教生死相許」的程度。因而以此比喻二人的深厚友情，令人蕩氣迴腸。而在平實言詞表達人生空漠時，氣勢恢宏，超逸曠遠，又顯示開朗、樂觀與勉勵的精神，毫無頹唐、消極之感。

金人元好問在《遺山文集》中說：「自東坡一出，情性之外，不知有文字。」晚清鄭文焯《大鶴山人詞話》評：「突兀雪山，卷

地而來，真似錢塘江上看潮時，添得此老胸中數萬甲兵，是何氣象
雄且傑！妙在無一字豪宕，無一語險怪，又出以閒逸感喟之情，所
謂骨重神寒，不食人間煙火氣者。詞境至此，觀止矣！雲錦成章，
天衣無縫，是作從至情流出，不假熨貼之工。」

蘇軾《定風波》

三月三日沙湖道中遇雨，雨具先去，同行皆狼狽，餘不
覺。已而遂晴，故作此。

莫聽穿林打葉聲，何妨吟嘯且徐行。竹杖芒鞋輕勝馬，
誰怕？一蓑煙雨任平生。

料峭春風吹酒醒，微冷。山頭斜照卻相迎。回首向來蕭
瑟處，歸去。也無風雨也無晴。

這寫的是一次與同伴山行遇雨的經歷，與《念奴嬌·赤壁懷
古》的大主題相比，真是小事一樁。但寫得情趣滿滿，詩意盎然。
上片先寫冒雨行走的臨場情況，並發出坦然無畏的感受。「吟嘯」
是隨意吟唱吹口哨。「穿」「打」「徐」用字得力、形象。「風雨」
是雙關語，既指大自然的風雨，又暗喻政治風雨與人生榮辱得失。

下片寫雨後情景，表露釋然無阻的情懷。「歸去，也無風雨也
無晴」是對天氣變化的頓悟，表達寵辱不驚的超然情懷，屬點睛
之筆。

這詞是在烏台詩案後被貶黃州（今湖北黃岡）期間所作的，寫
的是一件小事，竹杖、芒鞋、蓑衣全是身邊物，卻成了好道具。因
為他開拓了內心的奧妙，注入豪邁的基因，從而反映出曠達樂觀，
喜悅豪邁的胸襟，以及搏擊風雨、笑傲人生的勇氣和氣概。實屬大
手筆！

陳師道說「子瞻以詩為詞⋯⋯要非本色」似無道理。李清照說詞「別是一家」，蘇寫的不能算，那是框死詞的概念，限制詞的發展。其實蘇東坡奮力「詩化」是一大突破，在詞的發展上大提一臺階，理應得到充分的肯定！

秦觀，號淮海居士，少年豪俊有大志，36歲中進士，但性格軟弱，因受黨爭牽連，貶謫雷州，以為生還無望，還為自己寫了「挽聯」。未料次年遇赦，大喜過望，卻一笑而卒。

秦觀是婉約派一代詞宗，與黃庭堅、晁補之、張耒（lěi）號稱為「蘇門四學士」。蘇軾贊他「有屈、宋之才」。

馮煦《蒿庵論詞》：「少遊詞寄慨身世，閑雅有情思，酒邊花下，一往而深，而怨悱不亂，悄悄乎得小雅之遺。後主而後，一人而已。他人之詞，詞才也。少遊詞心也。得之於內，不可以傳」。

很多人都寫兒女之情，張惠言說溫庭筠有屈子《離騷》的聯想，，韋莊有故國之思，馮延巳、晏殊、歐陽修等性格、經歷、學養不同，也各有寄意。秦少遊寫的是柔婉幽微的感受，只表達敏銳感覺，不加寄託，不談理想，不過後期政壇受挫後，也有「寄慨身世」之作。

秦觀《浣溪沙》

漠漠輕寒上小樓，曉陰無賴似窮秋。淡煙流水畫屏幽。

自在飛花輕似夢，無邊絲雨細如愁。寶簾閒掛小銀鉤。

秦觀的《淮海詞》計收47首，此小令被譽為「壓卷之作」。詞以「輕描淡寫」的筆法，融情入景，渾然一體。乍看是寫景，細品卻在人，是寫閨中女子的淡淡愁緒與茫茫孤寂。展現眼前是一幅雙

眉微顰、臨窗悵望的仕女圖。沒有故事、語碼,也不道修養與抱負,只有感覺的流露。但詩句含蓄,有廣闊的品味空間。如首句的「上小樓」,即可作兩種理解:從語序軸看,「上」的是「輕寒」,而在聯想軸上卻分明是女士。因而「漠漠」便有不同的意思了。

「漠漠」查有四解:1.寂靜無聲,如「漠漠門長掩」;2.密布,如「雲漠漠,風瑟瑟」3.迷蒙,如「天漠漠,雨漠漠,秋天漠漠向昏黑」;4.迷茫,如「掩耳而聽者,聽漠漠而以為恟恟(xiōng 喧嚷的聲音)。」如果上的是輕寒,漠漠應為1.是悄無聲息。如果是人,則應為4.,是迷茫。對「無賴」,有人解為「詞人厭惡之語」,欠妥,當為百無聊賴的縮寫,也有無奈的意思在。再如第三句,看似近場,寫室內的屏風畫景,可是何嘗不是幽比屏畫之遠景?連接上下片的「自在」「無邊」兩句對仗與「閒掛」窗簾的隨意性,聯想就更加豐富了。「自在飛花輕似夢,無邊絲雨細如愁」是副工對、美對,語句輕柔、自然,以細雨絲、飛花比喻愁緒,意象清晰、巧妙、突出,其妙在舉具體入抽象,狀情於景。秦觀另一首《減字木蘭花》有句「欲見回腸,斷盡金爐小篆香」,與此正相反,是化不見為可見,二者殊途同歸,異曲同工。

秦觀《踏莎行·郴州旅舍》

霧失樓臺,月迷津渡,桃源望斷無尋處。可堪孤館閉春寒,杜鵑聲裡斜陽暮。

驛寄梅花,魚傳尺素,砌成此恨無重數。郴江幸自繞郴山,為誰流下瀟湘去。

這是秦觀被貶謫郴州途中抒寫的羈旅愁情之作。

上片出現四個地方和兩個時段。地方是樓臺、津渡、桃源、旅

館；時間是當下與往日。按合理的邏輯分析，可知前三句是想像或回憶的景象，後兩句才是現實場景。如此開篇的好處，首先是渲染一種朦朧迷離的氛圍，為營造全詩淒婉意境打下基石。其次可能還有所暗示，比如「樓臺」是美好建築物，「津渡」是出發的起始點開闊地，桃源自然更是勝景聖地，可是連下三個否定詞——「失」「迷」「無」之後，原貌全沒啦，是否托意為美好的追求已告失敗呢？因之接下來是困閉在春寒孤館，暮聽杜鵑的啼血。所以說，頭兩三句是「因情造景，景為情設」，形成了渺茫、悵惘的情感境界。下片也是先追憶後感嘆，以陸凱《贈範曄》「折梅逢驛使，寄與隴頭人。江南無所有，聊寄一枝春」與樂府詩「客從遠方來，遺我雙鯉魚。呼兒烹鯉魚，中有尺素書」兩個語典，訴說別離思念之深之切，尤其一個「砌」字，使「此恨」猶如磚石般沉重。（恨是憾，恨一般有明確對象，憾較盲目，且多少含有自己的惜誤）。最後兩句反問：郴水你源自郴山，為誰、因何要流向瀟湘去？據說蘇軾很欣賞這兩句，秦觀死後，懷念時還特別寫到扇上，並嘆「少遊已矣，雖萬人何贖（挽回）。」可是王國維卻嘰之曰：「東坡賞其後二語，猶為皮相」。其實提問雖似無理，但顯得痛苦、悲傷更加深沉，恰如唐朝戴敘倫《湘南即事》詩：「沅湘日夜東流去，不為愁人住少時」，屈原的《天問》，也是類似的究詰。「無理之語」正是「至情之辭」。因此有人說王國維不懂，自己才真「皮相」。然而王國維在總體上還是很欣賞秦觀的。他說「少遊詞境最為淒婉，至『可堪孤館閉春寒，杜鵑聲裡斜陽暮』則變而為淒厲矣。」。

　　此詞新穎細膩、委婉含蓄，抒發了被貶難言之悲，以寫實、象徵相結合的手法營造淒迷幽怨意境，是北宋婉約派的突出代表。清人張炎說：「秦少遊詞體制淡雅，氣骨不衰，清麗中不斷意脈，咀嚼無滓（zǐ），久而知味。」（《詞源》）

（五）周邦彥、李清照、陸游、辛棄疾（周1056-1121；李1084-
　　　1155；陸1125-1210；辛1140-1207）

　　周邦彥，字美成，號清真居士。周年輕時曾想脫穎而出，28歲
寫篇萬言《汴都賦》，被神宗皇帝欣賞，由太學生立變太學正（領
導），但因賦中有頌新法，神宗死後，年幼的哲宗繼位，高太后主
政打壓舊黨，周也被貶出京。太皇太后死，哲宗長大掌權，複用新
黨，周被召回，可是這時周已經銳氣全失，不求進取，「人望之如
木雞」。

　　周很有音樂才能，喜歡將高難度的曲調混編一起，如《玲瓏四
犯》、《六醜》，故需推敲、安排。其詞作受此影響，於是繼承了
柳永的鋪敘手法而又有所發展。周詞特點是安排思索為主，使詞的
結構回環曲折，嚴密整齊。他善於化用前人詩句，語言精美，聲調
和諧，音律諧婉，成為婉約詞的集大成者，創出新的法門，開「格
律詞派」先河。所以是一位結北開南的人物，影響、養育了姜夔與
吳文英、王沂孫等一代詞人。然而周邦彥又是宮廷詞人，受身分限
制，在題材方面較狹窄單薄，主要寫戀情、離愁和詠物。周既沒有
蘇軾的博大胸懷，也少了柳永的市民情趣。王國維說他「創調之才
多，創意之才少」。

　　在情景處理的手法上，前人多為直觸感應，是即景抒情，周則
回省斟酌，想景敘懷。周詞之景是心中物，而非眼前事。比如同是
寫長調，柳是平順直寫，暢抒其懷，周則轉折跳接，製造傳奇。王
國維嫌周詞「晦澀、不通，不易懂」，而俞平白說「清真詞平寫處
與屯田無異，至矯變處自開境界，其擇言之雅，造句之妙，非屯田
所及也。」（《清真詞釋》）

　　吳文英、王沂孫師從周邦彥，同樣以思力取勝，但周詞裡有故

事情節，吳、王只寫感覺。

周邦彥《夜飛鵲・別情》

河橋送人處，良夜何其（jī）。斜月遠墮（duò）餘輝。銅盤燭淚已流盡，霏霏涼露沾衣。相將散離會，探風前津鼓，樹杪參旗。華驄會意，縱揚鞭、亦自行遲。迢遞路回清野，人語漸無聞，空帶愁歸。何意重經前地，遺鈿（diàn）不見，斜徑都迷。兔葵燕麥，向殘陽、欲與人齊。但徘徊班草，欷歔酹酒，極望天西。

　　讀周詞，先得掃清詞語障礙，再摸索他的思路，否則難以讀通。

　　良夜何其：良夜到了什麼時分。《詩》「夜如何其」。「良」通涼，「其」平聲，為助詞，無實義；銅盤燭淚：杜牧詩「蠟燭有心還惜別，替人垂淚到天明」，李商隱詩「春蠶到死絲方盡，蠟炬成灰淚始乾」；離會：離別前的餞行聚會；津鼓：渡口更鼓；樹杪（miǎo）參（cēn）旗：樹梢與星辰，秋初黎明前現於東的獵戶星座；驄：青白雜毛之馬；遺鈿：《史記・滑稽列傳》宴中女子「前有墮珥（ér），後有遺簪」；兔葵燕麥：野葵和野麥。劉禹錫《再遊玄都觀》詩序「惟兔葵燕麥，動搖於春風耳」；班草：撥草鋪開。「班荊道故」典出《左傳》：伍舉和聲子在鄭國野外相遇，鋪開荊條，坐而食談，回顧楚事。

　　這首詞清真自度，詞牌首創，馳騁隨意。題示的中心是「別情」。

　　手法用重疊倒敘。上片追敘送客，下片鋪敘歸來，寓情於事，寓情於景，各盡其妙。沒有淚垂沾衣的模式，卻有欲罷不忍的愁慮。詞中暗示三個時間段：一是夜宴送別（單看是記當前事，從整

首看應屬往事）；二是別後返程（現在、以往兩可）；三是故地重
訪（點明是真正的現在）。餞別離會是從晚上直到拂曉；重遊則在
傍晚時分。兔葵燕麥，殘陽迷徑，時空轉換。只有讀到了「何意重
經前地，遺鈿不見，斜徑都迷」時，才恍然而知前面寫的都是回
憶。所以故地重經，是結構上巧妙安排的大轉折，將敘述的層次分
清伸展，過渡合理，整體渾然。清朝陳洵《海綃說詞》指出：「河
橋」句是「逆入」，「前地」句是「平出」。「逆」即逆敘以往，
「平」即平敘當前。描寫角度的變更帶出時空變幻的靈動。語言運
用頓挫起伏，細膩沉著，也頗有亮點，如「涼露沾衣」，暗示終夜
相守無眠，「探風前津鼓」是為必爭分秒的惜時而探，「華驄行
遲」，是假馬傳意，馬猶如此，人何以堪。處處表露離情的深切、
沉重。梁啟超特別讚嘆：「『兔葵燕麥』二語，與柳屯田之『曉風殘
月』，可稱送別詞中雙絕，皆熔情入景也。」（《藝蘅館詞選》）

　　總之，周邦彥不同於溫韋後主晏歐等的自然感發，他綜合北宋
優點，形成自己的特色，一是思索安排，二是時空跳接，三是含蓄
托意。並以此打開南宋詞人的門道，影響一班婉約派詞人。他們的
詞作還有個相同的傳統，是將政治觀念結合到男女愛情上。對這首
詞，電腦裡有一說：「詞中所詠別情還參雜著政治上的不得志。先
是對個人的身世沉浮哀嘆，而又變為對民眾苦難的關心，但卻愛莫
能助，因為自己馬上就要離家了」。如此解讀，我品不出來。不過
周邦彥另一首《蘭陵王・柳陰直》，傳說是他與名妓李師師相好，
宋徽宗吃醋，把他趕出京城後寫的。周自稱「京華倦客」，「沉思
前事，似夢裡，淚暗滴」，是很像的。

　　李清照，字易安，望族大家出身，內外祖父都是宰相，父親
進士，名作家，為蘇軾文友。李18歲與金石家趙明誠結婚，45歲喪

夫，後改嫁張汝舟，因雙方誤判而結合（李以為張是正人君子，張以為李是富婆，後發現全不對路），李又告了丈夫買官，不久就離婚。

李清照前期生活安定優裕，無憂無慮，其詞熱情活潑，明快天真。婚後趙明誠為官離家，李便多寫離別相思的閨閣情感。金兵入侵，宋室南渡後，夫死、書畫被盜、金石古卷散佚（yì），國破家亡，顛沛流離，暮年飄零，其經歷使感情基調轉為纏綿淒苦，悲愴沉鬱。因此詞風前期委婉含蓄，後期孤寂淒苦。

人將李清照列入婉約派。她少周邦彥28歲，當然也受這位兼長音樂與詞作的全能家的影響。李詞特點也是音律和諧，善於白描，刻畫細膩，形象生動，比喻貼切。她用典妥貼，尤善疊字、疊句和對句，喜以淺白之字和尋常之語入詞，顯得淺近自然。她主張詞須尚文雅，協音律，典重故實，將婉約詞派推向了新的高峰。雖也提出詞乃「別是一家」，但自己也是位好詩人。《夏日絕句》「生當作人傑，死亦為鬼雄。至今思項羽，不肯過江東」，雖是諷刺趙明誠因有人叛亂縋城逃跑而寫的，但引述項羽故事，俱深厚歷史感，氣魄宏大，人稱其為「女丈夫」。

朱熹說：「本朝婦人能文者，惟魏夫人及李易安二人而已。」

魏夫人，姓魏名玩，北宋女詞人，丈夫曾布是曾鞏之弟，進士出身，在兄推薦之下，曾布得王安石重用，參與變法，還與徽宗有過「密約」關係，官至右僕射，其妻魏氏因封魯國夫人。但曾布薄情，為官後，魏被長期撩在江西老家。在呂惠卿、章惇、蔡京先後當政期間，曾布又多次被貶謫，妻子跟著受苦。因此魏詞多寫離情別緒與淒苦悲涼，與李清照很相像。其早期詩如：「溪山掩映斜陽裡，樓臺影動斜陽起；隔岸兩三家，玉牆紅杏花。綠楊堤下路，早晚溪邊去；三見柳綿飛，離人猶未歸。」說離別整三年，鄰居的紅

杏都出牆啦，你還不回來。（南宋葉紹翁的「春色滿園關不住，一枝紅杏出牆來」，可能就從魏詩點化過來的。可是曾布吃著碗裡的，還望著鍋裡，竟將住在杭州的朱淑貞（不幸嫁了個不中用的俗吏），接到京城，一起歌宴享樂，關係曖昧。朱有詩為證：「占盡京華第一春，輕歌妙舞實超群。」這是關連的小故事，再回主題。

明楊慎《詞品》評道：「宋人中填詞，李易安亦稱冠絕。使在衣冠，當與秦七（觀）、黃九（庭堅）爭雄，不獨雄於閨閣也。」鄭振鐸稱：「李清照是宋代最偉大的一位女詩人，也是中國文學史上最偉大的一位女詩人……像她那樣的詞，在意境一方面，在風格一方面，都可以說是前無古人後無來者。」「後無來者」是過頭話，不過看到目前，還算八九不離十。

元伊士珍《琅嬛記》有如下一段故事：「易安以重陽《醉花陰》詞函致趙明誠。明誠嘆賞，自愧弗逮，務欲勝之。一切謝客，忌食忘寢者三日夜，得十五闋，雜易安作以示友人陸德夫。德夫玩之再三，曰：『只三句絕佳』。明誠詰之。答曰：『莫道不消魂，簾卷西風，人比黃花瘦。』正易安作也。」

陸德夫眼尖，我們試欣賞此詞吧。

李清照《醉花陰‧重陽》
薄霧濃雲愁永晝，瑞腦消金獸。佳節又重陽，玉枕紗廚，半夜涼初透。

東籬把酒黃昏後，有暗香盈袖。莫道不消魂，簾卷西風，人比黃花瘦。

「瑞腦」是種香料，即龍腦。「金獸」是獸形銅香爐。「玉枕」是白色的瓷枕頭。「消魂」是走神，惆悵空虛。

　　這詞寫的全是身心的感受，重在營造心境。選辭造句指向明確、集中，全在一個「愁」字。上片正寫，薄霧濃雲遮天罩心，白天長愁，夜裡涼透。下片倒敘，菊圃把酒黃昏獨酌，孤苦走神，人衰遠怨。詞寫的菊花，藏而不露，見不到一個「菊」字，可是菊之色、香以及形態俱現眼前。當然這是由於語符蘊含豐富的聯想因素，讀者必須知道歐陽修「采菊東籬下，悠然見南山」的語典，否則對這樣若隱若現的轉折，便會少卻一層思考與品味可能。

　　末尾三句，被陸德夫一眼看中，為什麼？好在哪？他沒說。我以為妙在比喻乖巧，設想奇特。黃昏、黃花都是「曖昧」語符，其蘊含的辭義，積極與消極同在，令人聯想豐富。如「黃」字，可是飛黃騰達，黃袍加身，也可為面黃肌瘦，黃泉路遠。在不同的語境中，顯示不同的意義。如「簾卷西風」中的黃昏後，消魂的人眼裡黃花，心中愁緒，自然都是瘦的，因而更覺自己的瘦弱。正與老杜在「國破山河在」的處境中，「感時花濺淚，恨別鳥驚心」一樣，合乎情理，撩人心弦！

　　李清照善用疊字也是非常特別的，《聲聲慢》的「尋尋覓覓，冷冷清清，淒淒慘慘戚戚……梧桐更兼細雨，到黃昏、點點滴滴。」宋人張瑞義《貴耳集》上說「俱無斧鑿痕」，如「公孫大娘舞劍手，本朝非無能詞之士」。清人沈曾植認為李詞「墮情者醉其芳馨，飛想者賞其神駿」。我是俗人，雖都喜歡，似側愛芳馨。

　　陸游，字放翁（1125-1210）名門望族之後。高祖陸軫（zhěn）是進士，祖父陸佃，官至尚書右丞，父親陸宰，北宋末年出仕，南渡後，因主張抗金受主和派排擠，居家不仕；陸游的母親唐氏是北宋宰相唐介的孫女。

　　陸生在兩宋之交，少時家教愛國，28歲科舉，主考官評為第

一，名壓秦檜之孫秦塤。秦檜大怒，主考官降職，陸不第。次年再
試，秦檜索性指名，令考官不得錄取。等到秦檜死後，陸33歲才初
入仕途，37歲宋孝宗賜進士出身。但由於堅持抗金，屢遭主和派排
斥。46歲應王炎之邀投身軍旅至王回京，在大散關抗金8個月。宋
光宗繼位後，升為禮部郎中兼實錄院檢討官，不久即因主抗，以
「嘲詠風月」之罪罷官，回歸居故里越州山陰，77歲奉宋寧宗之詔
入京，主持編修孝宗、光宗《兩朝實錄》和《三朝史》，官至寶章
閣待制。書成後，陸遊長期蟄（zhé）居山陰至逝，享年85歲，留
下的絕筆是詩《示兒》「死去元知萬事空，但悲不見九州同。王師
北定中原日，家祭無忘告乃翁」。死後還會掛念愛國！

陸遊一生筆耕不輟，詩詞文俱有很高成就，其詩語言平易曉
暢、章法整飭謹嚴，兼具李白的雄奇奔放與杜甫的沉鬱悲涼，尤
以飽含愛國熱情，對後世影響深遠。陸游亦有史才，所著《南唐
書》，史料價值很高。

陸遊性格倔強，主張抗金，愛提建議，主和派攻擊他「頹
放」、「狂放」，他便自號「放翁」，受主和派彈劾，被以「嘲詠風
月」罷官，他又自題住宅為「風月軒」。真是個開頂風船的角色！

陸游《卜算子・詠梅》

驛外斷橋邊，寂寞開無主。已是黃昏獨自愁，更著風和雨。
無意苦爭春，一任群芳妒。零落成泥碾作塵，只有香如故。

北宋的周敦頤《愛蓮說》：「水陸草木之花，可愛者甚繁。晉
陶淵明獨愛菊，自李唐來，世人甚愛牡丹。予獨愛蓮之出淤泥而不
染，濯（zhuó）清漣而不妖……」陸游愛梅。他的「詠梅」詞，也
是以梅自喻，詠物寓志，表達自己孤高雅潔的志趣。詞的重點是渲

染惡劣的處境，以反襯堅強、清高、雅致的品格。這詞設置的環境是：一、邊緣。頭兩句是離群索居，無人訪問，斷橋更屬敗像；二、黃昏。含黯淡、孤單與惆悵；三、偏偏又遇風雨；四、放花季節雖避開了春天，但仍躲不開群芳嫉妒；五、花落委地，還遭碾壓，粉身粹骨。真是難關重重！

　　寫景詩詞，情景交融應是通則，常用的手法是比喻，即把喜樂哀怨悲愁憤恨諸種情緒，比作這個，比作那個，再用環境、時光和自然現象加以烘托。但這詞深入一步，立即將梅整體人格化、性格化了。以梅為人，一落筆便處之於孤寂惡劣的社會環境之中。首句寫景，次句道情，情景兼顧了。接下來連續展示五道難關，以種種不平與不幸加身考驗，雖縱然嚴峻如此，她仍然「香如故」！其頑強、倔強、堅持的個性完全凸現出來。「零落成泥碾作塵」七字，在語序軸上也顯示四層頓挫：第一層「零落」，是受風雨摧殘的結果。第二層「成泥」，參入水土之後，花形花色都消失了。第三層遭「碾」，既點出淒慘的境遇，又暗示摧殘者的殘忍。第四層化作「塵」，是梅花的最後結局。真是雪上加霜，慘痛之至。然而詞尾輕轉，點出一句「只有香如故」，即柳暗花明，一切不幸遭遇，全變成鋪墊與陪襯，使無奈中的高標逸致突出顯現。所謂「滄海橫流方顯英雄本色」就是這樣。如果聯繫上陸遊屢遭主和派的排斥，便知他詠梅，其實就是詠自己。晚清況周頤《蕙風詞話》說：「詞有淡遠取神，只描取景物，而神致自在言外，此為高手。」

　　毛澤東「反其意」也寫一首同牌同題的詞：「風雨送春歸，飛雪迎春到。已是懸崖百丈冰，猶有花枝俏。俏也不爭春，只把春來報。待到山花爛漫時，她在叢中笑。」據「右派」作家鐵流說，這詞是寫贈電影演員上官雲珠的。1957年7月，毛視察反右運動抵達上海。柯慶施讓張春橋帶了上官見毛，於是相識了。上官在紅太陽

光輝照耀之下，躲過反右一劫。1961年11月，上官以瘦金體抄下陸遊的《詠梅》寄毛。毛便回贈這一首。因為有真情流露吧，這詞寫得確實不錯。可是文革中，江青妒性發展成獸性，設法大整上官。上官終於1968年11月，被迫跳樓自殺。

有人說毛寫的《詠梅》是「偷情之詩」。多數人卻讀成歌頌革命者無私奮鬥的昂揚之作。到底是誰對？詞該如何理解？我覺得還是晚清詞學大師譚獻說得對：「作者之用心未必然，而讀者之用心未必不然」！公理婆理，講得通的都成道理。聽誰的，任由讀者自己決斷。

辛棄疾，字幼安（1140-1207）宋室南遷後13年，辛生於淪陷區。他22歲自組反金義勇軍，再率隊加入耿京部。當他奉耿之命南下溝通宋廷時，聞知義勇軍裡張安國背叛，並殺了耿京。辛便率50騎勇闖金營，捕捉叛徒張，直押宋地正法（辛詩「壯歲旌旗擁萬夫，錦襜（chān短的便衣）突騎渡江初」就說的此事）。宋廷委辛以江陰簽判。可是主和派在宋廷占上風，辛南歸40多年，並不受重用（前10年，上過「九議」「十論」，後20年剿寇平亂，建「湖南飛虎軍」、加強海防），一生被彈劾七次，罷官「休息」前後近20年。晚年歸隱鉛山，以詞抒懷，「一腔忠憤，無處發洩」，「自詭放浪林泉，從老農學稼」，終成一代詞宗。辛被第三次被起用時，已年逾花甲，但仍在收復故國願望支配之下，又派人北上偵察敵情，因此再次被彈劾，又坐冷板凳。後來朝廷也曾再想起用，但他堅決推辭了，68時病逝。據說他壯志未酬，臨終時還大呼「殺賊！殺賊！」所謂賊者，主要應指金軍，也可能包括庸君與佞臣。

現存辛詞共626首，是流傳下來宋詞最多的一家。題材廣闊，風格多樣，以豪放為主，善於用典，也善於白描，開拓疆域。《四

庫全書提要·稼軒詞提要》云：「趨勢莊、騷、經、史，無一點斧鑿痕，筆力甚峭。」《潔山堂詞話》認為「用事最多，然圓轉流麗，不為事所使，稱是妙手」（查電腦，《潔山堂詞話》的作者竟有一姓三名：陳建、陳霞、陳霆，而《潔山堂詞話》的文本也沒查到，不過讚譽很清楚，故下載之）周濟《宋四家詞選目錄序論》最為推崇，云：「稼軒斂雄心，抗高調，變溫婉，成悲涼」……好話還很多，如「幼安之佳處，在有性情，有境界」，說他以「英雄之才、忠義之心、剛大之氣」寫詞，具有強烈的個性氣質與遠大的政治抱負，稱辛詞「色笑如花，肝腸似火」，是宋詞的第一高峰。近人鄭振鐸稱李清照詞的意境、風格是「前無古人後無來者」，無視辛棄疾，顯然過頭了。

但也有人嫌辛棄疾的詞缺乏具體形象，過於議論化、散文化，堆砌典故也過多，像掉入書袋。元朝莆田人陳謨在《懷古錄》就說：「東坡為詞詩，稼軒為詞論。」認為蘇辛兩人把詞體寫歪了。這也是一家之言。

辛棄疾《水龍吟》

舉頭西北浮雲，倚天萬里須長劍。人言此地，夜深長見，鬥牛光焰。我覺山高，潭空水冷，月明星淡。待燃犀下看，憑欄卻怕，風雷怒，魚龍慘。

峽束蒼江對起，過危樓，欲飛還斂。元龍老矣！不妨高臥，冰壺涼簞。千古興亡，百年悲笑，一時登覽。問何人又卸，片帆沙岸，系斜陽纜？

用典多，還得先注釋。「長劍」：《晉書·張華傳》說，太守張華與雷煥發現北斗星與牛郎星有紫氣，雷斷定對應的豐城有寶

貝。張遂委雷為豐城縣令去找。雷掘地得龍泉、太阿二劍。一送張華，一自留之。張辨識劍為幹將，問莫邪何在？不久張被害，幹將也遺失。雷煥死後，其子雷華攜莫邪劍過延平津，劍躍溪中，合幹將化龍而去。「危樓」：建溪與富屯溪在延平的匯合之處（閩江頭）的亭樓，古稱雙溪樓，解放後為明翠閣（七十年代初，看東方紅衛星時還在），後因拓路已毀。「燃犀」：《晉書・溫嶠傳》載溫嶠至牛渚磯，世云其下多怪物，嶠遂毀犀角而照之。見水族覆火，奇形異狀。嶠夜夢人曰：「與君幽明道別，何意相照也？」。嶠齒疾拔之，因中風而卒；「元龍高臥」：《三國志・呂布傳》載，伏波將軍陳登字元龍，功及呂布。許汜（si）往訪，陳「久不相與語，自上大床臥，使客臥下床」。劉備說：「君有國士之名，今天下大亂，望君憂國忘家，有救世之意，而君求田問舍，言無可采」，所以元龍不理睬，換是我呀，「欲臥百尺樓上，臥君於地，何但上下床之間邪？」

　　這詞我覺得有三特點：其一是線索清晰，脈絡井然。共有三層轉接：（1）頭兩句是第一層，點出當時形勢與願望。「西北浮雲」是故鄉淪陷。「寶劍」，既作自況，兼指抗戰人民；（2）從「人言此地」到上片結尾是第二層，「風雷怒，魚龍慘」表示抗戰受阻，困難重重；（3）下片開頭至「一時登覽」是第三層。因無從出力，故徒嘆無奈；特點之二，是以小見大，由近而遠，暢抒胸懷大志；手提劍輕，但作為曾是陣前抗敵的戰士，辛有特別的感情。長劍倚天，與「醉裡挑燈看劍，夢回吹角連營」一樣，小道具配上小動作，情感、氣勢與胸襟全都出來了。特點之三，是暗喻貫篇，對比強烈。詞中有兩組暗喻：「西北浮雲」、「風雷怒，魚龍慘」、「峽束蒼江對起」等，是暗指敵人與主和派得勢囂張，而「長劍」、「過危樓，欲飛還斂」、「元龍老矣」等暗喻自己與主

戰派的奮鬥與失敗。矛盾的雙方同生存，共糾纏，組成一詞，嚴謹、結實、完美。描述在結構上的前後對比，則是透露作者對危機局勢的憂慮與只能麻木靜觀的無奈。所以有人說，這詞有「雄奇的畫面、悲壯的聲響、飛動的景物、光怪陸離的神話傳奇」，場景廣闊，鬥志英勇，雄渾豪放。

辛棄疾《賀新郎・別茂嘉十二弟》

綠樹聽鵜鴂，更那堪、鷓鴣聲住，杜鵑聲切。啼到春歸無尋處，苦恨芳菲都歇。算未抵、人間離別。馬上琵琶關塞黑。更長門翠輦辭金闕。看燕燕，送歸妾。

將軍百戰身名裂。向河梁、回頭萬里，故人長絕。易水蕭蕭西風冷，滿座衣冠似雪。正壯士、悲歌未徹。啼鳥還知如許恨，料不啼清淚長啼血。誰共我，醉明月？

此詞形體結構如同橄欖，兩頭尖，中間肥。尖的兩頭，是描述綠樹三鳥與別情感嘆。三鳥，一是鵜鴂即伯勞。《離騷》云：「恐鵜鴂之先鳴兮，使夫百草為之不芳」；二是鷓鴣，鳴聲淒切，聽來如喊「行不得也哥哥」；三是杜鵑即子規，其聲哀婉，似嘆「不如歸去」。戰國時蜀王杜宇失國，死後稱望帝，魂化杜鵑，常常悲鳴。春已盡，芳菲歇，而三鳥之悲猶不及人事。什麼人事？就是中間羅列的五個歷史典故：昭君出塞遠嫁大漠、阿嬌失寵長門孤閉、媯妃子亡莊后惜別、蘇武榮歸李陵愧辭、荊軻赴死白衣眾送（具體講：阿嬌是漢武帝劉徹的表姐，初極受寵，幸藏金屋，失寵後卻棄之於長門；皇妃戴媯生子名完，「美而無子」的莊姜皇后視為己出。莊公死後完繼君位，卻被作亂的州籲所殺。戴妃只好逃離衛國，莊后惜之，作悲歌「燕燕」送行；李陵本為漢之驍（xiāo）

將，後惜降匈奴。蘇武持節牧羊十九載，終得返漢。李陵河梁送別
蘇武，悲愧交集；荊軻往刺秦王，料必赴死，衛國眾官易水送別，
盡著白衣）……典故塞得滿滿當當，鼓鼓囊囊的，都是憾別驚心的
古人故事，「正壯士、悲歌未徹」，三鳥若知人事，料必「不啼清
淚長啼血」。如今十三弟你走了，有誰可與我月下共醉？胡適於是
說：「（辛棄疾）是詞中的第一大家。他的才氣縱橫，見解超脫，
情感濃摯。」（《詞選》）。王國維也說：「稼軒《賀新郎》詞
送茂嘉十二弟，章法絕妙。且語語有境界，此能品而幾於神者。然
非有意為之，故後人不能學也。」「語語有境界」，大概是靠典故
的支持，為什麼「後人不能學」呢？王國維沒說，我的理解是，由
於辛棄疾熟讀國學，經典了然，融之於心，對優良傳統身體力行，
隨手拈來皆骨肉血淚，若無這樣雄厚的學識與報國實踐，東施效顰
終究只是拉郎配。謝枋得《祭辛稼軒先生墓記》云：「公有英雄之
才，忠義之心，剛大之氣，所學皆聖賢之事……使公生於藝祖、太
宗時，必旬日取宰相……公沒，西北忠義始絕望。」藝祖，指才藝
文德的祖先，是太祖或高祖的通稱；太宗是北宋第二位皇帝趙光
義。陳廷焯《白雨齋詞話》云：「辛稼軒，詞中之龍也」，「有吞
吐八荒之概」，說此詞「沉鬱蒼涼，跳躍動盪，古今無此筆力。」
古人的給力評價，可以認同。

辛棄疾《西江月・夜行黃沙道中》

　　明月別枝驚鵲，清風半夜鳴蟬。稻花香裡說豐年，聽取
蛙聲一片。

　　七八個星天外，兩三點雨山前。舊時茅店社林邊，路轉
溪橋忽見。

這詞吟詠田園風光，表達喜悅心情。題材是些常見景物，語言白描，不加雕飾，用典隱蔽，不留痕跡，順序敘述，平淡自然，情感淳厚，情趣盎然，展現恬靜之美，境界閒適，有別於豪邁的風格。我覺得有四個特點比較突出：

其一是取材平常，安排巧妙。入詞的素材是月、鵲、蟬、稻、蛙、星、雨、店、林、溪、橋……都是些可見可近可親之物，在農村幾乎隨處都有。用的是實物形象，組合安排卻有內在的邏輯順序：月之明光驚醒鳥鵲，鵲跳枝搖帶出蟬鳴，稻花香，蛙聲大，農人門前喜說豐收年。有雲片遮起，天外尚留稀星，山前剛滴小雨，作者依然不緊不慢，按部就班地散步，轉過社林茅店，小橋溪流忽現眼前。

「夜行」步中，以眼耳鼻的視聽嗅三覺，把山村夜景之幽美全都享受了。寫來生動逼真，恬靜自然，是鄉村生活的真實寫照。辛棄疾遭貶，住在江西上饒計15年，對那裡的農村生活場景、人情物理都非常熟悉，自己也胸懷坦蕩，不因坐了冷板凳而憂愁，有如此達觀精神，才能捕捉生活的寧靜、恬淡與美好。敘事雖然平常，但構思確有心計，如夏夜的鵲躍、蟬噪，是以動寫靜，鬧中得寧，與「蟬噪林逾靜，鳥鳴山更幽」手法相同。這詞的題目叫《夜行黃沙道中》，可是前面六句都在寫景，到最後兩句才有夜行人動態。不過這尾兩句卻返照前面，令讀者悟出前面所寫，原來是一路觀察的事物。先鋪陳藏蓄，後點破機關，以結尾收束全篇，實有畫龍點睛之妙。

其二是語言樸實，意蘊深沉。許多人說，此詞通首「沒用一個典故」。如果指的是事典，不錯，但語典還是有的，只是用到不留痕跡。讀者知不知道典之出處，並不礙於閱讀欣賞。比如首句的「明月驚鵲」，曹操的《短歌行》早有「月明星稀，烏鵲南飛。

繞樹三匝，無枝可依」，大他3歲的蘇軾，在《杭州牡丹》裡也有「月明驚鵲未安枝」。對「別枝」二字的解釋，眾說紛紜。有以「別」為「離別」的，說鵲驚而飛去，或說月亮別了樹枝下沉了；有以「別」為「別樣」的，說鵲跳是到另外一枝，或說鵲歇宿在樹的「遠枝」、「斜伸之枝」。到底是什麼呢？細看詞的頭兩句是對偶式，若從形式上考慮，「別枝」對「半夜」，「別」當解為形容詞，所以指「另外一枝」可能性更大些，而且從鳥的生活習性看，其歇宿處，通常也是選擇枝葉較疏的「遠枝」「禿枝」的，因為這才能使雙翅搧動時，免於受阻與碰擊。「驚鵲」與「鳴蟬」用得也妙，不但平仄相對，也回避音響重疊的堆砌之嫌。鵲之驚而跳到別枝，已將鳴叫包涵其間了。對最後兩句「舊時茅店社林邊，路轉溪橋忽見」，電腦上的解釋一邊倒，認為是「倒裝句」，還說「路轉」與「忽見」的搭配，既表現為了急跑躲雨，突然發現「茅店」的歡欣喜悅，又暗示來時因沉浸在稻花香、蛙聲鳴之中而暫忘了「舊時」早知的此處「茅店」。但我以為作平常語序的「正裝句」來讀，似更合理，且別有情趣。如果這樣，「舊時茅店」就不是詞人曾經看到的記憶物，而是指建築時間的較久的舊跡。詞人也不是跑到溪橋轉時忽見茅店，而是過了茅店才忽見溪橋的。詞的題目是「夜行」而非「夜跑」「夜奔」。他也沒必要急著跑步躲雨。蘇東坡遇雨是「莫聽穿林打葉聲，何妨吟嘯且徐行」，同樣豪放曠達的辛棄疾，才遇「兩三點雨」，恐怕不會跑吧，何況是在夏夜，即使淋雨，還可當是沖涼呢。更重要的是，這詞的境界是寧靜、恬淡，而跑且躲的氛圍，與之落差太大，太不協調啦。

其三是對仗精巧，音節奇特。「七八個星天外，兩三點雨山前」是副對仗，數字、詞性、平仄都很工整。所展現的意象也十分開闊、清爽。閱之如臨其境，心曠神怡，同受其情。音節排列更

顯奇特。看別人的《西江月》，斷句音節大多為二－二－二式或三－三式，這一首的這一聯，卻是四－二式，即讀時應在「星」與「雨」處停頓，讀來有點表演「三句半」的韻味。

其四是寫景融情，情罩村民。詞人敘寫當然是自我感受，但也反映村莊的歡樂與祥和的景象。「稻花香裡說豐年，聽取蛙聲一片」，是誰在「說豐年」？有人指為青蛙，還是「倒裝句」，借物擬人的聯想，是作者從「蛙聲」裡意會出來的。這當然不無道理，不過不如說是村民夜話，似更合情合理。須知夏日的江南鄉村，炎熱過後的傍晚，坐在門口、曬埕上納涼閒談，是常見的事。這些村民是沒出場的幕後人物，詞以「藏筆」暗示。詞人邊走邊聽，點頭招呼，親切和諧，在鵲叫、蛙鳴、花香、人語之中，同感喜悅。他寫的是夏夜之景，表現自己的歡欣舒暢，怡然自得，同時又傳達出廣大村民豐收在望的幸福感受。

藝術創作貴在創意，以在典型環境刻畫典型事物，營造動人意境。典型不重多少大小，而重有無廣博的代表性和豐富的暗示性。這首詞，選在夏天風清月夜，捕捉鵲跳、蟬鳴、蛙鼓與飄香的稻花，寫出心中感慨與江南鄉間的一派景象。實為大家手筆。

劉克莊《辛稼軒集·序》云：「公所作大聲鞺鞳（tāng gé 大鼓聲），小聲鏗鍧（kēng hōng 鐘鼓齊鳴），橫絕六合，掃空萬古。其穠纖綿密者，直不在小晏秦郎之下。」

辛棄疾與蘇東坡同為豪放派，有「蘇辛」並舉之譽。但他們仍有區別：蘇開拓內心奧妙，注入豪邁基因，「一洗綺羅香澤之態」，最先在詞牌下注題目，如《念奴嬌·赤壁懷古》，奮力「詩化」；辛乃「剪紅刻翠之外，別樹一幟」，書寫襟懷意志，幾近完美。蘇有儒家用世意志與道家曠達襟懷，雖政治上失意，但詞作仍曠達豪邁，逸懷浩氣；辛直書生活，表達生命，正面抒懷，寫出理

想與操守，以生命書寫，並用生活實踐之。他更接近屈原、陶潛、杜甫與陸遊。

（六）姜夔（1155~1221）吳文英（約1200~1260）王沂孫（約 1232~1306年間）

姜夔，字白石，出生於破落官宦之家，其父原為進士、縣知，但早死。姜14歲即依靠姐姐，少年孤貧，流浪江湖，靠賣字與友人資助為生，在合肥與一對歌伎姐妹相好，成為情侶。姜曾4次回鄉參加科舉考試，均未第，但他多才多藝，精通音律，擅詞，先得到福建閩清人進士蕭德藻賞識，並嫁以姪女，經蕭介紹，又與楊萬里成忘年之交。楊再推薦給退休宰相范成大，成範門客。他應範請作《暗香》、《疏影》，獲贈小紅。39歲到杭州，又得世家公子張鑒賞識與資助，甚至欲為之買官，但姜羞於此道入仕，婉言謝絕。45歲時，向朝廷獻《聖宋鐃（náo）歌鼓吹十二章》，得許破格到禮部參加進士考試，可惜仍舊落選，自此布衣終身。張鑒死後，姜生活艱難，67歲去世時，靠朋友吳潛等人捐資，方得勉強下葬。

姜夔對詩詞、散文、書法、音樂，無不精擅，被譽為「繼蘇軾之後又一藝術全才」。他善於自度詞曲，格律嚴謹，用字精當，素以空靈含蓄著稱。姜在范成大、張鑒家當門客，實際上是寄人籬下。如到範家寫詞，自序就說：「辛亥之冬，予載雪詣石湖。止既月，授簡索句，且征新聲，作此兩曲。石湖把玩不已，使工妓隸習之，音節諧婉，乃名之曰《暗香》、《疏影》。」在範家一住一個多月，還得贈小紅。所以才有後來的「自琢新詞韻最嬌，小紅低唱我吹簫，曲終過盡松陵路，回首煙波十四橋。」可惜結識范成大太遲，是在范晚年退居石湖的事（範拜參知政事僅兩月即遭劾罷），所以未趕上仕途提攜的機會。

姜夔《疏影》

　　苔枝綴玉，有翠禽小小，枝上同宿。客裡相逢，籬角黃昏，無言自倚修竹。昭君不慣胡沙遠，但暗憶、江南江北。想佩環、月夜歸來，化作此花幽獨。

　　猶記深宮舊事，那人正睡裡，飛近蛾綠。莫似東風，不管盈盈，早與安排金屋。還教一片隨波去，又卻怨玉龍哀曲。等恁時、重覓幽香，已入小窗橫幅。

　　此詞也是大量用典，以五美堆砌而成。這些典故與梅，有的明顯有關，有的則風馬牛不相及，但作者靠內心想像、思力安排，靈活調度，連成有機的一體。真幻相映，出神入化，使美女們的不同傳說，均成為梅之形神的多側面寫照。

　　作者入筆，先面對的真實境像，大體如：老梅「苔枝」、白花「綴玉」、地點在「籬角」、背景是「傍竹」、形象「幽獨」、花落「隨波」等等，摻進豐富的文史資料後，聯想、點化、選擇，再以準確、清麗的語言符號鋪敘成章。所選用的五典五美是：（1）羅浮夢裡的白衣仙女（以「翠禽」示。《類說‧異人錄》載，隋代趙師雄遊羅浮山，夜夢與素衣女對酌，綠衣童子歌舞助興。趙醒，發現躺於梅花樹下，上有翠鳥歡鳴。人稱「羅浮夢」）、（2）杜詩中獨倚修竹的佳人（杜甫《佳人》「絕代有佳人……日暮倚修竹。」）、（3）和番遠嫁的王昭君、（4）額現梅花妝的壽陽公主（「那人」指壽陽公主。《太平御覽》載：南朝宋武帝女壽陽公主日臥於含章殿簷下。梅花落其額，留為五朵花形，拂之不去。宮女競效，遂成「梅花妝」。蛾綠：指眉毛。）與（5）被漢武帝雪藏的姑表姐妹陳阿嬌。

　　上片寫梅之豔雅幽姿與高貴品格。開頭三句同在一典，但句句

有暗示：綴玉表香嫩白花、翠禽是綠色小鳥，同宿是一起處於夢中。眼前的梅，於是與羅浮夢女融為一體。似花非花，似人非人，典雅清秀，恍惚迷離。「客裡」三句，由籬角逢梅，想起杜詩裡的竹下佳人，雖其寂寂無言，觀者卻也喜在心間。不由暗自猜想：奇梅如此，莫非「昭君」魂化而成？於是引出「江南江北」「胡沙」「不慣」以至「月夜」「魂」歸「佩環」叮嚀等等所構成的淒美幽深幻境。下片頭三句，用壽陽公主和梅花妝，進一步狀寫梅之可人親切感，又能從落梅引發憐香惜玉之情，於是發願：當效劉徹藏嬌，莫遣東風無情。然而凋零的趨勢畢竟無法避免，最後在孔融玉笛《梅花落》哀怨聲中，再無限悵惋、沉痛地將梅之倩影，定格在古詩的「小窗」上。「玉龍哀曲」與「小窗橫幅」也是語典：「玉笛」指孔融之笛，「哀曲」是《梅花落》。晚唐齊己曾以《早梅》求教於鄭谷，鄭指出詩中「前村深雪裡，昨夜數枝開」當改「一枝開」。宋人陳與義《和張矩臣水墨梅》詩：「自讀西湖處士詩，年年臨水看幽姿。晴窗畫出橫斜影，絕勝前村夜雪時。」「小窗」就是翻用陳與義的詩意。因此實際上全詞共用七典。

把梅花人格化，且性格突出，比通常的譬喻高出一層，因而結構筆法顯得格外奇特。五個典故，五位女性，包括了歷史人物、傳奇神話、文學形象；她們的身分地位各有不同，有神靈、有鬼魂，有富貴、有寒素，有得寵、有失意；在敘述描寫上時空交錯，靈活跳躍，繁簡結合，輕重配置，銜接與轉換尤其緊密貼切。

吳文英，號望窗，一生未第，遊幕終身，先後為浙東安撫使吳潛及嗣榮王趙與芮（ruì）門下客。吳潛曾兩度入相，吳文英做潛12年幕僚。後吳潛為賈似道誣陷，被劾貶謫，卒於謫所。賈似道被列入《宋史‧奸臣傳》，而吳潛與賈仍保持較深關係，還寫《金盞

子‧賦秋壑西湖小築》等詞捧賈，因而人品遭議。

吳文英的《夢窗詞》傳存三百餘首，在南宋詞人中僅次於辛棄疾。吳詞寫戀情，「綿綿長恨」，哀豔動人，寫山河，凋敝荒涼，一派衰相，也有涉及國運時勢，傷戚宋室、隱諷偷安、痛悼忠良，在慨嘆人世滄桑時融入家國之痛，有「詞中李商隱」美譽。

吳文英的詞，有兩種截然相反的觀點：張炎《詞源》貶夢窗詞「質實」，有別於姜夔「清空」，說「如七寶樓臺，眩人眼目，碎拆下來，不成片段。」王國維嫌得更絕，《人間詞話》云：「夢窗之詞，吾得取其詞中一語以評之，曰：『映夢窗，凌亂碧』」。陳廷焯則反駁，《白雨齋詞話》說：「若夢窗詞，合觀通篇，顧多警策。即分摘數語，每自入妙，何嘗不成片段邪？」到底如何？該信誰言？試作具體分析：

吳文英《齊天樂‧與馮深居登禹陵》

三千年事殘鴉外，無言倦憑秋樹。逝水移川，高陵變谷，那識當時神禹。幽雲怪雨，翠萍濕空梁，夜深飛去。雁起青天，數行書似舊藏處。

寂寥西窗久坐，故人慳會遇，同翦燈語。積蘚殘碑，零圭斷璧，重拂人間塵土。霜紅罷舞。漫山色青青，霧朝煙暮。岸鎖春船，畫旗喧賽鼓。

讀吳文英的詞，先要弄清時間、地點，再梳理表達的順序意思，否則會一頭霧水。

這詞上半片是白天登臨觀感，中間插一段傳說故事的聯想。如果用括號將「幽雲怪雨」三句括起來，就清楚頭尾只寫一天的工夫。「殘鴉」是稀疏、零散的烏鴉。首句場面空曠、寥遠。置「三

千年事」於殘鴉之外，顯得古遠荒茫，寂寥蒼涼，意緒含蘊豐富。杜牧《登樂遊原》詩云：「長空淡淡孤鳥沒，萬古銷沉向此中」意思相近。「無言」「那識」，是感慨無限，啥也不想說，就疲憊地靠在秋季樹幹上。高處眺望，看大地變遷，想起大禹治水的豐功偉績，如在殘鴉天外，早被湮沒於歷史的長河，誰還能記得當時盛況？不過紀念還是有的，如家鄉紹興會稽，就建了禹王廟，還流傳飛龍鬥惡的故事（萍即萍，是水草。「濕空梁」是說會稽築禹廟時，洪水將鄞縣大梅山頂的楠木沖下，被作為廟梁。張僧繇（yáo）畫龍於其上。風雨夜，畫龍飛入鏡湖鬥惡龍，鬥完飛回，沾帶水草，故濕）。「雁起青天」，是又回到現實，且從雁飛成字，想起禹治水畢，藏書於東南城外一十五裡的石匱山的傳說，禹王治水的功績畢竟如檔案收藏了。

下半片事發的時間，有夜晚有白天，日接日，年複年，時間跨度很大，無法精准算定。「霜紅」，只秋天才有，就是登臨的現在，「春船」，當然在春時，是往昔還是未來？都可以，而「山色青青，霧朝煙暮」，那是循環變幻的自然景觀，一天又一天，一年又一年的規律常態。「慳」是小氣、吝惜。所以「慳會遇」，是說一段時期以來，好友多離少聚，也許會聚只一兩次至多三五次吧。所以下面談說「殘碑圭璧」，殘碑是窆（biǎn墓室）石。圭璧是祭祀玉器，方頭為圭，圓形是璧。「人間塵土」，是現在的也有歷史的，這些可能都是與友共話的喟嘆，也可能是自己琢磨的感慨。春船、畫旗、賽鼓全是祭祀夏禹賽神會的道具，所以最後寫到春來的迎神賽會，在說明後人畢竟保留著對禹王的崇敬與嚮往美好生活的期待。「畫旗喧賽鼓」，「喧」字用得好，把喧鬧夾在旗鼓之間，一下活化了賽神會的盛況。

此詞寫秋日登陵感懷，基調是淒涼寥落，結尾以春日賽會反

襯，像是留條「光明的尾巴」，也可能在暗示自然節序推移與塵世
寂寥喧騰的永存規律。

吳的藝術思維方式，一改通常的思維習慣，將實景化為虛幻，
虛無化為實有，營造如夢如幻的藝術境界。結構上是打破時空變化
順序，跳躍接駁，隨意捏合，濃縮場景，疊映情境，顯得撲朔迷
離。吳的語言運用，特色之一是愛用僻字，如「荓」即「萍」。他
偏棄俗用僻，可能一因《楚辭・天問》有「荓號起雨」，字取自古
籍，是為淵博高雅；二是製造稀奇，為「幽雲怪雨」預作伏筆，
希望渲染渺茫懷古、恍惚幽怪的意境。語言運用方面，用超出常
規與邏輯慣例組字成句，尤其喜用偏正詞組，語言富於修飾性、
情緒化。如以「幽」狀「雲」，用「怪」寫「雨」；以「霧」飾
「朝」，用「煙」描「暮」，讀來會生出形象飽滿、聯想奇妙的
感覺。

然而對這樣獨特的藝術風格，評價褒貶不一。褒美者說「求詞
於吾宋者，前有清真，後有夢窗」（尹煥《夢窗詞敘》）；「夢窗
立意高，取徑遠……若其虛實並到之作，雖清真不過也」「夢窗
奇思壯采，騰天潛淵，返南宋之清泚（zhǐ，水中小洲），為北宋
之穠（nóng，豔麗）摯」（周濟《宋四家詞選・序論》）；況周頤
《蕙風詞話》云：「夢窗密處，能令無數麗字，一一生動飛舞，如
萬花為春」，又說「夢窗與蘇辛二公，實殊流而同源」；蔣兆蘭
《詞說》謂夢窗詞「英思壯采，綿麗沉警」。由於吳詞有虛實互
換，如夢如幻，時空雜湊，場景濃縮。跳躍失常，結構暗連，詞境
模糊多義等的特點，吳梅在《樂府指迷箋釋序》裡甚至稱之為「吳
氏家法」……；貶之者，張炎最有代表性。他說「如七寶樓臺，眩
人眼目，碎拆下來，不成片段。」近人也多有認為他雕琢太過、堆
砌晦澀，格調不高等等。

在發揮詞的感發力方面，周邦彥結北開南，而吳文英則由南追北，把周邦彥的時空跳接用得更加晦澀，敏感修辭用得更加嫻熟。

王沂孫，號碧山、中仙（生卒不詳，生活在宋末元初，享年四、五十歲）元兵入會稽時，楊連真伽掘宋帝六陵尋寶，吊屍倒汞。王沂孫等隨同唐珏收骸複葬。元朝至元年間，王任慶元路學正（官學中的老師或行政人員。元朝國子監以下的路、州、縣學官稱學正）。身處宋末的吳文英、王沂孫等一班詞人，心灰意冷，入元以後作品，情緒尤為低沉，放棄關懷社會題材，轉對內心省視，吟唱大量詠物詞，集而為《樂府遺補》，被稱亡國哀音。

王沂孫雖為元朝小官（科級學正），但仍懷故國情思，將國之盛衰滄桑與己之無奈與淒涼相融合，賦之於詞，其詠物之詞，為宋末最多，也最精巧。清陳廷焯《白雨齋詞話》云：「詠物詞至碧山，可謂空絕千古，然亦身世之感使然，後人不能強求也。」戲曲家吳梅說：「大抵碧山之詞，皆發於忠愛之忱，無刻意爭奇之意，而人自莫及。論詞品之高，南宋諸公，當以花外（《碧山樂府》又稱《花外集》）為巨擘（pì 礴）焉。其詠物諸篇，固是君國之憂，時時寄託，卻無一犯複，字字貼切故也。」

可是也有人認為，王詞缺點在於用意過深，又好用典使事，作品往往流於晦澀，有傷真率自然之美。而情調低沉，缺乏思想深度和力度，則是與他同期格律派詞人的通病。

王沂孫《天香‧龍涎香》

孤嶠蟠煙，層濤蛻月，驪宮夜采鉛水。汎遠槎（chá）風，夢深薇露，化作斷魂心字。紅甆（cí）候火，還乍識、冰環玉指。一縷縈簾翠影，依稀海天雲氣。

　　　　幾回㡧嬌半醉。剪春燈、夜寒花碎。更好故溪飛雪、小
窗深閉。荀令如今頓老，總忘卻、樽前舊風味。謾惜餘熏，
空篝素被。

　　嶠：尖而高的山，此指大礁石，傳說下為龍窩；蟠：縈繞、曲
折、回旋，表指煙狀，兼示龍居；蛻月：水面月光閃爍，如蛇蛻
殼。；驪：黑色，黑龍即驪龍；鉛水：驪龍口水。魏文帝拆遷漢立
銅人時，李賀詩嘆「憶君清淚如鉛水」；薇露：薔薇水。周時，
「昆明國獻薔薇露……以灑衣，衣蔽香不滅。」；心字：心形篆
香；紅甆（ci同瓷）：紅釉瓷香爐；冰環玉指：1、香形；2、燒香
女之手；㡧（tì）：慵倦、困頓；花碎：燈花剪渣。王維「春窗曙
滅九微火，九微片片飛花渣」；荀令：三國曹魏尚書令荀彧，嗜
香。《襄陽記》所載云：「荀令君至人家坐幕，三日香氣不歇。」
李商隱「橋南荀令過，十里送衣香」；謾：徒然。（另二義：
（1）mán，欺騙、蒙蔽。（2）màn，輕慢、沒禮貌。）；篝：熏
香的竹缽籠（閩南語「火篝」）

　　即使弄清上面這些字詞的意思，乍讀之下，仍感語言好似東一
句西一句，互不搭界。但探索其「思索安排」，可知此詞是借詠龍
涎香，托寄遺民亡國之痛。上片寫龍涎的產地、採集，與成品香的
製作、焚點的情景。下片是憶舊回味，借紅袖添香，小窗溫馨與爾
今衰老，明嘆往事之湮消，暗抒故國舊情懷。從聯想軸上考察不難
發現，上片的龍涎與下片的情緒，都有個「從哪來，回哪去」的心
潮暗湧的啟示。可謂語意潛隱，寄慨深沉，低回婉轉，悵惘無窮。

　　詞中時空無序跳接，一會兒現在，一會兒過去，一會兒現實，
一會兒夢境。遣詞用字，也是隨意組合，不怕違反常規。如「剪春
燈、夜寒花碎」，按平常說法應是「春夜寒、剪碎燈花」。作者在

語序軸上打亂，除了平仄樂韻的需要之外，恐怕也在刻意求奇。顯得晦澀難懂，都需要猜測、探索，才能理解。

從本詞可看到三個特點：一是舉事用典，渾化無痕。「鉛水」、「薇露」、「荀令」是三個典，前二個是暗示，後一個則明喻，用得很活；二是用字密麗，指向深切。「蟠」意是曲折、回旋，既指抹香鯨噴出的如煙水花，又示驪龍的盤踞地點；「蛻」，名詞動詞兼通，蛇退舊殼，將光的形象以其形之，就連上了龍鱗的蛻退。「蛻月」正是從驪宮、驪龍而想到月光去的。蟠蛻兩句互文工對，抓准了龍臥的特定環境。因此「蟠」與「蛻」指向明確，都扣緊題旨。「心字」原指成品龍涎香的形狀，而作者在「心字」之前又加「斷魂」二字，「心字」頓時化為「心魂」，在飄渺恍惚的煙霧中，使人遐想不禁。「一縷縈簾翠影，依稀海天雲氣」，是將場景再引回孤嶠波濤的大海去，就存有回歸故里的願望。三是格調淒婉，意境恬淡。周濟說：「碧山胸次恬淡，故黍離麥秀之感，只以唱嘆出之，無劍拔弩張習氣。」「黍離麥秀」出自《詩經》的「彼黍離離，彼稷（jì谷之長）之苗」與《箕子之歌》的「麥秀漸漸兮，禾黍油油」，都是慨嘆故國敗亡的詩句。說王沂孫恬淡，是他沒有坦然直抒感受，不同於辛棄疾的「壯歲旌旗擁萬夫」與屈原的問天怨地，也不同於李後主的「獨自莫憑欄，無限江山，別時容易見時難」。王沂孫怨痛在心底，不輕意道白。

清之周濟最贊思力為詞，說「碧山饜（yàn吃飽）心切理，言近旨遠，聲容調度，一一可循。」又說「詞以思筆為入門階陛，碧山思筆可謂雙絕。」「雙絕」是指內容情意與筆法安排。他編周邦彥、辛棄疾、吳文英與王沂孫《宋四家詞選》，在目錄敘論還捧說：「詠物最爭托意，隸事處以意貫串，深化無痕，碧山勝場也。」陳廷焯在《白雨齋詞話》中說：「王碧山詞品最高，味最

厚，意境最深，力量最重。感時傷世之言，而出以纏綿忠愛，詞中曹子建，杜子美也。詞人有此，庶幾無憾。」甚至把王沂孫的深厚詞味，與周邦彥的密麗技法、姜白石的高雅格調，合稱「詞壇三絕」。

如此高度評價，有無溢美之嫌呢？葉嘉瑩說，填詞如蓋房子，人家是順著「思力為詞」的路子走的，你不知道路在哪裡，怎能看到房子的美妙？她還說王國維不懂，所以不欣賞南宋的詞。我學力不逮，更喜歡淺顯的。

結語

從開篇到現在，走馬觀花，總算將詞的演進粗略瀏覽了一遍。詞評家葉嘉瑩說，詞是「弱德之美」。「弱德」就是弱勢群體堅守之德，是操守。王國維說過李後主是「天以百凶造就一詞人」。這是指政治處境的優劣而言的。如果從表現技巧與詞風界定，我想倒不如說成「陰柔之美」現成，正好與「陽剛之美」配對。

詞以境界為貴，自然因人而異。清陳廷焯在《白雨齋詞話》卷八這樣分：「白石，仙品也；東坡，神品也，亦仙品也；夢窗，逸品也；玉田，雋品也；稼軒，豪品也；然皆不離於正，故與溫、韋、周、秦、梅溪、碧山同一大雅，而無傲而不理之誚。」上列名號中，白石是姜夔。夢窗是吳文英。玉田是張炎，宋末元初詞人。梅溪是史達祖，南宋詞人。碧山當然是王沂孫。不過這段評述我仍覺得難解，遂請教了盧元、汪學善兩位老師。對於「品」，盧老師說是古人評價詩詞文的等級名稱。評者各人評價觀點並不相同，故只可聊備一說。陳廷焯的觀點，仙、神自是上品。其實，對姜白石的評價，有許多人並不贊同。而逸、雋、豪，只是不同的藝術風

格，並無高下之分；汪老師認為仙、神、逸乃按序排列，一層比一層高。逸是自然放逸，超出塵俗榮華。神則放逸靈明，不受塵寰俗規之束縛。仙為玄通不凡，雋是俊傑佳妙，豪則豪放氣壯。對於「正」，他倆均指為正宗、正道，也是不作靡靡之音之雅正。「離」是背離。全句意是，他們的詞都沒有背離詞學的正道，沒有高傲而不合正理之處，因而沒有被人譏誚為傲慢。

　　詩有通俗本《千家詩》。詞沒人編，浩如煙海，只能是豆腐青菜，各選所愛。也許由於我是農家人，且曾失正路的求學機會，因而既缺學識，又無大志。我最愛的詞是「明月別枝驚鵲」，最愛的詩是「床前明月光」，都是淺白、輕快、自然的東西。覺得深奧高雅的太費精神，望而生畏。因學力不逮，以上「浮潛」，多為資料堆疊，了無新意，僅供參考，不妥請指教。謝謝！

2016.5.18初稿，2016.7.28改定

詩詞畫照意境談

在悉尼古典文學論壇發言稿

　　西人以「一千個讀者就有一千個哈姆雷特」說莎氏的劇作。魯迅說「一部紅樓夢，經學家看見易，道學家看見淫，才子看見纏綿，革命家看見排滿，流言家看見宮闈秘事。」東方、西方都相似，盛讚經典作品的豐滿與偉大，也啟示讀者各作其解，各取所需的無可厚非。所以晚清詞評家譚獻說得對：「**作者之用心未必然，而讀者之用心未必不然。**」我很贊同。蘿蔔青菜，各有所愛，對藝術欣賞與學術研討，互相切磋，求同存異，無須強求一致。

　　「意境」是個大題目、老問題，今天斗膽妄議，是學習心得似有些新意，還可順便介紹一些似較鮮活的評論話語。不過我的自習總是生吞活剝，消化欠良，思辨也很幼稚，錯誤難免，請大家包容、批評、指正！

一、「境界意境」探源（概念何來？內容是啥？差別何在？）

　　王國維有段話：「嚴滄浪《詩話》謂：『盛唐諸人，唯在興趣。羚羊掛角，無跡可求。故其妙處，透徹玲瓏，不可湊泊。如空中之音、相中之色、水中之月、鏡中之象，言有盡而意無窮。』餘謂：北宋以前之詞，亦復如是。然滄浪所謂興趣，阮亭所謂神韻，猶不過道其面目，不若鄙人拈出『境界』二字，為探其本也。」他嫌宋時嚴羽的「興趣說」與清時王士禎的「神韻說」，太玄虛、表面化，不如自己「拈」的「境界」準確、根本，非常自負，但也誠

實，說的是「拈出」，沒說「發明」。

　　「境界」二字，王國維可能是從佛經「拈出」的。佛家有語「境界」，「境」為環境，「界」是邊界。佛經《俱舍論‧頌疏》說，「境界」是意識感知能力所接觸的世界，是「六根」（眼耳鼻舌身意）接觸「六塵」（色聲香味觸法──無形心法，指一切事物）後，意識活動所能達到的範圍。那麼「意境」就是作者「意識活動所能達到的範圍」。

　　王國維只說「境界」，我們現所說的「意境」，他並未點明。不過他在《人間詞話》的第六條有延伸，云：「境非獨謂景物也。喜怒哀樂，亦人心中之一境界。故能寫真景物，真感情者，謂之有境界。否則謂之無境界。」可知其延伸的「境界」，意同現在眾人用的「意境「，所以發明權還是理當歸他。

　　「意境」概念，現在已成判斷藝術品優劣的首要標準，被套進人文活動的各個領域，包括詩詞畫照音樂、舞蹈、戲劇、小說甚至體育、建築等等，幾成「萬能尺」。現代學界於是譽之為「具有劃時代的意義」的貢獻。然而「境界」、「意境」到底是什麼？王氏好像還是沒講清楚。或者說他將「景物」與「心境」分得太開。還是近代美學家宗白華說得更透徹，他說，「意境是造化與心源的合一」，是「客觀自然景象和主觀的生命情調的交融滲化」，簡而言之，是「外師造化，中得心源」的結果。

　　然而李清照在《詞論》中認為宋祁與張先「雖時時有妙語，而破碎何足名家」。可能是受了她的影響，現在有的學者便認為，《人間詞話》說「紅杏枝頭春意鬧」著一「鬧」字與「雲破月來花弄影」著一「弄」字，「而境界全出矣」，說明他說的「境界」，多為句摘，側重於志趣格調。其實這冤枉了王國維。《人間詞話》第一句就說了「詞以境界為最上。有境界則自成高格，自有名句。

五代北宋之詞所以獨絕者在此。」他肯定五代北宋的詞作，話裡同時不也包含著「先有境界才有名句，名句來自於境界」的意思？

《人間詞話》第八節進一步指出，境界有大小，不以是而分優劣。「細雨魚兒出，微風燕子斜」何遽不若「落日照大旗，馬鳴風蕭蕭」。「寶簾閒掛小銀鉤」何遽不若「霧失樓臺，月迷津渡」也。這是說，只要有境界，不管大小都是好的。不過我想，境界固然是個好東西，但還是有差別的。大小都好，不等於高低一樣。有美好，也有鄙俚。世人既然有君子小人之分，高尚低劣之別，作品的境界與對讀者的影響力自然不同。不過這已屬道德與政治範疇，另當別論。

二、「**形象思維**」**質疑**（舊概念誤導否？意境實質是什麼？）

現在用於文藝議論的指稱時，「邏輯思維」與「形象思維」已是一對雙峰並舉的概念，約定俗成，大家基本認可了。我卻總覺得值得討論。「形象思維」四個字，最早好像是胡秋原於1932年引自蘇聯普列漢諾夫的「形象的思索」。上世紀30年代，結構助詞的「的」「地」「得」還分不太清楚，原文如果是「形象地思索」，譯為「形象思維」就的欠精確。這是一；第二，從語式配置看並不相稱。「邏輯」就是「有序」，其相對應的是「凌亂」即無邏輯，而「形象」的對面是「抽象」。以「形象」對「邏輯」，不算「門當戶對」；其三，最不合理的是與「邏輯思維」並列起來，等於排斥了「形象思維」的邏輯需求。所謂「邏輯思維」，是指用概念、判斷、推理進行思考，其方法不外是運用「形式邏輯」「辯證邏輯」「悖論邏輯」等等，最簡單的說法就是以概念推斷「前提與結論的關係」。比如形式邏輯的因果關係，或者辯證邏輯的對立統一、否定之否定關係等等，是抽象的論證，但有時也不排除形象表

達；而任何成功的藝術品雖靠形象表達，卻都離不開邏輯思維，只是不光靠概念推理完成而已。古人強調寫詩講究「起承轉合」，這不是「邏輯關係」是什麼？我換種說法，是「意脈連貫」。所以說得準確、通俗一些，我想表述為：理論文章以抽象闡述為主體，而文藝作品則側重形象表達。二者同樣都離不開邏輯思維。

「形象表達」存在兩種方式。王國維於是分出「客觀詩人」與「主觀詩人」。錢鐘書說，西方談藝術創作分有「師法自然」與「功奪造化」兩種派別，意思大體相同。我認為，前者指感官印象的場景直接描述，以模寫自然，再現自然為主，後者是觀察、思考後整理的綜合表達，更重於改造自然，潤飾自然。兩種手法不同，卻殊途同歸，都為吐露心聲，表達意志。這樣雖不同於抽象推理的論說文，但其「形象表達」，或明或暗還得依賴邏輯思維。舉些小例來說：

「一片二片三四片，五六七八九十片。千片萬片無數片」。這三句說什麼呢？是老太婆的嘮叨話？繞口令？還是夢囈？真是「丈二金剛摸不著腦袋」！可是鄭板橋是先設機關，然後通底揭謎。他最後添上一句「飛入蘆花總不見」，全文一下子變成傳唱千古的《詠雪》詩。那個預設的機關與直通揭底，就是意脈流動的過程，就是邏輯思維！尾一句帶活前三句，構成完整的畫面，一種迷茫、開闊、寥遠的下雪境界於是營造出來。

再如「三星白蘭地，五月黃梅天」是一副典型的無情對，對仗極工，卻毫無意義，不成楹聯、藝術品，因此也可叫「偽對子」。這是由於兩句之間沒有邏輯關係，形不成系統。我胡續兩句試試：「摯友遠來訪，千杯盡再添」，成一首順口溜了不是？這是由於四句之間因邏輯而集合，有意脈象連，有情感的流露。統一後可理解為：在梅雨連綿的五月間，我端出了美酒三星牌白蘭地，由於來的

是摯友，因此「酒逢知己千杯少」了。壞天、美酒、摯友、千杯等意象如葵花向陽，在統一的邏輯之中，四句一體，句句指向友情。兩句互不相干的偽對子，也變成可愛的文采。據說明成祖朱棣出「色難」二字，文臣解縉對之以「容易」，也是極妙卻不相關的無情對。如果再續以「孝乎」「鑒之」四字，變成「色難，容易。孝乎？鑒之！」似可成二言詩。幾乎所有的無情對，只要完成「起承轉合」的安排，都能出意境。這正如電池、電線、開關與燈泡，隨便堆放是些不相關的物體，一旦串聯起來完成閉合，有電流通過，燈就亮了一樣。

畫照亦同，定何主題，選何素材，準備畫成啥樣？如何落筆等等，均必須經過邏輯思維，以求充分表達思想情感。西洋畫講究透視法，要求數學式的人物比例、幾何學式的構圖安排，正確的結構與明暗分配，哪項不需要邏輯思維？中國畫雖有潑墨之說，用的是散點透視，但濃淡區別山之遠近、留白為雲為水之態勢，以及景物之主從關係等等，同樣離不開邏輯思維！所謂「胸有成竹」，這竹子就是從邏輯思維長成的！因此，只有在嚴密邏輯思維的基礎之上，才會形成良好的形象表達。大畫家吳冠中說：「情之傳遞是藝術的本質，一個情字了得。」那種讓牛尾巴沾色彩塗抹出來的東西，當然沒有邏輯思維，但也不算是真正的畫作。

三、「意象群落」重組（意境如何營造？關鍵要素是什麼？）

「意象群落」，我是從福建師大的孫紹振教授那裡「拿來」的概念，估計源自植物學的「植被群落」。「群落」就是社會，具有生命關聯的意義，用之於人類則叫部落、團體、黨派等等。

說「重組」，是因為自然生態的物象，只有天然的組合形式，作者為表達自己的意志，必須加以典型化。即賦意予象，重新編

排，使其蘊涵最大的意義。而重組的目標或根據，是感情邏輯，即意脈，即意境。「重組」技巧很繁雜，我只想到幾點：

1、指向集中取材要篩選，要為主題服務，疏通意脈。因為所取對象將涉及聯想、引申和改造，否則物象不會變成意象。而只有意象才能集成群落。辛棄疾《夜行黃沙道中》：

> 明月別枝驚鵲，清風半夜鳴蟬。稻花香裡說豐年，聽取蛙聲一片
>
> 七八個星天外，兩三點雨山前。舊時茅店社林邊，路轉溪橋忽見。

題目標為「夜行」，主題是通過鄉村夜景的刻畫，表達恬淡心景，也歌贊村民的歡愉。作者於是摘取明月、清風、蟬鵲、稻花、蛙聲、星天、山雨、茅店、社林、溪橋等等景物，構成美好境像，一如舞臺上的聚光燈集中照射主角一般。

2、抓住特異在感官觸及的現象中，選取最引起心動的有個性的事物，或尋常物的特異狀態。所謂「個性」，就是與眾不同的特徵、特色、特點。辛詞的「鵲」與「蟬」雖系尋常物，但非常態。前者受驚，後者夜鳴。「蛙聲」與「說豐年」則放在「稻花香裡」的特殊環境內。這些都是突出個性的特別選擇，也可說作過典型化處理。

唐李紳的古風《憫農》：「鋤禾日當午，汗滴禾下土。誰知盤中餐，粒粒皆辛苦？」「春種一粒粟，秋收萬顆子。四海無閒田，農夫猶餓死。」在萬般農事中取「鋤禾」力寫「辛苦」，而「秋收」突出「不平」，正是將普通農活放在特殊時空，使其內涵充分擴張，從而達到最佳效果。這也就是典型化的手段。

網絡上看到短文引一首謝冰心的自由詩：

　　馬
　　香丁
　　羽毛紗
　　書呆子進家
　　說起真是笑話
　　教育原來在清華

　　短文作者說是謝冰心諷刺夫君吳文藻的寶塔詩。「馬」是薩其馬，他家小孩想吃，他到商店忘名，只說買「馬」；家有棵丁香花，他不知其名，冰心戲告為「香丁」，他便逢人說「香丁」；冰心讓他買雙絲葛的面料，擬做夾袍孝敬岳父大人，他卻指買女人專用的「羽毛紗」，幸而售貨員認識冰心，問清始免差錯。夫妻生活有多少事可記呀，她獨選六字三物，卻很有代表性，蘊含三個小故事，凸顯清華教授夫君的三大笑話。作者接著還寫，老爸對冰心嘆道：「傻姑爺是你自己挑的，可別怨我！」

3、合理安排是「重組」的重頭戲。

　　首先要有邏輯的追尋，即意脈的連貫。可顯可隱，時露時藏，但應適度：淺白直道的，多用於說理詩。如「橫看成嶺側成峰，遠近高低各不同。不識廬山真面目，只緣身在此山中」，「白日依山盡，黃河入海流。欲窮千里目，更上一層樓」等，因果關係明擺著。如若所云道理符合通律，適用面廣，就成千古名句；邏輯隱潛，多用於含蓄的情景詩。所謂「密碼解讀」，就是邏輯的揭示。如上舉冰心的寶塔詩，如果真以為是作者在挖苦、諷刺、開涮吳文藻，那是撿了芝麻丟了西瓜，詩人的真正用意是讚揚「傻姑爺」專

注於事業的高度集中精神，其深層情意是欣賞、褒揚與得意、自豪！再如朱慶余致張籍的「昨夜洞房停紅燭，待曉堂前拜舅姑。妝罷低聲問夫婿，畫眉深淺入時無？」表面寫新娘，其實卻是進士科考之前投石問路與自我推薦，而主考官張水部張籍一看就明白，立即回覆表示欣賞：「越女新妝出鏡心，自知明鏡更沉吟。齊紈未足時人貴，一曲菱歌敵萬金。」有時一句甚至一字，也隱藏著複雜的邏輯關係。如馮延巳的「誰道閒情拋擲久」，其情感邏輯是一句三遞進：中心是「閒情」即莫知其所自來的閒愁，首先是交代──「閒情被拋」，再則是加強──「拋」得久了，第三是反問──「誰道」是這樣的呢？這一否定，便有千回百轉，盤旋鬱結的心態，且將欲罷不能、苦苦掙扎的悲劇精神也流露出來。一字如鄭板橋「飛入蘆花總不見」的「總」，一字三涵義：一在數量上總括全部飄雪，二有飄飛不停的時間延緩，三還有人物動態的提示，即融入作者的表現──追尋、察看與驚訝的形象。所以「總」字傳神，是為詩眼。朱熹「半畝方塘一鑒開」的「一」字也隱含兩種邏輯解釋：若作形容詞，是說書像水塘像鏡子「一下子」打開，如作數量詞，則是書像一面展開的水塘與鏡了。相比之下，似乎以後者更合理些，因為水塘與鏡子，不存在「閉合」問題，所以「打開」不太通。孟浩然的《春曉》：「春眠不覺曉，處處聞啼鳥。夜來風雨聲，花落知多少。」寫的是春時夜雨，酣然熟睡，聞鶯早起，驚見落花滿地，以朦朧飄忽的邏輯表達的舒適心情。倘若挑剔行文，其實也有邏輯上的矛盾：既然已經「不覺曉」，怎能又「聞」啼鳥與風雨聲？還「知」花落的數目？其實很妙，就妙在意脈邏輯的含蓄與朦朧。我換4個字試試：「春眠睡不著，無處聞啼鳥，夜來風雨聲，猜花落多少」，這樣邏輯明顯「合理」多了，內容卻變成失眠者的輾轉反側，而詩就變成了「散文」。邏輯含蓄些，朦朧些，留

點浮動的不確定性。用畫畫的語言講，是「貴在像與不像之間」，否則就有滑入散文化套路的危險。名畫《蛙聲傳十里》、《踏青歸去馬蹄香》，好在誇張，妙在邏輯！

然而顯也擺，隱也罷，當以適度為宜。過顯容易滑入散文化危險，過隱則易生歧義。如《登幽州台歌》：「前不見古人，後不見來者。念天地之悠悠，獨愴然而涕下」。題目標的是「歌」讀來更像散文，幸好氣魄雄渾，寄懷久遠，否則怕不會這樣出名。老杜的「香稻啄餘鸚鵡粒，碧梧棲老鳳凰枝」，爭論紛繁，是因為邏輯過於深藏。葉嘉瑩從金聖嘆之說，認為這樣的「倒裝句」，能突出「香稻」與「碧梧」，有力歌頌唐朝之盛（我還見過「八大理由」的文章呢），是絕好詩句；胡適則說不通！他責問：香稻無嘴，哪能啄？碧梧非鳥，怎麼棲？二說大相徑庭。也有認為這的確是老杜特意之為，從平仄上看，「香稻」與「鸚鵡」、「碧梧」與「鳳凰」，完全可以對調 ，他偏不。所以不能用現代語法衡量而說它不通，但是捧為「絕妙詩句」也是太過份了。我從胡說，覺得有些話應受生活習慣與語法規律的制約。杜句或許是古人的邏輯，但現代人會感到過於勉強。今人不必盡講古話。閩南笑話說，有個小孩見舅舅來了，歡告乃母：「小狗來家阿舅吠！」其「倒裝」語法與老杜相同，可不能以為是村童突出自己的愛狗，才讓阿舅一「吠」的。

第二要斟酌語序軸上安排與連接想像的聯想軸。「語符雙軸」是葉嘉瑩引用西方文論使用的概念。我也「拿來」介紹給大家。據說這是瑞士的索緒爾與俄國的羅特曼兩位語言學家分別提出的。他們說語言符號表達意念時，同時存在兩條起作用的軸線──「語序軸」與「聯想軸」。語序軸指時間的進程，由詞匯排列次序，直接表達意思以至口氣。如在哪裡停頓，如何結構文法等等。標點不同

標法，語意大不相同，如據說有人快到春節時，求祝枝山寫聯，他寫個副對子：「明日逢春好不晦氣；終年倒運少有餘財」，在語序軸上，逗號所標之處十分講究：放在第四字或者第五字之後，意思全反。好的詩句，語序軸上內涵很豐富，如上舉馮延巳的「誰道閒情拋擲久」，其情感表達層次多。

聯想軸提供空間聯想。這是藉重「語碼」「語符」即典故。汪老師說典故有兩種──有故事情節的事典與別人用過的詩句話語，叫語典。屈原在《楚辭》中常以香草、芝蘭等比喻君子、理想、情操，後人仿效照用，於是引起相應的自動化潛在聯想，豐富了內容。但典故運用的深淺、寬窄、好壞，取決於作者的學識水平，語碼如無熟稔到化為已有，生搬硬套難免「掉書袋」。

兩軸一橫一豎，如若延伸而作直角交叉，豈非又成笛卡爾的數學坐標圖？這時最理想的位置應是45度的斜線，即兼顧語序與聯想，是內容與形式最好的協調。其實這也是平衡法則。世上事最佳的穩定狀態是平衡。能在最不穩定處找到平衡點，就會成為各類專家。詩詞寫作，要以最儉省的筆墨，想表達最豐富的情感，也得尋找最不穩定處的平衡點，多為動詞的「詩眼」，正是如此。

第三，適當運用修辭手段。孔穎達《毛詩正義》認為：詩六義中，「賦比興是詩之使用，風雅頌是詩之成形」。意思是說，賦比興是屬技藝，而風雅頌是體裁，其實不確。因為風有指地方性，雅是音樂性藝術性，而頌指內容多為社會大事，主旋律。不過「賦比興」應是最基本的技巧。有表層與內質的開拓：賦（平鋪直敘）→比（由內到外，以心及物）→興（自外入內，由物回心）。三者相互交融轉化的結果，便發展成後來多種多樣技法，如比喻、比擬、誇張、雙關、反語、回環、映襯……以及電影上的「蒙太奇」（法語，原指建築業的構成、裝配，文藝引申為意涵的時空人為拼貼、

剪輯），如「遙看瀑布掛前川」與「飛流直下三千尺」，是遠近、動靜互變的對立統一關係。而明暗、色彩、強弱、虛實等的對比描述，也不難在古詩詞中找到實例。「誰道閒情拋擲久」，表達情感的微妙變化，是辯證邏輯的「否定之否定」。至於周莊夢蝶、李白邀月、梅妻鶴子等等的變異擬人以及「白髮三千丈」「燕山雪花大如席」等的極度誇飾，簡直俯拾即是！現在的修辭手法，據說已有六十三大類，七十八小類之多。

第四，避免晦澀、奧秘與掉書袋，慎用倒裝句，用典勿太偏。在詩協「提高班」聽汪老師講解鐘嶸的《詩品》時，發覺南北朝許多詩作太晦澀，聽得一頭霧水。我且仿五言戲諷大陸當今的暴發戶：「懷藏明月寶，欲品罕吞舟。挽起石湖姜，飛登百尺樓。」如登上報紙，不注明「明月」是寶珠，「吞舟」是大魚，「石湖姜」「百尺樓」有典故，肯定要挨罵：莫名其妙！掉書袋！其實看「三律」（韻、句、章）或平仄粘對都沒錯，還句句有典，牽涉到姜夔、范成大、小紅、許汜、元龍、劉備，「學問」似乎不少，但這是賣弄，不是寫詩！

漢語確實奇妙，許多話可以顛來倒去，意思卻不變。講究平仄的古詩詞中，倒裝詞句更多。有的倒裝讀起來還有特殊的韻律美。如「天外七八個星，山前兩三點雨」倒為「七八個星天外，兩三點雨山前」。平行結構的詞全可顛倒。動賓結構的有時也可以，如「吃千家飯」，改變詞性，倒成「飯吃千家」仍然通順。但要小心，最好不要違反現代生活用語的規律。古代的所謂為「通假字」，我看就是錯別字，當現在已經有了區別時，你再用古人的「通假」，恐怕不好。如《長恨歌》的「恨」，其實是「憾」，「長恨歌」不就是「遺憾永嘆調」？「天長日久有期限，此恨綿綿無絕期的」，誰也「恨」不上，只能自己抱憾終身！再如「乘」與

「剩」，現在意思差別很大，兩字再互相「通假」就沒必要了。

四、意境形態粗喻（意境可以形態歸納分類嗎？有幾種形式？）

意境是由情感邏輯即意脈的安置構成的。情感發動大體兩種形式，感應即興與迴環思構。

感應即興是臨場感觸，起興抒情。有三種情況：一是直率表達感情衝動。如「林花謝了春紅，太匆匆」；二是景觀美感加上聯想，如「日照香爐生紫煙，遙看瀑布掛前川。飛流直下三千尺，疑是銀河落九天」，物物相比，看這想那；三既有直接感染，又蔓延事件之外，暢抒情感，如「折戟沉沙鐵未銷，自將磨洗認前朝。東風不與周郎便，銅雀春深鎖二喬」，觀山玩水，從一塊兵器碎片，想到赤壁之戰；

迴環思構是說反覆思量，安排結構，不受時空限制。這在很大程度上是取決於體量的增加。詩中的排律、古風，特別是詞的長調與犯（南宋張炎《詞源》云：「崇寧立大晟府，命周美成諸人討論古音，審定古調⋯⋯又複增演慢曲引近，或移宮換羽為三犯四犯之曲⋯⋯其曲遂繁。」這是說若論體量的大小，詞可分為小令、引近、長調與犯。「引近」是介於短曲小令與長調之間的曲名；「犯」是不同曲調相互組合），需要更多的鋪排。如姜夔的《暗香》、《疏影》、柳永的《雨霖鈴》、吳文英的《與馮深居登禹陵》等等。

意脈如流水，構成意境的形態，如果借用幾何學的術語作比喻，我覺得似可歸納為「點」「線」「面」「體」四種形態：

「線」，是兩點之間連成的，有曲直、長短、粗細、斷續甚至緩急、隱顯的動態變化。**由動到靜**的，如「琵琶起舞換新聲，總是關山離別情。繚亂邊愁聽不盡，高高秋月掛長城」、「曲終人不

見，江上數峰青」（由歌舞而轉秋月、山峰）；**由靜到動**的，如
「別有幽愁暗恨生，此時無聲勝有聲。銀瓶乍破水漿迸，鐵騎突出
刀槍鳴」（由無聲而到鐵騎刀槍之鳴）（撒網收網、海底撈月）；
直通到底的如「仰天大笑出門去，我輩豈是蓬蒿人」、「莫愁前路
無知己，天下何人不識君」、「故人西辭黃鶴樓，煙花三月下揚
州。孤帆遠影碧空盡，唯見長江天際流」。鄭板橋的「一片二片三
四片，五六七八九十片。千片萬片無數片，飛入蘆花總不見」則是
隱蔽推進，結尾點破。

反向亮底的，是「直通到底」的反轉形式，即把事態進程倒過
來表達，從失敗經驗說起，先設疑問，再亮答案。如唐金昌緒的
《春怨》：「打起黃鶯兒，莫教枝上啼……」打鶯是為什麼呀？怕
夢被破，那是怎樣的夢？原來「不得到遼西」的夢！話已說完，
問題還有：遼西又是怎回事?!讀者自己解答：那裡有至親的人在服
役！篇內設問，篇外延伸，言已盡而意未窮，從生活小事，折射出
時代內容！

曲折突轉的，用時話說是**「腦子急轉彎」**。此類詩甚多，最簡
單的莫如陸遊的「山窮水盡疑無路，柳暗花明又一村」。唐伯虎的
祝壽詩「這個婆娘不是人，九天仙女下凡塵。生下五男都是賊，偷
得蟠桃獻母親」也是。情節複雜些的如明成祖朱棣與文臣解縉故
事：據說君臣同遊花園時，朱問解：「昨夜宮中有喜事，你不做
詩一首？」解立即答道：「君王昨夜降金龍」。朱說「可惜是女
孩」，解接「化作嫦娥下九重」。朱又道「遺憾已死」，解轉「料
是世間留不住」。朱嘆道「扔進水裡去了」，解卻云「翻身躍入水
晶宮」；還有一次他倆同在釣魚，朱無得。解便拍成馬屁詩：「數
盡絲綸入水中，金鉤拋去蕩無蹤。凡魚不敢朝天子，萬歲君王只釣
龍。」解縉的腦子轉得夠快了。而祝枝山為太守題畫的傳說也很有

意思。太守喜得《仕女送客》畫一幅，請祝題詩以增雅氣。祝索價200兩，太守傲慢，只給100。祝即提筆寫上「東邊一棵大柳樹，西邊一棵大柳樹，南邊一棵大柳樹，北邊一棵大柳樹」四句，便差人送去。太守看心愛之畫塗上這混帳話，被糟蹋了，很生氣，想報復，在一次宴請賓客時，特將祝請來，當眾責問之。祝說：「我的潤筆費是200兩，您只給一半，所以我的詩也只題半首。」太守其實早已備好筆墨，忽然攤開那畫，送上100兩，請祝補題，看他的洋相。祝提筆沉思片刻，隨即續題：「任你東西南北，千絲萬縷，總系不得郎舟住。這邊啼鷦鴣，那邊的喚杜宇，一聲聲：行不得也，哥哥！一聲聲：不如歸去！」此為戲詩，卻蘊含豐富情感的邏輯：四面柳絲萬千條，竟系不住郎舟，為什麼？因為郎情已淡，必別妾而去──這是送客女的幽怨；森森柳樹必引鳴禽，畫或未見，其囀可聞，而且聲聲所唱的是：「行不得呀哥哥」「不如歸去」──這是送客女的癡情。嘉木傳情，啼鳥表心，詩展畫意，珠聯璧合。於是滿堂喝彩，太守道謝……這要的是「腦子急轉彎」的把戲，一如相聲的「抖包袱」。

　　「面」，由線條展鋪排即成面。我的意思是意脈的流動（情感變化）總在同一「等高線」上，往復回環，編織而成平面網絡，杜詩很突出。如寫喜悅，其「第一快詩」《聞官軍收河南河北》，8句全在一個「狂」字上打轉：「劍外忽傳收薊北，初聞涕淚滿衣裳。卻看妻子愁何在，漫捲詩書喜欲狂，白首放歌須縱酒，青春結伴好還鄉，即從巴峽穿巫峽，便下襄陽向洛陽」狂喜狂奔，而《春夜喜雨》則喜在「靜」（沉靜、潛隱）：「好雨知時節，當春乃發生。隨風潛入夜，潤物細無聲。野徑雲俱黑，江船火獨明。曉看紅濕處，花重錦官城。」。《月夜》寫思念，卻是「纏」（繞），彎來曲去，顯隱兼備：「今夜鄜州月，閨中只獨看。遙憐小兒女，

未解憶長安。香霧雲鬟濕，清輝玉臂寒。何時倚虛幌，雙照淚痕乾。」自己在看月想起老婆來，卻說是她在看月。也不明說老婆在想念他，而說成小兒女不懂回憶長安時的歡樂。然而，回憶當年的甜蜜，正是反襯此時的憂愁。亦喜亦憂，交相編織，在這個面上，有動靜轉換，有亢奮推進，也有曲折勾連，構成特具情感波瀾的生動之面。

「點」，兩點之間的最短距離是零，即點的重疊。這是說情感的醞釀，到某時某處的心思凝結，相對集中、穩定，卻是情緒昇華，變得空靈，成為只可意會，難以言傳的「禪」！比如「人閒桂花落，夜靜春山空。月出驚山鳥，時鳴春澗中」、「木末芙蓉花，山中發紅萼。澗戶寂無人，紛紛開且落」、「眾鳥高飛盡，萬徑人蹤滅。孤舟蓑笠翁，獨釣寒江雪」、「終南陰嶺秀，積雪浮雲端。林表明霽色，城中增暮寒」。畫面充滿情感，但相對穩定、隱蔽，體現在「寂」「空」與「癡」的點上，這是思緒昇華，變得空靈。詩中的「寂空癡」好像遠離世塵，靜得幾無聲息了，其實總有一雙眼睛始終盯著。那是作者的眼睛，也是讀者的眼睛。而且這雙眼睛從「寂空癡」中確實看到一些東西。什麼東西呢？「禪」！因此，情感之「點」比之「線」與「面」，似乎來得簡單，可是也最潔淨、深邃，所以也最難達到。

「體」，客觀世界存在三度空間（也稱三D或三維，即長、寬、高三個維度），這就構成立體之物（愛因斯坦再加上時間軸而成四次元，組成「四維結構」即四度空間。但哈佛大學的麗莎·藍道爾認為地球上存在「五度空間」，涵蓋人類三次元世界的五次元空間，應該存在另一個三次元世界，只是它們隱藏得很好，所以我們看不到而已。如按現在的「無數平行宇宙說」，還有「九維超級宇宙」，三維不過是九維的局部……）。維就是線（數學語言叫參

數），多維多面便為體，凹突起伏的面，其實就是立體。如杜甫的
《飲中八仙歌》，賀知章、李璡、李適之、崔宗之、蘇晉、李白、
張旭、焦遂等喝酒大醉，8人8形態，恰如人物群雕，而辛棄疾的
《西江月‧遣興》：

> 醉裡且貪歡笑，要愁那得工夫。近來始覺古人書，信著全無
> 是處。昨夜松邊醉倒，問松：「我醉何如？」。只疑鬆動要
> 來扶，以手推松曰：「去！」

　　醉態的描寫，極富戲劇色彩，一個推手動作一聲「去」，栩栩
如生！李清照的前期作品《點絳唇》：

> 蹴罷秋千，起來慵整纖纖手。露濃花瘦，薄汗輕衣透。見有
> 人來，襪剗金釵溜，和羞走。倚門回首，卻把青梅嗅。

　　也是動態活現的人物浮雕，可愛之至。這類立體的形態多不勝
數。畫畫照片也一樣，用好透視法，掌握明暗關係，構成畫面景
深，也有立體感。
　　點拉開是線，線鋪展為面，面架起構成體。在宏觀世界觀察萬
物的幾何圖像，無非就是點、線、面、體這四種形態。因此將意
境歸納進去，我覺得勉強還可以。不過，一切比喻都是跛腳的，
我的比喻更顯勉強、淺陋、粗俗、離譜。如覺不妥，權當胡說八道
就是！

2016.8.17

雜事隨想

「洗腦」別議

　　近期有些香港居民稱愛國主義教育為「洗腦」，蔑視之且大加反對。我有點奇怪，世上哪個國家不進行愛國主義的宣傳與教育？難道中國的香港不需要嗎？「愛國主義」之要義，無非是不會數典忘祖，崇敬宗族社稷，關懷故土百姓……一句話：沒忘本。難道這也不行？

　　因此對於反「洗腦」之事，覺得有點莫名其妙。

　　在醫學、生物學上似乎並無「洗腦」之說，只聽說有洗胃、洗腸、洗腎……我第一次看到「洗腦」這個詞，是寫在飛機拋下的漫畫傳單上的。那是解放初期，我還小但知道，國共兩黨正大打宣傳戰，自然是帶有鄙視性的咒罵之言。我現在的理解，「洗腦」只是粗俗的比喻，並無嚴格的科學定義，其內涵當指宣傳教育，灌輸疏導的過程，目的是達到破舊立新，轉變觀念，增減記憶存量等等，用現成的中性語言就是「思想改造」。倘若抽掉鄙視性的罵人意氣，我倒覺得「洗腦」是必須的，也是必然的。難道有誰不需要接受教育與宣傳，不需要思想進步，不需要知識增長，不需要認知世界認知朋友與敵人？不需要繼承傳統、棄濁存清，維護與發揚人類文明？……這些事都需要啟動腦筋，轉化思維也即通過「洗腦」，才能實現的。

　　人之初，性若何？儒道觀點截然相反，但無論性是「本善」還是「本惡」，都避開不了社會的「洗腦」，都必然向後善或後惡轉化。洗得徹底的兩端可成聖賢或者匪盜，芸芸眾生如我者則善惡參雜，當然成色多少各異。「洗腦」無非是兩種形態，即自己洗與

別人替你洗。社會現實是，你辭不掉被別人洗，也禁不住不去洗別人。任何人都躲不過洗腦，除非死了或者未出生。但凡是人，一經誕生，便處於大小不一的幾個同心的圓圈裡。外環最大，叫「地球村」，次之是「民族」「祖國」，再次為「家族」「家庭」，最小是自己即「我」。「我」是全部圓圈的內核、中心。所謂「人是社會動物」，應該是意味著「我」必須在這幾個圈子裡打轉——生存、活動、交流，互動，而在與別個「我」相互影響，相互滲透之時，也就必然不斷地既被別人洗腦，又洗別人的腦。如果真能置身於圈外，比如一出生即送入狼群，你就不成其社會人了，但仍然難免於洗腦，只是最後你將被「狼師」洗成隻會四腳爬行的「狼孩」！

「洗腦」勢在必行，但洗的結果會大相徑庭。關鍵在洗的目標與方向。可以向左洗也可以向右洗，可以向善洗也可以向惡洗。而隨著方向目標的不同，採取的方式方法也將天差地別，因之必須慎之又慎。不管是集團洗腦還是個人洗腦，其方向目標均取決於洗人腦者與自洗者的價值觀。我們要支持與擁護的，是世代積澱的人類文明，是以人為本的普世價值觀。

所以「洗腦」即改造思想，必須注重理性，講究內容與方式方法。那種違背人性，有逆公理的強制性灌輸，是強盜邏輯，霸王行為，必須堅決抵制與反對。但願處處都能提倡尊重人權，信息對稱，展示真實，在這基礎之上，實行「我雖然不同意你的觀點，但堅決捍衛你的發言權」，實事求是，開誠佈公地進行宣講、疏導與爭辯，公開、平等地相互「洗腦」。至於洗到什麼程度，則由最小圈內的核心 「我」自主決定，任何強加於人的作法都是錯誤的。

為強加某種集團意識而歪曲甚至弄虛作假的政治宣傳也是「洗腦」，不過是最粗暴、惡劣，也是最糟糕、無恥的笨辦法。比如：

將政策失誤造成的大量非正常死亡，說成「自然災害」；弄個暗喂小灶的農業典型，卻大張其鼓地號召全國學習；抹殺抗戰主力部隊的英勇犧牲，而貪天之功據為己有；指鹿為馬，逼良為娼，把手無寸鐵的愛國學生、養生健體的平民大眾打成「反革命」……這樣的宣傳、教育、嚴辦即「洗腦」，是蒙蔽、欺騙、耍弄、迫害，即使能成功於一時，也經不起時間的考驗，遺毒深遠，便是所造就愚民、奴僕與莽漢，一旦真像大白，勢必覺醒反叛。

當然，社會是由人與人組成的。各種社會自有其運轉的規律，社會人於是必須遵守一定的公理、法則、規章、制度、紀律、條例，少數服從多數，才能適應與維持正常的秩序。這種帶有一定強制性的「洗腦」是可以理解的。當社會形態桎梏了人性，阻礙生產力發展時，那麼進行變革、改造也是必須的。尋求更合理更優秀的社會制度，是天賦人權。反對變革，強制「洗腦」，尤其是背離人性，強姦民意的作法，則是法西斯。

不過人類社會自形成以來畢竟複雜多樣，不同的社會制度，之所以能誕生，自有其客觀的理由，也都有各自的優越性與極限性。就拿當今世界上最大的兩種社會制度——資本主義與社會主義來說吧，有人說前者是「腐朽、沒落、垂死」，有人說後者「瀕臨崩潰，大勢已去」。事實卻並非如此，而是雖然各有各的嚴重問題，但都還同時共存，同台競爭，取長補短，相互交融，不說是方興未艾，至少仍然生機蓬勃。任何個人或者集團，由於不可能同時生活在不同的國度裡，體驗不到全面的真實情況，因而做出的判斷也不可能絕對正確。況且不同國家的公民長期受到不同觀念的薰陶即「洗腦」，也就難免產生偏見，偏愛己國而鄙薄對方，正如中國「文革」中的兩派「群眾組織」，接受多了本派的「洗腦」，便以為自己才「捍衛偉大的毛主席革命路線」了，鬥雞似的瘋狂起來。

「當事者迷，旁觀者清」，那麼超立兩制、兩國之外的人，是否就能看清問題，分辯是非呢？偏見也許會少些，但完全正確卻也未必。比如我們生活在多元文化的澳大利亞，言論自由，網絡發達，信息對稱，不易遭受極端思想的蠱惑，可是遠離研究的對象，遺漏的情報也在所難免，同樣會陷入瞎子摸象的境地。因此，勸君稍安勿躁，願望固然美好，期待立竿見影卻不現實。有真知卓見不妨多作貢獻，但要允許試驗，允許糾錯，允許潛移默化。著急、呵斥、謾罵均無濟於事。目前，社資兩制都在演變之中，而我們最需要也可以關注的，則是呼籲一切變革均須以尊重民意為前提，不要再視社會實驗為兒戲，拿廣大民眾的身家性命作犧牲！

曾有名言告誡：勿將自己的頭腦當了別人思想的跑馬場。此話強調自主意識，主動「洗腦」，說得甚好。然而也只能適用於一定的語境，並非放之四海而皆準。個人活動範圍畢竟有限，獲取的知識不可能齊全。古話說，虛懷若谷，兼聽則明，當別人有了正確、高明的發現，還是需要敬服、遵從和吸收的。上述名言強調自主，並不排除承受外界的影響，只是在接受之前提醒要由自己判斷與選擇罷了。絕對強調自主意識，拒絕聽取不同意見者，勢必走向反面。其實，當你全盤接收這名言的勸導時，你的腦子不也成了它的「跑馬場」？從善如流並非壞事。

俗話說「吃到老學到老」，人在一生中，不斷地努力進行思想改造即「洗腦」，是不可避免也是必要的。善於自洗與接受被洗的人，思想境界必然高超。清末的譚嗣同說：「各國變法，無不從流血而成，今中國未聞有流血而犧牲者，此國之所以不昌也。有之，請自嗣同始。」戊戌變法失敗後，他本有機會外逃卻巋然不動，在血濺菜市口之前，還用煤屑壁題就義詩：「望門投止思張儉，忍死須臾待杜根；我自橫刀向天笑，去留肝膽兩崑崙！」這等英勇氣概

令人敬仰，未經傳統薰陶，未經愛國主義「洗腦」的人，恐怕難以達到同樣的高度。說不定有那外逃成功的同道者，洗腦不足，還會回過頭來偷笑他是「傻瓜」呢。

2012.12.22

柳府石情

　　未識柳公之前，便耳聞柳府存有奇石妙寶，參觀的朋友絡繹不絕。我心甚嚮往，惜無機緣。

　　這天在詩協聽講座，恰巧坐在柳公伉儷身旁。他悄悄問我：「您對石頭有無興趣？我家收藏一些玫瑰石，請您來觀賞，如何？」這正中下懷，喜出望外，我立即答應並感謝。柳公又說：「我們住房小，一次只能容納三五位。陸續請過幾次協會裡的朋友們。」柳公與夫人耳語稍商，片刻又鄭重遞來手書的字條，上有聚會時間、地點與聯繫電話，特地加注：「中午在我家簡餐牛肉麵，欣賞玫瑰石，絕不收任何禮物！！！」連用三個感嘆號，其真誠可知。大概怕英語盲的客人們摸不到地方吧，指定12月12日上午10點，在車士活（Chatswood）火車站匯合，他會親自往接。

　　柳公名複起，原籍江西，在臺灣接受高中大學教育，於美國羅徹斯特大學（Rochester）取得博士學位後定居澳洲，任教22年，專講經濟學。退休後，再返臺灣續執教鞭8年，最後回悉尼。他與喬翁尚明等幾位老年朋友一道，發起創建悉尼中華詩詞協會，並親自義務講授唐詩入門，承傳華夏薪火。我就是作為詩協的白髮老學生，在課堂間認識他的。不過，由於學識與年齡上的差距，我只能敬仰而未敢與之太親近。

　　記得有一天，班上學員傳閱彭翁永滔的新詩作。我見有生疏不解的「剞劂」二字，就近向柳公請教。他看後細想，卻搖頭道歉：「啊呀，這兩字我也不認識，得問問彭老才行……」十分認真。這個「我也不認識」的回答，令我消解冒昧唐突的尷尬，也頓生加倍

的敬意！後來，看他參加詩協的活動時，總是踴躍、熱心、認真、坦率，實實在在，和藹可親，給人以謙謙君子的長者形象。

12月12日，我照約定時間來到車士活車站時，朱觀友兄已經先期到達。不久王文發、郁石、何偉基諸君也相繼來了。這才知道本次一起受邀者計5人。我們互詢著彼此住處間，柳公匆匆走來，一邊連聲道歉，說公車誤點，遲了5分鐘。其實對於我們老頭子來說，5分鐘的誤差算什麼呀！他帶我們大概又坐20來分鐘的大巴，走一小段路，便到柳府———一個我叫不出准地名的幽靜處。

柳府是座兩層小樓，依山臨道，綠樹掩映。樓下車庫兼儲存室，樓上起居區。柳公引我們沿梯上樓進客廳。地毯爽潔，幾淨窗明，滿壁字畫與闔家照片，透出濃濃書香與溫馨的親情。嫂夫人王啟惠優雅雍容地迎上接待（她常陪柳公出席詩協的活動，因之與大家也算相熟了），待一一徵求「要咖啡？還是茶水？」後，一杯一杯地送到沙發茶几上。我們於是無拘無束地品茗交談起來。

據柳公介紹，他的收藏主要是些玫瑰石，產於臺灣花蓮。這種石材富含鎂銅鐵鋅多種金屬元素，其氧化物呈墨綠紅藍黃橙紫多種顏色，經過人工切削、磨洗、定型，加座，就變成大小不同的可愛藝術品。他早年就看上這天然的尤物並開始收藏，幾乎花掉一半的薪水。我注意到身後幾架上一面石板，輪廓似有眼鼻嘴的側面人頭像，正面卻是典型中國式「淡彩水墨畫」：遠山、近溪、一片沼澤，蘆葦萋萋，水波蕩蕩。柳公名之為《清江月色》，並附七絕一首，後兩聯是：「泉聲咽潤石，淨境卻塵憂。人老清輝共，浮名不足求。」我掏出相機趕緊拍下。幾位同遊也紛紛拍攝。

少憩片刻，柳教授便帶領大家參觀寶石家族。樓梯口有一塊比廳堂的更大些。「畫面」是一條洶湧澎湃的大河，衝擊並沒過河中砥柱，下注而成渦旋，再貼著山崖急急東去。崖壁石紋、亂草的剪

影，粗細濃淡配置巧妙，儼如國畫大師的佳構。柳公題作《峻嶺清灣》，附詩為：「高山聳峙大洋東，峭壁蒼松嘯谷風。接岸礁岩迎碧浪，屏灣島嶼歇飛鴻。寒林雨後青苔翠，薄霧山巔夕陽紅。妙境神遊消俗慮，洪濤峻壑畫圖中。」我覺得「洪濤」翻滾，泥沙俱下，雷鳴彷彿，題為「清灣」略嫌欠切，不過「妙境神遊消俗慮」，與廳堂的「淨境卻塵憂」一脈相通，直表主人脫俗的神思。柳公將它們置放於最突出的位置上，也想一吐心中塊壘吧。我閒聊時常對人言：古稀已過，年逼耄耋，對生活的態度便剩三句成語──隨遇而安，知足常樂，視死如歸，或簡曰：安、樂、歸。也許與柳公有點共同的感觸。

　　沿梯而下就進入小展廳了。落地窗簾一拉開，幾個交錯排放的博物架即現眼前。數十座岩片石球，如工藝品般有序陣列。雖然比剛看的小些，但形態多樣，除片狀之外，還有如蛋如心如鐘如舟……大多數可取起把玩，旋轉觀看。一座罩鐘式的玫瑰石，五彩繽紛，是悅目的色彩展現。經柳公捧起，逐面指點，便一一分辨出了城垛、鐵騎、烽煙、焰火，塵埃滾滾。柳公命之為《古城激戰》甚是切題。一片前後有不同意境的山村牧歌圖，其來歷還有故事。據說他們伉儷齊逛石品商店時，夫人一看到這石，愛不釋手，盡力協作，終於如願以償。夫婦有這樣的共同愛好，難怪此多精品會集中到柳家來。琴瑟和鳴，是「花掉一半薪水」也值得的事。柳公特為此石命名《沃野風光》，配詩為：「楓林佩紫寒潭淨，淡霧遮山暮谷秋。沃野風光呈瑰石，珍茲几案悅清眸。」石之反面為《溪田秋色》，亦配詩云：「新空畎畝罷秋收，樹梢斜陽照渡頭。稼舍倉豐宜待客，溪流水滿利行舟。」

　　在若干圓柱體石品中，我覺得藍色的《深海奇觀》甚是可愛。它色澤溫潤，藍得清純，深淺分層，景顯遠近，中間正有魚群傍珊

瑚優游，簡直是個袖珍《海底世界》！然而柳公卻特別介紹一塊表面粗糙的鵝卵小石，還讓我拍照。他說：「這是我自己溪邊撿到的珍品。石上三條白色交叉線，可表經濟學中最重要的基本圖形——需求曲線。橫軸表示某種產品需求量，豎軸代表產品價格，而斜形曲線就是兩者關係的變化情狀……」「是笛卡爾坐標嗎？」我忽然想起這個久違的數學名詞，插了嘴。柳公點頭又笑道：「價格高時購買者就少了，因此，我寫的《經濟思想史概要》這本書時，封面就用上了它。」他從書架上取下那部專著，小溪石的攝影果然迎面居中。可惜我是經濟學的門外漢，否則是一定借來拜讀的。

柳公非常珍惜這些收藏，他說玫瑰石是花蓮獨有的自然物，但較難辨識。開發商是帶著賭博的心理盲目買下原石的，又在患得患失中鋸成片狀。運氣不好，買來的就盡是廢料；幸運遇上好紋理時，即請經驗豐富的技工繼續加工打磨，留紋取狀，上油保光，配製底座，最後才供進商店，高價出售。我也有位愛石的好友，據他說，觀賞之石世有多種，如看斑斕紋彩的雨花石，看奇巧景觀的太湖石，看畫面的大理石、靈璧石與英石，看精工巧刻且可把玩撫臉的壽山石等等。明代徐霞客與清之林則徐最推崇大理的「石畫」，前者說「（有了它）從此丹青一家皆為俗筆，而畫苑可廢」；後者道：「（它）欲盡廢宋元之畫」。他們大概沒見過色彩豐富如《古城激戰》的玫瑰石與歐美油畫吧，否則可能會「廢」到西洋去！柳公的收藏，也大都為「石畫」，但他像「手自品題，終日不倦」專門為雨花石作過「小傳」的明代米萬鐘一樣，幾乎把所有藏品一一起名、題詩，因此欣賞柳石，能兼得文學、美學雙收穫。

架上有首裝進玻璃鏡框的七律《觀石》詩，乃閩籍老鄉惇昊兄所「拜題」。詩云：「斑斕異石自花蓮，萬種風情態百千。嶂壑飛流雲瀉白，幽潭麗影月含煙。迷離勝景生思外，奧幻嘉形出自然。

造物天工堪嘆止,清心蕩俗幾成仙。」很能概括柳石的總觀。我們幾個人都帶著相機,自然不忘喊喊嚓嚓地,滿屋狂拍。我玩味同來諸君的芳名,借義歌石,也強湊一首《柳府賞石紀趣》:「郁石迎觀友,奇岩柳府優。山間珍覓罕,海角物尋尤。俗叟竽吹奏,歡心文發遊。偉基儒釋道,緣足會南洲。」當場有人說:「把我們的名字都嵌列進去了,有紀念意義!」俗叟趕緊聲明:是附庸風雅,劣等文字遊戲,就如蠢驢尾巴沾油彩甩抹的所謂「印象派」,聊供一笑而已。

柳府建在山前,客廳大窗面向後院是山崖,有小徑可供攀登。山崖其實是一整塊的巨岩,半葫蘆狀,腰間有小石數塊,被亂草纏繞,略覺荒蕪。柳公說,有人認為視野被它阻斷了很可惜。他卻以為順其自然也不錯。我倒覺得這大石還有開發的空間,倘若找位藝術眼光高超的朋友設計一下,細加整理,題詩刊刻,便是難得的柳家大景觀了。它雖無蘇州園林的剔透玲瓏,但真山真石比太湖石堆砌的假山水,自有堅實偉岸的氣派。巨岩在院內,所有權屬自家,這可是個不可撼動的「鎮府柳石」,也必然成為後人永久的屺岵之念!

觀賞期間,嫂夫人已備好午餐,多次呼請入座,我們才隨柳公魚貫上樓進餐廳。只見餐桌上逐位擺好牛肉麵,中間三碟青豆粒、雪裡紅炒雞蛋與紅潤光鮮的油燜柿子椒,外加大盆鹹淡有別的菜芯高湯與紅燒牛腩,是備供自助調配主食的。色香味俱全,不由食欲大增。柳公卻致謙辭:「隨隨便便不算請客,大家遠道來看石頭,總不能餓著肚子回去⋯⋯」我說已夠隆重了,怕是從昨天就開始準備的。我們精神、物質雙豐收!幾位來賓毫不客氣,你幫我挾,我幫你撿,吃得好開心!

我們圍著飯桌,邊用餐邊聊天,吃飽了仍無離開之意,古今中

外事，繼續漫談，成了貨真價實的沙龍小聚。嫂夫人適時換來清茶、咖啡、餅乾與水果。當談起中國瓷器時，柳公捧出一本朋友送的專著——《物華天寶.》，是厚厚的元瓷影像文集。我們中最年輕的郁石對元史深有研究。黃公望《富春山居圖》兩岸合展期間，他曾在詩協作過相關的精彩講座，對中國瓷器所知也多。這時翻著這書，盛讚有加，卻坦然聲明不熟悉這位傑出的作者。他對宋元瓷器了如指掌，說得頭頭是道。什麼宋朝的汝、定、鈞、哥、建諸窯的特色，什麼元青花《鬼谷子下山》極品瓷的拍賣，都是有趣的知識與故事，聽來興味盎然。大家贊他「滔滔不絕，博聞強記！」

樂而忘時，我看將近3點了，建議收場，也好讓柳公休息。大家這才起身拜別。柳公卻堅持遠送，直到我們乘坐的大巴離開了，才緩緩回往走。

「人老清輝共，浮名不足求。」柳公破資盡心集石，只為將自己的快樂與朋友分享，確實別無他求。望著烈日下他微駝的身影，我心想，他愛石，願結石緣友緣，自己其實也像石：剛堅、平實、坦蕩。腹有詩書氣自華！

2013.12.15

以聯交友定家醫

　　日前找林曉華醫生複診肩周針灸。他讓我倒臥理療床上，臉朝下方，自舌形開孔處呼吸。我不由嘆道：「這下不能看書了，20分鐘只好呆望水泥地板！」醫生笑答：「少看書，多看看老婆吧！」「老夫老妻幾十年，有啥好看的！」我說。

　　幾次門診，我們遂成朋友。林醫生一邊扎針，接通電流，一邊拿我開涮。

　　今早起床後，下雨無法出門晨練，便在屋簷下作些跳繩、甩手、深呼吸之類小動作，忽見庭院那花期將盡的山茶樹，居然落紅鋪地，一時記起林醫生的戲謔「囑咐」，便口占一絕《山茶殘影》，以贈拙荊：

　　寒舍一茶花，枝椏亂似麻，葉間羞著錦，落地竟成霞。

　　吾妻聞知不以為然，嗔道：「黃臉婆豆腐渣，有啥好歌吟的，不聽！」

　　我認識林曉華醫生其實還不久，是從醫治左腕腫瘤開始的。

　　左腕關節附近不知何時長個小瘤，初如魚目，繼似玻璃珠，我並不在意。然有幾天竟鼓脹成橄欖大小。朋友看到問為何物？我笑答：「怕是閻王爺發來的通知書！」老伴卻急煞了，說：「多多的手上也長類似小瘤，看幾次家庭醫生，後找專家門診，動了手術，花一千多元，還留個一寸多長的刀痕呢……」非得我立即門診不可。

　　多多是我們的外孫、大女兒之子。我聽從領導，照辦了。

　　我首次問診的醫生是位華裔老人，白髮微駝，顫顫巍巍，好似比我還年長。有道是醫生「越老越好」，經驗多，我甚喜悅。可惜

他自幼生長在東南亞，華文、華語均不太流利，雖滿熱情、認真、溫和，卻難以溝通。嘴動、手劃、筆寫，折騰大半天我才明白，這瘤叫「腱鞘囊腫」，可以開刀摘除，但不動它亦無不可，因為不影響日常生活。既然如此，就且看一段時間再說吧。

然而老伴卻越發地認真起來，還讓大小女兒一塊動員，說我們的住地愛平，新近來了位「兩栖醫生」，兼長中醫與西醫，讓我非看不可。我去掛號待診時候，遇上個虎背熊腰，穿紅T恤的年輕華人，自稱「東北佬」，現家住奧本，以前都找林醫生看病的。自從林醫生搬離奧本後，他打聽了好久，「才追到這裡來」。從奧本到愛平挺麻煩，搭火車是必須中轉的，問何以如此折騰？他說：「林醫生很棒，也體貼人！」交談之下得知，林醫生名曉華，廣西籍，原本在奧本工作，移來愛平不到半年。

輪到我，林醫生聽完病情報告，一瞄一摸，說：「老醫生講腱鞘囊腫，沒錯。說不影響生活也沒錯。囊腫裡面是膠質液體，有三種方法可處理，即開刀、擊碎、抽液。不過三種方法都有復發的可能，我建議抽液。」待問清抽液是用針筒抽取且立即可進行時，我便同意了。林醫生於是塗抹消毒，插進針筒，抽癟腫瘤，複再打進什麼，癟下之腫處又鼓將起來。我不理解，問打進了什麼東西？他說，德波激素，過幾天就會平復下來。打進激素是為了消炎，也阻止膠液重生。

林曉華醫生健談風趣，和藹可親。交談中便知道他早年畢業於廣西醫學院，後分配到柳州，當多年外科醫生，1989年移民澳洲，經過嚴格考試，取得行醫資格。他問起我的出生年月，身體情況，服用什麼藥物，有沒作過體檢？我一一回答，並告之在國內每年體檢一次。有一次老伴先收看體檢報告單，宣稱我有「八大罪狀」，舉其大者有高血糖、脂肪肝、高血脂、痛風、腎囊腫等等。到澳洲

後，也曾體檢。遵醫所囑，我「忍饑挨餓」，「拚命賣力」，每日
運動1小時，似大有進步，諸種病痛，有的已消失，有的也減輕，
藥物也比以前少服了……。林醫生建議我全面體檢，他想留個醫療
保健的基本檔案，待作綜合分析之後，可提供有針對性的保健與施
治方案。盛情難卻。

　　沒用幾分鐘，不花一分錢，囊腫問題居然解決了。大女兒說：
「早知道這麼簡單，多多就不用花大錢開刀了。」鑒於林曉華醫生
的誠懇、熱情、細心，我初識有感，寫了副鶴頂聯（首字冠名），
在複診肩周疼痛時帶給他。聯語為：

　　　曉光悦目；華彩賞心。

　　曉華林醫生隨手展開，歪頭觀賞，笑道：「哇哈，我得裝裱起
來啊！」我說：「不是成品，是練習的作業，看幾眼就丟掉吧，別
認真。」我還告訴他，用的這張紙，還是老伴在此看門診時鋪用的
呢。她帶回給我試筆。林醫生張大了眼睛說：「這不是宣紙，還可
以供書法？您老閒情逸致得到嫂夫人的支持，真是難得！以後我都
給您留著吧。」我說那感情太好，如果能讓售一筒新的，豈不更妙
更方便？他不置可否，我也不好意思強求。不過，這種醫用紙雖粗
糙些，但雪白，略帶皺紋，以毛筆書寫挺不錯的，至少也比古人在
沙地作畫，竹片刻字，樹皮絲絹書寫好吧。據說大書法家啟功先
生，總在舊報紙上留筆，還不如這種紙呢。我想不暴殄天物，廢品
利用原也是一種美德。

　　全套生化檢驗之後，林醫生據此作了詳細分析，一一提醒我必
須注意的若十問題與生活習慣。後來，我又因左邊肩周疼痛，再找
林醫生就診。他讓我抬抬手，試看疼痛情形，竟在右腳足三里附近

先紮一針，後又在疼痛周圍也插若干。一邊說：「如果是初發的肩周炎，說不定一次見效」。我問：「我們平時縫衣針一紮就出血，針灸何以不會？」他說：「針細，直徑僅0.2毫米，我選用細針，儘量給病人少點痛感。」第二次接觸之後，我把那副贈聯改寫為：

曉光明大地；華彩映長天。

　　林醫生看罷連忙說：「不敢當呀，您把我寫得太好啦！」我說：「文字遊戲。曉華是個好名字，做起聯來，內容、平仄、對仗，容易工整，我們鬧著玩，開開心就是。」他說，在柳州他當的是外科醫生，也結交幾位當地的書畫名家朋友。說著還將其大名一一報出。可惜我是門外漢，一個都不認識，否則又多了一個交談的好話題。

　　我左肩周作痛，以為針灸真能「一次見效」，而且記得以前也有過，沒治療，慢慢自己就好了，於是不多理會。誰知時輕時重，拖了一兩個月還沒好。老伴幫我又是按摩塗藥，又是熱敷，未見減輕，她擔心我拖成殘疾，一再催我去看林醫生。林醫生說：「疼了這麼久呀？針灸沒好，我懷疑不是肩周炎。開張介紹信到卡林戶拍片檢查吧，看頸椎有沒問題。」我告訴他，以前在國內也曾拍過片，發現頸椎前後共有5處骨質增生。難道頸椎問題會牽連到肩周去？他說：「會的。骨質增生大多數老年人都有，關鍵在有無壓迫神經。查查就明白了。」

　　他讓我朝下倒臥，在我頸椎上用針，一邊接通微電流，一邊說笑以分散注意力，如本文開篇所云。療畢收針時，林醫生遞給一張已經開好的拍片介紹信。我拍完片帶回。林醫生在壁燈前觀察後說：「第六第七頸椎之間的神經出口較窄，X光普查還不清

楚，得再作CT掃描細查。遂又開出了介紹信。他問我是否睡很高的枕頭？我說兩個枕頭，「高枕無憂」。他則不認同，說「恰恰有憂」，建議以後只用一個枕頭。我很感動，心想醫生細心如此，即使有病，也減輕三分了。於是又在兩句原聯之前，再各添3個字，改成：

　　技術精，曉光明大地；醫德厚，華彩映長天。

　　林曉華先生醫德醫術俱佳，非常適合引為「家庭醫生」，他之到來是我們的幸運。我與老伴未敢自私，此後都爭著向各自圈子裡的朋友們大力推薦。

2014.8.17

相機帶出春意來

報載一則離奇小故事：

一位美國姑娘在夏威夷度假，潛水攝影時，不慎將相機遺落
海中。此相機隨海潮飄流，歷經8千公里，來到臺灣海灘。
臺灣華航的經理鄭明秋在海邊散步撿到了，發現這個外殼破
舊的東西，裡面卻是完好無損的相機，記憶卡上的照片也清
晰可辨，便知它是5年多前（2007年8月），丟在夏威夷海域
的。華航夏威夷分公司的總經理陳鵬宇決定設法尋找相機主
人，為此成立臉書粉絲專頁，登出相機中一位年輕女郎的照
片，並聯繫夏威夷旅遊局協助尋找。當地的電視臺也作了報
道。陳鵬宇表示，如果能找到這位姑娘，或是任何真正的失
主，華航將提供免費機票，邀請其前來領取，分享臺灣的熱
情與友善。尋人消息公佈後，照片女郎的一位朋友看到後，
立即轉告。她正是相機主人，叫林塞‧斯卡蘭，住在美國喬
治亞州。華航找到她的全過程，僅用2天時間。

這離奇故事像一幕小喜劇，連接緊湊，故事完整，天衣無縫，
奇妙無比。基督教徒看了一定會說，那是上帝的刻意安排！

不管是誰的安排，這畢竟是真人真事真喜劇，看罷如沐春風，
令人感動！

這事不由讓我想到，那架相機在海中浸泡5年多，還顛簸一萬
多里遠，經受多少次的潮沖石撞浪拍，卻只是外殼損傷，內裡依然

完好，其質量之優實在難以想像！它產自哪個國度？哪家工廠？由哪些師傅經手製作的？這些技工，這家工廠，甚至這個國度，真該發給大獎，全世界真該向他們致敬！

接著又想，這架高質量相機，有離奇的經歷，該成無價之寶了，自然人見人愛。它又是擱在海灘上的「無主」之物，得之何愧？然而臺灣華航的經理鄭明秋見了照片想起主人，拾金不昧，慎獨持重。他的上司——華航分公司總經理陳鵬宇考慮更加周到：下定決心尋找相機主人，著手安排尋人啟事，並作了邀請機主免費遊台的許諾。夏威夷旅遊局、電視臺的工作人員，失主的朋友，都無不熱情地參與玉成其事。於是，丟失近6年、繞行半個地球的小相機，2天之內即知其主是何人了……這群充滿愛心的參與者，組成一個互助協作的關係網，像部精密機器有效運轉，終達目的。小故事反映出來的，是一個無比溫馨、可愛的人間社會！他們，同樣有資格接受大獎與人們的致敬！

「人間自有真情在」。這就是小喜劇折射出來的一條真理。

這群互不相識的人，憑什麼會演出如此動人的喜劇呢？沒人導演，沒人組織，全靠自覺，都發自內心。我想很突出的有兩點：其一，他們都能謹守責任，有極高的自覺精神，對自己的手中事，儘量細緻認真，一絲不苟，從而在平凡工作中創造出非凡的業績；其二，他們都有友善胸懷，無私真誠，因而能夠坦蕩自如，愉快地處事待人。這兩點合起來不就是人間的大愛？是的，是美好的人性，看似平常，卻最為閃光、偉大！

經常聽到所謂的「東西文化衝突」的議論，認為由於東方、西方的人持有不同的價值觀念，因此處處矛盾、碰擊是難以避免的。我在這部相機裡卻看到了東西文化的高度融和，看到了共同人性的光輝閃耀。報刊上偶爾有西人幫助國人做好事的報道，有人於是調

侃：「雷鋒叔叔跑到外國去了」。其言外之意，實際上是在哀嘆中華故國文明的衰落。是的，我們有數千年連續不斷的文明傳承，仁慈之心，人皆有之，優良傳統應該比任何國家都多、都輝煌才對，然而當下卻流失幾近殆盡。現在並非全都沒有了，不過雖有，也成鳳毛麟角。這是為什麼？最主要的原因之一，竊以為是由於在神州大地上，長期貫徹一條極左的政治路線。荒謬的「階級鬥爭」學說，以鞏固政權為目的，以尋找並狠鬥「敵人」為手段，最終導致冤魂遍野，四面樹敵，舉國不寧的結局。人與人一旦失去真誠，在彼此心間築起一堵堵防備之牆，冷如嚴冬的社會，哪能容得下和煦、溫暖的春光?!

2013.4.2

福中知福

北京霧霾濃重，我以為是天氣多變，屬自然現象，日出風吹自可雲開見藍天，莫需一驚一乍的。後看報道竟接連多天聚而不散，政府高官也出來承認「與污染有關」，於是知道是有人為的因素了。不過既然政府已經明白，當然相信會加以解決的，我仍不放在心上。

昨天在《澳洲新報》上看到一位叫言青的北京老太寫的《霧霾京城盼藍天》。文中說，在那些日子裡，人們憋得不行，電視上也呼請老人、小孩儘量不要外出，致使她倆老夫妻「只好把自己鎖在屋內，連窗戶都不敢開」。接著列數霧霾造成的三種災害：一是菜價飛漲，什麼都貴了，「一根不大的苦瓜九元」；二是道路擁堵，出租車司機「一怕費時，二怕耗油，不賺錢反而虧本，乾脆不出車」；三損害身體，「大人小孩咳成一片」，以至於誕生「北京咳」這樣的新名詞。據說「平時不抽煙，不喝酒的朋友，不時傳出患肺癌的消息」……北京，可是首善之區啊，其他城市如何呢？環境如此，實令人吃驚！

不由慶幸能來悉尼安度晚年，繼而便有「生在福中當知福」的感喟！

6年前，我「歸隱洋山林」，來到房價相對便宜些的悉尼勃拉那（BERALA），跟隨二女兒居住。這個家位置有「三近」——上街與去火車站6分鐘，到小學校4分鐘，公園就在門前，橫跨馬路不用半分鐘。前後左右的道路兩旁，均有樹木與各家的花圃連接。從讀初中開始即有晨練習慣的我，自然很快融入這環境，如魚得

水，唯獨為沒個圖書館而抱憾。最近，那裡新建了個沃斯大超市（WOOLWORTHS），生活用品供應更加便捷了。而門前那個小公園，也以個把月時間作大幅度的修建：周邊圈起鐵柵欄，裡面的草地，按照幾何圖形予以重鋪，新移的風景樹婆娑搖曳，樹下的露天靠背長椅，從兩張加到十多張，各種兒童遊樂設施以至廢品收集箱也都翻倍增添，還加建了露天的乒乓球台、籃球場，甚至專為緬甸同胞特設的藤球場（亦可作羽毛球場）。散步行道以水泥或方磚鋪設，而遊樂場與球場，全用軟性的彩色塑膠墊底……路過的行人皆嘆曰：「為了改善市民公眾的生活環境，澳洲政府確實肯下大本錢！」

可惜，我們卻搬離了這個已相當熟悉的地方，告別一群天天在一起比手劃足的老年朋友。

我們的新家搬到伊平（EPPING），是座有70多年歷史的西班牙式老屋。女兒女婿說，搬家理由有三：其一是換間靠近稍有名氣的小學、中學，對孩子們的成長比較放心；其二因原住處過小，眼看小傢伙們長大了，3間臥室不夠分配；三是老爸老媽粗茶淡飯要求不高，住得寬些還是需要的，「讓老人早些享點清福」。她們於是不辭甘當「房奴」，貸款換下這老屋。老朋友們來訪，都說：「你有福氣啊，子女孝順！」我說這是人性的天然，不過她們也是勉為其難的，用我們閩南話講，是「屎龜頂石板」，相當於北方歇後語「瘦驢子拉幹屎——硬撐！」然因屋子太舊，又無力投入足夠資金以作大的裝修，孩子們常常流露出悔意。我則說：「行啦，搬家的目的已全達到，而這房屋雖貴卻可保值，以後有能力還可以再換。至於生活沒有以前的方便，過些時就會習慣的。」女兒笑道：「老爸有了自己的小書房，便一切都滿足了！」

確實，積七十餘年的經驗，我的生存狀態可以三個字概括：

安樂歸——隨遇而安，知足常樂，視死如歸！其實我所滿意的何止是間小書房？新環境也是相當愜意。我去信給國內親友說，EPPING，我諧音土譯為「愛平」，然愛平不平丘陵地，出門不是上坡便是下坡。不過樹木茂密，鳥雀眾多，空氣特別清新。這是養老的佳所妙地。我在院子裡「披荊斬棘」，開出30來平方米的園地，部分瓜菜可以自給了。院內有棵兩人合抱高達30米的南洋杉，乍到時，都覺得必須砍掉，否則怕若干年後傷及地基。但是友人勸阻，說這裡砍伐高樹是必須申請批准的，否則將被嚴厲處罰，而像這一棵，即使申請獲批了，也得繳交大約澳幣3700元……院內之樹當屬私產吧，不准砍，豈非「侵犯私權」？我們想不通，但也猶豫起來。當我在烈日之下墾荒累了，躲到樹下休息時，發現這高樹簡直是把天然的陽傘。濃蔭匝地，涼快非常。進住以後，在其蔽蔭的露天花臺上看書讀報，猶可兼聞鳥鳴，不由又惜之為寶樹了。倘若上樓憑欄眺望，則四鄰遠近全是蔥郁的樹，有飄逸的五針松、銅竿杉，瀟灑的假檳榔、狐尾葵；婆娑的藍花楹、柳葉桉以及說不清名的各色林木，既幽清又寥廓。這景觀，不正是禁伐制度所造就的優美大環境?!我對所謂「侵犯自主權」有所理解了。我有午休習慣，常常在睡醒之時，發現窗前那棵開著絳紅花朵的扶桑上，幾隻烏頭黃喙灰背的小鳥在枝葉之間跳躍覓食，啄著花芯。我連忙取出相機為之拍照。它們竟不飛不躲，還轉頭擺姿，相互配合呢。對這棵每天還賣力呈獻二三十朵鮮花的老樹，我便格外地呵護起來。在這樣的環境中，每天晨練的心情最是怡悅。那天清晨，我沿著綠樹排列，花香浮動的U型路線慢跑一周，回到家時，驀然發現那南洋杉上綴滿了白色的大鸚鵡，嘎嘎嘎地嚷成一片。心頭忽然冒出一付對子：「樹多花多，野鳥也多；車少人少，噪音真少！」如加個橫批，可以寫上「適宜養老」。

　　幾十年前，我出差北京、東北，就曾領教過那裡的風沙與煤灰，走在路上不用多久，便覺脖子粗糙，鼻孔癢癢，領際已經顯現一道污痕，當時就認定北方不如南方好。不知現在北京霧霾的侵害，比那時的污濁又嚴重了多少？言青老太太如若能到這裡來體驗一下，大概會發出「人間天堂」的感慨吧。

2013.2.17

思索可貴，但忌偏激
——關於「感動中國」的話題

　　從地攤撿來一份免費的中文報紙，發現其中有篇選登的網文，題目是《感人還是丟人，感動中國的硬傷》。這是對「感動中國2011年度頒獎盛典」的小評論。作者說，盛典頒獎給10位獲獎人，節目取得成功，「舞臺上熒屏前照樣淚雨滂沱」，可是「細一思索」，卻不但是「鬧出笑話」，且「反倒越覺得丟人」，在感動之餘，甚至還「不由得脊背發涼」……能讓觀眾「淚雨滂沱」的場面，何以倒成「笑話」與「丟人」？此文立意不可謂不奇特了，筆者不由滿懷興趣地閱讀起來。然而讀罷，似覺作者的「思索」方法，也有值得再「思索」之處。

　　不妨也照作者方式，以例闡理，查看其思路——

　　《臺灣時報》記者張平宜，辭去百萬年薪，到四川大營盤村致力於痲瘋病人子女的教育工作；貴州畢節縣賣羊肉串的阿里木，捐出全部小生意所掙的辛苦錢10多萬元，資助上百個貧困學生上學。作者認為將他倆評為「感動中國」的人，是「本應由社會保障解決的問題，成了感人的因素，由制度漏洞，保障缺陷來營造感人情節」。中國目前的制度存在許多漏洞，社保政策也比不上一些先進國家。這當然是事實，可是正因如此，才更有必要鼓動大家有錢出錢，有力出力，來補救於萬一嘛。張平宜與阿里木所展示的行為，無疑屬頂好頂好的好人好事，作者一用「營造」一字，好像真事變假，好事變壞了。難道見難不幫，遇死不救，才不是「營造」，才不會讓人「脊背發涼」？世上再先進的國度，恐怕也不會沒有漏洞

與缺陷的制度，沒有不需要不斷改進，不斷完善或曰不斷革命的制度吧。如果抓住一點攻擊其餘，很容易將無論什麼好事都「營造」成假像與鬧劇的。

杭州少婦吳菊萍，見有小孩從高樓下墜，以雙手接之，保住了小孩生命，自己卻受了傷。她被媒界贊為「最美的媽媽」。作者看法不同，對「一次歷時僅2秒鐘的本能反應，被捧為全國前十的感人舉動」有異議，認為「本能反應幾秒鐘，到處領獎幾個月」，「這本身就具有黑色幽默的感覺。」「2秒鐘的本能反應」？說得何其輕巧，那是生死攸關的關鍵時刻，是偉大的母愛，人性的光輝的瞬間閃現，不是每個人都會有的「本能」。別說「到處領獎幾個月」，無論如何表彰也不為過。從如此英雄行為中居然會產生什麼「黑色幽默的感覺」，這實在有違普通百姓的價值認知。有這樣的心態，如若碰到類似情況，縱有一萬倍2秒鐘的思考時間，怕也很難有吳菊萍似的「本能」表現吧。

楊善洲原為雲南保山地委書記，退休後，上山義務植樹22年，帶領群眾造林5.6萬畝，然後又將價值3億元的林場獻給國家。可惜他沒能評上。根據他的事蹟拍成電影以後，據說有的影院，用搭配進口的外國大片誘騙門票。另有一位白方禮老人，靠踩三輪車積蓄的錢，從74歲開始，直到90歲為止，一共捐款35萬元，資助上百名的學生完成學業，卻連續2年沒有評上，據說原因是相繼為運動員劉翔和航天員費俊龍、聶海勝等擠出了10名之外。兩位老人都是在去世以後，組織者再以「致敬」的方式，給予他們以應得的榮譽。作者為之打抱不平了，說「他們不可避免地被消費、消解了」……如果為了多賣門票而搞什麼「搭配」，這是狡詐的商業行為，有損先進人物的英名，確實應予反對，即使為了宣揚他們的光輝事蹟，搞什麼「搭配售票」或者犯框定名額的「十錦病」，也是很不妥

的，但說成「消費」、「消解」他們的什麼，就有異味了。「感動中國」活動，也許真有這樣那樣的缺點，然其宗旨畢竟是弘揚正氣，提高國民素質，倡導和諧社會，舉辦的結果也頗受民眾的歡迎。舞臺上熒屏前的觀眾「淚雨滂沱」，不就是明證？作者卻思索成「各種社會矛盾加劇，種種醜陋現象層出不窮，而一個人人自危，人人覺得冷漠的社會不利於治理，讓老百姓感動，讓大家看到有比你們還慘的人，成了有關部門的需要」，於是得出「用淚水化解矛盾，用感動轉移情緒」的結論……如此的指責太牽強附會，不說是無限上綱，怕也有雞蛋裡挑骨頭之嫌了。大有文革派報的遺風，也是歷代憤青們常犯的過失，有失公道啊。

世上事，公說公有理，婆說婆有理，但道理有大小之分，主次之別，而真理畢竟只有一個。忘了誰說過：「真理再往前一步就是謬誤。」此文的思索、立論，難免使人產生存在這樣的危險感覺。

2012.2.26

慘案突發之後

　　此起慘案，我是先從電腦上得到消息的。

　　那天（12月15日），遠在廈門的老同學發來E-mail「問候」，云：「剛才看新聞——悉尼市中心發生劫持人質事件，鵬舉即打電話來，要我發郵件向你問安，說他沒你的郵址。祝你一家人安康！」

　　悉尼？有這等事？我趕緊回覆先慰遠念：「是恐怖分子幹的吧？我家距離市中心尚遠。這裡沒有顯赫單位，恐怖分子大概不會光顧，而我也少出門，平安無事，謝謝關懷！」覆函之後，頗有「事不關己，高高掛起」的意味。

　　不過畢竟是件大事，順便關心一下。略查新聞始知，有伊朗狂人，持槍占店，劫持數十名人質，封鎖店門。櫥窗玻璃上張顯阿拉伯文告示，什麼內容卻不詳。我想糟糕，恐怖分子終於惦記悉尼了，從此出門得小心才是！

　　隨著事態的進展，我的關心也愈加增強，先是知道事發準確地點是馬田廣場的瑞士蓮朱古力咖啡館。持槍狂人僅一個，叫莫尼斯，是伊朗回教徒，而被劫持人質有顧客與咖啡店員工計18人。警察聞訊已迅速包圍，對峙期間也有人質陸續逃出……我祈禱著：但願不要死人！然而對峙17小時後還是響起槍聲，慘案終於發生。當場死亡3人。真是惋惜、難過，也為遇難者家屬擔憂，可是死者都是些什麼人呢？還不清楚。

　　女兒下班回來時告知：一位34歲的男經理約翰遜與38歲女律師道森，為保護別人，不幸被槍殺了。劫持人質的莫尼斯也被當場擊

斃。女兒還說,馬田廣場立即變成臨時悼念場所,許多過往群眾爭相買花,向不幸遇難的人質獻供。我說:「發國難財啊,花店這下可賺多啦!」女兒卻說:「不,凡是買去供獻的鮮花,花店一律半價優惠……」呵,我想歪了,頓覺自己境界不如花店老闆,慚愧!女兒又告訴一個小故事:據說在火車上,有位白人女士看到一位包著頭巾的穆斯林婦女,神情憂鬱、驚慌,臨下車前,居然解下傳統不離的包頭巾,收藏起來,顯然是害怕被同族的犯人相連累。白人女士於是上前安慰:「請別害怕,我陪您一道走!」那穆斯林婦女剎時激動,淚流滿臉,緊緊地擁抱對方道謝。於是便有人爭相仿效,在微信上發廣告自願保護穆斯林朋友,公佈電話號碼,並建議發起一次「與您同行」的群眾活動。我不由聯想到釣魚島爭端初發期間,中國憤青們一見到賣日貨店鋪與日制汽車,不分青紅皂白便亂砸一通的事,與此比較,大相逕庭呀。

後來看報紙報道,被槍殺的兩位年輕人,女律師是掩護孕婦出逃中槍,男經理則為奪槍身亡。兩位都是為保護別人而英勇獻身的。他們受到民眾的由衷敬仰。從週二開始,馬田廣場成了花的海洋,花的王國,成千上萬群眾自動獻花,寫下愛心寄語。到週三,人群為了獻花,竟需排隊9個多小時!死者約翰遜的父親看到如此情景,感慨說道:「這是人們自發的關愛。我們感謝在這個艱難時期支持我們的每一個人!」是的,多麼可愛的澳大利亞公民,多麼可愛的多元文化相融!

記起一則中國故事:在長途客車上,有人性侵、欺侮一位姑娘。姑娘求救,呼籲報警,全車竟無一人響應,包括司機。姑娘便在光天之下遭殃。也曾看到過一段視頻:有位年輕女司機,駕駛長途客車,途中被兩個歹徒攔車、劫持,拉往偏僻處強暴。車上乘客卻木然不動,冷臉如霜,僅一男青年忍不住下車援助,可是被歹徒

打折了腿。無力抗拒的女司機坐回駕駛室後，將傷腿男青年的行李扔出，未待他再上車便奪路而去。不久，女司機加大馬力，沖下公路橋，全車乘客同歸於盡。男青年至此方明白，女司機的粗暴原來是報恩，留下了他寶貴的生命……我不知道這是真實事件還是杜撰小品，但看時心情沉重，百感交集。首先，一車乘客有幾條生命呀，就這樣慘烈滅絕，未免太殘酷了。然而一想到女司機的羸弱與無援，想到一大幫乘客的冷漠與無情，對女司機的譴責卻難以超越同情了，甚至懷疑，也許陪葬正是那一車自私人群的報應。其次，我想起愛因斯坦的一句話：「世界不是毀在作惡者的手中，而是毀在袖手旁觀者的手中。」兩個歹徒毀了一位年輕姑娘，滿車的袖手旁觀者毀了自己的生命，同時毀了社會道德的堤壩。我進而又想，在禮儀之邦何以會發生這種慘劇？這與社會薰陶有無關係？有人說，轟轟烈烈的「學雷鋒運動」，抵不過「階級鬥爭的政治教育」。大面積的道德滑坡必然帶出各種難以理喻的怪事來。當愛心與正義感缺位，基本人性喪失之後，人類社會與叢林的野獸也就沒有多少差別了。

　　12月20日《澳洲新報》的週末版上，又讀到一則報道：《10項嚴重錯誤引致劫持人質──政府若防範一項均能阻悲劇》。原來是澳大利亞總理艾伯特出面陳言了。作為一國總理，對慘案的真象並不回避，不遮掩，不淡化，而是攤開事實，追問職責，憤怒面對，將政府10項不該犯的錯誤公開列出。據他揭示，澳大利亞政府早就知道這個莫尼斯，原是伊朗政府發過通緝令的欺詐罪犯，1996年入境澳大利亞，卻被批准為「難民」，後且享受社會福利。伊朗曾提出引渡他回國受審，被澳大利亞拒絕。此人在澳生活的18年中，用過多個名字與難以辨識的職業身分，暴力前科多達40餘項，還被情報機構列入恐犯分子名單之中，然而後又取消。他被控謀殺前妻，

而西悉尼PENRITH地方法院卻為之判定「保釋候釋」，他持槍製造這起慘案時，仍處於保釋期中……總理艾伯特說：「莫尼斯有長期的暴力、精神不穩定歷史，刑事犯罪紀錄累累，和明顯地迷戀色情和極端主義。他能夠逍遙法外，開庭信步街頭乃極為不尋常事件，這些錯誤涉及各級政府」。總理發誓要「緊急全面檢討事件結果」！

　　十項錯誤，怵目驚心，確屬「有關單位」的可怕疏漏與失責！惡果業經出現，艾伯特總理正視過失，亡羊補牢，力求減少乃至阻止同類錯誤的再次發生。《左傳・莊公十一年》有文云：「禹湯罪己，其興也勃焉；桀紂罪人，其亡也忽焉。」總理艾伯特的態度，很符合這個「中國古訓」。我不是說艾伯特精通漢學，在發揚華夏傳統，而是想咱們老祖宗的有些觀念，其實也與「普世價值」相通的。可惜，在堯舜禹的故鄉，有人卻抵制「普世價值」，連老祖宗的教導也幾近遺忘了。有一段不算短的極左時期，甚至出現「死不認錯」的惡劣現象。當權者擅造冤案，釀成千萬生靈塗炭，卻總是死不認錯，反而文過飾非，歪曲掩飾，或顧左右而言他。歌功頌德，慶賀昇平，不思檢討，無異於默許、放縱錯誤與罪過，於是天大的罪錯越演越烈，使社會失盡良心，從上層到草根，沒了愛心與正義感，連最低的誠信亦幾近蕩然。

2014.12.23

故園回望

蜻蜓點水寶島遊
——訪台日記

2009.4.19

天公不作美，出門遇大雨。從福州去馬尾，大巴全在雨中行。辦完出關手續，登船時雨竟歇了。

老天還是有點情。

據說「兩馬」（馬尾、馬祖）每天各派一艇對開，上午往，下午返。我們乘坐的安麒輪，屬福州管。這是一條只容50來人的小艇，在無風細浪的海上行駛還算平穩，然偶一加速，即呈奔馳狀，急托急降，在浪尖上搖晃，有人竟也暈吐起來。

雨雖暫歇，霧氣仍然氤氳。放眼海面，四顧茫茫，索然無味。船上的電視，也影像模糊，真是掃興！不過想起訪台手續的繁瑣——得先向旅行社交定金、開發票，再持發票向出入境局申請辦理「往台通行證」，又交旅行社，由旅行社再向台方申請「入台通行證」，必須得到「中華人民共和國」與「中華民國」分別頒發的「兩證」（通行證），方可成行。全部「工作日」竟須個多月——終能遂願，倒還欣慰！

船邊飄過一塊半尺見方浮木，上立小鳥一隻。大概是飛翔疲憊了，藉以稍息片刻。渺茫大海，難得能遇上這麼一方救命的小木板！鳥兒有家嗎？家在何方？它能找回家去嗎？此景此情，似乎也暗示著某種人生況味……

船行約一個半小時，便登上了「國民黨轄地」——馬祖。海峽戰雲密布半個多世紀，人為政治，兩岸屏蔽，疏離久了，今登「敵

佔區」，難免產生複雜的感慨！

馬祖，乃由四個島群所組成，自上而下為：東引、北竿、南竿、莒光（原稱「白犬」）。計有10個島嶼與26個島礁。舊屬福建省連江縣，現在歸「中華民國」轄下，亦稱「連江縣」。島民通講閩中方言，載客的小麵包車前，索性標著「卡蹓專車」字樣。「卡蹓」者，「玩耍」之福州話也。因為我們旅遊團裡多為福州人，導遊小姐介紹起來，葷素故事全用方言講，說是「如見親人，情不自禁」！

我們投宿於南竿島（鄉）的麗都賓館，距連江縣府只一箭之遙。

上午11點多鐘，船一靠岸，旅遊團便「人貨分離」。行李由小的士送往賓館，堆放在大堂旁，說「可以放心，沒人會亂拿的！」；遊人則乘小麵包車開始遊覽。先看一個民俗館，午餐後再看北海坑道、天後宮、福山照壁、水產養殖館與酒廠八八坑道，路過而沒參觀的，還有大漢據點、鐵堡……多為當年的碉堡、戰壕等軍事要地。因之總的感覺便是「戰地風光」了。如福山照壁，那是蔣介石1958年蒞此視察時題字「枕戈待旦」，被戰地司令部放大浮雕在一面大牆壁上，以提醒戰士時刻提高警惕。照壁下方，隔條馬路，在瀕海的高地上站著一個人，那是拄著拐棍的蔣公銅像。據說他西望故鄉奉化溪口，心裡總想著「光復大陸，榮歸故里」，一站幾十年直到如今。又如兩個坑道，完全是「戰備之功」：北海坑道為水巷，在一座山腹裡挖出一個大「井」字，水巷10米寬18米高，與海連通，最淺時水深也達4米，可泊船隻幾十艘。現在供人遊覽的走道長達743米，約走半個多小時。據導遊介紹，當年動用了3個步兵營、1個工兵營和1個傾卸車連。每天出動3000個阿兵哥，幹了820個晝夜（即從1968年直挖到1970年）才竣工。洞口的女牆反面雕刻八個大字──「鬼斧神工蓋世之作」，並非虛言。不過，這

條為船隻躲避炮擊的水道完工時，國共雙方業已宣布停戰，干戈化玉帛，戰備工事於是成為旅遊觀光點。北海坑道洞口的兩尊大炮，我以為必須順帶一筆：這是1937年日軍戰艦於近處觸礁沉沒時的遺物，為日本東吳海軍工廠昭和18年製造的「高角炮」。尤物雖非戰利品，但坑口展覽，不無暗含反對侵略，保家衛國的深意，自然能激發出愛國主義的熱忱；「八八坑道」現在是馬祖高粱酒的品牌名稱，其實原本也是戰備工事。開鑿的目的，在於為戰車連準備避炮場所，照樣全靠人工開挖，竣工時正值蔣公88壽慶，故名。可是此地實在太潮濕了，根本無法藏車。檢測溫度、濕度，作為酒窖卻正合適，後來便成為馬祖酒廠的儲酒庫。承蒙酒廠好意，讓我們全團的人都各嚐一小杯。的確口齒留香，堪比茅臺！

2009.4.20

今日要過臺灣海峽，大家都有難抑的興奮心情。

看地圖，南竿至基隆不到100海裡，航程八九小時。但我們乘坐的台馬輪先拐東引島，36海裡走了近2小時，再由東引到基隆90多海裡，又花去10來個小時，抵達基隆時已是夜幕低垂，港燈迷茫了。

台馬輪可算大船了吧。供登船的底部行李艙，寬且高，猶如禮堂。中層客艙，還分設貴賓、商務與普通三個等級。我們乃平頭百姓，只配普通艙，不過每人一張小床，倒還可以。趁未開船之際，我到處逛逛，在輪船頂部平臺，畫有一個圓圈，似乎是直升飛機的著落點，可見此輪真不算小，航行應是平穩舒適的。難得微風細浪，很高興選擇坐船，以為可以飽覽臺灣海峽風光！

然而實際情況與想像相去太遠了。船剛開出便覺晃動厲害，還在南竿至東引的途中，有人開始作嘔了。服務員送塑料袋都來不及。我也顧不上什麼海上風光，趕緊躺進自己的艙號裡，放平

心態，隨波上下。頭雖暈昏，卻也未吐。船在東引碼頭停靠20多分鐘，正好趕緊起床用午餐。雞肉蓋澆飯，品來如同嚼蠟。船未開，又趕緊躺在床鋪上。台馬輪橫渡臺灣海峽時候，大概是艙中「嘔嘔」之聲最多之時。雙眼緊閉，頭腦昏昏，海峽是風是雨哪裡顧得上？大概早過了海峽中線以後吧，比我還會暈船的瓊來喚，說許多人都到船舷上休息，那裡似乎更不暈船些。我們於是在船邊找了靠背塑料椅子坐下，一邊呼吸海上來風，一邊觀望海上景色。這時，微風輕吹，波濤不大。海面仍然廣闊，但四面雲合，能見度極低，一片墨綠的海上什麼也沒有。很久很久，才見到兩艘貨輪在右側相跟相隨，朝同一個方向駛去。據說由於風浪過大，輪船晚點了，至十九點半才徐徐駛進基隆港。此時已是燈火闌珊，影影綽綽只見起重設施及遠處高樓剪影。海港雄姿模模糊糊，自然欣賞不到了。

船顛一天后，大家頭重腳輕地登上岸，不待喘口氣，當地導遊小丁先生即就地安排晚餐，後又馬上拉去參觀臺北的101樓。

101大樓應是臺灣最為現代化的建築了，總共101層，向有「世界最高樓」之稱，當然值得一看。可是當我們從第5層乘「世界最高速」（12米／秒）電梯登到第89層時，樓外雨霧濛濛，透過玻璃大窗鳥瞰街景，只是一片朦朧。大家抱憾地轉看室內的黃金雕塑及珊瑚展覽。跨占89層與88層的巨大球形阻尼器，倒是很吸引眼球的。阻尼器球重800噸，上以四組鋼纜懸掛，下用四根彈簧套筒支撐。其工作原理，大概是當地震或強風來時，懸球跟著高樓擺動，但時間相對滯後，形成強大的反抗力，於是抵消、平衡了原動力，減輕高樓的擺動程度。阻尼阻尼，顯然是種「反動力量」。可是放在這裡，「反動力量」倒是極其有利於民生的。自然科學如此，政治範疇怕也不會例外吧。

參觀完畢，轉到賓館已經11點多鐘。會親計畫只好推後。

2009.4.21

一天行車，從臺北到台中，遊了三個景點。

南投埔裡的中台禪寺是座金碧輝煌的大寺廟，外觀偉岸如城堡。看那金光閃閃的塔狀屋頂，又疑到了泰國、緬甸。寺內三進結構：自中軸線入門，一進先見笑佛彌勒，背面是橫劍韋馱，兩旁為四大金剛；二進中堂供奉關公；三進大廳是主殿，供有釋迦牟尼及其左右的迦葉尊者與阿難尊者。中軸線兩邊，後進左右是達摩祖師與伽藍菩薩，二進至一進的兩旁則分列十八羅漢。駐足寺中，經地導小丁的介紹，「認識」了異乎尋常的四大金剛。據說，這四尊大佛各有其名，全用山西省的青草石雕成。其高12米，幾能觸頂，重100餘噸，厚實如柱。雄偉厚重，正體現了「頂天立地」。每尊還各具四張臉孔，朝向四個方位，張張栩栩如生。四尊名號依序為：東方天王國持，執鋒劍一柄；北方天王聞多，抱琵琶，可調音響；南方天王長增，拿把傘，能遮雨；西方天王目廣，托著塔，還撫弄龍蛇而順之。這樣，四大天王合起來便組成「風（鋒）調雨順」，是能保一方平安、昇隆的意思。

台中禪寺是座嶄新的大型建築物，光亮潔淨，纖塵不染，想來當為上世紀九十年代產物。寺左還有個在建中的觀音殿，尚未開放，自然是為專供觀世音菩薩而備的。

名聞遐邇的日月潭，是個面積寬約8平方公里的山中天然湖泊，海拔高度750米。湖中孤島名「拉魯」。以此島為界，可分湖為二：潭面北半部如日輪，南半部似月鉤，故名日月潭。

我們來時巴士盤旋繞上山，然後蜿蜒下到谷間，在伊達邵的明月村登艇遊湖。艇上導遊小劉，是個能言善語的小夥子。他盛讚隨車地導小丁先生「有辦法」，為我們要了艘最新最豪華的遊艇。遊

艇一經開出，小劉即口若懸河，邊放影碟邊介紹湖畔景色，什麼慈恩塔、涵碧樓、玄奘寺、文武廟、德化社、山地文化村、孔雀園以及行宮、大酒店……不時穿插「故事」，拉扯到蔣公、阿扁、九哥等風雲政治人物身上，並隨意作些詼諧的評判。不過，他最後不忘交代一句：「這都是傳說啊，信不信由你們！」

遊艇巡遊，兩次棄船登岸。一在湖之南濱的小山麓，上有玄光寺。寺中塑唐三藏法師全身，曾是玄奘法師靈骨暫藏之所。小劉送上岸時交代過：「蔣介石與宋美齡曾經在這裡散過步，你們上去，要想像自己是蔣公、宋夫人，這樣感覺就大不一樣了……」。林蔭下，順石階而上到玄光寺，扶攔放眼，湖中景色盡收眼底。孤島拉魯如浮蓮一朵，其左右湖面，還真如日與月呢。寺前平臺豎一景石，上刊「日月潭」三個紅字。遊眾於是你擠我擁，爭著留影。我們沒有這個拚勁，也實在擠不進去，只在寺廟內外蹓躂。瓊發現庭前擺放12生肖的雕像石凳，而且「兔」與「雞」恰相為鄰。我們這對71與65高齡的夫妻便返老還童，各騎一物，請人攝下一幀牽手趣照。玄光寺後有長長的石徑，可通山腰的玄奘寺。但我們沒有時間，可望而不可即。好在庭前眺望，山光樹影，倒映水中，壘玉疊翠，如同仙境。古人有遺詩：「山中有水水中山，山自凌空水自閒」，「但覺水環山以外，居然山在水之中」，倒也讓人體驗出別樣韻味來。我們慢慢下了山，見到正在解纜的小劉，我便逗趣說：「石階不短呵，『蔣介石』走累啦！……」小劉哈哈笑道：「有請『總統大人』回鑾！」

第二次棄船在湖中拉魯島。我沒講登「陸」，因為登的是「浮棧」。拉魯島小不點兒，最多只有半個排球場大。島卜兩棵小樹。但管理人員手巧，環島製作了一圈「浮田」，植以茂密的草本花木，再外環，又添一條兩米寬的浮式走道，可供遊人駐足觀賞與

留影。走道一圈可同時停泊5艘小艇，遊人上「岸」漫遊半個小
時，下船開走，再讓別的遊艇靠上。「拉魯」是邵族語，意為「神
聖」。拉魯島上一頭白鹿雕塑，寄寓一則優美的傳說：很久很久以
前，邵族人的祖先打獵時遇見一隻白鹿。白鹿不即不離地奔跑，
任憑追趕，直到這個水豐草盛之地，才突然消失。祖先們醒悟白
鹿原來是神鹿，有意帶他們來此福地，於是視小島為「拉魯」（神
聖地），蓋起草房定居下來，藩衍後代。草房曾世代傳存，可惜在
上世紀末一次地震中倒塌了……故事雖美，畢竟是傳說。現實的日
月潭，我以為最美的是湖水。瞧，那水清澈、淺藍，毫無污染，非
常可人，說是「凝碧」一點兒不過分！木棧橋與浮嶼的運用也相當
成功。曲橋伸入湖心，連接上八角涼亭，遠望美不勝收，而沿岸點
綴一方方浮嶼如秧田，微風過處，細浪輕漾，嫩草搖曳，簡直要勾
人心魄了。小劉說這浮嶼底下還養著珍珠貝呢，那方方如秧田的浮
嶼，除了美化湖景之外，更是防止遊艇太靠近破壞生態的阻攔。此
外，日月潭水還有「儲水發電」的功能，據說每天晚上放水發電，
白天再將水抽回儲存，反覆使用，如「永動機」。日月潭的發電量
幾占全台水力發電之70％，經濟效益相當可觀。因此日月潭水不但
能為民眾送美，還帶來光明與動力。

　　遊湖既畢，順道又看文武廟。此廟背山面湖，瀕水高踞，門前
兩頭巨大的紅獅雕塑，騰躍生動。廟宇軒昂，是日月潭景區頗為突
出的景點，據說也是全臺灣最大的文武廟。
　　廟的主題是「崇文宣武」，內容自然依此陣列：後面最高主殿
供大成至聖先師孔夫子，其兩旁是他的四大弟子曾參、顏回、孟軻
與孔伋。中殿是關公、岳飛迎面對坐，膝前分別站著關平與周倉。
前殿還是美鬚公關雲長，不過塑像要小得多。此外有文昌帝君、

神農大帝、三官大帝、元始天尊，乃至魁星、城隍、土地公、海龍王……「文武」創意自然不錯，可是春秋戰國，三國南宋，天空海洋，千年百代濟濟一堂。如此這般攪到一塊兒，正暗合了神仙之界不受時空限制的情形，不過在凡夫如我者，便覺須當刮目相待了。庭前輕煙繚繞，香火鼎盛，可知信徒甚眾，虔誠敬奉，但不知眾神仙們可平等分享否？

從馬祖南竿島上的天後宮，埔裡的中台禪寺，到這個湖邊的文武廟，還有沿路許多不知名的小寺小廟，全都裝飾精巧，富麗堂皇，氣勢不凡，猜想佛、道、儒、基督……各類宗教信仰，在台正蔚為風氣。

2009.4.22

自嘉義往阿里山，行車3小時。丁導先讓大巴停到半山腰，帶大家在陷於檳榔樹林之中的茶場辦公室，品購「總統茶」。茶老闆是位「美如水」的阿里山姑娘，不巧今天不在，由其「壯如山」的弟弟接待。所謂「總統茶」，就是阿里山雲霧茶，但鐵罐包裝盒上印著年輕女老闆與馬英九的合影，甚是奪目。茶藝姑娘送來茶水時，我悄悄問她：「將馬英九當招牌，他知道嗎？」答：「他同意的。他競選總統時，我們有鉅資贊助！」「鉅資」有多少不便深問，可是廣告效應的「回報」可能是幾何級數的增值吧。接著又到另一山窩裡用午餐。這裡幾間餐館，地皮不大，遊人相擠，磨肩擦背。又逢雨天，無數花傘如雲朵、鮮花，交疊綻放。丁導一再吩咐：「這像『兵荒馬亂』，大家要抓緊時間，一人跟著一人，別掉隊！」

大巴換小巴再往山上開，直到「阿里山國家森林風景區」。

阿里山面積1400公頃，地跨南投、嘉義，為18座山組成的偌大山體，平均高度海拔2000米，主峰2600米。「阿里山」系其總稱。

據說是以高山族擅獵的達邦酋長阿巴里命名的。阿里山以「五奇」聞名遐邇，即日出、雲海、曉霞、森林與山間鐵路。我們今天只參觀「國家森林風景區」，即一段自上而下的緩坡林與一個小山窩。大概既非主峰，與「五奇」也難沾上多少邊吧。

這一段緩坡植遍柳杉林，說是日偽統治時期種下的樹苗，今已長成參天大樹。樹高葉茂，遮蔽雲天，加上下著小雨，光線晦暗，遊人相跟相隨，緩慢前移。一頂頂小傘連成一條長龍，在山間組成一個大「之」字。路窄坡長，花傘與綠葉相映成趣。水滴自葉間下墜，打在傘上嗒嗒作響。那意境，可謂穿林聽雨圖。

前面一個不太大的山間淺湖，名「姐妹湖」。湖中建兩草亭，以曲橋與岸相聯。湖之景色並不起眼，但湖畔數叢樹木，以兩棵、三棵、四棵紮排成堆，根部相聯，導遊想像其為「兩姐妹」、「三兄弟」、「四姑娘」……於是杜撰出一篇篇動人的男女情愛故事來附和。遊覽線上本來還有櫻花園、蘭花圃……如當花季，宅紫嫣紅，必定鮮豔醒目，可惜節令已過，眼前只剩下一片嫩葉。

天下山水僧占多。阿里山最好的這個山窩也叫寺廟給占了。一座金碧輝煌的山間廟宇，叫受鎮宮。建築極盡技巧與心血，雕龍畫鳳，鎦金鍍彩之外，屋脊上還特別設置三尊「真人」塑像。我問寺廟主持供的是什麼佛？答曰：「玄天上帝！」哪路神仙沒聽說過，但屬道教系統大概無疑。細看還有福德正神和注生娘娘。傳說每年三月三，都有神蝶飛來朝拜，不吃不飛一周後才不見蹤影。與受鎮宮對峙的，是座兩層樓的學校。丁導說是「全臺灣的最高學府！」其實是一間加掛初中班的小學校，「最高」稱謂者，並非學科深度，而系地理位置也。它處於海拔最高處，故稱「最高學府」。山窩地界並不大，宮觀、校舍連同操場，平地總共不會大過一個足球場。

　　但這是遊樂園的中心點，稍登幾步石梯，輻射出去便是遊覽景點，即「香林神木園」。丁導領著大家在神木園裡慢慢地轉悠，走走看看，差不多也只花個把鐘頭吧。看什麼呢？概括起來是：兩株古檜、幾座根雕、一個靈塔。兩株古檜都有千年以上樹齡，屬東漢遺物。一株2300年，植於漢光武帝時期，叫「光武檜」，另一株年輕些，也有2000年歷史了。現在樹高數丈，底下加圍，想看樹葉啥樣子，卻看不清；「根雕」是我的命名，其實就是大樹頭，樹高成材，早被日本鬼子砍掉運走了，剩下沒挖起的樹頭，經歲月風雨的剝蝕，大部袒露於地表，七奇八怪，稍加人工整理，即變成大型的藝雕。如：像野豬的，叫「金豬送喜」，像鳥兒的，叫「鳳凰呈祥」，根條互架構成桃形空間的，叫「永結同心」。一棵小樹長在兩棵倒樹身上的，叫「三代木」（據說第一代倒下250年後長出第二代，第二代枯後300年，又長出第三代，所以三代合共550年）……所以我說，這是大自然的根雕藝術品！至於塔靈，是一座圓筒尖頂形的石碑，如導彈，叫「樹靈塔」，日本鬼子所建。攝於樹有靈聖，當年日本侵略者砍運太多了，心虛，便特建此靈塔祭祀、謝罪。若真如此，我想恐怕不是這群侵略者良心未泯，而是鱷魚流眼淚──假好心了！

　　下了阿里山，驅車直取高雄市，又是3小時旅程，夜宿金圓大飯店。

2009.4.23

　　高雄、台南都是大城市，可參觀之處定多，但時間關係，我們還是蜻蜓點水，走馬觀花。總共只看了兩個半景點。

　　「半個」是指高雄市容與愛河。因為坐在車上巡覽，沒有逗留，所以只能算「半個」。

　　用完早餐才8點來鐘，大巴在街上跑，店門大多還未開啟呢。印象較深者有二：一是滿街招牌真多，又長又寬，層層疊疊，目不暇接。有的巨大的招牌之下，商店門面卻很小很小，如閩南話說的，是「十四元佛仔戴二十四元紗帽」。不過這也證明此間商業的發達；二是路名有意思，什麼「新疆路」、「酒泉路」、「重慶路」……多為十分熟悉的大陸省市的地名。姑且不說風俗習慣等其他因素，單是這路名，想「去中國化」談何容易！覺得阿扁真會開玩笑。

　　愛河是條江？或者是海灣？難以分辨。水道寬約百米，水呈藍色，靜靜地，又像條運河。兩岸石砌水泥抹，整齊有序，花木精緻，點綴不少藝術化建築物。黃昏過後華燈初上時，定更迷人。小丁說是青年人談情說愛的好地方。

　　愛河也曾「臭」過，污染得不堪入目，後來下氣力整治，終於恢復舊貌，且變得妙齡姑娘似的。據說，1970年也曾更名「仁愛河」，連同一個「萬壽山」，作為向蔣介石總統及夫人「祝壽」之禮物。20多年後，自1992年元旦起恢復「愛河」名稱。這一糾正，消除了強加的政治色彩，還山河以本色，顯然是十分正確、英明的。

　　現在高雄已被稱為「最適宜居住地」之一，我看多半功在愛河。

　　打狗英國領事館。「打狗」不是歧視語，是方言，為高雄的舊稱。「打狗英國領事館」即高雄英國領事館。

　　這是一座兩層紅磚西式小樓，有特殊的花欄、石雕和寬寬的圓拱走廊，為後文藝復興時代的巴洛克式風格。紅樓建在西子灣的船頭小山崗上，隔個停車場，毗鄰即中山大學大門。從停車場往上爬，坡陡近六七十度，「之」形的石階緊貼著駁岸，遊人由此而

上。小樓好像又加高了數丈，仰頭一望，啊，層層疊疊，全是遊客，聽語音，90％以上是大陸同胞。

史料介紹，「打狗英國領事館」，建於清朝（咸豐十年英法聯軍入侵後，中國被迫開放通商口岸，1865年英國在此建樓設立領事館，處理關稅及商務），是外國人正式在臺灣設置的第一座領事館，也是臺灣第一幢洋樓。1895年甲午戰爭後臺灣割讓給日本，日人改作海洋觀察所。二戰後收回，至1985年開始修復，1987年列入二級古跡，劃歸史跡博物館。2004年起由高雄市政府文化局委託高雄漢王洲際飯店營運管理，績效卓著，創造了臺灣古跡委外經營的成功典範。現館內保存著完整的昔日文物，見證高雄的歷史。

台南市北的赤坎樓是一座庭園景觀，同樣紅磚雙層樓，但屬中國古典的亭子式小望樓，造型風雅優美，配備園林。園中散布各式碑碣，石馬，石駝，技勇石，以及滿漢兩文並列的禦碑。整體呈現小巧玲瓏，古色古香，據說是台南市最著名的古跡與精神象徵。

十七世紀荷蘭紅毛入侵臺灣後，作威作福。1652年台人郭懷一領導反荷起義。荷蘭人強行鎮壓之，並於次年（1653年）在此建起碉堡，名普羅文薩。所用材料系自東印度運來的紅磚，故舊稱「赤坎樓」，又叫「紅毛樓」。鄭成功收復臺灣後，改作承天府。原建築已於同治元年（1862年）被地震所毀，至光緒五年（1879年）在遺址分建文昌閣和海神廟，仍合稱「赤坎樓」，1921年改為歷史陳列館。

赤坎樓旁有座雕塑群像，站在一人多高的平臺上。群像計四人，主角是手撫佩劍的鄭成功，左右兩位持大關刀的是武士，對面一個垂頭喪氣的外國佬自然是認輸的紅毛荷蘭人。台座下刻字為「鄭成功議和圖」，似乎在提示，當年鄭成功趕侵略者下海時，並

不怎樣為難荷蘭人，只是客客氣氣地「請」他們放下武器，交出領土，非常文明！

我們參觀時，在文昌閣與海神廟，遇見一批穿校服的中學生，人手一冊本子，一邊聆聽講解，一邊認真記錄。這是一堂具體、生動、切實的愛國主義歷史課，看罷確實令人欣慰！

草草參觀完畢，在出口處，看到桌上有一付無人看管的紫泥圓印章，我好奇地在本子上蓋了一個，呵，是「赤崁樓觀光旅遊紀念」，印章的中心有圖案，是椰樹襯樓宇，甚美。

離開高雄、台南後，丁導安排的是「長途拉練」——中經苗栗用晚餐，連夜急回桃園。差不多行車一整天！還好走的都是高速公路，基本上跑在高架橋上，而我們的豪華大巴，椅座甚高，視野開闊。大道兩旁樹木青青，樓房錯落，奔馳在繁榮富庶的原野上，倒是賞心悅目的。特別在臺灣南部，漫山遍野是綠蔥蔥的檳榔，路邊、田埂、屋角，有碩果累累的椰樹，羽狀長葉，迎風婆娑，展現一派熱帶風情。

我們一車人老年者居多，倒會自尋歡樂。有對老夫妻是退休的教育工作者（男是中學校長，女為小學教師）最為活潑，一路拉歌不歇。先是輪流個人獨唱，後漸漸變成集體合唱。大家唱《在馬路邊撿到一分錢》、《找朋友》、《少先隊之歌》，唱《我們蕩起雙槳》、《在希望的原野上》，唱《夕陽紅》……從幼兒唱到少年、青年，直唱到老年。動情歌聲和著嘻哈笑聲，一路飄灑。我忍俊不禁，「提議」大家接著該唱「葬歌」了。特別提醒「不是西藏的讚歌，而是葬禮之歌，這才完整……」話聲剛落，立遭「群罵」，「呸呸，烏鴉嘴！」之聲盈滿車廂，不過旋又化作笑聲一片！丁導手握話筒感嘆：「哇噻，都是『天王級歌唱家』、都是開心果，從

我帶遊覽團以來，還沒有遇到你們這樣活躍的團隊！」

　　黃昏在苗栗用完晚餐，順便觀賞滿街的根雕商品，然後開著大燈繼續前進，入住桃園賓館時，已是晚上9：30了。表侄從臺北載姑來會。姑侄相見，喜不自禁。但時已十點多鐘，稍坐片刻，照些像，我們即隨車往臺灣大學博士樓姑的住處，又照些像、敘談，互通些近況……不覺間夜已深，依依惜別，再勞駕表侄，送我們回桃園賓館歸隊。

　　拜望年邁的姑媽，本是我們此行最主要的願望和項目，可惜跟團旅遊不自由，遊覽沖淡了會親，憾甚！

2009.4.24

　　今天參觀重點在臺北，有野柳地質公園、故宮、孫中山紀念館等等，預定上臺馬輪用晚餐，並駛回馬祖南竿。因何昨晚卻宿桃園？大概是旅行社為了省些錢吧。

　　野柳地質公園位於臺北縣北海岸，為大屯山餘脈伸出海中的岬角，全長1700米。地質主要由砂岩構成。據說2000多萬年前，世上尚無臺灣，從福建一帶沖刷下來的泥沙，層層堆積成砂岩層。到600萬年前，造山運動把岩層推擠出海面，於是臺灣島及其野柳岬角出現了。後在漫長的歲月中，經海浪、雨水及風霜的侵蝕與地殼的不斷抬升，野柳的奇岩怪石終於形成。現在的岩石形狀，與近似物體比照形容，便有蕈狀石、燭臺石、姜石、壺石、棋盤石、豆腐石、蜂窩岩、海蝕洞等等。地導小丁說，像野柳這樣的地質面貌，全世界只有兩處，即臺灣的野柳與澳大利亞南部的十二門徒。所幸我現在全都拜訪過了，有點發言權。就單體的體量來說，野柳不及十二門徒。十二門徒分散孤立於海中，如拆了橋面的大橋墩，但個個彪形大漢，任憑海浪衝擊，巍然不動。野柳岬上的「蘑菇」「燭

臺」「棋盤」「豆腐」、「頭像」……相對都是小弟弟了。不過這些小弟弟分布在海岸上，任由遊人親近。更有那浪漫的青年男女，利用空間透視原理，竟擺出與女王親吻的姿勢留影。澳洲的十二門徒卻可望而不可即，遊客只好留在岸邊與金剛對看遐想。二者均為地質景觀，當然也有相同之處，便是都與歲月的雕塑和折磨切切相關。小丁說，野柳那尊最驕人的女王頭，「年齡」不到4000歲，脖子現在越來越細了，專家推測只能再保留10至20年。我說，澳洲的十二門徒也一樣。我去看時只有8尊。導遊說還有4尊另在他處，但路途遙遠。我想這是「好心的謊言」，因為知道原先有個叫「倫敦橋」的，已經崩塌。而且，就在我們看後不久，便有媒體報導：8尊中的一尊也被風浪吞噬了……這誠然十分可惜，但不奇怪，世上萬物都在變，不正是大自然永恆不變的規律？

　　野柳還是候鳥南來北往的重要落腳點，據說每年的3月、4月與10月，是觀賞飛鳥的好時機。可惜小丁只給我們一個半小時，自然無此眼福了。不過在岬角入海的頂端，有面紅旗在懸崖邊上招展，我倆約同陳女士一同攀登。蘆葦丈高，猶如青紗，亂草沒徑，寸步難行。我們幾乎是「披荊斬棘」奮勇前進，方抵最高峰。我們再向三位守旗的巡邏兵求情，征得他們同意之後，還翻越隔離欄，居高臨下地拍了照。再跨一步即懸崖深淵，整團38人，大概只有我們三人冒了此險！

　　離開野柳向故宮，丁導正在吩咐進入故宮必須注意的事項，忽然接到上級的電話，通知氣候變化，風浪驟起，台馬輪今夜停航！面前的出路有兩條：其一是繼續按計畫參觀，完後等候開船通知（天才知道啥時能開船！）；其二是改乘飛機回馬祖，可是1：30必須趕到松山機場辦理離境手續，3：15起飛。這就意味著既要放

棄下午的全部遊覽項目，門票、返船票全部作廢，還要再交人民幣
500元，以作為機票、晚餐、夜宿馬祖等的費用……改變計畫的條
件相當苛刻，可是阿彌陀佛，全團居然悉數同意飛回，原因無他，
乃來時都被輪船顛怕了！

地導小丁與司機老彭倒是很配合，硬是擠出點時間，給大家一
個小寬慰——拐向自由廣場，停車5分鐘，照張像，過個癮，然後
再直取松山機場。

在機場候機廳裡，忽然看到一則天塌的電視報導：起重機巨臂
下砸，奪走廣東遊客兩條命！舉座震驚，不勝愕然、茫然、悲然、
慘然。我想起昨天車廂裡還作過關於「葬歌」的調鬧，不料竟笑語
成讖，不能不感喟人生之無常！

四點多鐘安全降落南竿機場，從告示牌上得知，由於霧大，後
一班飛機也取消了。我們慶幸運氣不算太壞！

2009.4.25

昨天下了飛機，行李被安排由的士先拉回「神農山莊」，人則
以小巴載到繁華市場去，目的不言自喻。大家逛了商場，似嫌物價
太貴吧，只有少數人買了點魚類加工品帶回送人。我們團的「購買
力」不敢恭維，南竿環境卻頗宜人。

回到「神農山莊」，行李全堆放在大廳裡，果然一件不少。有
位朋友居然忘了提回寢室，呼呼睡了一宵，今天早起找不到了，才
下樓向值班員詢問、領取。馬大哈一個！

「神農山莊」建在一條山棱之上，巍巍然五層大樓，開窗即面
海，景色如畫。可惜霧大，看不甚遠。昨晚泡完熱水澡，睡了個好
覺。清晨早起下樓，想到大門院裡打太極，卻遇細雨濛濛，白白閒
置了這個好環境！

　　9:00搭上金龍輪奔馬尾。船艇是屬馬祖管轄的，比來時福州管的安麒輪大些，寬鬆、安穩多了。在駕駛艙下方的服務臺上，還放置一箱杯狀密封礦泉水，是專為乘客準備的，可任意取用。這比安麒輪光分發防吐塑料袋進了一大步，因此感覺不錯。一個多小時後，平安抵達馬尾港。

　　陳女士有車來接。幾天同遊下來，我們已成好朋友。我們住家也相近，便邀請一道乘坐，並先送我們到宿舍樓下。

　　臺灣之旅終於順利結束了，阿門！

2009年5月26日整理於悉尼

難愛難恨的思念

　　他死去多年了，我卻經常思念他，近來愈甚。

　　是思念兒時的友情？年輕人的怨恨？還是老來的依戀？似乎都不是⋯⋯哦，是嘆惜豔麗芬芳的花朵未能怒放，卻無可奈何地凋謝了！我總是想不開，世上何以會有這樣的命運安排?!

　　他叫黃洛水，在小學、中學時期曾是我的同窗。

　　我們都是鄉巴佬，老家在閩南深山裡相鄰的小鄉村。兩個村莊雖都姓黃，卻非同宗。中間隔著一條淺淺的小溪。小溪之西叫溪西，大些，住著紫雲黃；小溪之東村小，傍著另一大溪流的灣潭，叫潭邊，是衍山黃。而這兩個黃氏小村周圍的則是別姓了，如潘氏、劉氏、戴氏等等。不過我們小時並不知道，更不介意，以為「一筆寫不出兩個黃字」，當然同宗。直到解放初期，一次大黃欺小黃的械鬥之後，才從大人們的嘴裡得知，衍山與紫雲是有區別的。我們潭邊村的衍山黃，是蒙古人的後裔。

　　解放初期，閩南農村的小學好像都是私辦的。各校各自聘用老師，學費多少，也由招生學校自行決定。農村小孩通常都在本村就近上學，但轉學插讀也還自由。記得讀初小時候，有一學期潭邊小學所定學雜費比周圍鄰村的都低，於是一時新生爆滿，用作學校的黃氏小宗祠，連廳堂、走廊都派作教室，而且還有幾個「複合班」，即一個教室同時坐著兩個級別的學生。老師教完這邊再教那邊。黃洛水就是這時隨潮而來潭邊小學的。從他們同期轉來的同學傳說中，得知黃洛水是個「善讀書」，「考不倒」的「秀才坯」，考試總是班上的第一名。可惜潭邊小學熱鬧、轟烈的景象僅一學

期，下一學期外鄉的同學都返回原校去了。黃洛水也回他的溪西小學，但他給我留下了敬佩、仰慕之情。

由於潭邊小學沒辦六年級，因此我也有上溪西小學讀一年的機緣，可惜沒與洛水同班。畢業後，我遠抵鄰縣投考，就讀於仙遊二中。黃洛水則進家鄉附近的南安二中。兩個二中相隔崇山峻嶺，得走一整天的路程，自然更無聯繫。然而莆田、仙遊通行「興化方言」，老師上課也少用國語，加上有位戲子出身，稍微年長的閩南學兄，鄙視學業，總帶頭遊樂，把我還有另一個小學弟也帶歪了。我根本無心讀書，到第三學期，成績總分已降到班上倒數一、二名。我厭棄讀書了，打算就當一輩子的農民。我本父母早亡，老祖父平時少有管束，得知我不去念書時，他卻突然嚴厲起來，逼我非轉讀南安二中不可。可是，我自知是個劣等生，南安二中肯要嗎？只是為了不違祖命，才勉強往試。沒想到這家鄉的二中居然給了機會，於是我與黃洛水竟成同班的同學。換新環境，我的玩心有所收斂，學業漸漸回暖，但與「秀才坯」黃洛水的差距不短。不過我倒無所謂，對老祖父能有交代便心安理得了。

讀到初三畢業班時，發生兩件小事，使我受到極大的刺激。其一是正面的。暑假期間，有位剛參加高考後來到潭邊度假的集美中學生（他是我母親中學時代結拜的一姐妹的兒子，可算是我表哥吧），天天約我到深潭裡游泳。他母親即我的「四姨」，每天為他煮一碗甜蛋湯。我看他甜滋滋地享用，頓覺自己幼失雙親的悲哀。我們每天游泳，他長我3歲，遊技卻似不如我。有一天，他忽然收到大學的錄取通知書，發自「北京大學西方語言系」，一下轟動了鄉里。我不禁心想，這個泳技平平的人，居然能上北大，我為什麼不可以呢？眼界一時被打開，居然產生了「抱負」。第二件事當屬反面。我來南安二中後，學業成績雖略有回升，但貪玩本性仍未全

除，幾位靠前坐的矮個子同學，性相近，總愛玩在一起，舉重、單雙杠、墊上翻筋斗，都有我們的身影。有一次課間休息，我們拿小皮球當作籃球打，打到上課鈴響才滿頭大汗沖進教室。其時，幾何老師已在黑板上畫出一個圓，再作兩條切線，出一道題，請同學們舉手解答。我邊擦汗邊望黑板，看了半天，還不明白題目的意思，而前座一位其貌不揚，動作粗笨，被我們戲稱「土包子」的同學，卻走上去輕易地就解出來了。這對我震撼無比，產生了極大的危機感。自此決心「痛改前非，迎頭趕上」，並暗暗地以「考不倒」的黃洛水為標桿，刻苦努力，發誓將來非上北大、清華不可！

一滴汗水一點收穫，我的學業成績很快直逼黃洛水，而且與他一樣，各科齊頭並進。每當公佈考試成績時，不是他第一，便是我。我倆在班裡漸漸地顯出「雙峰對峙」之勢。也許是惺惺相惜吧，在你追我趕之中，我們倒是越走越親密，常常結伴到學校近旁的小街道，5分錢買個肉包子，掰開兩半，一起分享。1分錢買根「糖甲」（蔗糖熬制的糖糕），折成兩段，邊走邊吃邊聊天。我們都是寄宿生，週末回家時也總要相互招呼，一道上路，天南海北地聊，有說不完的廢話……臨近畢業，許多同學都準備一個小本子，請別人題字留念。黃洛水給我題的是：「不是意識決定存在，而是存在決定意識。」我對此話耳熟能詳，什麼意思卻不甚了了，我請他解釋。他反而說我是「裝傻」。我也要給他寫句特別的話語，便從父親的遺物中，他的大學同學贈送的類似撲克牌大小五彩繽紛的贈言卡片裡，挑句：「努力崇明德，皓首以為期」。黃洛水滿喜歡的，說：「文言文呀，有水平！」我連忙坦白是抄來的。他說：「做人須有良心，一輩子做好事。好辭！」

也是在這時期，我倆因成績突出，同時光榮加入共青團。團支部照集體像時，我倆又特地擠坐在一起，他把頭歪斜過來，我靠過

去，顯得很親密。畢業考試結束後，學校根據全年段考試成績排隊，決定保送上高中名單，以紅榜公佈。黃洛水高占榜首，我也榮列第二。我的總成績終究仍輸他零點幾分。南安二中沒辦高中，我們於是一道被保送到南安五星中學。五星中學共有3班高一年，他分在甲班，我在乙班。

這時，我想上清華、北大的欲望越來越強烈，生怕五星是鄉下中學，教學質量不可靠，弄不好會耽誤前程，於是才讀完一學期，便千方百計轉到泉州市二中。我連讀3個「二中」，最後落腳在城市裡，真是天從人願！我以為清華、北大已經在招手。誰知卻是聰明反被聰明誤！

這時（1957年）全國開展大鳴大放（我因「攻擊蘇聯老大哥」而成批鬥重點），接著反右、反右傾、「三面紅旗」，政治運動接連不斷。據說由於大躍進，工業上馬，急需一批技術人員，全省便強令一批普高的學生轉讀中專。泉州二中高二的5個班級悉數砍掉，我被劃到廈門集美輕工學校讀製糖專業；五星中學則三去其二，還留下1個班。成績優秀如黃洛水者，自然被留下了。我的轉學，走錯了一步，大學夢破，後悔終生！

正因一大批同屆學生已轉讀中專，這屆高考的錄取率便格外的高。聽說五星中學那位做數學作業每遇難題總要問我的同桌，居然也考進了科技大學，好羨煞人也！然而奇怪的是黃洛水竟名落孫山。我以為這是訛傳，這個「考不倒」的優秀生，哪會考不上？然而後來的事實證明，他果真返鄉務農了。到底為什麼？我心中疑團未能解開。

轉讀中專後，輕工學校也在「躍進」，擬「戴帽」辦學院。原中專的老師，多人轉教學院去了。學校居然讓我提前畢業，留校作補缺的師資。不過我熱血方剛，繼而投筆從戎。退伍後，再混進省

級權威機關，誤入政壇。不久「文革」風起，開始十年動盪。運動初期曾出現所謂的「反動路線」，我因1957年的鳴放「錯誤」，大字報底稿與相關「檢討材料」都被塞進檔案裡。這時被管檔案的領導與同事揭將出來，指我為「漏網右派」，遂成「重點」狠遭批判，受盡凌辱。我「停職反省」半年多的消息，又被一個別有用心的老鄉，擴大傳播到老家去，害得我老祖父惶恐不安。也正是這時期，我的同學黃洛水也在鄉間拉起一支農民「紅衛兵」，「造反」「鬧革命」。他們仿效北京學生「破四舊」，抄了我的家，打碎「魁星爺」塑像，敲剝石柱楹聯，翻箱倒櫃，逼問威脅，最後索走家藏的《紅樓夢》、《神曲》、《十日談》等中外書籍和一方一寸多厚，重約5公斤的大硯盤。我親娘的一枚金戒子遺物，也被誰順手牽羊摸走了。早已心驚膽戰的九十多歲老祖父，被他們的「革命行動」，驚嚇暈倒，自此一病不起，直到去世。我是在「戴罪」請假奔喪期間，才聽到家人告知抄家之事。曾經的好友黃洛水居然如此放蕩，我極不理解，也很生氣，可是我必須及時返回單位接受批鬥，繼續檢討，沒有機會與之計較。

「文革」後期，我下放閩東時，結識一位從省教育廳下放的蔣氏廣西籍幹部，交談中，我提到黃洛水的事，他居然說認識這個人。於是告訴我：大躍進中，省教育廳創辦過一個「教學儀器設備廠」，1959年黃洛水就曾被招來當工人。他們共事一年左右。他印象中，黃洛水是個挺不錯的青年，眉眼清秀，文質彬彬，穿著樸素，聰明機敏，初時情緒高漲，工作積極，待人誠實友善……然而好景不常，後來據說是為減輕城市人口壓力，中央發下一份緊急文件，規定一條所謂的「五八線」，即凡1958年後從農村招收進城的工人，均必須退回原籍。黃洛水也就被這條「五八線」劃回老家當農民了……

　　原來如此，他才會有後來的文革造反、抄家的事。我不由想起初中畢業時他寫給我的「不是意識決定存在，而是存在決定意識」的贈語，竟被自身的經歷所印證。高才生而淪落為赤貧農民，窮則思變，又適逢其時，其所作所為，真是個「存在決定意識」！對他的「造反」，我似乎有些理解與原諒了。但心中的疑團更重更沉：「考不倒」的他，高考難道真會失手嗎？會不會是被人做了手腳，移花接木掉了包呢？須知在中國這不是沒有可能的事。這位遠在閩南小山村裡的默默無聞的小夥子，省教育廳又是如何知道有個他，並將招工垂青於他？會不會是種變相的掩蓋與安慰？我百思不得其解！現在，他窩居山村，雄才難展，其青春的活力恐怕會被斷送的！

　　十年浩劫的「文革」結束了。我下放8年之後被原單位召回。改革開放之初，中央制定意在重點發展農村經濟的「一號文件」，大張旗鼓進行宣傳。我頓覺形勢大好，前途光明，於是又想起了黃洛水。仗著是我的單位在監印翻制中央「一號文件」，我回鄉探親時，便特地帶上一冊32開的小本裝，專程去拜訪黃洛水。

　　他對我的造訪頗感意外，眨著驚詫的眼睛。走進他老舊的土坯房子，沒見到其他家人，牆邊是隨便堆放的鋤頭、犁耙、尖擔、蔴繩，心間抹過一絲淒涼的感覺。他引我徑進臥室。我帶去的一包糖餅，他接下放在桌角一疊蒙塵的書上。那書正是我眼熟的舊版《紅樓夢》。書旁還有一塊已經乾涸的小圓硯臺（卻不見我家的古董大硯盤）。我心有所動但沒吱聲，以免令他尷尬。他讓我在唯一的舊交椅上落座，自己則坐在床沿。我又驚奇發現，床上那頂土織蔴紗布做的蚊帳，已有多處破洞，不是用針線縫補，而是拿細繩結紮起來。我細細打量他，只見清瘦臉上雙眼失神，顴骨凸起，事事無動於衷的樣子。他穿件軍便服，草綠色基本褪盡了，不太像農民，但

皮膚顯然粗黑了。沒看到哪裡有熱水瓶，他也沒想到端水遞茶，或問一聲需不需要。我忘了我們的攀談從哪裡開始，只記得氣氛不是熱切，也不太冷淡。當我問他當年高考何以落第，到底出了啥事時，他說自己也莫名其妙，剛走出考場核對答案時，覺得基本沒錯，還挺滿意呢，誰知竟等不到錄取通知書。「你沒想去查查高考成績？」我問。他說：「哪懂得這些？也不知什麼地方可以查問，連求五星中學的老師、校長也沒想到。」略頓之後又接著說，「沒有錄取通知書，倒接到省教育廳的招工函。我想能提前工作，有工資有收入，倒也不錯，誰知……」他搖搖頭，說不下去，是往事不堪回首之概！我十分為他可惜，但事過境遷，現在再作毫無根據的瞎猜也沒用，便改問他現在日子怎麼過？他嘆道：「還能怎麼樣？農民嘛，日出而作日落而息，無非耕田打樵。還好認識幾個臭字，偶爾可在舊書裡找點樂趣。為掙幾文油鹽錢，有時也四處走走，給人算命……」「算命？」我頓覺不可思議，很想問他有無算過自己的命運，但怕唐突，只說：「你也相信這個？算命好玩嗎，有啥奧妙？」他說：「信則靈，不信就不靈……」遂從抽屜裡取出一張太極雙魚八卦圖，說：「天地運行本為一體，演繹變化映在八卦。」接著讓我看糊在門後的一紙他的草書，隨口唸道：「伏以太極兩儀，絪縕交感，圖書出而變化不窮，神聖作而誠求必應！」玄虛難懂，我請他細解。他卻說是東抄西拼的，隨便寫寫，不必認真，再後居然說出「天機不可洩漏」的話來。我感到彼此之間的心境落差遠了，已尋不回學生時代的親近，有點惆悵與悲涼，不過還是要了紙筆抄下，說帶回去自己琢磨吧。他沒有阻攔。我想了想，向他建議：「就憑你擁有的知識，去教書也挺合適的，那怕當個小學的民辦老師也好。」他哼了一聲，帶點自嘲說：「民辦老師也不是想當就能當的。文革期間站錯隊，一失足而成千古恨，現在沒人要

啦……」看到他的窘境、清苦，兔死狐悲，我也聯想起自己曾遭遇的歧視、批鬥甚至掛牌遊街的事，頗願向他一訴衷腸，可他好像毫無興趣，竟一句也沒問起，也許是因帶頭抄過我的家，不提這樣的話題。最後，我遞上那本「中央一號」紅頭文件並留下，勉勵他細心研究一下，或可找到適當門路以施展自己的才能。我告別，他直送到出門、揮手，才聽到說聲「謝謝！」

我忽然想起潭邊小學教學質量向來甚差，有心推薦黃洛水任教，於是又折往堂兄家。這位堂兄叫黃貞積，與我是同一個曾祖父的隔代血親。他時任村黨支部書記，是本村的第一把手。我將會見黃洛水的情況告訴了他，建議聘他做潭邊小學的民辦老師，以造福本村子弟。我強調說：「在學生時代，他是我的同窗至友，是個我老也趕不上的『考不倒』高才生。別說當民辦老師，便是讓他當校長，也絕對不比現任的差，我敢保證！」堂兄卻笑笑說：「知道這個人滿有才氣，聽說還寫了不少像毛主席寫的古詩古詞，可是讓他來當老師，恐怕村民不會同意。你不知道他文革中怎樣瘋狂！」我說：「文革是個瘋狂年代，全中國沒幾個清醒的人，大環境的政治氣候如此，誰沒犯過錯誤？不管怎樣，給他一個試試才華的機會吧，對本村的孩子們肯定有益無損！」「以後再說吧。」堂兄沒聽得進去，輕輕搖頭，只是笑。

祖父去世以後，我也少回老家了。不過凡有村民到福州來訪，我都會打聽黃洛水的情況。不幸消息一個連著一個，而且是每況愈下：據說他與文盲農婦結婚後，生下三個兒子。他老婆有次到小溪磨柴刀時，見水下一枚肉色微紅的東西，便撿來敲擊。她不懂是炸山石的人丟下的雷管。於是爆炸了，炸瞎了1隻眼和斷掉左手3根指頭，幸而保住生命。沒有固定職業收入的他，為給老婆治傷，也為維持起碼生活，先後賣掉2個兒子。其悽楚可知！再後來，又傳來

黃洛水被捕入獄，判刑15年的驚人消息。怎回事呢？原來他上山偷砍一棵松樹，從山頂推滾而下。山下正巧有兩位老婦人在割山草，滾下的松木撞死了其中一人。這兩位老婦，一位是沒有子女，親戚疏遠的孤苦零丁者；另一位則有3個兒子，其中兩位是國家幹部，而且一為「泉州日報」記者，一為省民政廳科員。被黃洛水撞死的，偏偏就是後一位老太婆。他自然只有認罪一條路了，什麼官司也沒打。後來聽說他在獄中表現良好，提前釋放。可是悲慘如此，提前釋放又能怎樣?!

2006年，我將近年所寫的遊記雜談，篩選若干，彙集出版《浪跡鴻聲》。春節回鄉時帶去兩本，擬分贈堂兄和黃洛水。先到堂兄家，再訪黃洛水。不料告別堂兄時，卻被堂嫂死死攔住。這堂嫂其實又是我的「姐姐」（她是我家從人販子手中買來的小丫頭，是一直與我同吃一鍋飯長大的乾姐姐）。她無論如何不讓我去找黃洛水，其堅決態度到蠻不講理的程度。我以眼神徵求堂兄的支援，已經舍任黨支書的堂兄光笑不表態。我似乎明白了，大概文革中黃洛水領頭造反，冒犯了「本村最大當權派」吧。為了遷就親情，我只好放棄探訪，心想後會還有期，返回單位了。誰知當我再次回到故鄉，準備拜訪老同學時，家人卻道：「黃洛水已經死啦！」

如聞天雷，我被震呆了，不想陰陽之隔，再也見不到他！

我與黃洛水同學一場，有過愛慕也有過怨恨，但說來皆屬小事一椿。我最不理解的，是一棵多麼水靈、挺拔、精壯的好樹苗，何以歷盡摧殘，長不成參天巨木，倒成歪脖子樹，且過早地凋零、枯萎了！想起學生時代，他那麼優秀突出，倘有個正常、公平的生存環境，無疑會是個有益於家國的大才，然而陰差陽錯，竟被棄之如敝履，墜為階下囚。其間的關鍵轉折點，是不是那次莫名其妙的高考落第？他雖算不上「英年早逝」，可含冤負屈，真夠坎坷、窩

囊的。他無聲無息地走了，只在我心中留下深深的遺憾與默默的思念！

2015.1.21 於悉尼

靜水流深憶鄉橋

我的閩南老家叫「潭邊」，因為晉江有條支流自東邊的姑舅嶺西泄而下，在此撞上一角山麓，回旋成潭，加上先人們在下游築壩攔水灌田，於是潭深似湖，形成一個偌大的月亮灣。吾鄉枕於潭灣臂裡，故名。不過我起的本文篇名，卻非鄉橋建於深潭上，恰恰相反，它從深潭前方的淺灘上橫架而過的。「靜水流深」，別有所指。

隔著這條無名山溪，對岸有條粗糙的公路，東連仙遊，西抵泉州，是吾鄉通往外境的幹線。鄉人們外出，必須先涉溪而過，然後沿公路出發。這段淺灘，其實也不很淺，溪水常年均可沒膝，驟雨之後暴發山洪，更達齊腰而且兇猛，沖過不長的較大落差之後注入深潭，仿若瀑布。所以每年秋洪過後，幾位義重力大的鄉人，便相約搬抬大石，在淺灘上的水下，橫溪布置，栽出一條如省略號般的「路」來。露出水面點點排列，很像刪節號。家鄉人稱之為「石跳」（閩南話的「柱」讀上聲tiao，音同「條」、「挑」，因此也可能「石跳」即「石柱」）。這樣過溪的人就可以不必脫鞋、卷褲腳，而在「石跳」上跨步或跳躍著前進了。這種渡河形式，大概沿襲了數千年吧，直到解放以後乃至「大躍進」、「文革」時期，仍保留著相同的「古風」。

「古風」雖然純樸、簡便，還有點兒地方民俗的浪漫，然而存在的渡河不便也是顯然的。其一是每次秋洪狂瀉時，總會沖走小溪中心線上的若干大石塊，有時甚至沖入了深潭，於是這水上「造路」的工程，必須年年重複；二是遇上山洪暴發，水漲過石，過往

行者便被擋住了。我讀初中時曾遠上仙遊，為補充糧食，每月得回家一兩次。有一次週末，翻山越嶺走了一整天的山路來到家門前的溪邊時，已是掌燈時分。溪間有洪，過不去，只好選個高處大聲吼叫。我家的大人們怕我魯莽硬闖，被溪洪所溺，一下子全趕到對岸溪邊，爭相喊叫：「別過來！別過來！回去！回去！到二姑家過夜，明天再回家！」我二姑是嫁在小溪上游的潘氏樂峰鎮的。我只好打回頭，雖然明日星期天必須回校，還得再蹬山路，趕往仙遊縣城。

記得有位從南洋回來的女「番客」（有錢如客的華僑），也是被洪流擋在對岸，一時到不了家。後來是一位水性好的年輕壯士，扛出一個打穀子專用的叫「撒桶」的木製大型農具當「船」，才從深潭的尾部，沿著堤壩，下水推送她過來……建造一座橋，實在是鄉親們的共同宿願，只因沒錢，空議幾個世代，連紙上談兵也做不到。

直到上世紀70年代末，終於有兩位華僑兄弟造福鄉親，從馬來西亞匯款要建橋。他們是黃良標的父親黃檳榔與叔叔黃子傑，橋款就直接匯給黃良標。鄉親聞知，無不歡欣鼓舞。我也很高興。這兩位熱心慷慨的老華僑，在海外奮鬥幾十年，事業有成，雖在馬來西亞又有新家了，仍是鄉情未了，除這筆橋款之外，還有另一筆用於為生產大隊（即當時本村的單位）開墾一片橡膠園。

然而幾年過去了，建橋之事似仍無動靜。有一次我回家探親，一位小學時同學的弟弟來家聊天，說起建橋的事時，我問他已經說了幾年，現在不知進行到什麼階段？他竟回答：「建橋？茄（閩南音唸橋）都快變紅菜了！」紅菜，在我家鄉是茄子的別名。小弟言下之意，是造橋之事幾近泡湯。我問怎回事？他欲說還休，乾脆以「很複雜，說不清」為由，讓我去問黃貞積。

　　黃貞積是我同一曾祖的堂兄。前些年他是大隊黨支書，村裡的第一把手，雖然現已卸任，情況自然還清楚。我當然去問了。堂兄從鼻子裡「哼」了一聲，說：「建橋合同早與縣裡的承建公司簽訂了，是羅東鄉政府牽線介紹的，可人家錢不拿出來，建什麼鳥橋?!」這「人家」指的是黃良標，建橋資金就是匯在他手裡的。黃良標的父輩捐資既然明確是要建橋的，何以「錢不拿出來」？堂兄也說「很複雜」，不但黃良標顧慮重重，其妻甚至放出錢要「留下自家用」的話。堂兄與黃良標為起新厝時有過摩擦，不便相勉強。當時在任上沒辦成的事，現已退休，就索性不聞不問了。

　　我覺得問題的關鍵還在黃良標有無決心。他家就在堂兄家的右後方不遠，我於是立即又上他家。

　　「啊呀稀客！快請坐！」黃良標見到我時分外熱情，遞煙、泡茶，忙亂一通。我自稱是個「煙酒茶不沾的好孩子」，不必客氣。開門見山說道：「知道你父親和叔叔背井離鄉幾十年，現在仍惦記著鄉親，捐款建橋，造福鄉里，真是大功大德呀。可是說了幾年，為啥至今不見動靜？」他嘆口氣說：「難呀，人心不齊，連個舉頭喊起落的也沒有……」富態盈盈的良標嫂，送來茶水，噘著嘴說：「這錢，起初不知多少人都想要，現在好像沒人要了。咱也不急，錢又不扎手，難道就不懂得留下自己家用？」「別亂插嘴！」黃良標大聲呵責，皺起眉頭。我笑了說：「嫂子是說氣話，誰不知道你們的家用不缺這筆錢。」良標遂告訴我，橋款剛匯來那時，大隊裡是貞積在當頭，但他不太熱心，大概是貞積起新厝時，位置選在他新厝的左前方。有人告訴他，這樣他的「風水」會被遮擋的。他提過意見，可是貞積沒有採納，還是在原地建起來，由此產生點矛盾。在貞積看來，橋錢是良標父親、叔叔匯來的，良標沒交出來，取用開銷便礙手礙腳，所以不想多管。後來，在籌建過程中，良標

又發現些問題，如剛剛購買木樁、模板什麼的，便有人趁機捎帶買自己材料，誰知道那錢是從哪裡支出的？公私混雜，生怕以後會花很多冤枉錢。良標因而不放心。

我說良標的擔心不無道理，不過組織得好，管得嚴，完全可以掌控。我告訴他，建這座鄉橋是你父親、叔叔的願望。他們出洋辛苦幾十年，晚年想為鄉親建座橋，就是想在家鄉流芳千古的意思。能否實現這個願望，你的責任最大！鄉橋建成，眾鄉親不但會感激你的父親和叔叔，同樣會感激你的，而你父親與叔叔也會覺得你會辦成大事，可以交靠，說不定連海外資產與事業，也將讓你參與繼承。如果鄉橋久拖建不起來，你們會失望的，也會感到你辦事不力，恐怕這筆款也成了最後的一項「家用」了……黃良標聽後顯然心動，說：「你是咱鄉里出的最大的官，你說該怎麼辦吧，我聽你的。」我說：「趁著我的假期還有幾天，咱們開個村幹會議，大家商量，成立一個鄉橋籌建小組負責這件事，訂它幾項條規，公私分明。你把錢交出去，專款專用，帳目公開，堵死漏洞，敲打鑼鼓重開張，如何？」他點了點頭。

我不知道這個潭邊小山村有幾個人在外「當官」，也不管誰大誰小。我誤入仕途，雖只混個七品芝麻，但在鄉親眼中，也算「縣太爺」一級了。黃良標亂封我為「最大」，為了這座難產的橋，我權充一回「大」試試吧。於是特請支書、隊長立即通知召開「緊急會議」。不料從廣播通知開始，到全體村幹基本到齊，足足等了近3小時！農村工作的難度可知。

「今天請大家來開個緊急會議，是商量建橋的事，我擔心煮熟的鴨子會飛去，所以自告奮勇召開這個會。由於我的假期只剩三四天了，所以不得不緊急一下，請大家原諒！」在村幹會上，我喧賓奪主，滔滔不絕地發言，「要辦成大事，沒有心齊不行啊，因此

需要大家齊心合力。咱潭邊村小，全村只有黃與吳兩個字姓。我父親姓黃，母親姓吳，因此全村的人，不是堂親便是表親，都是我的親人！所以今天在這裡發言，我保證毫無私心，從公出發，為公辦事。你們都比我年輕，不是堂侄表侄，也是小弟弟，我們一起湊成這件公家事！」

村幹們沒人吭氣，有的挺嚴肅，有的則微笑。對我故作的「居高臨下」的氣勢，還好沒人牴觸。

我接著說，潭邊是個並不富裕的小山村，黃檳榔、黃子傑都是老翁了，能夠捐資為我們開種橡膠園和建橋，是回報桑梓的大恩德，我們理當誠懇感謝，努力維護，才對得起他們。已經開闢的橡膠園，算是村裡的集體企業，雖然不大，但泉流不斷就能積成池塘，可別堵住這口泉眼，我不想多說，你們加強管理就行（可惜後來種植失敗了，不知是氣候水土不符，還是缺乏管護經驗，此為後話）。今天想推動的是建橋的事。請你們推選三五人來負責建橋這件事，要出於公心，認真辦事，鄉親最信得過的人。

也不知是情理還是威嚴打動了他們，這班可愛的年輕人對我居然言聽計從，全無異議。當場於是選定了建橋籌備小組，並約法三章。由於我長期離鄉在外，對他們並不熟悉，遺憾的現在竟記不起來他們的名字，唯記得黃良標當然必在其中。我為他們代擬的「約法三章」大體內容：一是新成立的鄉橋待建籌建小組，名單公佈，如果鄉人有大意見者，可以撤換；二是兩位老華僑的捐款，仍由黃良標保管，但一切開支由籌建小組討論決定，專款專用，不得用於其他，帳目往來必須及時公佈，三是公私必須分明，凡辦理建橋業務時，嚴禁個人「搭便車」辦私事，以避免群眾生疑。此外我特別交代，建橋設計時，一定不能忘記給捐款人樹碑立傳，讓他們流芳千古，也有利於增強村莊的凝聚力！

討論最後決定，第二天即由我帶領到羅東鎮（當時潭邊村尚未劃歸樂峰鎮）與南安縣的相關部門，將實際上已經中斷的原建橋合同推翻、作廢，繼而又到泉州市與一個正規的承建公司重簽新合同。諸事大體安排停當，假期也用完，我才回機關。合同的廢舊立新相當麻煩，我不得不大攪三寸軟舌頭陳說緣由，就在這兩三天的功夫，居然將嗓子徹底弄啞了，說不出聲來，直到一周多以後才逐漸恢復。不過對那幾天的辦事效率，我挺滿意，感到農村工作雖難，但只要出於公心，問題還是可以解決的。一時衝動，我甚至產生了向單位申請掛職，回鄉當幾年村黨支書，把堂親、表親們的人心好好地收攏一下，共同建設這個小小的山村。可是老伴聽罷堅決反對，還嘲諷道：「你以為這橋就能建起來，當成了英雄？我看未必。就真辦成這一件，也不等於其他事事都能辦好。農村裡沾親帶故，人際關係盤根錯節，最複雜了，一陷下去怕是想逃脫也難。你還是先關心女兒們的學業吧！」她說得倒也實在，靜水深流，潭邊村的深潭，看似平靜可愛，但真的淹死過不知多少人呢。一提到女兒們的學業，我馬上想到她們大學的門檻還沒跨進呢。這可是我家的頭等大事，當然不能輕意不管，想想也就泄了氣。現在身居福州，遠水救不了近火，對建橋的事也漸漸放開了心。

大約一年以後，我再返鄉時，鄉橋果然建成了。基本上是座花崗岩大拱橋，看去有點土氣。橋之南端的歇雨亭也不大，三面土牆，連個小窗也沒開，有點山神小廟的樣子。捐款者黃檳榔與黃子傑的名字倒是有的，是嵌在矮矮橋欄的花崗岩方石上，不甚顯眼。橋之東頭也沒有加築一條小臺階，提籃洗衣裳的村婦們從哪裡下到溪邊呢？不過橋已通車，汽車可從村之東南直抵西北，總算解決了山村交通的大難題。

時任黨支書的吳雙全（他也是我的親表侄）對我說：「建成通

車時，原打算請您回來剪綵的，可想到村裡非搞驅邪不可，上香點燭燒金紙什麼的，怕您不太方便，後來是我扛著紅旗，在鑼鼓鞭炮聲中，帶人從橋頭到橋尾來回走了兩三趟，才正式通車……」聽他這樣說，聯想到那古怪鬧騰的儀式，我嚇了一跳，還好沒叫我，否則豈不太難堪了，嘴上卻說：「橋已建成通車，你們做得滿不錯的。我沒管過什麼事，也不一定有空回來。」

　　這座橋位置曾經有兩個選擇的方案：一在深潭之前即現址，另一在深潭之後，那裡的山麓上有座解放前土匪留下的小山寨。他們徵求過我的意見，我說在寨頭那邊南北的地勢高差太大，且必須重開一條村中大道，得占不少良田，還是將原有的村道與對面的白葉村連起來省事些，於是定了現址。沒想到的是，鄉橋一建成，變魔術似的，狹小的村道兩旁立即擠滿了房子——凡是白留地在那裡的人，不是自己起了厝，便是被別人高價買去再建樓，村裡又未作統一規劃，所建房屋樣式、方向、大小、高低都大不相同，亂糟糟地

堆在一起，修車店、雜貨鋪、醫療站、糖煙酒蔬菜海鮮……各種攤
子相繼冒出來，形成一條街，儼如18、19世紀縣鎮的老街小巷。站
在我家大門口本來視野開闊，這下卻全被房屋堵住了，「風水」大
大不及先前，選定這個橋址實在很不明智，不過對全村的人畢竟方
便多多。這座橋，也成了村民們迎送親友的特定地點，而我每有回
鄉，幾乎不忘在這個新「景點」流連與留影，而今遠離了家鄉，也
總會時常想起它。

今年春節，我打長途電話給堂兄黃貞積拜年。垂垂老矣的堂
兄報告，家鄉潭邊又有大變化了。一條高速公路打從村東不遠的
「娘媽宮」（觀音廟）經過，還開個出入口，交通更加方便了。那
座鄉橋也作了大改造，全部鋼筋水泥。橋寬加倍，從4.5米擴展成9
米……我連忙問：「誰捐的錢？」他說：「是從鎮、市（南安已改
縣為市）、省的交通部門申請來的。」呵，是全民納稅人的錢呀，
又問：「黃檳榔與黃子傑的名字還安在橋欄上嗎？」他說：「沒看
到，不知弄到哪裡去了。黃良標夫妻先後已經過世……」吾心不由
一沉，慌堵無語，心想獻金造橋的黃檳榔、黃子傑兄弟，老家人的
子孫以後不會有多少人知道他們了。家鄉實在對不起他們，以後遠

離桑梓的家鄉僑胞，怕也少人會關注這個山旮旯，真是遺憾之至！

　　鄉橋的樣子從土、俗變成洋、雅，當然是好事，不過黃檳榔、黃子傑與黃良標夫婦父子兩代雖已謝世，但對之感恩留德還是應該的，哪能一筆勾銷？倘他們地下有知，村人委實是要愧疚的！如今鄉橋是擴大了，鄉道卻依然狹小彎曲。道狹橋寬，正如老家鄉語所形容，是「七元佛仔戴二十四元紗帽」。家鄉建設還留有廣闊空間，任重道遠，不知何時鄉道與鄉橋才能相匹配？但願這日子能夠早些到來！

2015.3.13

　　2017年9~10月間，我再度回國返鄉。在鄉橋的橋欄上果然不見了兩方有名字的刻石，不過橋之南端新豎了高一米左右、不甚顯眼的小石碑，碑文如下：

　　　　潭邊橋道建於1985年間，石拱結構建築，長90米，寬4.5米，總工程款人民幣13萬元，由旅馬僑胞黃檳榔、黃子傑兄弟熱心獨資捐建。該橋是潭邊村人民群眾首條主要交通要道。

　　　　2013年，原石拱橋因年久失修被定為危橋，正值農村城鎮化建設深入開展，在黃禮願先生等鄉賢倡議指導下，村委會向政府及交通委申請入項，並同意加固擴建，即在原石拱橋的基礎上拓寬5米，總投資150萬元，其中政府撥款115萬元，自籌資金35萬元，於2014年12月30日竣工通車。

　　　　為了表彰僑親和鄉賢對家鄉公益事業的貢獻，特立此碑以誌之！

　　還是沒忘了僑親，這是好的。可惜碑文除語法欠通、不夠簡練以及有錯別字之外，尚存在兩個問題：一是才建28年的石橋，橋墩完好無恙，後來的「加固」也只是在每個原橋墩的下游旁邊再立根圓柱體，主要功能是支撐拓寬面。以「年久失修」的「危橋」申請公款，應該會利於立項，但刻為碑文，豈非說原橋為「豆腐渣」？實在不必；二是1985年的13萬元，與2013年的150萬元並列，卻無顯示當時幣值的差異，13萬便成150萬的小零頭了！再說，當年僑胞建橋，實在是潭邊成村千百年以來之首舉，意義如同「雪中送炭」，後來加以予拓寬當然很好，屬「錦上添花」，而對後者之頌意超越前者過甚，便難免有貶低之嫌。如此碑文，可能不利於子孫後代對僑胞先人深情的瞭解與崇敬。

2017.1030補記

巧奪天工，比肩競秀
——張家界印象

　　世人有句通行的俗語：「五嶽歸來不看山，黃山歸來不看岳」，是形容黃山的出類拔萃，但並無小覷群山與五嶽之意。初訪張家界後，我想狗尾續貂，再添一句「天門歸來不看黃」。黃，我指的是黃山，而天門，就是張家界的天門山。我是想強調天門山的好印象，請勿誤為貶低可愛的黃山。

　　鼎鼎大名的張家界，位於湘西武陵源景區之內，美如仙境，這是早就聞知之事。但直到這次親訪，方知她以其獨特的地形地貌，不僅被聯合國教科文組列入「世界自然遺產名錄」，還授以「張家界地貌」的專有地理名稱。古詩裡表達愛情的忠貞，有用「海枯石爛不變心」形容的，以為「海枯石爛」是不可能的事。殊不知，「張家界地貌」恰恰是海枯石爛所造就！據專家研究，這片地域原為海洋，後升為陸地，後又陸沉複為海，再後重升成陸。這是兩億年之前以及

更早的事。從1.8億年前至今，又經歷了所謂的燕山運動、新構造運動等地質巨變，這些海底沉積後抬升為「平臺」的新陸地（石英岩地貌），在260萬年期間，受了流水侵蝕、重力崩塌與風化之後，在「層理」與「節理」的制約之下，破碎而變成大棱角平直石柱林，形狀有石牆，有陡壁，有方山，有平臺，有峽谷，有岩穴，有岩龕，有天生橋⋯⋯神仙境界，確實是「海枯石爛」的結晶！

武陵源三千峰，廣達398平方公里。我們是飛到長沙後，加入臨時組成的團隊作幾日遊的過客，自然無法遍歷，便是張家界、袁家界、揚家界⋯⋯也僅僅任隨導遊蜻蜓點水，走馬觀花。記得走過玻璃橋、長峽谷，看過「將軍列隊」、金鞭溪，也移步玻璃棧橋，鑽過天門洞，還參觀過地質博物館⋯⋯頭緒紛繁，雜亂無章，但確也領略了美妙難忘的江山畫幅。然而遺憾的是在玻璃橋上竟無半點驚險的恐高刺激，一為霧氣太重，幾乎遮沒了深淵，二是橋面玻璃只由方塊組成，中間的連接與兩旁的步道，全是不透明的建材，加上遊人雲集，摩肩接踵，因此玻璃橋遂成觀景平臺了，倒是天門山那附著於山腰的臨淵棧道，令人心動。

張家界深藏於海拔千米左右的高峻群山之中，如若早年到來，

可欣賞純粹的自然景觀，然而大概只能「高山仰止，望峰興嘆」。因為絕大多數遊客畢竟不是攀登運動員！現今造訪可就得了便宜：藉助於人工的偉力，即便是老朽如我者，也覺輕鬆愉快！且不說那座橫跨兩座山頭的如虹玻璃橋，便是天門山一走，便能生出「五絕」之感。何為「五絕」？容我慢慢道來：

其一是「觀光索道」長而陡。這是一條纜車大索道，從山下的下站，經中站到鯤鵬頂，全長7450米，乘坐得耗半個多小時。索道分前後兩段：前段較緩，悠悠蕩蕩；後段陡峭，提心吊膽。記得2009年，我曾在澳大利亞的凱恩斯乘坐纜車翻越庫蘭達原始大雨林。那條電纜，據說長近萬米，也許比天門山索道長些，可稱世界之最吧。然而其陡斜不及天門山纜車，乘坐時如乘直升機掠過林海，而在天門山索道上，掠谷而過時，還有如猿猴蕩樹的感覺。

其二是棧道傍山驚險。棧道是從山腰鑿洞架設的，平板有的鋪在腳下的鋼筋混凝土橫樑上，有的則以從頂頭下拉鋼索吊住，都隨著山勢彎轉。人在棧道上，仰望是萬里藍天，俯視則千尋深谷。道寬約一米餘，兩人交錯得側身而過。上邊提過，走短短的玻璃棧道時，由於四望實景，下瞰深淵，恍若絕壁攀爬，令人膽顫心驚。據說天門山自2012年以來，每年秋季都進行翼裝飛行世錦賽，起飛點自然也在這樣險峻的山棱之上。可惜，匈牙利選手維克多·科瓦茨與加拿大的格雷厄姆·迪金森，先後不幸意外，然能融入異國仙境也算大幸！

其三是天洞奇妙無比。高山頂上有個大洞，山名故稱天門。此洞前後通透，純屬天然，其寬、高、深為131.5×87×60（m）；位置又在海拔1200米高處，不知是否為世界之最？天門洞吸引許多國際友人前來觀賞與飛翔。1992年12月，俄羅斯女飛行員卡帕妮拉，甚至駕機飛穿此洞。聽說還有某國某人於2006年3月，也有同樣的

壯舉。我們走過滴著泉水的濕漉漉的洞穴後，在洞口留影，可惜光線暗淡，不甚理想。

其四是獨具特色的穿山扶梯與快速大電梯。走畢棧道後，連續再乘 12個穿山扶梯，當然都是從數座山體裡通連的。扶梯有長有短，依山勢而設。短的60米，長則120米。遊客走完一段路累了，現在站立在扶梯級上讓身體自然下降，悠哉遊哉，如神仙下凡，雖在山體之中，卻如同走進藝術長廊，燈光明亮，裝飾輝煌。一邊隨扶梯移動，一邊還可欣賞兩旁張家界景觀與翼裝飛行表演的藝術攝影掛圖，毫不沉悶，疲勞頓消。袁家界有座貼著山體的外掛大電梯，名「百龍天梯」，是由三台並排組成的直上直下電梯，高達335米，由154個山體豎井與172貼山井架構成，以5米／秒的速度上下運行。據說是確實的「世界之最」。電梯的箱籠成長櫃形，每箱可同時承載60多人。可是向外的一面寬僅兩米左右，並排站上十來人即已填滿，多數人於是無緣觀光了。要是把長櫃形的箱籠變個方向，讓最長的一面向外會更好些。這或許是受地形限制，大概不會是偉大工程中的設計小疏忽吧。

其五是路彎似蛇，下山如進遊樂場。從天門洞走出來後，往下一望，有條長長的石級臺階長道，人稱「上天梯」，堪比泰山的「十八盤」。「天梯」的下邊連著一個廣場。有人在山下題字：「莫謂山高空仰止，此中真有上天梯」。若從這「上天梯」往下走，想想腿就軟了。還好導遊讓大家乘坐小中巴下山。這段盤山公路，上下落差1200米，路長11公里，中間光是360度的「回頭彎」就有99個，人稱「急彎公路大奇觀」、「九曲天路」。因此小中巴嚴格規定不能超載26人。公路寬僅容兩車相錯，而沿途的兩旁，還豎立多座石雕的傳說神獸貔貅，以保平安。我看了表，玩這趟無不驚險的「過山車」遊戲下山，用時約略25分鐘。

　　長索道、玻璃橋、穿山扶梯、傍山棧道、飛龍電梯、九曲天
路……沒有這等人工建設，我們哪能登高覽勝，盡情觀賞天然奇
景？因此，張家界的短短幾日遊，給我的總體印象正如標題所示：
巧奪天工，比肩競秀，但願還有重訪的機會！

2017.10.27歸來匆草於悉尼

天倫情真

與鳥為鄰

　　福州有個「鳥語林」，面積只有兩個足球場大小吧，周圍與天空，都以鐵絲網與塑料網圍著、罩著。實際上是個大籠子，空間有限，被強迫居住的眾鳥，大概歡樂也有限。悉尼可真是個鳥語林，而且是全開放的，鳥們進出自由，可串聯澳洲大陸，甚至全世界！

　　我對澳洲鳥的注意，開始於一對白鸚鵡。那是多年前從女兒寄來的照片上「認識」的。它們立於一棵碩果累累的檸檬樹間，女兒在照片後面寫道：「野生鸚鵡正在偷吃我們後院的果實……」住家的後院，居然有大如番鴨的野鸚鵡，大模大樣地光顧，真是「感覺良好」！

　　這回來澳實地住些日子，方知何止是鸚鵡呀，這裡的鳥類多達700餘種，其中單是本地特有的即300多種，如美冠鸚鵡、長尾鸚鵡、笑翠鳥、園丁鳥，等等。套得上一句我國北方俗語：「樹林大了，什麼鳥都有！」我們居住的帕拉瑪塔區，民居多為「浩斯」即獨立平房，全都「埋」在樹林間，每家每戶的前庭後院花木環繞。各色鳥類或成群或孤單，在枝間花下活動，啁啾鳴囀，悅耳動聽。我看到的鸚鵡就有3種：大如番鴨的白鸚鵡聚集成群，嘎嘎直叫，如雲片一樣飄過上空；中等個頭的灰鸚鵡，成雙成對，在人們置於樹幹的陶盤上飲水；最多是小個子虎皮鸚鵡，綠背、橙胸、朱紅的喙與腳，只要有開花或結果的樹，不管在路邊，在宅院，它們總是集體光顧，吱吱喳喳鬧個不停……真是無處不「聞鶯」。我來澳後的第一個早晨，清夢即為鳥聲所破。我躺著舒心地傾聽一會兒，才悄悄起床，輕輕拉開百葉窗簾。哇，眼前一地飄落的紅玫瑰花瓣，

幾隻鳥兒正低頭覓食。我不由一喜，彷彿置身於古詩的境界裡——
「春眠不覺曉，處處聞啼鳥，夜來風雨聲，花落知多少」！

　　有一天上午，我坐在後院的告背椅上逗外孫叮咚，忽然聽到一
陣六弦琴聲。我便抱起叮咚，走到紫薇樹下，隔著齊肩高的木圍
欄，探望後院與我們相連的白人鄰里。只見年輕的倆姐妹，一個坐
在草地上彈吉他，面前一紙樂譜；一個在晾曬衣物，曬衣架的另一
頭停著兩隻八哥。草地上，一條修剪過體毛的小黑狗跑來跑去。晾
衣的那位看到我們，「嗨」一聲，擠眉弄眼地朝叮咚揚了揚手，八
哥才被趕開，但並不遠飛，轉而雙雙降落到我們這邊來了。叮咚蠕
動身軀出溜下來，去趕八哥，而八哥居然一前一後把他夾在中間，
繞來轉去，不離不棄——它們在逗著叮咚玩呢！這一對八哥經常出
現，似乎總在房前屋後轉悠。我留心觀察，原來是結巢我們屋簷下
的老朋友。

　　鳥類的確有自己的「社會」。我將東邊偏僻的草地翻成菜園
時，人在前頭掘地，鳥從背後跟隨。先是一兩隻，邊啄食邊歡叫。
我覺得有意思，有意將連根挖起的草撒得開開的。不久便來了十來
隻，多為八哥，也有斑鳩和其他。我們後院的草坪，原先有堆凸起
的小包包，為了便於打羽毛球、玩足球，趁著現在有3個男丁「強
勞力」（大小女婿與我），決定小作平整。多年養好的草坪當然必
須加以保護，我們於是先用板鋸，把凸起處的草皮鋸成幾條方形，
像卷秧苗一樣將草皮鏟翻，然後挖土整平，復原草皮，鋪直、壓
實、澆水。那些挖出的泥巴較多，就撒向低窪處。原沉睡於地下的
白嫩蛹蟲暴露無遺了，很快召來幾十隻黑八哥。它們見此美味盛
餐，樂得又叫又跳，好似來為我們勞動大軍「慰問演出」呢。

　　最能證明鳥類「社會性」的一次，是在我「得罪」它們的時
候。那是一個假日的黃昏，當孩子們領著小外孫欣賞我所勞苦耕耘

的菜園子後，大女婿忽然發現花叢下有只剛學飛的小八哥，我於是與二女婿合作，前堵後追，把它逮住了。我一手輕握住它，一手撫摸其背，送到女兒們懷抱裡的倆外孫觀看，打算玩一會兒就放飛。不料頭頂一片鳥叫，抬頭看，嚇人一跳，來了好幾十隻八哥，屋簷、車棚、樹枝、電線……黑壓壓地形成了包圍圈。幸而我們三代都在，人也不少，大概鳥們自估軍力不足，只是振翅急跳，大聲抗議，未敢貿然進攻，但憤激之狀，也令人不禁毛骨悚然了。我趕緊鬆開手，小傢伙一跳插進草叢。頃刻間，五六隻大八哥搏下迎接，並掩護著它穿過綠籬，越過馬路，逃向遠方。這次「玩笑」開得過大了，引來「群體護雛」的示威抗議。經歷驚險場面後，大女兒說，剛來澳不久就聽到有人警告：在鳥類孵卵、破殼出雛的季節，可別帶小孩到林下隨意遊玩。鳥們誤以受到侵犯，會不顧一切地主動出擊，而小孩的眼睛將成為攻擊的重點！

　　有付強勁翅膀的海鷗，分布很廣，大概全世界都有，而且與人的關係相當密切。我在不少地方親近過它們，覺得悉尼猶甚。這裡的海鷗常與野鴿、八哥為伴，幾乎無處不在，海邊、公園、餐館、酒吧都有它們的芳蹤。你試坐街邊小飲咖啡吧，人在桌面用點心，它們就在桌下尋餅屑，搖來擺去，悠然自得，好像農家養的雞鴨。你起身行走可得留心，別踩了腳邊的它們。臥龍崗海灘的一次奇遇，大概是我永生難忘的一幕海鷗戲了。那是有個豎立一座燈塔的瀕海的小山崗，闢為多層的停車場。當時正刮8級大風，人人頭髮散亂，衣褲鼓脹，儼如「太空人」。卻是海鷗展示美翅的良機。有人背風而立，不時拋擲著食品。無數的海鷗圍繞在他們身旁，有的上下浮沉，如織機穿梭；有的迎風展翅，凝然不動……

　　「哇，無繩的風箏！」——我見到定格的畫面，腦海中忽然蹦出這麼幾個字，繼而引發關於風箏的遐思：放風箏，無疑是種極優

雅、愉快的活動。不過放風箏必須有線。有線的牽引，風箏才能安
詳飛翔。海鷗迎風展翅如風箏，卻是無線的，但除去它自己強勁的
雙翅之外，也還有牽引力，那就是人們提供的食物與愛心。澳洲的
鳥，類種繁多數量巨大，可是都這麼親近人類，這當然是人們奉獻
愛心的結果。在棕櫚海港，有一隻海鷗掙扎於水邊，因為雙腳被漁
網殘繩綑住了。看到了幾位互不相識的遊人細心地為之鬆綁，我也
禁不住參與。它獲得解放後，最後還是從我手中飛走的。我們的左
鄰右舍，就有好幾家在草坪間放置一種叫「鳥浴盆」的專門設施，
可放食品，也可以盛水，是鳥朋友們理想的「自助餐」、「自助
浴」。許多人前園的番茄，後院的櫻桃，全請了鳥朋友的客，辛勤
勞作，夥粒無收而毫無怨言……我們在看房過程中，所到之處幾乎

都有鳥群飛翔，有一處還出現一對野生孔雀自由踱步，甚至把蛋下在一戶人家的門口臺階下。愛鳥護鳥既成風氣，鳥們自然膽大自由了。與鳥為鄰，與鳥同樂。人人都有一顆愛鳥之心，這應該是悉尼真正鳥語林、鳥的天堂的關鍵原因吧。

最後我想串改一句歌詞：

「只要人人都獻出一點愛，鳥兒就變成了可愛的朋友！」

2009.4.19

挑戰極限

　　去過恩權斯（The Entrance）三四回。那是個出海口，「三重藍水，三重黃沙」，景色秀美。鵜鶘成群，還是個獨特的「餵鳥的地方」。我因而曾譽之為「悉尼第一海灘」。殊不知，離海灘不遠處，還有個「樹頂冒險公園」（Tree Top Adventure Park）。復活節那一天，女兒硬邀我們前往「過節」，孝心可鑒，只好從命。想不到因此經歷了有生以來一次最具刺激性的遊戲。

　　此地名喚「公園」，實則是片原始密林，高樹參天，綠葉蔽日，空氣格外清新。我們是兩家同來的，顧慮到遊戲的艱難，老伴與同來的朋友家阿婆老羅，自報充當後勤，而與稚童為伍；我覺得既來了，不妨一試。孩子們於是寫單填表，繳納費用（大人40，小孩減半，老人優惠省3元），躍躍欲試。園裡的專職人員讓我們卸去相機、手錶、鑰匙等等所有牽牽掛掛物件，戴上頭盔，穿上兜套，系好佩帶，「全副武裝」後即帶到現場，按安全規程示範指導操作。

　　「請問有沒有左撇子的？——沒有，好！」專職人員當場比劃，十分誇張地先左手插進腿帶裡，再高舉右手，將兩條帶活勾的短繩，從一條保險纜先後換到另一條上，說：「這可是你們的保命帶，兩條雙保險。只能一個一個地換勾，絕對禁止雙手同時操作，否則，掉下來就沒命！」據他介紹，遊戲全程項目繁多：走、跳、爬、攀、甩、蕩都有，光是在吊纜上的「飛狐」（飛馳），就有10餘處，短者幾米幾十米，長則100米、200米都有，「記住：千萬千萬，要扣好你的保命帶！」說得神祕兮兮的。

「冒險公園」在這片古老森林，按活動項目的設計，從易到難分成「黃、橙、綠、藍、紅、黑」若干區域。黃橙兩區，近地遊玩，相對低矮，老少咸宜；後面的四區，高處攀爬，驚心動魄，且區區相連，是專為青壯年而設的。示範完畢，專職人員帶我們到「綠區」，指點路線之後隨即告辭，任由我們自己折騰去。

路線是固定的，循序攀爬，高低轉折，只進不退。我們一行共5人。為了確保老爸我的安全，女婿在前打頭，女兒壓後第三，讓我夾在第二，說這樣便於呼應與保護。後面第四、第五，是精壯夫妻小虞與小彭。我們爬上樹後，先過的是木板鋪就的纜橋，橋寬約略齊肩，離地相對較近，悠悠蕩蕩，並無驚險。大家嘻嘻哈哈，甚是輕鬆有趣。接著過的雙纜繩，沒有木板鋪底，有些玄乎了。及上至單線纜道，身體搖晃得厲害。女兒忙問「爸行不行呀？」我說：「太小看老爸了。我小時候可是個猴精，爬樹高手，放心吧！」就這樣，我們相跟相隨，以各種方式，從一棵樹過渡到另一棵樹。樹樹之間的距離，短者五米六米，長則十米幾十米甚至上百米，而且越來越高，越來越難。這裡的項目設計，有網巷式、沉樁式、懸橋式、翻轉式以及說不出名目的各種式樣，都是專門設法為難人的，以「異想天開」、「巧立名目」謂之並不為過。每過一段豁口，前邊就有「停靠台」，均架在高高的大樹幹上。那是一

環薄薄的木板圈，就如中間長出大樹的小圓桌。供雙腳踩的空間僅一尺多寬，歇息、轉身、換檔，全在這裡進行，每站最多只容兩個人。女兒叮囑：「爸，別往下看，會頭昏腳浮害怕起來的！」其實她多慮了，我沒有恐高症，試過幾處之後，早已適應。雄赳赳，氣昂昂，一點不比她們遜色。打通幾道關後，來到一個離地、樹距都在10米以上的地方，通道是用十字架吊樁組成的。那十字架豎長橫短，倒掛著，個個分離。想通過必須雙腳踏在橫木上，再像樹熊抱穩豎木，在不停的晃動中，迅速換位到另一個架子上。由此及彼頗費精力，我走完時已經汗水淋漓了⋯⋯

女士畢竟體弱，過完「綠藍兩關」後，小彭與女兒不太行了，爭相叫累、喊停。大家於是下樹休整一回，吃點東西，補充能量，稍息片刻再上征程。

經過綠藍兩區的磨練之後，紅區黑區我們也是一氣完成的，其界限已記不清。開始是從廣場旁邊的一條10多米傾斜軟梯，爬上樹梢的，然後放個「飛狐」重入密林。接下的項目難度極大，女兒在嘆服老爸「不錯」之外，自己則每每猶豫不前，望而生畏。女婿乾脆換我打頭先走，由他來幫襯她。而我，居然「越戰越勇」，欣然當起「先行者」。我邊走邊摸索經驗，隨即向後傳授：「蹲下來啊，將重心儘量放低些！」「雙手前抓，將鋼繩靠在脖子上，形成三個支點」；「身體前傾，往下壓，不要太晃動」；「注意移動重心，要乾脆、利索，別拖泥帶水」⋯⋯有段豁口寬約30米，兩樹間架設兩條保護鋼纜，提供兩種擺渡方式：高的一條可以「飛狐」而過，低的則需浪蕩，就像打秋千。女兒勸我「飛狐」，我卻想賞個新鮮。待慢慢地將懸掛途中的粗繩頭拉過來時，我雙腳果然顫抖起來。但我不放棄，顫顫巍巍地勾穩兩條保命帶後，便一躍下衝⋯⋯頭腦也還算清醒，知道必須伸直雙腳，插進對面攔網的網眼裡才能

附著，否則被蕩回來就麻煩了。我像「蜘蛛人」一樣緊緊吸附在攔網上了。可是秋千好打，攀登艱難，我緩慢地沿網而上，爬上停靠台時已費盡氣力，汗流浹背……然而後面更難，最難的莫過垂直軟梯的攀爬了。那是為即將長距離「飛狐」而作的準備。軟梯從高高的樹梢上垂直放下，長近20米，旁邊沒有扶手，連保命帶也是扣在軟繩上，毫不受力，只能靠雙手雙腳，逐級上升。這軟梯大概是依照白人的身材設計的，每格的寬度太大了，對我這1.65米「二級殘廢」可成了難題。我必須先踮起腳跟，伸直了手才夠抓到上邊的橫杠，而後靠這手的三個指頭（中指、食指與無名指）的勾力配合雙腳撐住全身，好讓另只手也跟上來。雙手再作「引體向上」，方可提腳踏到上一層。整個過程非常累人。我每上一格，都心跳如鼓，氣喘噓噓，只好以雙臂掛住梯纜，胸膛壓在軟梯上喘氣。這時候真想放棄呀，然而回望深深的地面，根本沒有退路，只能咬緊牙關繼續攀登。最後還得扭腰曲身，菜青蟲一般蠕動，總算上了停靠台。我長呼一口氣，渾身卻軟不拉塌了。蹲坐在高高的「小圓桌」上回望來時路，但覺3個多小時的樹頂折騰，以「猴技培訓班」形之差可擬！人的雙腳，無疑是支撐身體的主要支柱，可是行走於樹頂間，卻非手腳並用不可，而且如從安全的角度看，手臂的作用遠遠大於雙腳。我不由想起「具體分析具體問題」的思維方法之正確性來。我今早過了古稀之年，居然來此「挑戰極限」，還能闖過種種難關，經受體能、膽量與意志的大考驗。大概是得益於每天堅持的晨練，尤其是已磨出雙手大蠒的單杠運動吧！

接下去是全程最長的「飛狐」線，鋼纜兩端相距200米，橫架在公園中心廣場的高空上。「飛狐」的玩法，是先將隨身掛帶的滑輪扣在鋼纜上，兩頭再用保命帶的活勾壓住，一手輕放其上，一手緊握其下，雙腳一抬，即可藉助落差自然推送了。初聽介紹時相當

嚇人、心虛，可實踐幾回後，感覺其實是最輕便、最省事、最安全了。我爬完軟梯累得半死，很快又投入「飛狐」，蓋因這長距離的「飛狐」，恰恰可成為迎風歇息，瀟灑飛行。穩穩坐在兜套上，吱溜吱溜呼嘯而下，是十分愜意的。再往後，「飛狐」倒成了我們偷閒與取巧的辦法。比如一個10米多寬的「天塹」，頭頂橫架一座天梯，原定動作應是猿猴一樣雙手交替，提身浪擺而過的。可我心裡有數，這時單手提吊自身的體重，根本不可能了，別再夢想雙手交替前進，於是索性取巧偷工，以「飛狐」代之。沒想到跟在後面的年輕人，也都個個學樣。

再玩幾樣相對省力的技巧之後，我從一條斜梯下了樹，卻在半途又跳上一座小纜橋，以為這屬兒童樂園了，順便走走吧。可是走過幾段後，前面人多堵塞，後面不見女兒們跟隨。我想下來，卻沒便道便梯，最後抓住一離地不太高的網道跳下來。回到廣場桌邊，女兒與朋友們已經在「大吃大喝」了。小虞笑道：「您老人家可真棒呀，還有精力想重走一遍！」原來，我剛才走的那一段，就是「綠區」的開始，是我們走過的，可我轉昏了頭，全認不得了。

圍著公園木桌休息、吃喝、閒聊時，我嘆道：「想不到我古稀老朽，還能『英雄』這一回！」但覺有些地方的確很危險、嚇人，肯定有上得去下不來的人。這種地方，理應加設便梯便道才對呀，否則一旦摔下來，公園豈不賠死？女婿笑道：「他們才不賠呢，已經讓我們簽下了『死傷自負』的合同，哪會再管呢？」原來開始之前，孩子們填寫的表格什麼的，就是在簽訂「生死契」啊。我搖搖頭說：「可見號稱最注重人性的澳洲，也還有不盡人性的地方，真是『此事古難全』！」

2011.4.24

心祭父母

　　兒時常聽大人議論：「這孩子命硬，克了母親又克父！」我不愛聽，也怕聽，但事實似乎是真的。母親生下我不久便去世。父親後來回泉州，為我迎娶一位初中生的繼母。她也因難產母女雙亡。在我6歲時候，父親又航海罹難，永遠失蹤了。

　　我家的悲慘故事發生在印尼。清末民初，祖父為逃避土匪綁架，南渡印尼經商，慢慢地在一個叫晱細（GESER）的小島上，開了間小商店。他大概覺得年老，叫正求學於廈大的父親，輟學去接班。父親依依惜別，臨走留張他的側面半身照，背後書寫四行字：

> 無言──默默地，就要走了，
> 也許就在明天。
> 親愛的姐，請別怨嘆吧，
> 免使遊子心頭不安！

　　我父母同庚，母大22天，是為姐。母親生下我姐2年多後，父親回國，動員母親也到那晱細小島上，任華文學校老師。母親是在懷孕後帶我出國的，不料在晱細生下我僅3個月零1天，便撒手西去。太平洋戰爭接近尾聲時，可能是澳新兵團向日軍反攻，飛機狂轟濫炸，無辜的島民慘遭兵燹戰災。我家商店也被炸塌了。日本投降後，祖父收集餘灰中的資財，重修房屋，恢復商店，再讓父親走船販運土特產。父親卻不幸罹難，無從尋蹤。年老的祖父，只好將那店底移贈也是他帶出國的年未弱冠的親人──我的堂兄黃昆成，

因為這一家孤兒寡母的，尚須關照。後來，我隨祖父到母親墓前祭奠，又在海邊為父親招魂，然後返回唐山故里。這是1948年夏秋之事，祖父對鄉人們自嘲：「勤苦奮鬥幾十年，也曾有過轟轟烈烈，不想人財兩空，到頭來像只夾著尾巴的狗！」

在我腦中，父親有些印象，但已模糊且不甚親切，倒是本應毫無印象的母親，無數次夢中相遇，令我淚濕枕頭……為什麼呢？因為母親口碑太好了。常聽我姑說，我父母舉行的「文明結婚」，轟動了當時的僻壤山村。婚禮上的講演、鬧洞房的應對，母親都比父親大方、懇切與機智。母親視物甚輕，她嫁進黃家不久，幾箱滿滿的嫁妝即分贈鄰里姐妹，幾乎淨光；出國之前，母親是鄉親眼中的大賢人，她創辦小學，自當校長自授課；她文筆優美，善抒真情，替僑婦們書寫的家信，總能撥動旅人心弦，於是資助家用的匯款源源而至。為人代筆，母親從不收禮，反而要小姑及時泡茶、煮點心，熱情招待人家。三鄉五里上下村莊的僑婦們，於是紛紛前來拜託；母親生下我姐時，她在泉州女中「金蘭八姐妹」中的三姐黃玉燕，也同期生了兒子。因「三姐」乳腺發炎無奶水，母親毅然給姐姐斷奶，改哺三姐之子……姑說，母親是典型的賢慧淑女，樂善好施，慷慨大方，從不計較私利，好像知道自己生命不長似的。她嫁入黃家僅6年，在26歲時即遽然去逝，猶如彗星劃過夜空。姑嘆惜道，本來母親在鄉間理家、辦學、服務鄉親，也呵護著她，甚得擁戴，並無出國之意，可是父親謊稱印尼有位妙齡女子向他索討手上的婚戒，並寫詩相激：

索環似有意，贈環亦非難。
惟恐自此後，難脫兩情牽。

　　母親被哄，這才腆著肚子，帶我也到那個赤道邊的陌生小島去。姑說，母親出國很勉強，但仍記掛著她，向自私的父親提出必須讓她繼續上中學為條件，她才沒有淪為村姑農婦。因此，她視嫂如母，當聞知敬愛的兄嫂過世時，幾天水米難進，惶惑恍惚，比死了親娘還痛苦……我讀初中時候，有次與姐路過一位大娘的家門，大娘雙手分牽著我倆的手說：「你們的母親是好人啊，如果能看到你們這對象龍像鳳的兒女，她該多麼歡喜……」說著汪汪淚水奪眶而出。她接著告訴我們：她凡打下柴草出賣，無不挑給母親，因為母親有來必收，且從不斤斤計較，給錢最慷慨。有一次她接了柴草錢之後，在水溝裡洗腳卻將錢丟失，不禁大哭起來。母親看到，連忙安慰她，重新又給一次錢……初中生的我，正處窺視人生之始，夢想多多而又最渴望母愛，聞知母親此多舊事，豈能不夜夜入夢？遺憾的是，慈母總是容顏模糊，未見清晰！

　　我越長越大，極盼能再去祭拜母親之墳，重返自己的出生地。然而在那「海外關係」都有「裡通外國」之嫌的年代裡，哪敢奢想？直到我移居悉尼之後，才開始東探西問，尋找印尼親人的蹤跡。花了整整5年時間，天助人願，終於以電話聯繫上了堂兄之子黃榮豐。堂侄現居泗水，說他父母已先後謝世。他也是在䀚細出生的，自從1960年因印尼排華出來後，再沒回去過，因此樂於為我作嚮導。我們遂於今年3月結伴回島。

　　印尼海域廣闊，而䀚細小島，小到地圖上找不見，而且綴於不對外開放的禁區之內。這次行程便成了苦旅。我們又是乘飛機又是搭輪船，途中多虧榮豐諸親的迎接、轉送，才摸得到途徑。飛抵安汶時，榮豐侄告誡我倆夫婦：「不要說話，以免招惹麻煩！」我們也便裝啞巴混過關。從安汶到䀚細，沒有飛機了，只好搭上人貨混裝的舊輪船，向馬魯古海域駛去，日夜兼程，足足顛簸了25小時。

這馬魯古海域我並不陌生，從船上下望，海水依然深得墨黑墨黑。63年前我與祖父乘小帆船回唐山過此時，如山巨浪，顛得我吐盡食物吐膽汁，疲憊之身幾天都沒恢復過來。現在我順理猜度，父親與同伴潘斯欺舅舅，應該也是沉沒於此的。在傾盆大雨中，望著閃電時而照現的海雲，我追悼父親，默吟《貨輪夜航》：

> 鳴笛辭安汶，啟錨向大洋。
> 滂沱連夜雨，疊石築雲房。
> 父舅亡軀處，思親欲斷腸。
> 茫茫滄海闊，何似蒹葭床！

我們是在夜雨中登上睍細碼頭的。燈火迷離，看不清我兒時的景象。得知睍細仍舊赤貧，我們便先在安汶買齊了紙錢金錠、冥衣冥褲、香燭、糕餅以及順墓碑的金黃油漆等等，又托居住在另一嶼島上的榮豐表妹代買鮮花。翌日便隨此間親人們一道前往陵園。

我離開睍細超過半世紀了，每當提起為母親掃墓的事，老伴總懷疑它的存在，其理由是社會進步這麼快，無主之墓，大概早被夷為平地而建起高樓了。眼前的事實卻是陵園依舊。現在更看得清楚了，整片陵園計分3段：前面是穆斯林的，後面是基督徒的，中間是華人的，而我兩位母親的聯座墓，正居華人墓地的第一位。一眼便可確認。聽姑說過，祖父寫信告訴過她，他為我的兩位母親，建造了最大的相聯兩座陵墓。這在當時是頗為壯觀、奇特的，現在四周荒草已高過墓頂，顯得敗落了。在我指認之後，老伴頃刻淚如雨下，跪下拔草。幾位皮膚黝黑的睍細親人，也蹲下幫忙。大體清理完畢，我們排上供品，點香燃燭祭奠。我將我姐以電郵發來的《給媽媽的信》、我姑1997年寫的《憶念阿嫂》二文，在嫋嫋的青煙中

誦讀。老伴竟也讀了自撰的悼文，訴說她自成黃門兒媳以來，四十多年了，今天才得以前來祭奠，抱歉之至，而自己未能為黃家添得一丁半男，更感羞愧、惶惑……聽得我心酸難忍。

事後，我寫《祭母墳》仿古詩兩首，其一為：

含淚拔荒草，三章輯厚箋。香燒飄幻影，心事逐輕煙：
孟母居三易，盧生夢黃粱。罪聞傷父母，讓壽是爹娘！

其二為：

古稀遲祭青春母，默默哀思淚水長。
料已成灰難覓骨，墳前跪點返魂香。

因受唯物主義浸染太久，我早已傾向無神論。今於詩中連引三個無稽有據的古人傳說，意在追尋丟失了七十餘年的母子親情，極願陷入恍惚之中而不想自拔。我忽然頓悟，並非我的命硬，克母又克父，而是父母心慈，讓壽予我。天公也太不公了，倘若讓我減歲30年，移給父母，豈非既可免除我姐弟倆的童孤之苦，又使父母得享天倫之樂？然而幻想終究是幻想，想得太多，徒添無限哀傷！

陵園祭畢，我們又轉至碼頭海祭。這回才知道，當時與我父親同罹海難的潘斯欺舅舅，原來正是榮豐的「嬤舅」即舅公，因之這海祭也是兩家一起做了。我們擺好供品，點香燭，燒紙錢，拋撒鮮花……望著隨潮飄向湛藍大海的瓣瓣鮮花，我心也翻滾著莫大的悲傷！

日久失修，母親的墓陵有些破敗。我們找個當地的泥匠略作修繕。施工過後，我與老伴再前往察看，驗收，又一次燒香點燭燃金

紙，告慰墓中的母親。臨別睍細的前一天，老伴說來一趟不容易，一定要我和她，再一次前往道別。不料，據說是「五年一遇」的大海潮，居然淹沒了多處路段，無法行走，遺憾之至！然而次日由於大風驟起，原定7點起航的小客輪，未敢靠掛碼頭，而將航期後推、待定。看看潮水已退，路也露出了，我們於是立即雇上兩輛摩托車，再作第三次探陵。老伴複淚流難禁，喃喃而語：「母親啊，本該年年祭拜的，可是路途實在太遠，語言又不通，過去我們來不了，以後怕也沒機會，還請老人家多多原諒……」聲中帶泣，其悲非常，我也跟著潸然淚下。離開睍細前夕，老伴曾另給長住於此的榮豐表妹與別個親人留贈小紅包，表示對熱情招待的感謝，也存有請他們順便時關照母墳的願望。

話沒明說，但親戚們都明白，有一位當場就說：「以前不知這個聯座墓也是親人，疏忽了，以後墓草不會再長這麼高……」

　　我們離開印尼回來後，收到榮豐的電郵，內附最新墓地照

片。我母親的墳墓，已被重新整治、粉刷一新。墓碑上，我剛以油漆書寫的的字，又換成新的了。但字型怪異，「三不像」──不像漢字，不像韓文，也不像日本的片假名，當然無人能識別。我知道，這是不懂中文的睨細的親人們，摸索著已被風雨剝蝕的石刻描上去的，雖不辯龍蛇，其真情依然可鑒！我因而也想，墓碑上縱是正宗的漢字，睨細島上又有誰認得出來呢？不過，我的父母，依然會活在我的心間！

2012.9.18 改定於悉尼

血濃於水

　　2012年3月，承蒙堂侄黃榮豐的接應，我偕老伴到印尼為母親掃墓，也造訪我的出生地。

　　那是個蕞爾小島睨細（GASER），屬經濟相對落後的馬魯古地區，東經130.5度，南緯3.54度，在真正的赤道之上。這裡島小人少，交通極其不便，我不知道祖父當年何以會流落到這個地方，並定居了下來。

　　我的曾祖原是地道的農民，生下5個男孩。我祖父排行第四。為了使農家出個「讀書人」，以期子孫後代得到置蔭，聰明老實的四弟，便被父親與4位兄弟共同選定進私塾讀書。他學成後在家鄉小山村開課授徒，穿著長衫教起之乎也者來。有一天正當課堂上吟誦之時，忽有鄉人匆匆報知：「有散鳥要來抓您，快跑！」鄉語「散鳥」即土匪。祖父已經有過一次遭土匪綁票勒索的經驗，因此聞訊立即放下教鞭，捲起長袍就跑，連告別家人也顧不上了。他先跑到遠在「大鄉里」的岳父家，之後便「下南洋」謀生，居然在這個小島上站住腳跟，辛苦經商，漸漸起色，竟也開辦了一家叫「恒茂」雜貨商店。「發達」之後，他牢記父兄叮囑，先後將幾位侄子也接到此地經商，且讓正上大學的我的父親輟學接班，我的母親隨後也來了，在此開辦中文學校，教導華裔子弟。我們黃氏家族在這小島上一時有了繁衍興盛之勢。

　　然而大不幸隨即降臨了。先是我出生後僅三個月，母親即撒手西去。繼而二戰進入後期，太平洋戰事劇烈，睨細小島慘遭飛機狂轟濫炸。小街道上的多家商店以及眾多民居，悉數遭殃。我家的

「恒茂」商號也被毀成廢墟。我祖父與父親清理廢墟，重建商房，之後盡力集資，讓我父親出島貿易，不料竟罹海難，父親與其同伴潘斯欺，永遠失蹤了。遭此巨殤，年老的祖父只好攜年幼無知的我，於1948年回歸唐山故里。潘斯欺舅舅的遺孀金井，也執意跟隨同船，帶上孤兒狗仔，回到祖國夫家見親……

這是將近百年的以前舊事。我自離開睨細後，60多年了，沒再回去過。

因為母親的墳墓還在那裡在，我心中一直存有回訪故地的願望，但受阻於種種原因，直到移居澳大利亞之後，探知堂侄黃榮豐現在印尼泗水，幾經聯絡，終得實現宿願。可惜的是，我所認識的堂兄黃昆成夫婦也就是榮豐的父母，已經先後去世。所以這次接觸的親人，全部是陌生的。

我們乘飛機經新加坡轉泗水，再由堂侄黃榮豐接應、引導，一道往睨細。榮豐說，他也是在這裡出生的，後因印尼排華，舉家出逃，才躲到泗水。離開出生地後再沒回去過。所以陪同回訪也是一償宿願。在交談中我還發現，那位與我父親同罹海難的潘斯欺舅舅，原來就是他的舅公。因此海祭也一道舉行了。

為母親祭掃墓陵與為父舅祭海之餘，我也儘量重尋兒時的記憶。我記得，祖父那間在太平洋戰爭中被飛機炸毀而又重建起來的恒茂店鋪，位置就在碼頭近處的街口上。果然找到了，我還特意站立店前留個影。當然，現在它已成了別人的產業，招牌也不是中文的了。後來據同來的榮豐之兄榮山說，這一間店鋪，原是他們的父親即我堂兄黃昆成的，1960年印尼排華期間，他們舉家逃離前夕才賣給別人。我甚感詫異，略作推算，榮山離開睨細時9歲，大概和我離開時的年齡相仿。他比我遲走10年，其印象大概會更清晰些。我懷疑是自己記錯了。

　　離開印尼後，我又回到中國去。在老家南安潭邊聽了堂嫂烏蜜一席話，方知我並沒有記錯，而榮山所云也對的。堂嫂烏蜜（堂哥追冊之妻）對我說，她嫁入黃家不久，祖父就曾告訴過她，他南洋的店鋪，在帶我回國那時交給了昆成。後來昆成每給唐山的親生母貌師嬸寄家費時，也總會交代要分撥一部分孝敬祖父。但祖父去世後，昆成的親哥金成去信告知消息，昆成的這種資助才告結束。嫂嫂說，此事頂潘橋尾的金井即金爽也知道。金井後來與其小叔成親，與嫂嫂的頂潘村娘家是鄰居。

　　我二姑也嫁在頂潘，幾年前去世了。我這次拜訪表弟（二姑之子）宣水、靈水兄弟時，順便看望了金井。她便是當年隨祖父同船回歸唐山的金爽，回國後改名金井，嫁給前夫之弟潘光明，又生育三個兒子。她今年近90歲了，仍健康硬朗，步履輕鬆。她們一家見到我時十分高興。我問起當年一道歸來的她的兒子「狗仔」（潘添水）時，她說曾經當過公社幹部，可是因病去世多年了……一時黯然神傷，好在與後夫生育的三個兒子，個個成家了，且事業有成，也均孝順。

　　我問金爽，關於祖父店鋪之事可知道什麼嗎？她說：「那間店底，都留給昆成了，但有沒給些補償，我不清楚。」她又說，當時昆成年紀不大，和寡母住在一起，還沒獨立，也尚未成婚，所以即

使有補償，大概也是象徵性的。我覺得她的話有道理。祖父為人向來樂善好施。他回唐山時箱子裡的四大本帳簿，所記多為收不回來的別人的欠款。當時在睍細生存的黃家人，全是他一人引帶過去的。最親原當屬我二叔黃衍度，可是他是成年後才買來入贅當新郎的，其家教欠佳，性如浪子，離心離德，毫無親人觀念，不但拋棄了新婚之妻，到印尼也不願追隨父親，以至我得知其為我「二叔」，是到了回國以後的事。這樣的人，祖父是不會將家業交給他的；還有一個我稱之為「媽媽」的，是衍營叔一家，他們夫妻團圓，有兒子三人，比較圓滿，雖然我曾寄養他家一段時期，大有看護愛撫之功，但祖父也沒將商店交給他們。而昆成這時年未弱冠，孤兒寡母，相對弱勢多了。他們也是我祖父引帶來此的。向來注重扶貧濟弱的祖父，將自己的店底，移交給他，也便順理成章。

回國時我才9歲，祖父不會將這些事相告。我從進讀初中開始便遠走仙遊，飄泊在外，雖也不斷回家，可心知祖父一生遭遇巨大不幸，從不敢輕意動問過去的傷心事，他也未曾主動講起這些。榮豐、榮山的爹娘昆成夫婦1979年到福州我家時，贈我一輛國產自行車，但也沒提起店鋪房產之事，所以我全然不知情。現在大體知道了，印證榮山所言不錯……這些已成過去的事，原本無須細查、追究，更不必計較，現在偶然知之內情，只說明我們同一個曾祖的兩家親緣很深、很深，確是「血濃於水」。祖父在遭遇直如滅頂之災後，仍然無微不至地關懷弱者，其真情與慷慨，確實令我永遠敬仰！榮豐兄弟看來對這事也不甚瞭解，對我這堂叔，只從父輩口中聽到過名字，剛剛謀面即熱情、周到地接待，不由使我想到黃氏家族血濃於水的真情，也許正是傳統的沿襲繼承吧。

2012.6.16補記

睹物思親

　　我以為自己是個再難改變的唯物主義者，卻常常會有唯心主義的幻覺，而且每每忘情於此。目睹父母的遺物時的胡思亂想便是一例。

　　上世紀30年代，我母親就讀於泉州培英女中時，義結金蘭，有過「八姐妹」與「十六姐妹」的篤誼。「八姐妹」人證物證俱全。物證是照片，人證是黃玉燕。八姐妹中相互稱呼的次序，前四人為姐，後四人為妹。我的母親吳清秀排行第六，為「六妹」，是死得最早的一個，時年僅26歲，而活得最長的是「三姐」黃玉燕，剛於去年逝世，享壽100歲。我很遲方從吾姐處得知三姨還健在，於是趕緊拉住姐前往拜訪。見到我倆時，她伸出雙手，一手拉住一個，自上到下巡視，喜得話都不知如何說。這時的老三姨，仍穿件鐵青色旗袍，長髮過肩如波，嫋嫋婷婷，優雅端莊，還留有那時代的氣息。然而畢竟老邁了，記憶力大衰，只能想起點滴的零碎事，反反覆覆地說，但翻出舊照，送給我們4幀：一幀是她自己攝於1994年的彩色玉照，頗具古典之美；一幀為母親的半身像，背面還有「玉燕敬愛的三姐存，六妹1933年5月贈」的親筆題字。另外兩幀是「八姐妹」即義結金蘭的同學群的合影。一律學生裝束：短髮、短袖；

白衣、白襪、黑裙、黑皮鞋，存留著「五四運動」的革命遺風。她們站坐隨意，錯落有致，一群清純無憂的女青年（如圖）。此照極其寶貴！

我帶回照片，細心地貼進相冊時，根據燕姨的簡介，作小記一則附之，全文如下：

> 20世紀30年代初期，泉州培英女中某班有八位同學，形影不離，情同手足，義結金蘭，拜為『八姐妹』，又被學校師生傳稱『女八仙』。『八姐妹』現已八去其七，僅三姐尚健在人間。「八姐妹」大小依序如下：
>
> 大姐黃玉媛　1992年逝於新加坡；
>
> 二姐黃素蓮　1990年逝於廈門；
>
> 三姐黃玉燕尚健在；
>
> 四姐傅好珍　1990年逝於美國；
>
> 五妹朱秀德　1988年逝於美國，後運葬菲律賓；
>
> 六妹吳清秀　1939年逝於印尼；
>
> 七妹黃佩珠　1983年逝於泉州；
>
> 八妹黃慧珠　1987年逝於廈門集美。

如今連三姐也走了，「八姐妹」全部變成真正的「女八仙」。在另一世界，不知她們是否仍常相聚？記得我們拜訪三姨黃玉燕時，她回想當年事，告訴我與姐，培英女中常舉辦文藝會演。她們「八姐妹」是臺柱子，每次必上臺演唱。由於母親有著二分之一的菲律賓血統，長得像個外國人，因此屢叫她把臉塗黑，扮成非洲姑娘。她次次都爽快答應。高中畢業後，玉燕姨曾到惠安海濱崇武教過一段小學，母親前往探訪，小住些天。看那邊的蚊蟲特大，母親

就說：「三隻蚊子，可炒成一碟菜！」在她們都有了第一個孩子時候。她生的是男孩，母親生我姐。她因避難隨母親到南安潭邊山村我家，住過一段時期。時她乳腺發炎，奶水不足，母親竟將懷中我姐的乳食斷掉，而讓奶給她兒子吃……「你們的母親是個大好人！」說時兩眼還閃出淚花。

「十六姐妹」都是誰呢？已無法查實了。我父母結婚時，倒有一面一人多高的精緻的穿衣大鏡。此鏡成罩鐘即倒U形狀，下配有插翼的H型底架，底架與邊框均為漆得烏亮的花理木。而鏡裡沿邊有32個小圓點。你往前一站，眼前立即出現33個你：中間是個大的你，頭髮、眉毛清晰可數，32個圓點內也個個有小你。這是母親的8位同學合贈的，有名有姓，正宗楷書，與32個圓點一樣是用氫氟酸蝕製出來的。可是贈者姓名與上述的「八姐妹」不全相符。我猜其中那未列在「八姐妹」者，也許就是「十六姐妹」中人吧。她們現在都哪裡呢？不知道。不過我在讀初中時，六妗（舅母）曾帶去找過一位在不遠的梅山國專醫院當婦產科主任的王和協，說是我母親的同學。婦產科主任卻不婚，是位獨身主義者。王姨一見到我也是感情洋溢，視同親子，大概對同學的幼失雙親的孤兒的特別愛憐吧，當時就給我30萬元（現30元，超過她的半個月工資），讓買條棉被與衣服，好上高中時使用。我這時是初中畢業班學生，剛剛開智，思母之心特別強烈，卻不懂也不敢向她詢問母親的情況。回來後，我給王姨寫去感謝信，她立即回覆，稱我的信寫得感人，讀之不禁垂淚，並要我爭取來國光中學上高中，以便於她能夠就近照顧。我自然欣喜無限，填報志願表時，連寫3個「國光中學」，誰料卻被保送到比現在更遠的五星中學去。不過我們還有通信聯繫，直到1957年鳴放之後，突然接到她一封極短的信，僅兩句話：「我成右派分子了，你當好自為之！」其時我也因寫大字報「攻擊蘇聯

老大哥」而成批鬥重點，領略著政治運動的險惡。接信後我做了個夢，夢見她被幾個壞人硬壓入小河中，我驚喊著夢醒，便將夢境寫去，她卻沒有回覆。自此我們便斷了聯繫，後來聽說王和協阿姨被醫院開除了，趕往農村，之後如何？是死是活不得而知。「十六姐妹」中的其他姨們，情況完全不知，估計也有與王和協姨命運相似的。

在我農村的老家裡，牆上還有一面橫掛的長寬約4×2尺的描花小玻璃框鏡，上蝕「福壽雙全」四字，當然也是她們的同學或朋友贈送的結婚禮品。我懷疑還有一面相配的「清景在春」，可能是不慎打破、毀滅了。理由是我父母的名字是「景福」與「清秀」。閩南話中「秀」「壽」同音，而「清景在春，福壽（秀）雙全」的對子，正好嵌上父母的名字。這種文字遊戲，在當時的高中、大學同學中是完全有可能玩的。倘真如此，那麼「清景在春」的毀失，是否正意味著我父母英年早逝之必然呢？還有一個依據是我姑媽告訴我的。她說曾看過她哥即吾父高中畢業時寫的一篇作文，題目叫「魂歸」，文筆優美，內容卻陰森、恐怖。「怎麼會寫這樣的東西呢？」姑當時就很驚奇，很反感，在告訴我時則說：「也許冥冥之中神靈的安排吧，他是預先寫出了自己的命運！」我父親結婚時正就讀於廈門大學，後服從我祖父的要求，輟學往印尼接業經商。可是二戰後期的太平洋戰爭，飛機將我家商店炸毀了。父親為恢復事業，出航經商，不幸葬身海底，時年僅32歲。他回不了老家，只能如自己所寫的那樣：「魂歸」！

　　老家還有一面大得多的方形鏡。鏡內畫有一位古式仕女，粉面斜肩，頭插金釵，手執團扇，依窗遠眺。方鏡兩邊配上對聯，也是裝在長條鏡框裡。聯語為：「日暮鄉關何處是，煙波江上使人愁」。我現在知道，這是號稱「第一唐詩」的崔顥《黃鶴樓》詩的尾聯。單這兩句，讀來便覺情思繾綣，惆悵綿延。是對好句，卻也暗合了我父母的身世。母親也是死在印尼的。她生下我才3個月零1天，便在赤道邊的倪世（GESER）小島上結束26歲的青春。太平洋的「煙波」愁霧，比「江上」的更濃更重，但願她能與我父親飛越大洋，雙雙「魂歸」「鄉關」潭邊村！

　　父母的遺物中，最令我入心入肺的，莫過於母親親手勾製的橫幅帳簾，大概是她們結婚時所用的。白紗底，藍花花，黑字題詩：「床前明月光，疑是地上霜。舉頭望明月，低頭思故鄉」。由於這條眉簾長年掛於帳前，在我10歲回國那年，姑媽就在睡前睡後，教會了我背誦下這20個字。當時並不知是李白的《靜夜思》。我父親服從祖父的調遣先到南洋，臨別時給母親留張半身照片，在後面題詩：

　　　　無言──默默地要走了，
　　　　也許就在明天。
　　　　親愛的姐，請別怨嘆吧，
　　　　免使遊子心頭不安……

　　（我父母同齡，母親先降生22天，故為姐）。後來父親回國，也要哄母親出洋南渡。母親放心不下年幼的小姑子和一攤家事，並不想走。父親於是編造印尼有女向他要戒子的事，並以詩相挾：「索環似有意，贈環亦非難，惟恐自此後，難脫兩情牽」。父親

「激將」成功，母親於是腆著大肚子，連我也帶走了。我因此便有機遇塑成個「國際型人物」──有四分之一菲律賓血統的我，著胎於故國唐山，生於太平洋島國印尼，第一份身分憑據（出生證）寫的是荷蘭文字，10歲那年是中華民國公民，解放後在紅旗下成長，幾年前在看村人編寫的族譜時，又發現雖稱漢族，其實是蒙古人的後裔……。天啊，這是否便註定了我的命運，必然將如無根之浮萍隨風漂流，最後才停泊在澳洲來呢？

　　我的父母已早赴陰間，而尚留人間的我，在老邁之年也隨子孫飄泊到地球村南。現在，我與父母雖陰陽兩隔，但相信「舉頭望明月，低頭思故鄉」，還是我們共同的情懷，也將必定成為日常的行舉與禮儀。

2014.10.1國慶節靜思閒筆

天倫樂遊翡翠國
——斐濟五日遊紀實

位於赤道邊上的斐濟，擁有三百三十二個島嶼，如翡翠珍珠，撒在湛藍的南太平洋上。早在上世紀七十年代，有位畢業於泉州華僑大學的年輕的朋友，被外交部抽派到此地工作。任職結束後，又改派英倫。他走前講起斐濟的熱帶風情，令我們遐想無限，十分嚮往，然惜於天遙地遠，以為夢想難及。豈料，於今竟得機緣了，而且舉家同遊……下面如實照記以作紀念，也饗親友。

——二〇一五年「五一」於悉尼

四月十七日

清早出門卻遇下雨，抵達機場時，還好雨歇了。航班原定八點二十分起飛，也許因霧濃雲厚，拖過了一個多小時。飛機破霧穿雲上藍天，在陽光照耀下飛行四個來小時，於午後近2點安抵南迪機場。窗外多雲無雨。我不禁也學基督徒唸了句：「上帝與我同在，阿門！」

我感天恩是有理由的，因為一年只有旱、雨兩個季節的斐濟，四月正是初入「雨季」（又稱濕季），風雨交加是常事，弄不好，驚心動魄的強颱風也有可能不期而遇。我們之所以選在「危險期」來訪，除了學校放假，小外孫們得以同行之外，當然還有優惠價的經濟考慮。我的大女兒扁婆與小女兒圓婆，兩小家合成一大家。一行九人，能省不少錢呢！

　　祖國的海南島古稱儋州，蘇東坡老年遭貶至此，大概深感遙遠、偏僻，在海邊大石上題寫下「天涯」二字，於是成了國人的「天涯海角」。現在提到島國斐濟，許多國人可能認為更加地「天涯海角」吧。其實不然，倘若以子午線與赤道的交叉點作為靶心的話，那麼斐濟當在這個大靶的十環之內。就是說，她恰恰是「地球村」的中心地帶！有一條以本初子午線為基準稍作改動的「國際日期變更線」，便從其海域穿過。因此航行在斐濟海面上的船隻，由東向西越過此線時，日期需加一天；由西向東，則需減去一天。為了顧及行政管理之便，「國際日期變更線」避開對陸地的切割，否則一個人如若雙腳分開踩在這「線」的兩邊時，便同時具有了「今天、昨天與明天」。這是滿有趣味的事，然而我家的半子與女兒們，沒有追逐子午線或變日線的興趣，一心只想沉醉於此間的熱帶風光與天然的海景。因此他們從電腦上預定的首個下榻處，是距離南迪機場不遠的切維些度假賓館（The Terracees lounge）。

　　領下行李，半子小丁與小湧往外尋車。我們在大廳裡稍候，只見工作人員無論男女，大多花衣灰裙，只在樣式與顏色上略有分別。有那腰粗體胖的大男人，走步時裙擺飄搖，從後面望去竟儼如嫻雅婀娜的女士。老伴瞪了一會兒，猜道：「大概這裡天氣炎熱，大家都愛穿裙子……」女婿們租請的麵包車司機，高大魁梧，皮膚深棕近黑，也是綠色花衣配灰裙的穿戴。

　　麵包車開出機場，在叉路口接上一溜行車，慢慢地跟隨了不短的路程。大女婿小湧向孩子們提問：「你們看這裡與悉尼有啥不同？為什麼一出機場就堵車？」三個小外孫居然掩藏了好動調皮的秉性，都默不作聲。我幫助解答：「斐濟屬第三世界，國家要發展就得大力建設。這裡正在拓寬道路，成了用紅帶子環圍的施工現場，自然會堵車。不過兩邊的草木茂密蒼蒼，生機蓬勃，瞧那椰

樹、棕櫚、鳳凰木……婆娑瀟灑，是熱帶才有的好風光。」小朋友
們仍然無語。

據說我們的下榻處距離機場僅十六公里，小麵包車卻跑了三、
四十分鐘。身高馬大的司機十分和善、健談，一路上與坐在副駕的
小丁與靠前的小湧說個不停。小湧尤其踴躍，一個問題接著一個問
題地出，我從未聽過他說這麼多的英語。司機也有問必答，而且更
多時候是主動介紹。他們似乎已成「老朋友」。可惜我是英語盲，
沒懂半句，否則對此地的文化生態也可作點「浮潛」式的採訪了，
真是遺憾！小車越過一座二十來米的小橋時，司機又咕嚕一聲，外
孫叮咚才為姥爺姥姥翻譯出來：「司機叔叔說，過了這座橋又是
另一個小島了。」我望窗外，同樣是椰林、灌木、青草、繁花，
還以為剛跨越的是條小內河。穿過一個似草房模樣的牌樓後，小車
終於停在賓館的門廊裡。穿花衣灰裙的賓館服務員連聲「布拉」
（bula），熱烈歡迎，立即給每人送來一杯冰鎮橙汁，再幫我們將
行李搬進居室去。

這個賓館不提供膳食，室內設施倒很周全。我們訂住兩套，從
二樓開始，每套都占兩層。層層有涼臺。下層是廚房、客廳，上層
兩間臥室，上下三個衛生間。我檢閱廚房器具：有煤氣灶、微波
爐、燒水壺、鍋碗盤缽刀鏟一應俱全，知道是提倡自己動手豐衣足
食。然而斐濟時差比悉尼又早兩小時，因而稍事休息後已是夜幕降
臨，華燈初上了。我們決定「犒勞三軍」，上街給自己來個海鮮大
餐的優待！

步出賓館只十幾分鐘便有商店集中的街道，連接到瀕海木板步
道。欄外就是港灣，靜靜地停泊著密集的船舶。岸邊酒吧、餐飲鱗
次櫛比。見到我們這不大不小的九人隊伍，各家的服務生布拉
（BULA）之聲四起。有一家掛塊整魚骨頭招牌的餐館叫「丹娜拉

海港魚骨餐廳」。不知「丹娜拉」是這個港海名稱，還是單指餐廳。我們剛走到餐廳的露臺上，服務生即迎上來，熱情無比，他甚至回頭將一塊三腳撐地的粉筆書寫價目牌搬將出來，放在我們面前，作逐一的介紹。我反正聽不懂，自顧自倚欄觀望海灣與船艇。孩子們商量的結果，是取其中檔，點了「龍蝦海鮮大套餐」。

手腳伶俐的服務生，立即將三張小方桌並成一長台，送上冰水與海杯冰鎮生啤酒，還有兩瓶未曾開啟的廠產西紅柿醬。我問有沒米飯？大女兒扁婆說：「爸要米飯，媽要不要？不要，那就再加一碗米飯吧！」服務生邊嘟嚕邊記。我說：「我肚子又不特別大，問問而已，退掉！」心想，在這盛產海鮮的小島國，既是「龍蝦海鮮大套餐」，大概會像閩南人辦的酒席那樣，煎炒燜燴乾湯，熱氣蒸騰地一盤一盤端上來，再加甜點與瓜果。孩子們不要米飯，可能與我所思的一致。不料等了老半天，啤酒都喝掉了一半，服務生才送上兩掛一樣的菜肴。我說「掛」，是因為兩塊橢圓形瓷盤，安放在雙層結構的不銹鋼提籃架上。瓷盤長約四十公分。上盤的巧妙排放，一頭是油炸的魚片、魷魚圈、龍蝦肉之類，另一頭是兩三個帶須帶腳的完整小龍蝦頭；下層則只一小筐炸薯條、一撮生菜及三小碟調味醬汁。食物之少令人失望，稍動刀叉即已告罄。我說，這龍蝦在國內的通常作法是「一蝦兩吃」，即蝦身上的肉先吃，蝦頭回廚加工，熬成鹹粥再送出來。這裡卻連鐵夾子也送上了，難道是讓顧客自己把蝦頭夾開來吃？我隨手取下一個蝦頭觀察，只見裡面發綠近黑，沒見有肉，卻有淡淡的異味，便說：「好像變質了，得問一下。」扁婆說：「啊呀，

爸,有異味就不吃嘛,別問了!」我說:「供應變質食品,誤吃下去是會害人的,怎可不問?」正好服務生走過來,我堅持讓二閨女圓婆問了。服務生連忙搖擺雙手,一面嚴肅地嘟嚕幾聲才離開。圓婆翻譯:「他說這是擺好看的,不能吃,千萬不能吃!」我的天,不能吃的變質龍蝦頭,不但未加說明,還與鐵夾子一起擺上,這不誘人服毒嗎?倘若有人誤吞下去,最輕也非鬧肚子不可!小湧則說:「可能這地方就是這樣做的,已經習慣啦。」老伴自言自語:「四百元的大餐,每人四十多呀,還不如十塊錢的自助餐,真是宰人!」悻悻然把龍蝦頭故意扒開弄碎,說以免別人再受害。「這樣不雅!」我壓住她的手說,「有資料說,斐濟最古老的土著美拉尼西亞人,曾是個食人族。現在不傷身首,只從精神上宰一下,也算古俗遺風。出門在外的人,難免受騙上當,只能打斷牙齒肚裡吞,買個經驗教訓。以後點菜前,最好先瞥一眼先來的顧客的盤中之物!」離開餐桌時,我又對餐廳的「誠實」加以肯定,說服務生能公然坦白,毫不掩飾這就行啦。你們看餐廳的招牌,寫的畫的,也是只見骨架,沒有魚肉的,可不明明白白、坦坦直直?我特地拍下這個有趣的標誌圖。

　　記得年輕時，我們經常調侃本單位食堂，說只有兩樣東西是真的：一是排骨，二是稀飯。前者只有骨頭；後者確實很稀！這個餐廳有點類似。

　　我們回住處時順便在超市採購了大米蛋菜油鹽，以備這兩天自己煮炊。老伴進門後不聲不響地燒開水，沖泡出九小碗快熟面。大家趁熱吞食之後，「龍蝦海鮮大套餐」之缺，方得以補足。

四月十八日

　　為適應斐濟時間，手錶推進兩小時。我的生物鐘似乎也與時俱進，居然在五點即悉尼的三點時就喚醒了我。睡前曾聽孩子們說，司機卡洛斯昨天只收我們60元，價格公道，為人又很熱情，因而已經約定請他兼作導遊，今天再帶我們遊覽，一日200元。上午八點出發。

　　天雖未明，反正睡不著了，我索性開爐熬粥做早餐。可是帶手柄的不銹鋼鍋太小，為滿足大小九口的肚子，我連煮了四鍋，再做些洋蔥炒蛋、木耳、蘿蔔、榨菜。兒孫們起床食用時，居然稱讚是「像模像樣的一餐」。

　　兒孫們睡過了八點自然醒才陸續起床。我急問哪來得及？他們卻說，後來與卡洛斯商定，改為九點半才出發。他們以為在商量時候我全知道了，所以沒講。殊不知老爸耳聾，對他們商談什麼，根本沒聽到也不留意。閒著沒事，當地球上得到第一道太陽的曙光時，我與老伴在涼臺上眺望：樓下是個精美的小泳池，池下有小溪，隔岸即蕭疏椰林。林下是平緩如波的連片青草地。兩輛電瓶車開來駛去——原來是個高爾夫球場。老伴建議下樓去看看。這所賓館，一式是三層建築，成月牙形擺開，掩映在豔麗的熱帶花木之間，淡水泳池岸上擺放多個太陽傘與沙灘椅，盡頭還有小酒吧。我

們當然互相照些相。

司機卡洛斯如期來了。他的墨綠色小麵包車十二個座位，連人帶行李正好塞滿。他自己不繫安全帶，更沒管我們。已經習慣於悉尼的交通規則，我們未免有些忐忑，不過入鄉隨俗，姑妄從之。不成想已成「老朋友」的卡洛斯，今天索性讓小恩雅坐在副座她爸小丁的腿上。小湧移位到前排，這樣他們的交談就更方便、自然了。他們天南地北地扯，大概言及不少風土人情，可惜我聽不懂，無法對對本地的世態與人文作些採訪。

卡洛斯的車穿過市區，七彎八拐，再駛進小巷子裡的一個停車場上。這是個民俗文化工藝品商店的後院。他讓我們從狹小的後門魚貫而入。穿裙子的男女店員即「布拉」「布拉」地熱烈歡迎。只見有一組先到的華人，已席地而坐在毛毯上，隨一位土著拍掌同戲。還不知是怎回事，我們也被引向另一地毯，同樣席地而坐了。也有位土著，像菩薩一樣盤腿結跏趺坐，面前置一木盆，雙手絞擠毛巾，一股薑黃色的汁液便注入木盆。他以小湯碗似的椰殼舀起汁液，徑遞給我，嘴裡咕嚕咕嚕說些什麼。經孩子們翻譯，原來他說這是當地一種叫卡瓦（Kava）的樹根，研成粉末浸泡而成的安神水，利於健康。我乃長者，故首先嘗飲。然後依序而下。飲用還有固定儀式：先拍掌一聲接過碗來，仰頭一飲而盡，再拍掌三下，交還椰殼碗。這樣即可健康長壽了。

我看他曾雙手撐地移身，也是以這雙手絞出汁來的，有欠衛生，可又礙於風俗，不敢違命，先小嘗一口，味道怪怪的，點點頭遞過碗去。可是不行，非得你喝完不可。只好強打精神受此刑罰了。有我帶的頭，老伴與兒孫們也一一照辦。還好土著舀起的湯汁逐漸減少，因人而異。

如此「入鄉隨俗」之後，當然是工藝品推銷。這是間臨街商

店，滿室都是工藝品，或木刻頭像、面具、魚蝦，或貝殼珍珠項鍊飾品，或草編器具、玩物……張貼的，擺放的、垂吊的，塞得行走也不便。依我的經驗，這類東西買回家，大多也成廢物。但孩子們說：「人家熱情招待，不買點什麼不好意思。」於是貝珠項鍊、木雕鯊魚、烏龜等胡亂地買。店員非常認真地用牛皮紙包好，又貼一標籤，再以膠帶封嚴。據說這樣出關即可免檢。同是屬羊十二歲的叮咚、多多與妹妹恩雅，都各自選購中意的玩藝兒。叮咚看中一座椰子殼粘制的小東西，便當筆架買下了。但幾天後回悉尼出入關，女檢員拆開檢查時問他：「這是你用的？」叮咚點點頭。女檢員忍俊不住，笑彎了腰。她說：「這是大人才有用的煙灰缸！」

離開工藝店時，店員有一招特殊動作：他握緊拳頭，伸到我面前。我也照樣握緊拳頭伸出，他輕輕一碰，開心笑了，連說幾聲「古拜」。我想如此告別儀式，比通行的握手更衛生些。

卡洛斯把我們帶到一座壯觀輝煌的印度寺廟。印度裔在斐濟約占三分之一，這座信仰聖地因而恢宏壯偉，莊嚴肅穆。膜拜或參觀者，必須在廟前一百來米處脫鞋，光腳走進去。我老伴是個以觀音為主，兼及其他，逢佛都拜的宗教遍信者，這時未打招呼便私自闖了進去。我保駕護航只好跟進。在廟裡深處，有位光著上身膚色棕褐的老僧，正為一個四口之家施行法事。他託盤焚香，又點灑聖水……我們看了好久不解其意，出廟時，在階前遇上二閨女圓婆。她是見老爸老媽久不出來，不放心才進來的，這時竟穿一條紅色長裙，亭亭玉立宛如傣族姑娘。她說是暫時租穿上的，也是進廟的規矩。回到停車場，卻不見卡洛斯與車子。原來，他得知我們剛才購買的工藝品中，有一件沒貼海關的免檢標籤，特地回頭為我們補取一張。這樣的熱心與負責精神頗為感人。

下一個節目，是參觀據說已經兩千多年的部落村。這個我很有

興趣，因從資料得知，最早定居於此的美拉尼西亞人是個「食人族」，心想食人族的後裔，大概也是兇悍、暴烈的。我提醒全家小心謹慎，特別要注意禮貌！

車子泊在一個小海角的樹陰下。路下是個懸崖平臺，上長一棵鳳凰木。三位豔麗花長裙的男女閒坐樹下的毯子上。懸崖下方是一片退潮露出的礁灘，延伸得很寬很遠。從住房接出來的棚架下有三處排攤，在出售貝殼加工的珠鏈之類特產小工藝品。

每人交五元後，一位中年男子帶進部落參觀。他叫科比（Koaby），人高馬大，但面善和藹，還會講「您好」「謝謝」幾句簡單華語。他講解得十分認真，連遍佈村落的芒果、椰子、木瓜、麵包樹等等，都一一介紹。整個部落村乍看全是茅草房，包括最高貴、龐大的酋長屋，當然都是現代板房作的仿古裝飾。科比說，所有的房屋都允許遊客隨便取名，比如北京呀、上海、臺北，還可以與主人合影。村中有兩處白色的建築物：一是烈士紀念碑，一是基督教傳入兩百年紀念碑。設計頗具現代感。科比帶我們參觀他們的教堂。他說裡面的座位是有次序的，左前唱詩班，右前兒童席，然後是男左女右的信徒，賓客安排在後面。大概他也是唱詩班

的成員，講解時不禁引吭高歌。我趕緊登上長椅拍攝，卻被阻止。他說照相可以隨意，但不能登在椅子上。出了教堂，我們在蓊鬱綠樹掩映的「草屋」間彎來曲去，看到一位體胖身寬的婦女，與四個小孩坐在房前草地上篩洗小魚，不由彎腰細瞧。女主人笑吟吟地說聲「布拉」，將手中的一掛大拇指一般的微型香蕉，逐個摘下，遞給我們品嘗。我老伴於是招呼孩子們圍上來，與之合影。她的家人在面路之處排一小攤，出售同樣的小型香蕉與麵包果。一堆香蕉標價三元，小丁買下，給了五元，說不用找了。而她的家人反而非送小丁一棵麵包果不可，大有不能佔便宜的意思，並且教會了小丁如何煮來吃。民風如此，哪有絲毫「食人族」的景象？

參觀出來後，老伴與女兒們又在村口的小攤前逗留良久，採購些中意的小飾品。我取出紙筆，請科比把這村名寫下，心想印證一下是否為美拉尼西亞人的部落。科比口中唸唸，卻轉請守攤的婦女書寫。她寫下「Viseisei Village」。我試著拼讀，覺得不太像。小湧卻說「就是美拉尼西亞人的村落。」時光越過兩千年，人性畢竟不同古時代！

該是午餐時候了，我們來到一處像是小河出海口，步入瀕海小

餐館。小店架在水上,開軒頂窗,三面向海,猶如水榭。我莫名其妙地想起「雞聲茅店月 人跡板橋霜」的詩句,大概有點偏遠荒郊的感覺吧。其實這是個船塢,後來發現隔水對面的岸上,甚至乾曬著好幾艘艦隻。我們各取所需點了飯菜、比薩與飲料,比「丹娜拉港海鮮餐廳」的套餐實惠多了。

飯後卡洛斯驅車帶我們去參觀「沉睡的巨人」(Sleeping Ciant)植物園。她座落在一個不大的山谷間,但有專設的木板輪椅通道。我看過國內外不少植物園,不同的氣候帶有不同的物種,氣象萬千,百看不厭。而這個地地道道的熱帶園林,印象是小巧玲瓏,植被最豐盈,草木花卉多姿多彩,目不暇接。單是各種各式蘭花,便吊掛成了一條長廊。許多盆長根外露低垂,不著絲毫泥土,我幾疑為塑料製品,觸摸確認,卻是真的。花能這樣養,實在省事!花間徜徉約略一個多小時,我們步回出口處,頗覺身熱口渴。這時,耳朵上夾有鮮花的服務生居然送來一杯鮮美的冰鎮果汁。廳堂的樂手們也奏起動聽的六弦琴。坐在寬鬆的藤交椅上靜靜地聆聽,慢慢地啜飲,真叫享受!門票只收八元,還有這種意外的待遇,大概這樣的植物園世上無多。

　　我看手錶，已午後四點多鐘，該回住處了。扁婆卻報告：「還要去泡溫泉，玩泥漿呢！」沒搞錯吧，到赤道邊上泡溫泉？而「玩泥漿」，立即使我記起看過的電影片斷：一群男女在灘塗裡踢球，互相撞擊，倒進泥濘，爬起來頭面全黑，渾身是泥……不可思議的胡鬧，難道我們也去玩這個？可這是孩子們已經約定的事，反對也無效，隨喜吧。

　　我們所到之處並非海之灘塗，卻是小山下的平原，廣闊如牧場。一塊兩三個足球場大小的草坪，四周被高大婆娑的綠樹所包圍。場內有四個水池，池畔都有牌子標明水溫，從七八十度到三四十度。最小一個沒標溫度，卻是渾水一泓。一位赤背的土著，雙腳踩在沒膝的渾水中作抓摸狀，我以為他在摸蝦抓魚，實則是撈泥到桶裡。然後讓我們以桶裡泥漿塗抹全身，再做出各種怪異姿勢拍照。塗上身的泥漿風吹即乾，產生張力，像長出一層殼。扁婆身體不適，不便下水，正好充當攝影師，為大家拍了許多怪照。照完先下渾水池約略洗涮一下，然後蹚進另一個三十八到四十度的溫水池浸泡、洗浴。池水不深，僅及腰際，可以縱情游泳，下蹲也能沒頂。這水甚是清澈，一點不渾，身上餘泥洗將下去，也即沉底。大

概池水多含電解質鹽，有極強的澄清作用。清風拂過，泡在適溫水中，張望四周自然風光，確實也是一種享受。

　　泡洗片刻，我第一個上岸，進沖洗室沐浴、換裝，出來時看到卡洛斯與一位婦人直挺挺地仰臥在鋪地的毯子上聊天。他們頭頂那樹，幹粗葉細，亭亭如蓋，盛開著簇針狀的紫色小花。正是我未曾見過，一出機場便引起濃厚興趣的新品種，很想知道它叫什麼。這時，我便站著對科比「啞狗拍術」（閩南語：啞巴打手勢），指指那樹，在空中畫個大問號。卡洛斯領會了，答道：「Rain Tree」。這句我倒聽懂了，是「雨樹」。這樹會下雨？不像。不過，濃密葉冠，如大傘撐開，很像鳳凰木，但比之更加高大，更加橫向生長，下了小雨甚至中雨，怕也不會滴漏下來，可以「大庇天下寒士皆歡顏」。我於是猜測是避雨之樹，「雨樹」是俗稱。

　　回到賓館，我從眾多導遊畫冊裡，找到有塗成泥人的照片，其下注有：「adventure mud therapy」，問了女兒，說是「冒險泥療」。大概這泥漿與溫泉含有微量元素，可作某種醫療，但對我們一家而言，沒有醫療意義，也沒有一點兒的險，純粹是瘋玩、胡鬧與逗趣，或者堂皇點說，是童心不滅。「冒險」，其實是「尋樂」

的借題發揮，誇張表達。打開手機看看剛才的「化裝攝影」：天，張牙舞爪，恰如一群挑逗的黑猩猩！「這些照片可別發給親友！」老伴趕快下命令。

四月十九日

換了一輛銀灰色麵包車，比昨天的小些，而司機是位高挑瘦個的印度裔。他沒穿裙子，改黑色長褲，但上衣仍然是白底綠花，是公司的制服。司機叫阿裡。

阿裡一坐上駕駛座，隨手便扣上安全帶，但對乘客也沒作此交代，而且由於只有七座，他甚至讓小恩雅坐到副駕位她爸的腿上。恩雅於是一路圓瞪雙眼，諦聽她爸、姨丈與阿裡叔叔的交談。我問她聽懂嗎？小學三年級的她以點頭回應。

阿裡滿高興地說，今天星期日，公司放假，所掙的錢全部歸自己。他還說，這裡的司機最歡迎中國旅遊者了，因為中國人好奇，喜歡到處跑到處看。歐美與別國的人，大多到這裡休閒，樂於安定放鬆。開車的人就賺不到錢了。我於是得悟：我們住的賓館不算差，卻不供餐食，是否有意讓「休閒」的來客們自己動手，安度家庭式的散慢與閒適？

今天的活動是臨時決定的。我原以為，一天沒事，可在空調房裡看看書，或者躺在舒適的席夢思上遠眺椰林下的人打高爾夫球。小丁、小湧卻不願「白白浪費」一天，不知如何便找上了阿裡。說定三百元，請他導遊。阿裡開著小車，沿瀕海柏油路往南猛跑，離得挺遠了，才在一處叫「斐濟洲際高爾夫度假村」（Intercontenental Golf Resort & Spa）停下。

這個度假村有座非常氣派的中心廳，拱頂如教堂，實則是大廳連著四五十米的長廊，延伸到海邊的沙灘上。地板、牆柱皆為研磨

精光的墨綠大理石,圓桌、大籐椅、靠背沙發,盡多可人。長廳的
兩翼即三層寢室建築,面向海灘,周圍全是精美綠化帶。椰樹下築
有座座草屋,也排上許多沙灘椅。我們先將背包卸下,躺在沙灘椅
上欣賞旖旎風光。小孫們則迫不及待地衝下淺水親熱大海。不久,
有位管理員走過來問我們是住在這裡的,還是外來參觀?說海景可
以自由參觀,但沙灘設施只供住宿者使用。他說後就走了。我們不
好意思久賴,又躺一會兒即轉移到一個草房去。草房其實是木板鋪
底的小亭,只頂蓋鋪上茅草仿古。亭子更像一張大床鋪,置有柔軟
的扁型枕頭與三角型靠墊,可以或躺或靠,舒適望海。圓婆伴著她
娘看護行李,我沿水邊走了一段,到拐彎處發現這是個淡水河的出
海口,水清見底,進去又是好長的沙灘。於是回來替換,讓老伴母
女也去見識一下。躺在亭子間,發現有個草亭還有專供按摩的高
床,有人正作按摩,都是女士。不便近觀,我便遠遠地拍了張照。

　　此地風光確實美好,不過與悉尼的許多沙灘大同小異,其實不
一定要跑這麼遠的路來看。

　　時值中午了,阿裡開車到一處有斷橋的小鎮。我們隨便走走,
在一間類似麥當勞或肯德基的小餐館用午餐。點了食物,卻不見阿

裡的影子，大概他自己找地方吃去了。回到原處稍候片刻，阿裡的
車回來了。我們繼續往前開。

　　來到一處鳳凰木茂密的地方，阿裡說是沙丘行走公園。老伴一
聽即聲明：「沙丘有啥看頭？還要走路，不去！」我也覺得走沙丘
不好玩，然而孩子們說，既然來了還是看看吧。他們與管理員商議
結果，是全體人員收五十元門票費。老伴擔心腰疼受不了，仍堅持
不去，取本《觀音經》翻讀，在原地等候大家。

　　這是大量的海沙被巨浪推上岸邊，再讓強風吹送成堆。經過千
萬年的積累，形成小山。沙丘連綿，層層疊疊，宛如丘陵。多數地
面已為開紫色喇叭花的海邊牽牛與灌木林叢所覆蓋，還有些零星的
椰子樹。我們上坡下坡，沿著人工開創的步道前行，到風口處，有
陡峭的沙丘，喜得兒孫們爬上去，滾下來，玩夠痛快。風口近水沙
灘上，卻是枯木雜陳，一片狼籍。那些橫七豎八的樹木遺骸，歷經
浪淘風吹雨打日曬，根根白光閃閃，如同刨過的象牙。最粗的也有
合抱之大。令人對大自然之偉力產生敬意。小湧說：「這麼粗大的
連根樹，只能是被海嘯沖上來的。」小孫們似發現了聚寶盆，連忙
挑選，撿起這根，丟下那根，樂此不疲。懷抱裡都塞進好幾根，還

非要抱回家不可。勸導他們扔掉，仍依依不捨。這些即使點燃怕也生不出火焰的廢物，卻是他們新奇的興趣，童心可貴，我為之拍下紀念的照片。

為了給老伴「補課」，我沿途拍下些照片。我們繞了一圈回去，最後一段竟是一片參天樹木。有牌子說明，這是一九六零年人造的防沙林。才五十餘年，竟成了有板根、藤蘿與莖花莖果的熱帶雨林。沙路走得很辛苦，老伴沒跟是對的，但錯過這片人造森林甚是可惜。

驅車返回路上，路旁那疊成三角堆，去皮待賣的鮮椰子，一攤一攤地閃過。老伴建議：能否請司機暫停，買幾顆鮮椰子，給小孫們嘗嘗，讓他們對這個椰子王國多留些「美好印象」。沒人回應，連仨小饞貓也沒吭聲，可能是悉尼也能品嘗得到，不以為奇了。我是覺得公路狹小，車開得又快，不便麻煩司機。老伴的意願雖好，卻沒支持。她的動議白說啦。

回到下榻處，告別司機時，孩子們覺得阿裡陪我們辛苦一天了，午飯也沒一塊吃，因而再給他三十元小費。

四月二十日

斐濟的三百多個島嶼中，最大的是微梯（Viti Levu）與彎娃（Vanua Levu）。我們五天的足跡，只及於微梯島西面的一小段，連東頭的首都蘇瓦（Suva）也顧不上。看地圖，在丹娜拉碼頭（denarau marina）東面海上，由南而北成弧排開，列布著數十個島嶼。除無人小島之外，據說每一個島就是一個度假村。小丁原選最遠的島作為我們的第二個下榻處。相信那裡最無污染，水最清澈，珊瑚最美。但須乘坐水上飛機前往。我說還從沒坐過水上飛機呢，嘗嘗鮮也不錯。可是審慎的小湧則說，第三世界國家的機修水平不

宜太信賴，還是避免吧。小丁於是取其中程，改在瑪娜島。乘雙體中型遊輪幾小時便到了。瑪娜島就是個椰樹島度假村。

碼頭上早有迎迓的小隊在等候。船一靠岸，三把吉他伴著歌聲飛揚了，笑面頻點，「布拉」不斷。長長的碼頭那端是座雙體船式的接待大廳。在辦理住宿登記時候，服務人員又是濕毛巾，又是冰飲料，遞上每人的手。辦完入住手續後，又以電瓶車載上行李送達。

其實瑪娜島不大，約有兩百來座「草房」。相鄰者僅三五米。椰樹與各種熱帶喬木遍佈各個角落。座座「草房」，全在綠陰之下。「草房」結構都統一：一屋兩套，每套一室一衛一淋浴圈，還配空調。我們訂了三套居室，分別在兩座草房裡。入住之後才發現，室中安放的三張床都很大（大概是以本地人肥胖魁偉與彪悍為規格設置的）。雙人床睡三人仍寬。單人床睡兩人也不擠。我們全家住相聯的兩套也足夠了。退不退掉一套呢？小丁說：「既然玩大錢都花了，何必住得太擠！」我倆老人於是住到不遠的另一屋去，讓兩小家與小孫們住在相聯兩套的一屋內。但恩雅嫌兩位哥哥太吵，會欺負人，跑過來與姥姥姥爺同住，以保證可以每晚能早睡。

這樣，三套三室裡都有空床剩下。樂得兩隻淘氣的小「山羊」，在床床之間蹦來跳去。

剛安頓就緒，借下浮潛器材，小湧即急匆匆地帶頭往海灘上跑了。狹長的小島有南北兩面沙灘，都幾分鐘即可抵達。我們往南岸跑，有人提醒北岸更美。但我們繼續前進，因為反正有的是時間，明天再下北岸海灘吧。海灘坡度極小，不知這時是退潮、漲潮還是平潮，海水由淺入深，踩過一片海草之後，便可浮潛觀看了……我們人人都是泳裝出門，泳裝歸來，在各自居室的淋浴圈裡沖洗。這個淋浴圈是露天的，兩米來高的半圓形圍牆，是拳頭大小的鵝卵石與水泥的粘合體，裝有冷熱的淡水龍頭。我們以為小島缺水，從丹娜拉超市買了好幾大瓶礦泉水帶來，沒想到這裡卻是水溫自調，淡水任用。光著身體露天沖澡別有意味。我舉頭外望，眼裡盡是高高低低的椰樹，數了一圈，計四十七棵，還有小鳥時而飛越。一種身心自由之感油然而生！

夕陽西下是此島的美景之一。我們沖完澡踱到女兒們的住屋時，卻已空無一人，知道他們肯定是看落日去了。老兩口便自己漫步走向北岸。果然景色秀美，數棵挺拔的椰子樹下，有個小巧玲瓏

的淡水游泳池，池角上，一邊是圓柱撐起的四角形水中亭，另一邊
是圓形按摩池，多個泉眼突突冒水，日夜不停，大概有循環水泵在
工作。透過椰樹遠眺，海面遠處三五小島剪影如畫，濃淡不等地相
互交疊，極具立體感。我們請不相識的中國遊者幫助拍下幾張黃昏
照，回去時，孩子們也回來了。圓婆抱歉地說：「我們還來不及沖
浴，外頭有人大喊去看落日嘍，我們連拉帶跑上了電瓶車就走了，
竟把老爸和老媽給忘了，還好你們懂得自己活動。」我說：「去年
往新喀裡多尼亞時，在遊輪上，日出日落看多了，不稀罕！」

我們從丹娜拉帶來許多快熟面，還有麵包、罐頭以及南瓜、木
瓜、楊桃等等，晚餐就隨便對付了。小湧這時宣布今晚的活動項目
──八點鐘去抓螃蟹！原來他已從一對先期來此的北京情侶打聽並
約好一起活動。

我以為要到哪片礁灘或灘塗去抓蟳（大螃蟹），也跟著去。其
實只是用手電筒照射著，撲拿沙灘上的白螃蟹，小不拉支只鈕扣大
小。這哪有趣味？我索性找張沙灘椅躺下，窺測南半球的星空，邊
等候兒孫們歸來。細浪吵吵拍岸，清風輕搖椰葉。靜空清遠，繁星

閃爍，頓覺南半球的星星似比北半球還多、還亮，雖然看不到那顆最明亮的北極星。

想不到孩子們果真抓到半面盆的小螃蟹，還挺大的，只只可比大拇指。然而抓來了又怎樣？養著必死，丟了可惜。沒鍋沒灶，也煮不成。可是小湧表現出他的「野外生存能力」了：他將螃蟹洗淨後置於較大容器裡，再用滾滾的沸水沖燙，連續兩次，蟹殼變紅，居然熟了能吃。孩子們如吮甘飴，吃得瑟瑟聲響。我也嘗一隻，果然其鮮無比，雖然蟹肉實在太少。

四月二十一日

我以為，到瑪娜島後主要是休閒，間或下海浮潛、游泳，所以帶來好幾本書，準備在椰風蕉影之下慢慢閱讀。昨晚在海灘上已經打聽好了，中午潮平，正是北岸浮潛的好時機，而上午沒事，可以靜心讀點書了。不成想兩位半子又出新花樣。

他們還是從那一對北京情侶得知，可以租請民船到其他島嶼玩。從瑪娜出發據說有幾條路線。如果乘坐國有的雙體遊輪，每人

得一百二十元，而民船只需四十元。他們於是定租一艘漁民的中等快艇，今日往外島去。

這是艘捕魚快艇，有頂棚，船艙較深。我家與一對北京青年，加上兩位駕駛員，共13人，不擠不鬆剛剛好。快艇一駛出本島尾角，便有外海較大的風浪，顛簸得相當厲害。我很擔心老伴吃不消會嘔吐，因為三年前往印尼掃母親的墓時，輪船比這大得多，她卻大吐特吐。去年在新喀裡多尼欲訪鴨子島，五分鐘的快艇距離，她也不敢上，稀奇的是這回卻安然無事。她說因為總往遠處看，沿途的許多無人小島綠樹蒼鬱，美如盆景，一路觀賞心情愉快，所以就不暈船了。

快艇在浪尖上飛馳，我忽然想起導遊手冊上介紹過，說這裡有一片美麗的「藍色潟湖」。「潟湖」是什麼？哪個地方有？我曾望文生義猜想，可能是山泉下瀉，積而成湖。可是這些小海島，多為獨島孤山，缺乏聚集雨水的地帶，哪有山泉能注成深到變藍的大湖泊？會不會是指海底地陷，如同漏斗，海水到此作渦旋下降而如湖？似乎更不可能。五大洋是相互連通的，不管海底有多大的窟隆，都會被灌滿。想不通，我便讓正與快艇司機聊天的女婿們問一

問。「這個問題問我就可以啦，爸！」扁婆大言不慚搶答，「所謂
瀉湖，就是周圍被珊瑚礁包著的海域，由於巨浪大濤被阻在外，湖
內相對風平浪靜，藍得更純正，形成與外邊不同的生態環境，有利
於小魚小蝦與珊瑚的成長。這就是藍色的瀉湖。」（我現在整理日
記到這裡，又生疑惑，順手查問電腦。螢幕顯示：「潟」字的本意
是鹵鹹地，如《史記》所載的「地潟」，與《漢書》的「海瀕廣
潟」，但因「潟」字少見，讀音又同，被人誤作「瀉」字，於是
「潟湖」寫成「瀉湖」。其實潟湖是一種因為海灣被沙洲所封閉而
演變成的湖泊，所以一般都在海邊。泥沙在海灣的出海口處不斷沉
積而成沙洲，繼而將海灣與海洋分隔，因而成為湖泊。臺灣話又稱
內海仔。電腦的答案與女兒所解大體相近，但仍有差別，而導遊手
冊將錯就錯，統統印成「瀉湖」，難免讓我想歪了。）

　　快艇開了兩個多小時，誤進一片淺灘（漁民會誤嗎？）。船
員，還有全部的人陸續都下船涉水。我們下水當然不為當縴夫推
船，而是被清水、細沙、游魚所吸引。海水淺到只及膝下。我心想
不妙呀，這片遼闊的海域全是淺灘，一旦退潮擱淺，返回還得等明
天了。司機當然更明白，他們指點遠處的一帶白沙、遊船，讓我們

涉水過去，自己卻掉轉船頭，往相反方向推去。不知為什麼，跟我們走了一段路的小湧，忽然又折回趕上他們，並隨船遠去了。

我們在淺水中行走，有時尺多長的魚兒如射箭一般從腳邊閃躲，有時伸手便捉起柔軟蠕動的小海參。淺灘太遼闊了，我們於是登岸，沿著椰樹蔭下的沙灘前進，一直走到一個相當繁榮的港灣。但不知該如何與快艇接駁。北京青年有些擔心了，問道：「現在聯繫不上，誰記得快艇號嗎？」沒人留意。我說小湧也在艇上，放心吧，他們一定會找到我們。不久，我們終於在藍色深水與白色帆船邊的沙灘上發現快艇了。大家喜不自勝地趕去匯合、登船。駕駛員說，得到某處加油，那裡還有超市可買東西。快艇駛進一條寬約二十米的藍色深水巷停靠加油。小丁、小湧還有北京青年則跟隨另一駕駛員上超市。他們買回麵包、牛肉罐頭與飲料。小湧因陋就簡自製三明治，與船員共進午餐，再繼續行程。

我們的快艇在一座孤島旁拋錨。這座孤島雖無人居住，卻有個極溫馨的名字——蜜月島！看上去面積僅一個足球場大小，但島上草木蔥蔥，岩石巍巍，如一座巨型盆雕。島的另一面有沙灘，我們定艇的這面則是珊瑚礁。珊瑚從小島腳下逐漸長出，歷經億萬年的疊加累積，已鋪成十幾二十多米寬的「平臺」，也像小島的底盤。當海水完全退潮時，可能會露出水面，但此時還留在五六十公分的淺水之下，正好可以浮游或者彎腰潛望。然而最佳的觀賞角度還是深水處整座珊瑚礁的邊緣。我們穿上救生衣，載好潛水鏡與呼吸管，按司機的指點，從深水處下海，慢慢地浮游。我看到水下的活珊瑚長成的「山崖」，凹進凸出，參差錯落，構成立相景觀。各式珊瑚，雪白的靛藍的紫紅的鵝黃的……形狀不同，如百花怒放。斑斕的熱帶小魚，恰似蜂蝶飛舞，但比蜂蝶更加多姿多彩，安詳與平和。我從未見過如此美景，若命之為「海底花園」，我想非常恰當！

　　遺憾的是老伴未敢下水，一因海水太深，她是旱鴨子，即使穿了救生衣仍然惴惴不安。二來她腰椎間盤突出，下了水上來又沒地方換衣服，濕濕地裹著怕惡果嚴重。不過她說：「水非常清澈，在船上也看得一清二楚！」再清楚也不如水下，只好回去再看小丁的水下攝影。

　　我覺得這趟船，單是蜜月島之行，四十元就值了，又指著北京女青年說：「咱們這趟船的費用，你應付一半！」她也開心應道：「確實如此！」因為她知道我指的是她獨享了特殊待遇：她也是個旱鴨子，卻有位駕駛員始終牽護著她，慢慢導遊，最全面最徹底地瀏覽了這盤活珊瑚。她說沒想到看到這麼多花式的魚，鱘魚、海星、梅花參都看得清清楚楚。

　　快艇回到瑪娜島已是午後四點多鐘。然而孩子們馬不停蹄，原裝不換立即投入北岸海灘去。老伴也到淡水泳池，趴在圓形噴水池裡作「水按摩」。我畢竟年老體弱，精力不足，又想蜜月島的珊瑚景都看了，除卻巫山不是雲，這裡就算了吧，入門便淋浴沖洗換裝，然後也到沙灘上觀景。只見圓婆興沖沖地跑上岸，非強拉她媽下海不可。她說北岸海灘的珊瑚並不比蜜月島的差，特色是平鋪羅列，更方便觀賞，熱帶魚更多！我也鼓勵老伴去「彌補」蜜月島之憾，這裡水淺，又有兩女兒護著，是萬無一失的！她們浮潛大約半

個多小時，才心滿意足上岸。

　　這時，早先上岸的小湧，為了弄清明天遊輪迴程的時間，想來問小丁，卻發現小丁失蹤了。小丁明明是拿著水下相機，與大家同時下海的，現在還沒上岸。此時夕陽西下，距離海平線僅丈多高，所有的戲水者也全都上了岸，廣闊的海面空無一人。正處於退潮時期，小丁會不會遊出警戒線外，被潮水卷走了呢？我有點急，叫圓婆趕快報告保安。聽我這一說，她更急了，穿著泳衣就去，很快與一保安同乘電瓶車回到沙灘。那高大的保安員掃視海域，瞭望片刻，指著一個方向說：「有，那裡還有個人！」圓婆循著他手指方向，也看到了，唯獨我怎樣也看不到。瞪了好長時間，才見到一個綠豆大的黑點，接著有白色水花濺起。但直到圓婆確認確是小丁之後，我才放下心來。這時又有七八位保安趕來了，顯然他們也被驚動了。

　　小丁手裡捏個小相機，蹣跚涉水上岸。我責怪他：「太陽快落下了，全部的人都上了岸，獨

你還在海裡磨蹭。那麼大的海面只一個人，難道你一點恐懼感都沒有？看大家都為你擔心！」他則呵呵笑道：「我正追拍一隻海龜，看到了你們比劃的手勢就趕緊上來。」

過後點看小丁的水下相機，果然拍出不少好景色，其中那只漫遊逃脫的烏龜，可惜太模糊些。

斯時畢竟是黃昏，光線不足。

四月二十二日

就要告別可愛的椰子島度假村了。趁候船期間，我們在瑪娜島碼頭拍了張全家福，作為本次旅遊的總體紀念，然後再次巡視沿途珍珠翡翠般的大小島嶼，回丹娜拉港。在碼頭接下行李後，我們想找車直接往機場。正當與一位司機討價還價時，第一天接送我們的卡洛斯出現了。那位講價的司機看我們與卡洛斯挺熟，便自動離去。我以為又要坐卡洛斯的小麵包車了。可是當他得知我們是直接到南迪機場的，就告訴有大巴免費專送，並幫助我們搬運行李。一輛可乘幾十人的大巴只載十幾人就走。座位高且寬，視野很開闊，真叫舒服。老伴問：「坐這大巴不要錢嗎？」我說：「導遊手冊上好像有說明，凡來斐濟作幾日遊的，機場與碼頭之間的往返，均有大巴免費接送。」她說那麼來的時候其實也可以免費的，可惜我們不知道，虧了。我想大概因為我們來時，是從機場入住賓館，而不是直奔碼頭的。哪知道賓館距離碼頭僅一箭之遙？這是吃了信息不靈通的虧，無話可說！

在機場等候不短時間，辦完行李托運手續後，孩子們說得把剩下的斐濟幣通通用掉，於是通關之後，就在機場商店裡轉悠。他們買下幾瓶當地酒和在機上吃的三明治、飲料，特地買下兩大瓶的礦泉水（JESTAR廉價飛機不提供伙食）。誰知檢查一關又一關，最

後礦泉水被沒收了。禁止帶水也不先告示，會不會沒收之後又送到店裡再賣呢？不過檢查並不嚴格，盒裝果汁漏檢了，我們得以在機上配食三明治。

圓扁們說，她們收到朋友微信，報告悉尼這幾天遭受百年不遇的颱風掃蕩。我們慶幸躲過風頭，但又怕飛機因此延誤，更操心家裡不知被毀成什麼樣子。飛抵悉尼果然還在下雨，幸而是颱風之末，不妨礙降落。在迷離燈光的雨中行駛，到家時已經九點多鐘。我摸黑先到房前屋後草草巡視，僅見瓜架歪斜狼籍，其他無妨，連支撐在車棚裡的自行車也沒倒下。出門五日遊，基本順利，家也安全。上天保佑，阿彌陀佛！

我們本次斐濟之行，人稱「自助遊」，其優點是自主性強，自己選項，定點、定時聽任自由。愛上哪便上哪，愛玩多久就多久，尤其是舉家同遊盡嘗天倫之樂，自不用說了。然而盲目性也大些，往往去了些可去可不去的地方，浪費時光又疲勞，卻可能漏掉該去的景點。比如第二天，聽說原可以用半天再遊附近的小島，我們卻驅車百里去看陌生的海灣度假村。第四天乘船也浪費了半天。這是隨團遊可以避免的，然而隨團也有缺點，便是過於被動，緊跟小紅旗，整天馬不停蹄地跑，很勞累，而且往往不得不被趕到購物商場瞎逛，最是掃興。不過優點是凡路線上的成熟景點，通常不會遺漏，而有導遊的一路講解，消除語言障礙，能知道多一點的風俗人情、社會形態，比自己「浮潛」人文景光獲益更多。

我喜歡旅遊，自助也好，隨團也好，得機會就上，都不會挑肥揀瘦！

2015.4.30整理

代後語　野人獻曝，貽笑大方

　　2017年10月17日，南溟出版基金會通知我的這本小冊子獲得該會的贊助，附來評審委員會的意見為：「雖是文集，但有別於一般簡短的散文雜文。每篇文章都寫得比較長，能夠較好地發揮個人的思想和見解，每篇都能引人入勝，多數都有些個人的洞見：或引起共鳴，或激發深思，文筆老到，學識也算是豐富，分析細緻，評論中肯。」拙著出版獲得贊助自然十分欣慰，雖然對溢美的簡評有感羞慚與不安。

　　在此之前，《澳洲新報・澳華新文苑》主編兼澳大利亞華人文化團體學聯合會召集人何與懷博士主編的一套《澳華新文苑叢書》，定於2017年9月中召開其第二、第三卷的新書發佈會。我不巧已定好了回國探親，未能赴會，便應命寫了篇〈忝列門牆，有愧於心〉的短文。因心境大體相似，現在容我移花接木，姑移作為此書的〈後記〉吧。其文如下：

　　　　何博士發來9月16日舉行《澳華新文苑叢書》發佈會的《通知》與三大卷書稿，還囑咐我一定出席併發個言，因為在第三卷中有我的一輯。可是我已預定9月14日的回國機票，無緣盛會，只能表示遺憾。而無比熱情與真心呵護的何博士，卻降低要求，要我交篇短文。這回卻之不恭，只能從命。然而寫什麼呢？又頓覺為難。

　　　　由於家裡出點意外的事，又是行期在即，近百萬字的三卷書稿是無法通讀了。我只匆匆瀏覽〈前言〉、目錄，以

及與自己相關的部分，不由惴惴不安，十分猶豫起來。想了
想，就說點此刻的內心感受吧。

　　這套叢書好比一列華麗多彩的機車，車上群星薈萃。
被選進叢書的作者中，大多為有名望的作家、詩人、教授、
學者，如梁羽生、劉湛秋、冰夫等。他們著作等身，影響巨
大，是我早在國內就非常敬仰與佩服的真正學問大家。有他
們坐鎮，再加上移居悉尼後認知的本地出色的作家們，如趙
大鈍、黃雍廉、許耀林、彭永滔、楊恒均、張典姊、張翎、
艾斯等等，叢書的質量和價值就更加顯現、奪目了。而我是
個門外漢，作為老年初學者，意外地叨陪末座自然歡喜，但
也有種搭錯了車之感，說實話，是羞慚多於高興！

　　不過，忘了哪位西方文豪寫過的故事，說有位聰明的貴
婦，常讓其貌不揚之女友陪伴同行，其效果便是貴婦的美貌
更加突出了。我於是想，就算是野人獻曝吧，倘若拙作也能起
個以醜襯美的功效，不也是一種貢獻嗎？因而稍可釋然而聊
以自慰。我理應感謝主編何與懷博士的提攜、愛護與鞭策！

　　編輯出版這套叢書目的何在呢？叢書〈前言〉說得清
楚：「就是為了讓《澳華新文苑》所發表的創作和評論作品
更加發揮作用和影響，也為了方便有關人士的研究。期望這
套叢書能為以後編寫澳華文學史提供既翔實又比較現成的資
料。」可知主編動機之莊重與編纂意義之重大。記得蕭虹
博士曾在一次盛大的悉尼文化人集會上指出：何博士是澳
洲華人文學的泰斗，以後如果要編寫澳華文學史的話，非他
莫屬！這話說得非常肯定，非常懇切，非常有把握。從何博
士新近陸續不斷地編選出版多部著作，確也證明了蕭博士預
言的客觀、準確與實在。我們有理由相信，《澳華新文苑叢

書》絕不會止於現在的三卷，假以時日，她必定將一卷接一卷地出下去，必定成為反映澳洲華人文學創作的最具群眾性的豐盈的一套大叢書。

深信何博士堪當編纂這文學史的重任，除了他有奮鬥精神、認真態度，與高度的責任感之外，還因為他具有高超鑑賞能力的底氣。〈前言〉說：《澳華新文苑》刊登的文章，「創作與評論並重。創作百花齊放，散文、小品、詩歌、小說、報告文學……各種體裁、各種題材均予刊登，特別鼓勵別出心裁、別開生面，別具一格的作品。評論百家爭鳴，力求言之成理，富有建設性、可讀性。」

「特別鼓勵」的「三別」──「別出心裁、別開生面，別具一格」，我以為是最基本也是極高的標準。文藝作品倘若沒有獨特的個性而流於一般化，也便失去新鮮感與可讀性。我們從叢書選用的多數文章可知，何博士的眼光十分銳利，他的評述與闡釋相當到位與公允。為了追求俯瞰整體的立體效果，叢書的編排與蕭虹博士的《中國婦女傳記辭典》相同，採用以作者帶作品分輯的方式，這樣更方便於翻查與比照，也算得上是別出心裁，異於一般了。因此這套成為「研究澳華文學和澳洲多元文化的第一手重要數據」的叢書，「不但在澳洲廣受讀者歡迎，而且也逐漸引起世界各地有關研究機構和人士的重視」，既已成事實，也將可有更多的期待。我衷心祝賀叢書的出版發行！

我向以為，作家與詩人是神聖的稱號。他們寫出了較大影響的作品，是「人類靈魂的工程師」，至少也能以那枝生花的妙筆養家糊口。我自己卻僅僅是個文學作品的「愛讀者」，雖也動過筆，但未能寫出像樣的東西，更未能靠此掙

得來填肚子的本事，與這神聖、光榮的稱號相距何止千里！
多年來，承蒙編輯們的厚愛，我的一些豆腐塊拙作，也偶於
各地的報刊裡見露相，這已屬萬幸。但我深知，自己只是文
苑門外偷窺的小角色。不成想這等粗糙文字，何博士竟譽之
為「守住漢字江山」、「有用生命寫作的意思」。這顯然言
過其實，乃溢美之辭也，令我倍加汗顏！土耳其獲得諾獎的
作家奧爾罕・帕慕克說：「寫作是一種慰藉，甚至是一種療
癒。」日本的三島由紀夫也認為，對他而言，寫作「並不是
一種使命，而是讓我得以活下去的首要與必要的條件。」我
不是作家、詩人。我雖命運多舛，經歷坎坷，卻未曾遭受過
忍不住的傷害，更沒有想到什麼崇高的使命。我之所以碼字
造句，第一只是興趣，第二乃求延緩腦癡呆，第三給親友留
點紀念，如此而已。所以那些豆腐塊，充其量是白髮學生的
課堂作業，端上廳堂台案是十分勉強的。如今它們居然擠進
了富麗堂皇的《澳華新文苑叢書》，真的是忝列門牆，於心
有愧！還請多多包涵！謝謝大家！

2017.8.30

醜媳婦見公婆，現在拙作小集即將付梓面世了。在此，我衷心
感謝何博士的大力推薦，衷心感謝盧元、柳複起、安紅、邱雲奄、
丁繼開、何與懷和陳玉明諸位師友饋贈序文、序詩，衷心感謝南溟
出版基金會贊助出版！也衷心感謝秀威公司與責任編輯洪仕翰先生
的鼎力相助！情深意重，我將銘記終生！

　　身在南溟，寫本《南溟秋興》，得到南溟出版基金會的贊助。
「南溟」三合，不亦樂乎！

2017.10.28

語言文學類　PG2014　秀文學14

南溟秋興：黃冠英散文選

作　　　者／黃冠英
責任編輯／洪仕翰
圖文排版／楊家齊
封面設計／楊廣榕

發　行　人／宋政坤
法律顧問／毛國樑　律師
出版發行／秀威資訊科技股份有限公司
　　　　　114台北市內湖區瑞光路76巷65號1樓
　　　　　電話：+886-2-2796-3638　傳真：+886-2-2796-1377
　　　　　http://www.showwe.com.tw
劃撥帳號／19563868　戶名：秀威資訊科技股份有限公司
　　　　　讀者服務信箱：service@showwe.com.tw
展售門市／國家書店（松江門市）
　　　　　104台北市中山區松江路209號1樓
　　　　　電話：+886-2-2518-0207　傳真：+886-2-2518-0778
網路訂購／秀威網路書店：https://store.showwe.tw
　　　　　國家網路書店：https://www.govbooks.com.tw

2018年3月　BOD一版
定價：500元
版權所有　翻印必究
本書如有缺頁、破損或裝訂錯誤，請寄回更換

國家圖書館出版品預行編目

南溟秋興：黃冠英散文選 / 黃冠英著. -- 一版.
　-- 臺北市：秀威資訊科技, 2018.03
　　　面；　公分. -- (語言文學類；PG2014)(秀
文學；14)
　　BOD版
　　ISBN 978-986-326-536-8(平裝)

855　　　　　　　　　　　　107002969

讀者回函卡

感謝您購買本書，為提升服務品質，請填妥以下資料，將讀者回函卡直接寄回或傳真本公司，收到您的寶貴意見後，我們會收藏記錄及檢討，謝謝！如您需要了解本公司最新出版書目、購書優惠或企劃活動，歡迎您上網查詢或下載相關資料：http:// www.showwe.com.tw

您購買的書名：_____

出生日期：_____年_____月_____日

學歷：□高中 (含) 以下　　□大專　　□研究所 (含) 以上

職業：□製造業　□金融業　□資訊業　□軍警　□傳播業　□自由業
　　　□服務業　□公務員　□教職　　□學生　□家管　　□其它____

購書地點：□網路書店　□實體書店　□書展　□郵購　□贈閱　□其他

您從何得知本書的消息？

　□網路書店　□實體書店　□網路搜尋　□電子報　□書訊　□雜誌

　□傳播媒體　□親友推薦　□網站推薦　□部落格　□其他_____

您對本書的評價：(請填代號　1.非常滿意　2.滿意　3.尚可　4.再改進)

　封面設計____　版面編排____　內容____　文／譯筆____　價格____

讀完書後您覺得：

　□很有收穫　□有收穫　□收穫不多　□沒收穫

對我們的建議：_____

_____

_____

_____

11466

台北市內湖區瑞光路 76 巷 65 號 1 樓

秀威資訊科技股份有限公司　　　收

BOD 數位出版事業部

⋯⋯⋯⋯⋯⋯⋯⋯⋯⋯⋯⋯⋯⋯⋯⋯⋯⋯⋯⋯⋯⋯⋯

（請沿線對折寄回，謝謝！）

姓　　名：_____　年齡：_____　性別：□女　□男

郵遞區號：□□□□□

地　　址：_____

聯絡電話：(日) _____ (夜) _____

E-mail：_____